黑色马六甲

沉石 著

图书在版编目（CIP）数据

黑色马六甲 / 沉石著. -- 北京：九州出版社，
2024.6. -- ISBN 978-7-5225-3040-6
Ⅰ．I25
中国国家版本馆CIP数据核字第2024AF1419号

黑色马六甲

作　　者	沉 石 著
责任编辑	陈丹青
出版发行	九州出版社
地　　址	北京市西城区阜外大街甲 35 号（100037）
发行电话	(010)68992190/3/5/6
网　　址	www.jiuzhoupress.com
印　　刷	鑫艺佳利（天津）印刷有限公司
开　　本	710 毫米×1000 毫米　16 开
印　　张	21.25
字　　数	293 千字
版　　次	2024 年 7 月第 1 版
印　　次	2024 年 7 月第 1 次印刷
书　　号	ISBN 978-7-5225-3040-6
定　　价	68.00 元

★版权所有　侵权必究★

序一

一部惊险神秘的海洋读物

王兆海

（海军中将、中国文联原副主席）

沉石，是我近40年的海军战友。记得1985年，我在《海军报》，他在海政文化部，我们同在海军黄楼。那时，他在文艺处分管海军文艺创作，还编辑《水兵文艺》杂志。在我的印象中，他是个思维敏捷、敢于创新的人，我们相处得也很好。后来，他上了海军院校，调到了《解放军报》当记者、编辑；我也到了总政宣传部，后来又回到了海军。

对于沉石，多年来我一直关注着，不仅相识，更重要的是他发表的许多作品如《黑色马六甲》《死亡之窟》《谍爆》《女刑警》《血战腾冲》等在社会上引起反响。尤其是《黑色马六甲》影响很大，写的是神秘的海洋生活，1997年在海潮出版社第一次出版。这本书向社会展示了马六甲海峡，涉及了海盗，引起读者极大关注。

我知道，沉石19岁在南海舰队扫雷舰当水兵，跟随军舰走遍了南中国海的所有海岸线。在海上多年，他听说了不少海盗的故事，目睹了海盗的踪影，也追击过海盗。即使后来离开了军舰，这个古老而又神秘的名词也一直吸引着他，去探索有海盗出没的大海，去了解当代海盗的秘密。

最近，九州出版社又要重新出版《黑色马六甲》，沉石说我最了解他，又是海军老战友、老领导，想让我写篇序，我愉快答应了。我在海军几十年，在总政也分管过全军文艺。沉石既是老海军，又是部队作家，而且他是用亲身经历去探险，写成了一部关于海洋、关于海盗的作品。

这些年在海军，无论是中国海军参与索马里护航、利比亚撤侨，还是中国海军维护国家海上安全，我都参与其中，深深感触到提高海洋权益和海洋意识的重要性。特别是党的十八大专门提出建设海洋强国，要增强国家海洋意识的宣传和教育，我认为，这是非常必要的。

沉石的这部《黑色马六甲》不仅仅是写海盗，更多的是写与中国相连的海洋深层次的内涵。我相信，读者翻开这部充满海味和惊险的小说，会被一种强烈的冲击力深深地吸引，会唤起人们开始关注世界上最繁忙、最危险的马六甲海峡，关注那片海峡的远洋运输船以及船员的命运，关注神出鬼没的海盗。读了这部书，才知道那里有惊涛骇浪，有万米深的海底大峡谷，还有连接印度洋、太平洋的千余个大大小小的岛屿、岛礁等等。过去，我们只能从地理课本上知道马六甲海峡这个概念，从地图上找到火柴盒般大的马六甲地域和海域，仅此而已。然而，读了沉石的《黑色马六甲》，才知道马六甲不仅海洋自然环境惊险奇特，更有可怕的海盗时常出没，还有那里黑色的经济利益链。

我更清楚，世界如此之大，海洋占地球面积的70%之多，而连接世界最好的运输工具就是轮船，但漫长的海洋运输线，由于海盗的出现变得很不安全。马六甲海峡是全世界最繁忙的海峡，又是全世界海盗出没最多的海域之一。直到目前还没有哪个国家的作家、记者去写，因为要真正了解当代国际海盗的生活太难。世界上有关于海盗的文学作品，也有很多海盗题材的影片，但大多是带有魔幻色彩的神话传说，而不是真正意义上的海盗，他们的船也多是17世纪、18世纪的古老的海盗船。沉石与海盗之间有过一段难以磨灭的接触，这段接触充满了冒险和生死考验。《黑色马六甲》是他直接描写当代海盗生活的书，其意义不是惊奇与神秘，而是用人类的尊严去捍卫属于自己的那片纯净的海洋，彻底消灭海盗，开创安全便利的世界海洋运输业！

　　我了解沉石，海军许多战友也说，沉石善于做自己想做的事，在他写完《黑色马六甲》的多年后，他去过不少海域，研究起国际海盗。早年索马里海盗还不被人知晓，他就在全国许多报刊发表文章，首先提到了索马里海盗的发展趋势和危害。中国海军编队首批远航索马里护航时，他作为海盗问题的专家被邀请到中央电视台直播现场，向世界讲述了他眼中的索马里海盗。我看到他这些年写的作品，也为海军战友做出的成绩而高兴。其实，他深入生活的经历和勇气，更让我感动。他曾经在海上探险漂流了三个多月，上过多座岛屿，获得了很多第一手的素材，为他日后研究海洋、研究海盗和写作提供了独一无二的价值线索。

　　今天，《黑色马六甲》重编出版，这是件好事。我想，通过对海洋权益的宣传，让更多的人增强对海洋意识的认识，读读这部书，也能更多了解一个作家。海盗的生活在一百多年前的外国文学作品中出现过，但将目光投向现代马六甲海峡的海盗，沉石可以说是独具慧眼，另辟蹊径。

序二

把小说《黑色马六甲》搬上银幕

萧锋

（国家一级电影导演）

提起马六甲海峡，人们在对那里的惊涛骇浪、万米深的大峡谷感兴趣的同时，也关注着那里的职业海盗。马六甲海峡有多神秘，当代国际海盗在现代装备下如何抢劫行凶，国际海员又是怎样死里逃生……这些似乎离人们很遥远，但又真切地发生在今天。小说《黑色马六甲》曾由多家出版社出版，始终热度不退，发行量不减。最近由九州出版社出版的全新版本，增加了新内容，那就是马六甲又出现多个无解事件，不仅包括海盗劫持，还有马航飞机神秘失踪等等。

对从事电影导演职业的我来说，《黑色马六甲》吸引我的是独一无二的题材和作者亲历的一个个故事和神奇的事件。作为导演，我为此类型电影准备了八年，也正为把《黑色马六甲》拍成国际化的海洋电影而不懈努力。由本书改编的影片正在筹拍中，它通过发生在马六甲海峡的劫持事件，讲述一位中国海事调查员面对凶残的海盗如神一般存在的英雄故事。

《黑色马六甲》这部小说出版后便被《北京青年报》《中国国防报·军事特刊》《春城晚报》《北海晚报》等全国十多家报刊竞相连载。由此可见这部长篇小说的魅力所在，同时也验证了我们将要拍摄的《黑色马六甲》

这部电影有着厚实肥沃的商业市场土壤。应该说，关于20世纪90年代国际职业海盗的题材，在当代中国文学的领域，还是一个空白，而这个空白现已由军队著名作家、解放军报大校记者沉石填补了。

说到这部作品的诞生，不得不提到本书的作者。谁都知道，要想写真实可信的关于马六甲海峡的书，作家不体验生活，光靠凭空想象，是绝对不可能完成的。首先，作者曾在海军舰艇部队当过水兵、枪炮长，有丰富的海洋生活的积累。为了收集更真实的素材，沉石深入西沙、南沙生活，以惊人的胆量和毅力，独闯马六甲海峡。在漫长的海洋漂流生活中，他冒着生命危险登上一个个孤岛，亲身感受到了那片海域的凶险和神秘。更重要的是他目睹了海盗出没的行踪，体验了国际海员航行的艰难和种种风险。沉石在海洋远行的日子，吃尽了苦头，不仅长期吃不上蔬菜，他的口腔溃疡久拖不愈，还随时都有意想不到的种种生死在伴随着他。沉石在船上曾掉进海里，在大鲨鱼嘴里脱过险，也在无端的枪声中逃过命。他的海上经历都是由一个个海上惊险的故事构成。正因为他有着顽强的冒险精神，才写出了来自马六甲海洋深处的长篇著作。

《黑色马六甲》的出版，引起国内评论界的关注，《小说评论》《解放军报》等报刊在显著版面纷纷发表了评论专家的文章。一位军队著名文学评论家指出："这部作品能够吸引我深入地读下去，很大程度上在于作品对人性探索的深度。而这一点，正是作品与现实社会的关注热点，能够引人入胜的重要方面。于是，我们看到了一部在审美上有自己独特追求的作品。"不少评论家认为，这是一部真实反映航海业艰辛历程和航海者命运的力作。作品向读者展示的是世纪之交，在神秘、繁忙的马六甲海峡，世界航海业面临的种种危机，再现了现代职业海盗与国际海员惊心动魄的海洋生活。作品的现实意义在于，为日后开发海洋空间提出了一些值得深思的问题。这部作品还有一个令人感叹的重要之处，便是对英雄主义和牺牲精神的神圣礼赞。作品刻画了以中国海事侦查员英继列为首的跨国联合打击海盗的崭新人物群体。海事侦查员与国际海盗的斗争，本身就充满着惊心动魄的情节。作品中，他们围绕国际海盗作案的线索，展开了全面的侦察和围捕，故事情节扣人心弦，有极强的可读性。对于马六甲的疯狂海盗，作品没有去正面书写，而是对海盗进行了人性化的描写，通过描述海盗的内部和外部生活，把海盗人性的两面都挖掘了出来，既展现了海盗杀人如麻、残忍现实的一面，又写出了其人性本能的一面。把一个个扭曲的海盗人物刻画得入木三分，正是本书最震撼的地方。

再次阅读《黑色马六甲》时，很自然地感受到作者的艰苦探索和辛勤付出。这部作品题材新颖，构思精到，既把握住了宏观气势，又有细致的情感刻画；既有纪实的现场感，又有跌宕起伏的悬念故事。更重要的是作品立意深远，小说呈现的不单是带传奇色彩的海盗故事，更是为日趋发展的世界航海业提出了一个需要严肃思考的主题。

小说是电影创作的基石，多年来我和电影创作团队行走在海洋岛屿之间，寻找马六甲最真实的海盗出没点，力图以真实惊险的场面、独特的人物形象和扑朔迷离的神秘故事，拍摄出具有国际震撼力和影响力的电影，书写属于中国电影的海洋传奇。从小说到电影，《黑色马六甲》值得期待！

目 录

引　子 ··· 1

第一章　马六甲海峡的魔影 ····································· 5
　　戒备森严穿海峡　海上火焰展奇观 ······················ 5
　　特警神威　终不敌海盗狠恶 ································ 10

第二章　超国界联合行动 ·· 18
　　双雄会海南　英继列慨然出马 ····························· 18
　　罗里出奇谋　货船"彼罗斯"号 ··························· 23
　　悍盗劫货　罗里死里逃生 ··································· 29
　　热气球跨海侦察　恰逢"三三三" ······················· 34

第三章　人性与兽性 ··· 46
　　争风吃醋　兄妹在罪恶中相逢 ····························· 46
　　身处黑窝　兽性逗英雄　人性最磨人 ··················· 55

第四章　兵分两路 ·· 60
　　海蛇出洞　一夜销魂交易成 ································ 60
　　敢死队出海　三爷到底不凡 ································ 63
　　无底的海　渔船遭劫 ··· 66

第五章　追踪在马尼拉 ··· 70
　　巨轮成"幻影"　45万美元巧入账 ······················· 70

— 1 —

无本万利　用性命交货··75
　　步步紧逼　海盗探子终露蛛丝马迹································78

第六章　海盗阴影中的渔船··85
　　盗匪　渔船　海上大追劫··85
　　"远洋"号信息　100个猪头的困惑································92
　　果断行动　飞越万米海沟··98

第七章　吃人的难民船··107
　　生离死别　踏上险恶征途··107
　　难民和船老大··112

第八章　初识黑巢真面目··121
　　BK的绝活　茄子的如意算盘··121
　　滴血的夜晚　渔民捅了盗匪窝····································128
　　天老爷震怒　巧计近目标··134

第九章　黑吃黑··143
　　阿敏受辱　愤怒的阿龙··143
　　两恶相斗　四爷得了海象奖··149
　　夜取猪头99··157
　　海蛇中圈套　咽下鸟粪饼··173

第十章　海岸遭遇战··181
　　赌镇　赌匪　血战红树林··181
　　莫卡艳遇　英继列请海龟帮忙····································192
　　马礁疑踪　神秘的猪头··196

第十一章　孤胆斗凶鲨··202
　　黑色手段　英继列险中遇险··202
　　鲨口探险　恐怖的海崖洞··213

海鸥悲鸣　英继列巧探匪情……………………………………222

第十二章　海底百岁宴……………………………………………231
　　月黑风高　阿龙痛殴海蛇……………………………………231
　　黑帮里的红与黑………………………………………………239
　　瞒天过海　英继列打入匪窟…………………………………242
　　三血酒　群魔狂欢百岁宴……………………………………251

第十三章　立体大行动……………………………………………259
　　揭破001　异域风俗驱魔舞…………………………………259
　　国防部50分钟　特种部队紧急出动…………………………266

第十四章　黑色鬼节………………………………………………275
　　匪窟黑影　英继列被捕………………………………………275
　　黑色较量　阿龙无怨无恨了残生……………………………292

第十五章　猎杀麻鲨帮……………………………………………302
　　快艇　快艇　黄昏追杀海蛇…………………………………302
　　天兵海将　潜艇海底剿海鬼…………………………………308
　　越国界冲突　英继列枪扫弹药库……………………………315
　　不是尾声………………………………………………………322

后　　记……………………………………………………………325

再版后记……………………………………………………………328

引　子

　　一阵电话铃声响过之后，整个国防部仿佛失去了神经，静静的，足足有几分钟喘不过气来。千真万确的事实。在过去的两个小时内，一艘载有卫星测量仪的船只，经过马六甲海峡时，被海盗神秘地袭击了。总工程师章羽和女工程师阿敏连同他们的卫星测量仪消失得无踪无影，不知去向。哈特将军大发脾气："船上派去的是一支训练有素的特别警卫班，他们都携带有最先进的武器，难道连海盗也对付不了？"

　　警通局局长里姆大校向技术人员一招手，巨大的荧光屏上出现了一组画面。"哈特将军，这是通过卫星拍摄到的镜头。你看，0：20，我们的船通过马六甲海峡，0：41时，船开始有些偏航。再看，0：47船突然转向……后来连卫星都无法拍摄到画面。仅仅才五六分钟的时间，我们的船像是吃了迷魂药，不知踪影，让人难以置信。"

　　"警卫班难道都睡着了？"哈特将军不解地说，"他们受过特别训练，出海作战很有经验。这次为B国安装卫星测量仪，是我特意点的将，你瞧，竟然没有任何反抗就失踪了！里姆大校，你知道海盗是怎么干的吗？"

　　里姆大校伸伸手，表示出无奈的样子："将军，先看看这些资料。"

　　荧屏上出现了茫茫大海和各种各样的船只。"这是一种灾难，来自全人类的公敌——海盗。这种灾难，很可能发生在世界繁忙的港口新加坡近海。在这儿，往来于南中国海和印度洋之间的所有船只必须减速通过包括菲律宾海峡和马六甲海峡在内的狭窄通道。每天有多达240艘船进入海峡——平均6分钟一艘。这个海峡是海盗集中出没之地。世界上大多数船只被袭击事件就发生于此，因为相距很近的小岛群，为海盗提供了隐蔽所。典型的袭击发生在凌晨 1 点到 6 点之间。载有三四个人的快艇从船员们往往注意不到的船尾靠近，这些海盗有极强的袭击作战能力和高超的航海技术，他们甩出铁爪篱钩住船舷，身携匕首和弯刀登船，以后发生的一切可想而知……"

哈特将军看着发生在马六甲海峡的海盗行径，脸涨得通红，他大口大口地抽着烟，眼珠子不停地在转着，他似乎想到了什么。但没等哈特将军张嘴，里姆大校递过一份资料，说："将军，对于海盗，很多国家都束手无策，海盗对于法律几乎毫不畏惧。根据法律，海盗行为只有在国际水域才成立，海盗可以判处死刑，否则，它只是一种特别严重的偷盗行为，属于有关国家的普通刑法管辖范畴。这是一些国家在其领海外不追捕海盗的真正原因。另外，还有一点，那就是缺乏物力和财力，没有哪个国家能去管公海的事。"

哈特将军听着看着，蓦地将手里的资料往桌子上一拍，说："我们不能再眼睁睁地看着这帮海盗肆意猖獗了，难道你们不想用枪和他们较量一番？里姆大校，立即通知作战二处、侦察处、情报处、雷达处以及海军有关部门，明天，不，已经是今天了，上午 6 时准时在这里碰头，我要发布新的作战任务。"

"是！按将军的指示办。"里姆大校说着把电文夹递给了助手，吩咐道："莫卡参谋，请立即通知，有情况随时报告。"

这时，哈特将军才下意识地看了看手表，时针已指向 4 时 20 分，离碰头开会的时间还不到两小时。哈特将军习惯性地从桌上的烟筒里抽出一支香烟，放在嘴上半响没点火，他的思路又回到了那令人愤恨的马六甲海峡。他亲自派出的那艘船现在在哪里？他倍加信任的卫星测量工程师命运如何？哈特将军大步走到海洋地图前，拿起放大镜沿着菲律宾、马尼拉、马六甲海峡细心地观察，然后，重重地一拳打在海图上，自言自语道："马六甲海峡，等着吧！"

国防部大楼内静悄悄的，但灯火通明，各部门都在悄无声息地从事着"神秘"的工作。哈特将军轻轻地走到窗前，望着远方夜幕的天空，几颗启明星在闪烁，清澈的空中飘浮着一丝淡淡的云雾，东方的天空就要放出光亮。一阵凉风拂来，哈特将军不禁打了个寒战，才发现嘴上的烟没点着，于是，他从兜里掏出打火机点燃香烟，一缕缕烟雾从他的嘴里喷出。

海盗抢劫卫星测量仪有何用，难道要进行海空测量？不，一定是对他派去的高级工程师感兴趣。哈特将军断定，海盗正在秘密进行高科技实验。

秘书快速为哈特将军采集了所必需的资料，其中包括海盗在各海域活动的示意图和照片，还有海盗现有装备的各式最先进的武器和科技行踪仪器等。

6点还差5分钟，哈特将军的指挥室里坐满了来自各路的处长和海军潜艇部、海航部、水面舰艇部、陆战部的部长。哈特将军从里屋走出来正好6点整，他精神十足地看了在座的各位一眼，简洁地说："我们的船和工程师在马六甲海峡被海盗袭击，下落不明。我要说的只有一句话，那就是尽快找到这伙海盗，消灭他们，夺回我们的船和工程师。"

如果说是打仗，这些高级部长会立即回答保证完成任务，可眼前，他们只是呆呆地听着将军的命令，丝毫没有兴奋的表情。

谁都心里明白，与海盗打交道可不是闹着玩儿的事，虽说军队出动，但只能在公海里追捕，如果涉及别国领海，还有一个合作问题。况且，海盗是在海上，星罗棋布的岛礁，暗的、明的，水中、水底都是他们的藏身之地，任何军队都有劲使不上。

哈特将军朝身边的情报处长点了点头，情报处长从保密箱里取出一份录像资料，随手插入计算机内，巨大的荧屏上出现了一组神秘的海盗画面和奇怪的岛屿、礁屿，还有莫名其妙的沉船。

定格。情报处长从手里抽出微型教尺，指着画面说："从马六甲海峡到印度洋，包括雅加达、桑托斯、科伦坡等，光海盗频繁活动区域就有2800多处，还不算大西洋的马拉开波、蒙罗维亚和北美洲的瓜亚基尔。"

情报处长不停地调动手上的定格器，进一步分析道，"海盗是有严密的组织和帮派的。请看马六甲海峡，这一大片海域，有名的黑帮就有108个。这是海蛎帮，差不多以黑人为主；龙须帮，堪称海上一绝，武器先进，人员训练有素；山鹰帮、麻鲨帮都是这一带最著名的科技黑帮，导航、通信、网络形成科技联网，而且还有装备先进的海空干扰雷达和电子对抗仪，他们活动的海区，一般会在海空50到80海里范围内造成盲区。再看这个，是圣旗帮，这是海啸帮、老爷帮，这些黑帮人员大多是印度洋一带的荒岛流民，抢劫手段落后，但十分残忍，大多是遇上船以杀抢为主，尔后沉船逃走。"

情报处处长关上计算机，从机要夹里抽出资料，判断道："根据今天凌晨国际情报组织和我情报处提供的最新资料分析，这起事件有可能是麻鲨帮所为。他们迫切需要的就是能建立使用卫星测量仪的高级工程师。这个黑帮最担心的就是卫星拍摄，他们就是要研制反控制卫星对其活动海空的监视。"

在座的各路高官都惊讶地相互望了望，脸上流露出难以捉摸的神态。

"说得对极了，我们的潜艇电台在那一带海区曾多次被干扰，就连声呐系统也偶尔出现噪声。"潜艇部长说。

哈特将军起身果断地说："既然今天的海盗发展成这样，更要呼吁各国政府打击海盗活动。"然后，哈特将军命令道："侦察处处长罗里，作战二处处长埃伦，由你们全盘制订行动计划，这次行动就叫猎海行动，各路要员密切配合。可以行动了！"

短短的20分钟会议，哈特将军以最快的速度布置了一项新的反海盗行动。他习惯性地从烟筒里抽出一支香烟，深深吸了一口，然后，亲自接通了印度洋沿海各国的国防部和海事局的电话……

第一章　马六甲海峡的魔影

戒备森严穿海峡　海上火焰展奇观

第一次航行在茫茫的大海之中，对于首次乘船远航的总工程师章羽和他的助理工程师阿敏来说，显得格外激动，但同时带有几分惊慌。

章羽两鬓花白，虽说六旬的人了，但毕竟肩挑着远航到 B 国完成卫星测量的任务，他脑子里装的全是卫星航天的数据和测量仪的定位。出海几天了，独自一人待在船舱里不是敲打计算机，就是抱着厚厚的书在查找什么，连舱门都没出过。

阿敏不同，三十好几的大姑娘了，至今也没看上谁，但她一点都不发愁，天生一个乐天派。她是在海上出生的，也是大海夺走了她双亲的生命。因此，她对海说不出是什么滋味。此次出海远航到 B 国安装测试卫星系统，有一组重要数据是她演算的，所以安排她给章总当助手。

船在波涛里穿行，船艏犁起层层碧涌，船随之上下起伏地前进。好在阿敏从小在浪里长大，对于这种海上航行没有多大反应，倒是她身边的章总有几分不适。集中精力敲打计算机时，他似乎忘记了是在海上，情绪镇定；但只要他脑子闲下来，反应就十分强烈，船每分钟摇摆多少次，起伏的舷角度多大，他都几乎能凭大脑晕船的反应测出来。他的脸色开始变白，心脏也有点难受，这时，他的办法是躺在沙发上，掏出随身携带的微型计算机，演算高难度的数据，精力全集中在小小的计算机上，的确能分散晕船的干扰。

傍晚时分，一缕缕橘红色的霞光透过舷窗在章总的脸上跳动。章总丝毫没有发现，次数多了，他的眼镜成了聚光点，他抬头寻光望去，一束五彩的阳光通过圆圆的舷窗射入，像是一盏舞台上彩色的追光灯。

"章总，快出来看呀，多美的海洋霞光！"阿敏人还没进舱，甜脆的声音已传入章总的耳朵。

阿敏手提着高倍望远镜，脖子上挂着微型照相机，扶着章总从舱室走向甲板。

章总眨了眨眼睛，双手握着栏杆举目远眺。层层海波被夕阳金色的霞光穿过，像是富有生命的红色森林。那掀起的高高浪峰，闪着点点光泽，伴着阵阵嘶叫声，充满了挑战的神秘气息。

"阿敏，来，照一张！"章总激动地说。

阿敏可忙坏了，举起相机从正面、侧面，中景、远景不停地拍照，生怕海天那一幕千金难买的晚霞消失。

其实，海洋上空的晚霞比在大陆上停留时间要长，而且富有神奇般多彩多姿的变化。瞧，霞光变成一片片紫色的过渡色光，在云层下放射出一丝丝紫线。

"阿敏，瞧见了吧，这种现象是阳光中那份红色光源吃掉了蓝色光源，而其他的色源又不太明显，才有这种独特的紫色霞光。"章总边说边指画着，脸上原来那份苍白的颜色已经被眼前的紫色感染。

蓦地，天边紫色霞光穿透云层变成了粉红的光芒，一束束霞光刺云逼射，把云层分画成点点线线，放射出灿烂绚丽的光环，环的中央镶嵌着一丝飘动的云条，宛如天女沐浴着霞光挥动彩带，迎接她的是头顶光环的蓝色海的勇士，它们列队奔腾，挥舞着白色的巨臂发出阵阵呼啸声，像是在呼唤天女。

章总久久凝视着变化的霞光和神奇的大海，感叹道："大自然就是美妙！阿敏，你能感受到其中的奥秘吗？"

阿敏笑了，爽朗的笑声随风飘荡在海面上。"在我们这个星球，海洋是最美妙的。"阿敏停顿了一下，深沉地补充了一句，"但也是最残酷的！"

章总扭过头，发现阿敏的眼角饱含着辛酸的苦楚，他能理解助手的心情，阿敏对海洋的理解有她独特内在的情感。

霞光消失在海底，大海顿时又变成另一副面孔了，黑压压的浪峰涌动着，相互争斗着冲向什么地方，永远不停地在咆哮，风还在幸灾乐祸地伴唱。

章总和阿敏望着远方的黑海，谁也不说话，谁也不动，像是屏住了呼吸。他们静静地在感受什么，此时他们说不清，但心里都知道，要通过马六甲海峡，要通过世界最猖狂的海盗活动区。谁也不想提这事，不想提海盗二字。

风，吹得有点怪，像是在他们身边打转。他们抿了抿嘴，咸得有些发涩。他们抬头望了望天空，云层浓浓地在翻动，渐渐向大海压下来，似乎要与大海融为一体。

"章总，阿敏小姐，请你们回舱休息。船在通过马六甲海峡，你们不要离舱，请按我们的要求做。"一位身着中尉军服的军官走到章总和阿敏身边小声提醒道。

章总感激地朝中尉点点头，随后与阿敏一道朝船桥走去，各自进了舱室。

中尉沿着船舷检查各战位。从船头到船的指挥台两侧，船中、船尾均布有岗哨。随船保驾护航的特别警卫班的军人，身上携带有最先进的超声感应器和轻便的多功能进攻武器。

中尉重点在船的尾部布置了3名高大的警卫，同时在他们身上装有报警器，无论是警卫被击倒还是被秘密劫持，警报系统都会发出信号传给指挥所和船室。

中尉深知沿途护航的重任，更了解马六甲海峡一带海盗的凶残。出航前，哈特将军到码头送行时，拍着中尉的肩膀反复强调道："中尉，这次看你的了，我给你配的全是警卫特种兵，他们能在各种恶劣环境下作战。"

中尉非常有经验，他在船的边角防火栓处，安装了一台微型电台，并派一名报务员隐身盯在岗位。他知道，万一遇上海盗袭击，海盗首先是切断电台等通信系统，而他设置的微型电台是一般海盗无法想象的。

中尉查完岗哨，看了看手表已是夜间10:05。他回到自己设在船中部的指挥所，与大副一道又慎重地翻开了《马六甲海峡局部海图》，将船要航行的重点海盗活动区标上准确时间。大副指着海图的一个礁点说："这是有名的'黑漩涡'，不少船在这里遭袭击，而且不明不白，提醒各岗位要加强警戒。"

"我也听说过，这一带是雷达、电台的盲区，有点像百慕大三角。"中尉转身问，"你多次都经过这里，有什么异常的地方吗？"

大副想了一会儿，说："总有一种神秘难测的异象。那里漩涡的确急，船航行很艰难，摇摆度超过40°。对了，有一回我们船刚驶过黑漩涡海区，跟在我们船后边的一艘丹麦船突然不知去向了，实在令人不敢相信。我们用雷达搜索了一阵，也没发现那艘船。"

中尉听后，脸上露出一丝不易察觉的变化，他的眼睛久久地盯着海图上的黑漩涡区，沉思着。

"中尉，还有两个小时，我们的船要经过黑漩涡了。"大副提醒道。

"我知道了。"中尉交代道，"你通知船长，是否能加快航行速度，另外，让休息的船员和操舱员都上岗位，这一带最好不要轮休了。"

"好的，我先按你的要求传达给船长。"

大副走后，中尉才感到大脑似乎麻木了一阵子。他深知，此次长途航行的危险区就要到来，而真正考验人的地方也就是在这里，只要顺利通过马六甲海峡，就能看到到达B国的曙光。

中尉半躺在沙发上，望着船舱顶，他想再稍稍躺一会儿。下半夜的航行执勤将会怎样，将发生什么事情，他难以预料，但他始终坚信他的部下都是训练有素的特种军人，能应付各种险恶的情况。

中尉从身上掏出那支多功能微型手枪，看了看，心想，多少险恶的战斗都过来了，难道还会被海盗吓趴下吗？这支多功能手枪能发报、能指挥各岗位点的通信、能照相、能判断方向、能射击，但最后一个功能他从没使用过，就是连同主人一起自动爆炸，不给追捕者留下任何痕迹。中尉笑了："难道所有的功能我都必须尝试？"

"你们看，那是什么？"船尾一名警卫指着左舷前海面大声嚷道。

循声望去，只见墨黑的海面上泛起一片片闪光的火焰，时而随浪冲天，隐隐约约带有丝丝白烟缭绕；时而伴着漩涡荡起火球，像是在追踪什么，还微微发出一种声音。

警卫们看呆了，他们感到莫名其妙的新鲜，这是大海吗？海水还能燃烧，真是不可思议！

船中心指挥所里，中尉和大副用高倍望远镜静静观察着海面上这一突然而来的景观，他们谁也没发表见解。

船继续航行。这时，船长也注意到了，他侧脸看着前方不远处的火焰，不时地看着航海图，没有表现出异常举动，仍按原航线行驶，船长强调口令："正航，把住！"

船渐渐靠近了火焰区。从望远镜里看得非常清楚，火焰荡起的长长火苗中带有五颜六色的光彩，散发的白烟能闻到一种淡淡的气味，似乎有点清淡的玉兰香味。

"奇怪，这究竟是什么现象？"大副放下望远镜不解地嘀咕道，"我航行二十多年了，也曾多次经过这里，还从没见过这种奇怪的海上现象。"

中尉敏感性极强，一开始他就细心观察，觉得异常奇妙，但它千真万确发生在眼前，而且又是流动的火焰，这与海上磷光闪烁绝对是两回事。他没说什么，听大副这么一讲，眼睛惊奇地睁大了，又举起望远镜观察起来。

"是呀，这到底是什么，是自然现象吗？"中尉狐疑满腹，他立即按动通信键，大声命令道，"03，请立即接通国家海洋部，有要事通报。"

"03明白！"超感微型电台在联系，但忽然受到干扰波的强劲干扰，电台清晰度明显下降。

电波声的间断频率发生错位，报务员急得满头大汗，报告："中尉，电台失去控制，有强烈干扰波。"

中尉和大副相互望了一眼，意识到了什么，中尉看了下时间，零点还差一刻，这时他的心里涌起一种临战前的冲动。"继续保持与国防部、海洋部的联系，绝对不能间断！"中尉命令道。

那片方圆大约二百米的火焰区在离船大约千米处熄灭了，忽地升起一股浓浓的白烟，按风向正好朝船的方向飘来。

不一会儿，中尉和船长都感到有些眼花头眩，有一种要昏昏欲睡的感觉。

中尉毕竟有着丰富的战场经验，他预感到了什么，便火速给备战位和船员下达命令："各位戴上防毒面具！"

虽说中尉下达命令及时，但船员和警卫已有几分疲倦欲睡之感。

面具戴上了，但人们的观察视线却受到了影响，弄不清这是自然现象，还是海盗所为。

中尉掏出多功能微型手枪，判断了方位和时间，黑漩涡就在眼前。于是，他拉响了战斗警报："各战位注意，子弹上膛，一级战备通过海区！"

特警神威　终不敌海盗狠恶

船的速度渐渐慢了下来，黑漩涡一个套着一个朝船而来，形成连环漩涡。一层层的海底潜涌，从海的心脏往上翻腾，伴着黑漩涡组成一股强大的阻力，牵制了船的航行速度。

船摇摆强烈，巨浪飞旋在船顶。船长室关得严严的，玻璃被海水冲刷得很模糊。船长手握着操舵室的传话筒，大声喊道："左舵，好，把住！"然后，对身边的二副叫嚷道："上帝，这里太为难我们啦！"

这时，在船中部保密舱室的章总难受不堪，大脑平衡器显得特别灵，对船的丝毫摆动他都如同在数数，脸色有些苍白了，这已经是晕船的第二个阶段了，第三个阶段就要开始呕吐，直到吐水、吐血。

阿敏艰难地扶着舱壁来到了章总舱室。

章总斜躺在沙发上，不敢说话，他试图掏出计算器按动数字，想调整大脑，此时，却不管事了。

阿敏边扶着章总边说："想吐就吐，这样好受些。"

章总的脸上开始冒虚汗，但他还是强忍着，眼睛都不想睁。

"过了这段海区就好了。章总，放松点，越紧张越难受。对了，我给你哼支儿歌吧，是我在海边小时候常唱的一首歌。"

  小小贝壳圆又圆，

  拨动大海的心弦。

  挂在脖子晃悠悠，

  轻轻吹一下，

  我和大海都开颜……

阿敏唱着，手里摆动着脖子上挂的一枚小贝壳，脸显得有些忧郁。

章总被感染了，他伸手向着阿敏说："来，给我看看，多可爱的小贝壳！"

章总仔细看着。"哟，上面还刻着字呢，1966年8月8日于兰弯岛。"章总感触地说，"怎么，你一直挂着它？"

阿敏的眼眶湿润了，动情地说："我阿爸捡了两枚最好的小贝壳，刻上字，挂在我和阿哥的脖子上。现在就剩下我和这枚小贝壳，我阿爸、阿妈、阿哥都被大海夺走了生命……"阿敏说不下去了。

章总感动了："你不该给我唱那首儿歌，太让你伤心了。"

阿敏在一旁擦着泪，没有再说什么。然而，他们没有意识到，此时船已经驶入海盗出没的危险海域，带给他们的将是一场难以抵抗的灾难。

船航行到黑漩涡的中端急流海域，突然，在两块黑色礁石的背后，闪电般地驶出一艘气垫快艇，沿着船的死角区飞驰而来，在离船后部200米的时候，一名站在船边的警卫迷迷糊糊地刚举起枪，就被海盗击中了。快艇在黑色的海上划出一道白色的航迹，宛如夜色中一颗诡秘的流星。快艇上坐着6名彪形大汉，他们头上缠着彩色布条，脸上画着迷彩，身上携带弯刀和铁爪篱，腰挂微型炸药包和磁力干扰器，手里握着先进的AK-47微型冲锋枪。

海盗为夺取这艘载有卫星测量仪的船只，做了充分的准备，首次施放了最先进的"DN"海上追随式火焰化学剂，它产生的作用对于甲板上的人相当于一种催眠术，强烈的化学效应能使人在10分钟内睡熟，虽然中尉提早下达了戴防毒面具的命令，但警卫戴上面具后视力受到影响，而且人已经受到化学剂的伤害，戴上面具后更显得缺氧，也加重了睡眠的感觉。

眨眼间，海盗举起长距离发射枪，朝着正在航行的船的尾部瞄准击发，嗖的一声，一条长长的缆绳带着铁爪篱挂上了船的尾部，接着，海盗们双手握着缆绳一个个腾空而过，灵巧地落在船尾的甲板上，两名警卫还没来得及上前，海盗手中的无声手枪已将他们撂倒。

中尉戴着防毒面具感到指挥不便，喘不过气来，他甩掉防毒面具，操起话筒呼喊着："战位1，战位1，加强警戒！"

没有回答。中尉意识到了什么，对大副说："你盯着，我到后甲板去，这帮该死的东西难道都睡着了？"

刚下舷梯，中尉立即发现了后甲板窜动着一个个端枪的黑影，他转身按响了"海盗警报"，一声声长笛在船上响起。他掏出手枪，从身边的哨位又拿起自动冲锋枪，隐蔽地朝后甲板走去。

船长听到"海盗警报"，立即拉响了防盗铃。

电台紧急发出"SOS"，然而，电波在船的上空被干扰磁化了，产生的是一片混乱的杂声。

警卫和机要员迅速来到章总和阿敏的舱室："有海盗，听从指挥，不要暴露身份。"随后，机要员按动电钮，章总和阿敏的舱室下降到船的底部，上面仍是一间空舱室。

船尾中部的两名警卫发现后甲板的警卫被击毙后，立即隐藏起来，他们的头还有点昏沉，但一遇上战斗，似乎清醒了许多，他们用手捶着头，眼睛睁得大大的。

一名海盗从后甲板沿侧面朝前迈进，企图占领通信指挥系统，警卫一梭子子弹打去，海盗一个翻滚，躲在一个掩体之后。他的左臂被打中了，鲜血直流。他咒骂着，猛烈回击。

训练有素的警卫飞跃空中，朝冲锋枪发射的地点连续反击，一下子压住了对方的火力。待警卫飞旋抵达掩体时，海盗侧身攀在船体外，正要向警卫射击，警卫快速一倒，躲过了子弹，但被海盗一铁爪篱勾住了。这是海盗惯用的一招。

警卫的右臂被抓得紧紧的，鲜血沿着铁爪篱往外涌。

海盗大声号叫，朝警卫扑了过来。警卫身体一侧，海盗扑了空。这时，只见警卫用脚腾地一下把铁爪篱反扣在海盗的身上，海盗的后背被抓住了，虽然使尽全力挣扎，但为时已晚。海盗趴在甲板上，挣扎着挥动右手朝警卫移动着枪口，警卫飞身一脚重重地踢在海盗的脸上，尔后，抓起满脸胡子一身肥肉的海盗，用膝盖重重地撞在海盗的腹部，海盗瞪大了眼睛一阵痉挛。"都说你海盗厉害，今天尝尝我的厉害！"警卫愤怒地用手扯起抓在海盗身上的铁爪篱，猛地一脚，把海盗连同铁爪篱一起踢进了海里。

警卫也倒在了甲板上。他用手捂着被铁爪篱抓破的伤口，鲜血还不停地往外流，他从身上掏出急救包，忍着痛给自己包扎。

船长室已被海盗占领，船长和几名船员都被捆绑起来了。两名海盗在船的中部四处搜寻着什么，一个找，一个在背后掩护。

中尉独自在船的中部，也就是载有卫星测量仪的舱室。他知道，海盗最终所需要的是这里的高科技仪器。

中尉发现了这两名海盗，一闪身，甩手就是一枪，不偏不倚，正打在后面海盗的脑门上，那个家伙当即倒在同伙的脚下。前面的海盗反应很快，一个后翻接着连续朝中尉射击。这海盗心里有些害怕了，干过多少次劫船，没有一次像今天这样艰难，他的同伴竟死在身边。

中尉毕竟有经验，射击完后飞速闪到另外一处，正当海盗射击完后，中尉的子弹又发射了，海盗飞身跳起，双手攀在铁架上，"刷"的一脚，闪亮的铁爪篱朝中尉飞来，抓在中尉身旁的铁柱上了。

还没等中尉还击，海盗一个飞跃，在空中扣动了冲锋枪，子弹在中尉周围炸开了。

海盗刚一落下，中尉凌空一脚正踢在海盗的腿上，海盗失去平衡，摔在了甲板上，手里的冲锋枪也甩出去很远。海盗急忙掏出挂在身上的微型炸药包，眼睛瞪着中尉，充满了杀气。

中尉明白，这是海盗最后一招，但这事关仪器舱的安全，万一炸药包在中舱爆炸，这船连同卫星测量仪都要沉入海底。

海盗与中尉相持着，谁也不说话，空气仿佛凝固了。

中尉把枪扔在了甲板上，然后，当着海盗的面，又将周身由上朝下清理了一遍，海盗还不收起微型炸药包，用眼示意中尉把衣服也脱掉。中尉慢慢脱去上衣，接着脱鞋，说时迟，那时快，只见中尉一个闪电般的飞身转体，重重地将海盗打倒，海盗还没来得及拉炸药，就被中尉掐住了手腕。中尉夺过炸药包，随手扔进了大海。

海盗刷地从身上抽出匕首，再次冲向中尉，划破了中尉的手臂。中尉纵身前跃，双脚腾空夹住了海盗的脖子，然后一拳猛击海盗的阴部，海盗倒在了甲板上。这时，中尉从甲板上捡起匕首，"嗖"的一声向海盗刺去……

海面，船的两侧有两艘气垫快艇飞驰而来。

中尉快速朝船指挥舱奔去，他知道将面临一场与海盗的生死大搏斗。

船减速了。中尉刚登上船桥，就被一名海盗抱住了。他两手一挥，猛地将身后的海盗击开，但还没来得及抄枪，两名海盗向前按住了他，然后用绳子把他五花大绑起来。

飞驰而来的两艘快艇已靠近船只，显然这是两艘支援艇。

中尉靠近船舷，望着茫茫的夜海，慢慢地闭上了那双痛苦的眼睛。

黑色浓云把大海压得喘不过气来，于是咆哮着冲击天空，那串串黑漩涡和潜涌把天和海翻了个身，搅起满天的浪……

海盗敢死队队长阿龙穿着一身橘红色的防弹服，头上缠的彩色布条多了块黑布长条，这是海盗三号头目的标志，他站在船的中央，看了看手表，不说话只是用手势指挥着。

海盗把卫星测量仪吊上了机动艇，随后，又迫使船长打开柜子，取走了卫星测量的有关资料，海盗们则把船和船员身上有价值的物品搜刮一空。

章总和阿敏下到底舱隐蔽，海盗翻舱寻找二十多分钟也没找到。敢死队队长阿龙掏出船的构建图在查找。海盗对世界上任何一艘船，哪怕是最新产的船，都要索到船舶构建图。阿龙干海盗二十多年了，从小就是在海上长大的，他对船的构造有丰富的经验，被海盗们公认为"船老总"。半晌，阿龙的眼睛移到了船的中部底舱。他走到中部的电子指挥舱看了一遍，立即用手按动了一枚红色的电钮，只听见一阵微弱的启动声。过后，一座潜舱升到了中部。随后，一群海盗涌上前。门开了，章总和阿敏在舱内。

阿龙得意地笑了笑，用手一挥，海盗快速用黑布蒙住了章总和阿敏的眼睛，中尉也被蒙上黑布，然后把他们绑架到了气垫快艇上。

仅35分钟，这艘载有卫星测量仪的船只被袭击劫持了。

三艘快艇在黑海上划出三道白色的航线，朝着神秘的大海深处飞驶……

不一会儿，汽艇沿着一块黑礁转起来，阿龙掏出一盘带密码的电子仪器，手按着绝密的数字号码，这时不远处的海面上升起一柱潜望镜，观察一番后，黑石礁渐渐向上升起，露出一条大型通道，汽艇熟练地沿着通道慢慢驶进。

中尉在黑暗中，判断着快艇行驶的方向、方位，默默地记在脑子里。他静静地用听觉判断，有礁石之类的掩护体在升降，有一条通道在迎接这快艇，尔后就是一系列的电子操作。他判断海盗总部离劫船地点大约有两海里，方向在偏航道的右 28°。

章总和阿敏被蒙着黑布由两名海盗带到右边的科技基地，然后被关进一间黑屋里。

中尉就完全不同了，由海盗武装押送到左边的海盗秘密审讯室，眼睛上的黑布仍然不被解开，这是海盗的规矩，在 3 天以后看被抓的人的情报，再决定其命运。

一座由海盗严密警卫的大厅内，里面布满了彩色布条，缠着一尊尊神灵的石像，上座的中央挂一幅由海船组成的"W"字样，两边立着一排闪光的海盗刀，前面是一排燃烧的海盗香，缭绕着一缕缕青烟；大厅内肃静无声，海盗们屏住呼吸，低头笔直地站在总头两侧。总头麻鲨满脸长须，头圆鼓鼓的，像是长了把儿的冬瓜，他的脸上有一块紫色的伤疤，头上缠着彩色布条，还插着一根长羽毛，他两眼紧闭着，嘴上无声地在念着什么。

紧靠敢死队队长前面的是二号海盗大胖，只见他头缠彩色布条，插着一块白色布条，海盗官衔的标志十分明显。他胖得惊人，圆圆的腰两个人才能抱得过来，体重达 180 公斤。此时，他在庄重地举行仪式。他举起酒杯，掏出匕首果断地在左臂上刺了一刀，血一滴一滴地往酒杯里流，接着，他高高举起那杯带血的酒，大声说："我代表鲨爷，向这次死去的兄弟送行，愿他们在海的天堂畅游升灵，干！干！"

所有的海盗都跪下了，整齐地抽出腿上的匕首，几乎同时刺向手臂，血往酒碗里滴着，他们的眼神凝结了，盯着血染的酒，端起来仰脖子喝了个精光。

这是海盗的行规，无论哪个海盗死了，他们都要举行这种仪式。

麻鲨闭着眼睛，用手拿着木槌在一块涂有红色的木柜上敲了三下，尔后，抬手朝海盗们挥了挥，海盗们便轻轻起身一个个退出大厅。

厅内只剩下 4 个人。灯光渐渐暗下来，只有麻鲨座椅两侧闪着两盏红色的灯。

"老二，测量仪要抓紧安装。"麻鲨仍闭着眼睛，小声地说，"让抓来的工程师与我们的工程师合作，你要亲自办好。"

"鲨爷，我会按你说的去办。"

"老三，这艘船被劫后，他们的军方不会甘心的，你要全方位布置，严格监视我海空的任何一个目标。有可疑的目标要尽快处理，决不能有丝毫的差错。"

"鲨爷，放心，这里是马六甲海峡！"

"老四，你尽快与外面联系，月底有一艘装载啤酒的货船经过这里，弄清船只，制订一份详细计划！"

"是，鲨爷。"观通头目海蛇一副地道的军人姿态。他以前是一名陆战队员，打了败仗，在海上漂了四天四夜被麻鲨救起的，从此便跟海盗一起干上了。

麻鲨没有多余的话，说完后，闭着眼朝他们招了招手，他手下的三员大将便自行退了下去。

一道铁门自动关了起来。

第二章 超国界联合行动

双雄会海南　英继列慨然出马

　　哈特将军给他们布置完任务，已是早晨时分了。侦察处长罗里深感责任重大，将军把此项侦察任务交给了自己，而且要配合作战二处制定作战计划。他知道与海盗打交道不易，这是令整个国防部都感到棘手的事。

　　他的办公室挂着各种大大小小的地图、海图，还有不同的地球仪，仿佛侦察处把整个世界都控制在这间屋子里。

　　侦察处长罗里和情报处长是老搭档、老朋友，罗里的侦察少不了情报处长的配合。

　　他操起电话拨通了情报处长的办公室，亲切呼唤道："噢，老兄，又是一晚上没睡吧。你的海盗情报非常重要，没想到，你老兄除了军事情报外，还有这么多国际情报。"

　　"老兄，没办法，吃这碗饭嘛，情报无论是工业、农业、经济、天文地理，都与军事有关，要知道最终目的是用于军事。"

　　"老兄高见。请你的机要秘书给我送一份详细海盗资料，对了，山鹰、麻鲨黑帮的重点资料要全。老兄，再一次谢谢你的合作！"

　　"老兄说到哪儿去了，我的情报就是用于军事行动，否则就成了一堆废纸。"情报处长停了会儿，饶有兴致地说，"老兄，如果你真要与海盗打交道，我想，你应该去找找专门从事海事调查工作的英继列。"

　　"英继列？这名字似乎在哪听过？"罗里惊奇地问。

　　"他是中国的海事调查员，在世界享有盛名，去找他，肯定有帮助。"

罗里高兴地敲着桌子说:"老兄,谢谢你的情报。"罗里想起来了,去年在太平洋侦察遇到难题时,好像是这位中国海事调查员英继列提供了相关资料。

罗里在屋内踱着步子,突然停下脚步走到海图前沉思了片刻,尔后,迅速拨通了国际海事局约尼泊的电话。

"约尼泊,听我说,我正在进行一项与你有密切关系的侦察,把你最新的海盗资料,特别是山鹰、麻鲨的资料传给我,越快越好,我们要与海盗较量……"

没等罗里讲完,约尼泊就打断他的话:"我说,还是别干为好,这样你会丢官的,懂吗?你是军人,我劝你还是十你的军事。我是十海事的,要比你清楚得多,与海盗较量,大笑话,别说你一个军事侦察部,就是两个、五个也没办法弄清这帮海盗。罗里,算了吧,别自找苦吃,海盗比海里的鱼还要熟悉海域。就说麻鲨黑帮吧,你知道在什么准确地点?光他的活动区域就有几十个,就连海军也难对付,海盗不会跟你面对面地交锋,懂吗……"

罗里也急了,打断对方的话大声叫起来:"我懂,我懂,你还是国际海事局的,瞧你这样,国际海盗能不猖獗吗?我只想问你一句,你到底配合不配合?"

"笑话,你先别谈配合,我问你几个问题:第一,你弄清是哪方的海域、哪方的海盗、哪帮的头目没有?光马六甲海峡出没的海盗就有上百个点,你能弄清吗?第二,就算你弄清了,知道这些海盗的出入点吗?海盗的老巢在哪儿?告诉你,这些连我们国际海事局都不知道,谈何容易?第三,你知道了这帮海盗又怎么样,如何打击?这些海盗活动频繁,地域不定,面临四个国家的海域,你能进入别国领海追击吗?即使联合追击,海盗在海上可是身手不凡啊!我说,这些你都想过没有?"约尼泊说得头头是道,条条是问题,他对罗里不抱多大希望,倒认为罗里有点感情用事。

罗里对于约尼泊所提的问题当然有所考虑,如果是由他自己选择,他是不会去干这种自讨苦吃的差事,但哈特将军的命令使他不得不硬着头皮去干。他不想向约尼泊解释这些,作为军人,他知道该怎么做。罗里婉转地说:"你提醒得有道理,正是有这些问题,我才向你求援,希望能得到你的配合。别忘了,我倒是提醒你,我请你到科克群岛最美的海滨喝白兰地、冲海浪怎么样?"

"这些都可以办到。别忘了,我是国际海事局副局长,到任何一个海滨国都是我的公务。没办法,你要我提供什么样的资料?"

罗里乐得大笑起来,痛快地说:"我要有关马六甲海峡海盗详细档案,山鹰、麻鲨的……"

"好了,别说了,这些我比你熟悉。不过,你别得意,光靠资料是不行的,我可以全部提供,但必须实地考察,你有何打算?"

"我们有安排,准备深入通过马六甲海峡的商船,派特别侦察员进行侦察。"

"不,不行,这样半年也不会获得信息。我向你推荐一个人,他是当今国际海事调查最有贡献,也是最机智的人,与海盗多次打交道,对海盗那套熟知。"

"别兜圈子了,他到底是谁?"

"哈……怎么,着急了?你不是让我配合嘛,你听我说,此人对你们非常有用,我担心难以请到。"

"噢,这么难请,他是谁?"罗里追问道。

"他是中国人,名叫英继列。他是中国海事局一名出色的海事调查员。"

"又是他!这个人我听说过,那就劳驾你给个面子说说情,我们要请他。"

"恐怕不那么容易,他只管调查,不管打击,懂吗?要请也得找个由头,你要亲自出山去拜见他。"约尼泊说得十分认真。

"我按你说的办。只要帮我们调查,其他的不用他插手。"罗里追问道,"他在中国什么地方?我去请。"

"英继列在中国的琼岛，正在一个美丽的海滨城市休假。我写封信传给你，拿到信后你即刻动身，要快，否则英继列又不知去向。祝你成功，再见！"

"非常感谢，再见！"罗里挂上电话，脸上露出一丝喜悦，他习惯性地拍拍手，直奔电传室。

罗里很精明，不到半天时间，来自国际海事局和国防部情报处的各种海盗资料信息都集中到了他的手里。罗里和作战二处处长埃伦立即进行了协商，罗里决定以最快的速度飞往中国琼岛。他必须亲自去请这位世界级的海事专家，这将关系到"猎海行动"的整个行动计划。

"华水，时间紧迫需要马上去中国，你和机场联系，就乘中午12：20飞香港的班机。"

"亲爱的处长放心，我会让你满意的。"侦察员华水一副漫不经心的样子。

罗里拿起电话正准备接哈特将军的办公室，犹豫了一会儿又放下了，他想还是亲自向哈特将军报告合适。

罗里看了看手表，离飞机起飞还有一个多小时，他正准备要收拾下简单的行李，女秘书米娜把一个黑色的手提箱送到了处长的面前。

罗里依靠在软席上，从兜里掏出袖珍地图细心地查看起来。他心里最没有把握的就是这位中国的海事专家，能否合作，就看此行的成败。

飞机在云层中穿梭，白云厚厚的一片像是茫茫大海。罗里闭上眼睛，他似乎不太喜欢大海，大海使他伤透了脑筋。

几个小时后，罗里抵达香港，然后立即登上了香港到琼岛的班机。他持有国际侦察特别通行证，走到哪儿都是只管乘机乘车，畅通无阻。

罗里一下飞机，便与英继列通了话。英继列回答十分干脆，明天上午9时在黑湾海滩见。

罗里刚放下电话，一辆黑色的小轿车便停在了一身黑色打扮的罗里身旁。

"罗里处长，请上车！"一位年轻的海事调查员朝罗里亮出印有英继列字样的证件。罗里钻进小轿车。

"罗里处长,很抱歉,英先生有急事,让我来接您。"海事调查员用英语说着,开动了轿车,继而解释道,"我们在大华宾馆为你准备了套间,你先休息,随后再联系。这是我的名片。"

罗里接过名片看着,幽然地说:"张飞海,你这名字太妙了,难怪中国人有征服大海的本领,原来你就会飞海。"

"太谢谢你了,罗里先生,看来,我得沾你的光带来好运气。"张飞海说着爽朗地笑起来。

小轿车在绿色的椰林中穿梭,最后在一座乳白色的东方式宾馆前停了下来。罗里走出轿车,抬头环视着眼前别具一格的艺术建筑,连声叹道:"这简直是一座东方特色的艺术品,美极了!"服务员彬彬有礼地帮着罗里提箱子,引着罗里走进宾馆大厅。张飞海指着一间豪华别致的套间,说:"罗里先生,这是你的房间。对了,这是琼岛地图,还有这个对你更重要,南中国海海图。有事晚上再联系,请罗里先生先休息,这是我们中国人的习惯。"

罗里无可奈何地摊了摊双手,笑着说:"入乡随俗,只好听你们的安排。谢谢你的关照,张飞海先生。"

罗里不愧为军事侦察处长,他站在晾台上向四周环望着,宾馆两侧是起伏的青山,对面是大海,显得格外幽静。罗里巡视了宾馆的内部,宾馆管理非常严格,而且有高级警卫,他一看就知道这不属于一般的高级宾馆,是进行特殊活动的专用宾馆。

罗里心里有底了,他立即接通了国际电话,向国防部及国际海事局通报了自己的准确方位和电话号码。

夜已经深了,罗里仍睡不着,他披上一件睡衣,双手扶着栏杆,望着黑茫茫的大海陷入沉思。他希望能尽快与这位中国著名的海事专家英继列见面,他预感自己会得到新的信息。

明天,英继列会有什么高招呢?

罗里出奇谋　货船"彼罗斯"号

　　海雾在一片片长长的椰林中缭绕,渐渐向空中扩散开来,太阳透过雾层折射在树林缝隙之间,闪烁着五彩的光环,时隐时现在车窗的玻璃上跳跃。罗里望着车窗外闪过的椰林,兴致正浓,说:"张飞海,这是一座椰岛,世界上最美的椰岛!"

　　张飞海边开着车边回答:"你说得太对了,罗里先生,这里椰子味道好极了。你想尝尝吗?"张飞海补充一句笑了,说:"当然,不会要你的钱。"

　　"那就算主人请客嘛,你说,是吗?"罗里幽默地说,"光请椰子不行,还得尝尝你张飞海的海味!"

　　"这没问题,我带你到太平洋吃个够!"说着,他们愉快地笑起来。

　　黑色的小轿车穿过椰林后,眼前便出现一片金黄色的海滩,足足有10公里没有杂物,光溜溜的望不到尽头。蓝蓝的天空与蔚蓝色的大海融为一体,分不出哪是天哪是海,只有被微风泛起的层层白浪,才感觉到大海那多层次的蓝色,深海是墨蓝有点发黑,近海蓝色中带有几分飘逸,珊瑚盘上的海水则呈现出一片瓦蓝,透明中夹着一丝碧绿。

　　小轿车在沙滩上行驶,留下两行淡淡的痕迹。

　　"沙滩有这么大的承受力,不多见。"

　　张飞海说:"这片海滩太值钱了,细腻,呈金黄色,听说美国要用一吨大米换这里的一吨海沙,中国都没答应。"

　　"这沙要比大米值钱得多。"罗里说,"大米还可以种,这海沙无法再种。"

　　这时,只见海湾里有座竹凉亭,是在浅海滩修建的。竹凉亭的顶端是一条竹子做成的青龙,四周是竹子编的波浪和飞鱼的图案。远远看去,像坐落在海里的龙头正在喝水。罗里看着,心里不觉感叹,这地方真不错。

凉亭里坐着的正是海事名家英继列。

英继列戴着宽边镀金的黑色眼镜，留着典型中国人的板寸小平头，宽脸庞上那双眼睛分外有神，明亮中有一股深邃之感，像是见不到底的海，英继列个头不算高，但体格特别壮，有人说他吃鱼吃多了，是海洋把他养成的这副身体。不管怎么说，内行的人一看就知道，这人不一般。

英继列端坐在竹凉亭正中的竹椅上，手里翻着一叠资料和图片。

罗里到了海边，一艘舢板在等着他。舢板在海上摇了十多分钟，这才靠近了竹凉亭。

没有介绍，英继列便上前拉住罗里的手。罗里大脚一迈，"噔"地上了竹楼。

"如果我没说错的话，你就是大名鼎鼎的英继列先生吧？"

"欢迎你来中国，认识你很高兴。"英继列说着用匕首开了个大椰子，朝杯子里倒出清香的椰子水，递给罗里。

罗里喝了口，抿了抿嘴："清香甘甜，的确很美妙。"说着，罗里从黑皮箱里取出一封信交给英继列："这是约尼泊先生给你的亲笔信。"

英继列看着看着笑了。

"英先生笑什么？"罗里不解地问。

"没有什么。你是约尼泊的老同学，这很好，但我帮不了你这个忙。"英继列淡淡地说。

"为什么？"罗里急了，"难道不信任我们，还是别的什么原因？"

英继列起身在竹楼里转了转，慢慢说道："都不是。你们的目的是想消灭这些海盗，我可以坦率地告诉你，罗里先生，这根本不可能，有大海就有海盗存在，几十年、几百年都是这样过来的。你一夜之间就想把几百年的遗留问题解决，这是行不通的。"

"亲爱的，我千里迢迢来这里不是来听你说这些的。"罗里激动地说，"我的卫星测量仪还有两位高级工程师被海盗劫持了，我想知道的是这帮海盗到底想干什么？我要用我的军队追回我的仪器、我的人！"

"对发生的事件我表示同情。我从事海事调查，知道大量海盗残酷疯狂的罪行，掌握了一大批资料。但在马六甲海峡以及印度洋，茫茫无边的大海，你刚要去靠近这些海盗，他们就逃之夭夭了。他们的老巢在何处，就在大海，你无法弄清。用中国的话说，他们打的是游击战。"英继列随手把一叠资料递给了罗里说，"你先看看这些。"

罗里接过资料翻动着，他的心思可不在这些资料上，他试图想说什么，但英继列指着一张图片说起来："罗里，你瞧，这艘集装箱船在时速20海里行驶时还遭到袭击。这是上个月受害的12万吨的韩国油轮'远洋行者'号，8万吨的美国油轮'海洋城'号，以及运载矿砂的11.4万吨希腊货船'贡卡尔维诺斯'号。世界最大的船主联合会、波罗的海和国际海运会议会员组组长弗莱斯列出了一张近几个月内被海盗偷盗及转卖的清单：包括从意大利运往黎巴嫩的3000吨糖，还有2500吨番茄酱。这些运输船行至菲律宾群岛时，连船带人都被扣留。"

英继列接着说："对航运业来说，这些袭击并不只是令人尴尬，每年在世界各地发生一百二十多起类似事件。1990年至今，在南中国海上的这类袭击以六倍多的速度增长，这实在令人不安，我曾向世界各国海事局呼吁过，要遏制海盗活动。"

罗里翻着一组组真实的被海盗劫持的船只图片，脸色涨得通红，面对英继列质问道："难道你眼看着这些灾难不想干点什么？这种现实已经严重威胁到国际海运业，你还犹豫什么？我的海事专家。"

英继列喝着椰子水，久久没说话。

"你干海事调查几十年，难道是在收集资料编本书吗？"罗里说。

"你听着，面对大海你果断回答我，到底想不想与我合作？"罗里强调道。

英继列也火了，将手里杯子一放，大声说："我不是在编书，也不是玩游戏。我中国同胞的船只在南中国海、菲律宾群岛、印度洋被海盗劫走的很多，还有很多人因此死去。"英继列缓了口气接着说，"罗里，你知道吗？今天的国际海盗不像以前了，他们有现代化的盗劫手段和现代化的通信、防御体系。我所收集的一切情报，就是想有朝一日打击海盗，但目前似乎早了点儿，还没有一套完整的国际打击海盗的法律，这是最主要的，你这边打，他那边跑，懂吗？如果不重重打击，必将会引起众多海盗的报复，那将会给整个国际海运业带来麻烦，后果怎样，我的罗里先生，你知道吗？"

罗里没再说什么了，他从英继列的话中也感到了什么。半晌，他们沉默不语，各自望着远方那片变化莫测的大海，眼睛有些潮湿。

罗里又想到了他那位国防部的将军，眼睛瞪大了，转身以乞求的口吻说："你说得有道理，但我必须执行这项特殊命令。我希望你能合作，三天之内我要把详细侦察情报向我的顶头上司报告，制订作战方案。"

正说着，张飞海夹着急件登上竹亭，递给英继列："这是从狮子口港得到的最新信息，丹麦'彼罗斯'号载1000吨啤酒要经过马六甲海峡。"

英继列看着电文，当即从身上取出微型电子信息器，敲打着键盘，一组数字出现在眼前："也就是说后天的0∶30经过海盗集中区，这是近半月来唯一运载食物的船只经过这一带，相信会有戏。"

这时，待在一旁的罗里突然叫了起来："哎呀，英继列，原来你就这么个休假法！"

英继列笑了笑，摊了摊手："这比在家休息要好得多。"说着，转身对助手张飞海说："立即通知海云、海祥、陆岩观察点，详细记录'彼罗斯'号的航行路线。对了，把经过马六甲海峡的准确时间提前告诉我。"

罗里半晌没吱声，这下他终于找到了说话的根据："你怎么对这艘船感兴趣？每天都有数十艘船经过马六甲海峡。"

英继列在兴奋时总要抽支香烟，他递给罗里一支，然后给自己的香烟点燃吸着，说："这没什么神秘的。前天我从陆岩观察情报点获悉，有两个海盗黑帮需要啤酒，其中有一个帮派也许跟你们有密切关系；再就是我必须对从南中国海出航的货船经过海盗频繁区的行驶情况有所了解，这对防御海盗的袭击可以提供更多的实例证据。"

罗里连忙为英继列倒上椰子水，拍着他的肩嚷道："难怪连国际海事局的约尼泊都佩服你。实际上，你已经与我合作了。"

英继列用手势打断他的话："罗里，这不太一样，这是我每天的工作，懂吗？"

"那当然。英继列，我有一个想法。"罗里四周望了望，海中的竹亭除了他俩外，就是茫茫的一片，他小声说，"我想上到'彼罗斯'号亲自侦察，这是非常有利的机会，只要我掌握了第一手资料，才能制订作战方案。"

英继列没有回答，对眼前这位侦察处长的行为有些惊服，没料到罗里有一股出生入死的精神。"不愧为军人侦察员，胆量是够大的。"英继列小声地说，"不行，这样太危险，你下一步的工作怎么干？"

"现在不是谈危险不危险的时候，而是要为我提供一切机会。"罗里肯定地说，"你一定要为我联系好上'彼罗斯'号船，什么时候都不要暴露我的身份。英继列，时间不多了，就这样办吧！"

英继列仍犹豫着，他担心这件事不那么容易，随船侦察要冒生命危险，海盗的眼睛厉害得很，凭感觉能识别谁是海上的人，谁是大陆上的人，而且海盗残酷得很……罗里拍着英继列的肩，笑着说："别为我考虑了，你的心思我懂，赶快行动吧！"

英继列收起资料："待我论证后，再告诉你。"

"没时间了！这是作战，不是开会。"罗里有些激动。

"对不起，在这里，你必须听我的安排。"

"好好，我听，但我现在想知道未来两小时内要干的事。"

"罗里，你什么都别说了，你现在就这么待着，懂吗？要冷静！"英继列说着掏出微型话机呼道，"飞海，请安排两个人在海滩好好陪陪罗里先生。"

"罗里，我去去就来。"英继列跳下快艇立即发动，眨眼间快艇朝一座绿色的孤岛驶去。海面上蔚蓝色中划出一道白色的长带，仿佛牵着整个大海在奔跑。

罗里站在竹凉亭里，望着快艇驶去的那座孤岛，上面隐隐约约可看到高高的雷达天线，还有一片红色的东方特色的楼阁，看上去不像是军事重地，倒像海上度假村。

这时，张飞海来到罗里身旁，对他说道："罗里，现在是放松时间，你去海滩冲浪，这里是著名的黑湾海滩，感受一下海沙的滋味，可别错过机会。"

"真没办法，我哪有兴趣冲浪。"罗里哭笑不得，也只好随着张飞海来到了那片金色的海滩。

一层层的海浪随潮而动，腾起满天的浪花，冲上海滩，接着又退出海滩，呈现一片洗过的金黄色。

罗里看潮水翻卷而来，挥着双臂冲上去，海浪轻轻把他托起，尔后又抛入凹谷之中，反复多次，那种惬意之感使人忘掉了世界上的烦恼，的确心胸开阔起来。

海水荡漾，海滩袒露纯洁的身躯。

远处，一艘快艇朝海滩飞驶而来。英继列驾驶快艇熟练地停泊在海滩处，一看就知道这是与海长期打交道的人。他跳下快艇，朝罗里招了招手，便朝岸边的椰树下走去。

罗里边用毛巾擦着身上的海水，边迫不及待地问："怎么样，不会让我失望吧？我已经完全按你的要求在放松，真的，的确在放松！"

英继列笑了，继而又严肃道："罗里，我已与有关方面联系了，包括你的老同学国际海事局的约尼泊。我的意见是，你暂时不要去冒这个险。要想冒险，以后我给你安排就是了。目前一是时间紧迫，二是准备不充分，会给你带来麻烦……"

"别再解释了！原来你让我在这儿轻松，就是在苦苦等你这几句话。"罗里把手上的毛巾一扬，接着说，"无论如何我要争取上'彼罗斯'号船，英继列先生,我是侦察处长,必须亲自看看,你懂吗?"

英继列没有再争执下去,他在椰子树下转悠着,转身说:"可以,我答应你的要求,我为你提供方便,但很抱歉,我不能参加你的侦察行动,因为我有我要干的事。"

"英继列,没说的,你尽管干你的。不过,下次我有了详细计划后,你要出马,我相信你不会拒绝吧!"罗里说。

英继列笑了,没有回答。这时,他掏出微型高频率对讲机呼道:"总部,总部,请通知海零机场,我的方位在黑湾。"

英继列果断地调动所需的一切,脸部表情依然是那般难以捉摸,朝罗里淡淡地说:"老兄,算你运气,如果再晚4个小时,'彼罗斯'号你就赶不上了。可是别忘了,真正的运气还得看你最后的结果。但愿你能如愿以偿。"

不到一刻钟的光景,空中盘旋着一架直升机,缓缓地停在黑湾宽广的海滩上。

"罗里,让我的助手送你追赶'彼罗斯'号。上船后,你拿着我的这张特别通行卡去找麦特船长,他会安排好你的。记住,遇上海盗千万不要抵抗,否则你将会被喂鲨鱼。"英继列说完用力握着罗里的手,然后挥了挥手,直升机开始朝空中盘旋,海滩上掀起一阵强劲的风。

直升机在海湾上空盘旋一周后,定了定方向,朝着大海深处的天空飞去。

悍盗劫货　罗里死里逃生

眼前的海墨黑一片,层层起伏的浪峰宛如张着嘴的群兽,嘶嚎着扑向船头。

"彼罗斯"号货船顶着风航行在大海深处,高高的船舶像把锋利的战刀，劈开黑色的海浪，勇猛地朝前行驶。

　　罗里上船后，立即见到了麦特船长，当然一切都是由英继列安排的。罗里没有与其他船员接触，被直接安置在船上部独立的小舱室里。罗里适应能力很强，穿上了船员的工作服，然后，掏出一个小本子不时地在上面画着只有他才懂的符号。

　　"彼罗斯"号在公海航行，进入马六甲海峡还要6个小时左右。罗里吃过晚餐后，感到有些无聊，这段时间不好打发，他在舱室转悠着，桌上的烟灰盒装满了他抽剩的烟头。他下意识地走出了舱，沿着左舷溜达走到一处水手的住舱前，从圆圆的舷窗里看见几个水手边喝着啤酒边聊天。

　　一个满脸胡子的大高个儿水手神采飞舞地比画道："我在海上多少年了，整整20年！什么样的海盗没见过，光换船都3艘了，对了，这是第4艘，不过，有一条最重要，在海盗区域船被劫了，那就让这帮家伙想拿什么就拿什么，保你没事。"

　　"听说业余海盗比职业海盗还要坏？"一个青年水手问，显然他是新手。

　　"业余海盗大多是临时组织的一帮海上游民、难民，他们劫了船什么东西都要，连旧衣被都搜走，走得也快。还是那条经验，千万别阻拦，他们在海上像游击队，太神秘了。"

　　罗里侧耳听着，脚几次想进去，他觉得那个"胡子水手"对海盗一定掌握不少的线索，但转而一想，此次上船为的是更重要的侦察，先不要暴露自己。于是，罗里轻轻地朝船的中舱走去，他想熟悉一下这船的大概部位，他知道中舱以下是货舱，里面装的全是啤酒等货物。

　　然而，就在这时，罗里和船上的人都没想到，一帮头缠彩色破布的海盗，身上携带着匕首和弯刀，已经从船的尾部登上了这艘正在航行的"彼罗斯"号，他们分两路直奔船长室，领头的海盗用手枪顶住了麦特船长的腰部："不要动，你可以继续开你的船。"其他海盗熟练地在船上搜索，并用绳子捆绑着一个个他们所发现的船员。

罗里意识到船上发生了什么，习惯性地抄起手枪朝船长室走去，他知道海盗上船了，骂道："真他妈的该死，这帮家伙来得这么快！"

罗里看见船上发生的一切，以侦察员特有的敏捷包抄海盗的身后，闪电般地朝海盗举起了手枪："不许动！你们终于撞上我的枪口！"

海盗头震住了，但他的手枪却对准了罗里，这家伙毕竟是海盗，说道："那就一起开枪，做个伴一起到海里喂鲨鱼！"

"罗里，放下枪，让他们拿好了，他们不会拿得太多。"麦特船长大声喊道，着急地朝罗里使着眼色，对这帮海盗麦特心里有数。

"还是船长说得有理，我们不会要太多。"海盗头听船长说"拿点"倒有些好感，海运的老海员都明白海盗的目的。

想到自己的重任，罗里强忍着把手枪放下。

就在罗里刚放手的一刹那，两名大个子海盗飞身抱住了罗里，要是平时别说是两个，就是四个也难对付罗里。这时，罗里没反抗，被海盗用绳子捆住了。麦特向罗里投去感激的目光，他知道罗里救了船上的人，否则你对付了这几名海盗，也出不了漫长的菲律宾海峡。

大约二十分钟，海盗很快劫取了他们所需的食物。几名海盗在船长室翻找，连船长抽的几条高级香烟都拿走了。

海盗临离开"彼罗斯"号时，海盗头走到罗里跟前，冷冷地说："你好像不是船员吧，是保安员？不管你是不是船员，按我们的规定，你必须在海上自己逃生，委屈你了。"说着朝几名海盗招了招手，然后几名海盗解开绳索，把罗里抛进大海，接着又向海里扔了一个橘红色的救生圈。

"亲爱的，那就看你的本事啦！"海盗头转身对船长说，"对不起，这是他自找的，看样子他不是海上行走的人。"

海盗船趁着黑夜刚降临就逃之夭夭了。麦特船长惊魂未定，在胸前画了个十字："我的上帝，你还保佑着我。"他看了看手表，时间过去30分钟了，"上帝，罗里这会儿漂向什么地方？他能坚持住吗？"

麦特下令把船迅速调转头，朝原航线加速驶去，并默念："罗里，坚持住，我来救你了！"

"彼罗斯"号渐渐慢下来，在原航线上转着圈搜寻。

"都站到甲板给我张望，你们一定要找到他。上帝啊，这不是我的过错！"麦特喊道。

罗里被抛进海里，就身不由己了。即使抱着救生圈，也不能完全控制自己，只能坚持不让浪峰压进去，保持平衡，保持体力。

罗里在浪里喝了好几口苦涩的海水，心里难受极了，他真想吐。开始他很疲劳，心想这下可真喂鲨鱼了，但慢慢地罗里适应了海流，他准确地利用海流，调整自身平衡，顺着海流漂。很远，他就看见了"彼罗斯"号的船灯，罗里拼命地向灯光方向游着，但无论如何也游不动，他明白这是逆流，他大声呼喊了一阵，显然，船员听不到他的呼唤声，他只有顺着海流坚持……

麦特急了，对着水手喊："打信号灯，连续打三下。"

信号灯对着夜海不停地闪动，10 海里以外都能看得见。

然而，罗里只能干着急。他紧紧地抱着救生圈，有它就可以保一保生命，要是能坚持到天亮的话，情况也许好得多，他知道，在夜海里漂着就像一片树叶，不易被船员发现。

时间过去了 3 个小时，"彼罗斯"号船离罗里越转越远。麦特还不想远航，他心里不好受，罗里是英继列交给他的客人，虽然事情发生时，已电告了中国海事局的英继列，但他似乎有种负罪感。所有的船员都向麦特投去焦虑的目光，等待船长的决策，是继续寻找，还是远航？时间对远洋的货船非常重要，如果在海上转悠寻找一夜，经济损失是巨大的，而且整个航程计划已经在各个港口挂了号。尽管如此，麦特不想远航，他沉重地在船长室里踱着步子，低沉地重复道："再转一次，一定要找到罗里。"

"彼罗斯"号船在海上不知转了多少圈，仍不见罗里的人影。航向也渐渐偏离了，寻找的可能性很渺茫。

这时，海空出现一架直升机，机头两侧闪着红色的灯光，低空在海面上盘旋着。直升机放下一条长长的链梯，离海面只有三四米，一个人手里拿着高频率的收音电子侦察器，对着大海在呼喊罗里的名字，同时在各个方位收听着回声。

没有回声，只有奔腾的海涛声在高频率收音器里作响。这种高频率收音器是专为海上探情调查、救生等制造的高科技仪器，一般在两海里之内有人呼叫都能听到；手持仪器的人呼叫，海里的人一般也能听到，主要通过海磁波传递。

"偏左，再来一遍！"链梯下的人高喊，

直升机朝左开始搜索起来，范围又扩大了两海里。就这样，直升机像画圆一般，由里往外扩展寻找。突然，高频率收音机里发出一阵阵微弱的呼喊声："我在这儿，我是罗里……"

"喂，罗里没有死，他还活着！"手持高频率收音器的人大喊起来，"他就在附近海面，直升机打开探照灯，向外展开200米！"

直升机上的探照灯对准海面，渐渐向外盘旋搜索。

"罗里，你在哪儿？"

"我在……"像是被海浪盖住了，接着就是一阵被海水呛住的声音。

一束束光柱在海面上闪动，直升机舱内的人蓦地惊喜地大喊起来："罗里在那儿！"

直升机开始在空中保持相对稳定，然后将长长的空中链梯垂降到海里。罗里几次伸出手都没抓住，最后干脆把救生圈一扔，用尽全身的力气抓住了链梯。"罗里，往上登，脚踩住，用手抓紧！"接着，链梯上的人用保险绳套住了罗里的腰，大声喊道："升梯！"

长长的链梯慢慢往上收，直升机缓缓盘旋着，湿淋淋的罗里终于被拉进直升机舱内，他喘着气瘫坐在舱板上，几乎没有力气看机上的人员。

有人帮他把湿衣服扒下来，尔后给他披上一件睡衣。机舱内谁也没说话，只有轰鸣的发动机声。

"英继列，原来是你！"罗里睁开眼睛，惊喜地叫起来，脸上露出感激的神态。

英继列安慰道:"我想你不会死,5个小时的海上生活对你也许像训练。罗里,先别多说,好好休息。"

罗里小声但仍不失风度地说:"英继列,这回我真的收获不小,尝到了大海的滋味。"

"罗里,你遇上的是业余海盗。"英继列说。

"怎么,还有业余海盗?"罗里不解地问,"他们头上都缠着彩布条……"

"这没错。从可靠情报看,真正想劫获'彼罗斯'号船上的啤酒的是职业海盗麻鲨黑帮,没料到半途杀出这帮业余海盗。"英继列接着说,"你的船还没有到马六甲海峡,这是其一;其二,只有业余海盗才惯用这种手段对付你;其三,这帮海盗获取的食物相当有限,不会太多,但什么都要。这些业余海盗大多是难民或者是渔民。"

罗里一听,心里凉了,叹了口气:"那么我是白在海里泡了半天哟!"

英继列笑了:"尝尝海的滋味,下次再遇见海盗,你就有本钱了。"

"英继列,下一次什么时候开始?我听你安排,不过,你必须与我合作。"

"先回大本营再说,怎么样,罗里?"英继列转身对机上的报务员说,"对了,你立即电告麦特船长,让'彼罗斯'号继续远航。最后,表达我对麦特船长的谢意。"

直升机在夜空中朝南中国海飞去。

热气球跨海侦察　恰逢"三三三"

罗里的身体素质不一般,用热水泡了个澡,睡了整整一天,又精神了。早晨起床,他第一个接通了英继列的电话:"早晨好,是否打搅你的好梦,英继列先生？我想知道你的安排。"

"你先休息两天，我再找你。"

"不不，休息一天足够了。我想早一点知道麻鲨帮活动的规律和藏身之处。"

"怎么，在想念你们的工程师？"英继列换了种口气说，"好好，满足你的要求，上午9点，我派人来接你。"

"又是9点？不能早点吗？"

"对不起，这是我的工作习惯。"

"真是个好习惯，再见！"罗里放下电话，心里不免对英继列产生一种钦佩之情，感觉英继列有些神。

英继列是有些神。他神就神在与海盗打交道的不同思维方式上。

英继列决定把全部精力用在与罗里的合作上，他搞到海事调查所有的资料，经过助手张飞海的精选，把有关麻鲨黑帮的活动规律输入了计算机，获得了一些可疑的信息。在马六甲海峡偏东180°的马尼礁附近，仅一年内就发生了36起劫船事件；而马尼礁是个可疑点，三次测量，三次都不一样，在同潮位情况下，马尼礁有升降的现象，虽说只有0.4米之差，但海礁在自然界一般不会变化那么大。

长期以来，英继列一直犯疑，尽管早知道海盗有水下藏身处，但毕竟没弄清是哪片海区哪块礁石。

英继列独自制订了一项新的侦察计划。英继列与国际海事局副局长约尼泊通了电话，他想要一份详细的马六甲海峡10米以下的海底形势图。于是，他把几处疑点岛礁、暗礁，提供给海洋测绘研究所的长期合作专家梁林。

刚吃罢早饭，梁林的电话就打到了英继列的住处："继列，的确有些疑点，而且与我在半年前测量过的海峡地形有明显的变化。你是否可以到我这来一趟？"

"当然可以，我20分钟后赶到你那儿。"英继列放下电话，边穿上西服边跨进小轿车。

英继列戴着镀金宽边墨镜，戴上白手套，驾车穿过茂密的香蕉林，迎着初升的太阳，直奔梁林的测绘研究所。

这是一座白色的小楼，周围被一片绿色的芭蕉、香蕉林环抱着，空气中散发出阵阵沁人的清香气息，给人一种幽雅宁静的感觉。

英继列习惯性地看了看手表，19分钟，他正要上楼，梁林穿着白大褂迎了出来，说了句："开快车可是要被罚款的！"

"离开市区，那帮马路警察管不着了。"英继列边上楼边催问，"快谈谈你的高见。"

"我问你，马尼礁你上去过没有？"

"我航行经过多次，对那一带比较熟悉，但没有上过礁。"英继列似乎有点遗憾。

"你看看这个，也许能明白这里的奥妙。"梁林说着走进一间屋子。这里有一个海底模型，巨大的水池中可以看到各式各样缩小的礁盘、礁石和浅海滩。看上去完全像一片海区，蓝色的海火，黑灰色的礁盘，比例大小与马六甲海峡一样。

"你瞧，马尼礁周围有三处群礁，涨大潮时，露出水面部分最高点是1.12米。"梁林拿着一根不锈钢教棍，边指着群礁边说，"而现在所提供的最新资料，露出水面的最高点已经只有1.02米，这种下降迹象在整个海洋地质学中不多见。"

"是否有海底工程？"

"不能排除，就这几处群礁来看，很可能海底有通道，或礁石有移动。"

英继列沉思着，不停地在礁盘周围观察，他走上去用手摸了摸礁群的水深。

"对，继列，这一带礁区水深平均不过十米，很适合水下作业。"

"我想要亲自去看看，海事调查嘛，就得要调查，光空想是不行的。"

"那可不容易，海盗的出没很神秘，除了你乘船之外，难道还有别的什么高招？"梁林说。

英继列笑着说："办法总会有的，我想。"

就在刚才梁林提示的瞬间，英继列产生了一个念头，何不用一次"借船侦察"，让海盗自动露面，来个引蛇出洞。英继列边开车边思考，他决定就这么干。这一想法罗里肯定赞同，让国际海事局出面协助，事情就好办多了。

英继列取下墨镜，一道道阳光穿过层层绿林折射进来，他浑身感到暖融融的。小轿车在风景秀丽的海事调查站的楼房前停下。

海事站的女秘书、英继列的助手谭小燕打开车门，说："英先生，罗里已经出来了，马上就到。"

英继列刚上楼，一辆黑色小轿车就停在了楼前。随后，张飞海陪罗里来到了英继列的办公室。

英继列笑着打招呼道："看样子，你休息得不错。"

罗里似乎没听到，他完全被室内的几样东西吸引住了。

室里挂满了世界海图，而且在海盗出没频繁和猖獗的地方都加了标志。罗里走到一幅巨大的马六甲海峡海图跟前细心地看着，这一带是海盗最猖獗的地区。

屋里有一幅各国主要港口示意图，上面也标有海盗活动的地点。"港口也有海盗？"罗里不解地问。

"不仅有海盗，而且布满了职业大海盗派出的探子。"

"这就是你工作的地方吧，你的调查数据和资料当属国际海事调查最全的。"

"这里只是我的一个分站，像这样的调查点每个海滨城市都有。"英继列叹了口气，"调查归调查，但真正与海盗打交道可不容易啊！"

"这次你有什么新的想法？我想，你应该行动了！"罗里用一种探秘般的目光望着英继列，他心里一直在琢磨英继列的高招。

"谭秘书，请把那份 B41 资料拿来。"英继列说道，"罗里，我有一个侦察取证的计划，需要你协助。"

谭小燕从保密室里取出一份印有"B41"字样标号的资料递给了英继列，退出了办公室。

英继列铺开资料看了两眼，然后对罗里说："马尼礁是麻鲨海盗黑帮出没多次的地域，有很多迹象和数据表明这个地区很可疑，但又无法掌握真正的证据。"

"据说那一带海域修有现代化的水下工程。"

"是啊，'据说'还不行，要有确切的第一手资料做证据。"英继列指着B41资料的数据说，"这是三次对马尼礁测量的数据，其中两次相同，一次显然变化太大，而最后一次大的变化则是1987年3月。还有一些数据表明，多数袭击时海盗用的汽艇是从不大的礁盘后突然出现的，这些礁盘隐藏一两艘汽艇看来不易。"

"你有什么高招能获取证据？"

英继列思索了一会儿说："我想来个引蛇出洞，尽快与国际海事局联系，在新加坡的里拉港口放出口信，装一船食品物资经过马六甲海峡，只要装上食品，这信息准能传到海盗那里。你需要做的就是找一个热气球，能载三五个人就行了。"

"要热气球干什么？"

"罗里，这还不明白吗？那一带海空有海盗雷达监视，海盗在袭击之前是严密控制海空动静的。热气球可以贴近海面飞行，躲避雷达区。我想试试。"

"热气球好办，我来解决。热气球过海峡需要多长时间？"

英继列笑了，没有吱声。每当他心里有事，别人提出疑问时，他总是笑笑。

"罗里，开始准备吧！今天是星期二，星期日开始行动怎么样？"

"我说英继列，能行吗？"

"我想能行。"

罗里通过国防部哈特将军，很快落实了所需的器材，并得到了最先进的热气球。这种热气球的机械部位是用塑料制成的。罗里很高兴，他向哈特将军报告了即将与英继列进行的合作，哈特将军对此很满意。

英继列调阅了大量调查资料，找出了一些海盗的名单及照片，其中几个人肯定是麻鲨黑帮的。

新加坡的港口该传的信息都传了，"海狼"号货船也装进了食用物资。一切都按英继列所布置的在进行着。英继列站在窗前，久久望着海面，这次调查行动，是与国外侦察处长联手合作，他还在考虑各方面是否存在意外情况。

"英先生，你太太从家里来电话说，近日想带孩子来黑湾海滩，电话还没有挂。"谭小燕走进英继列的办公室说。

"我不接了，就说我远航了，让她暂时不要来。"英继列毫不犹豫地说。

英继列又走到马六甲海峡海图前，手里用平行尺量着，尔后用圆规在平行尺上量，反复几次，最后在马六甲海峡左侧的一座山上画了个红圈。他这才轻松地把红蓝铅笔朝桌子上一扔，像是指挥员进行完一次军事作战计划，感到格外舒畅。

"谭秘书，请给我倒杯白兰地，要法国的，最好加点冰块。"英继列朝门外喊道。

谭小燕25岁，穿着一身海蓝色的连衣裙，留着两条小辫儿，十分可爱，办事也很机灵，曾跟英继列出海搞过调查，英继列很赏识她，因为她毕业于海洋学院，对海比较熟悉，每次遇到一些海洋疑难问题时，他总要问问谭小燕。

英继列喝了口冰凉的白兰地，呷着嘴说："这酒不错，回味无穷。我喝过很多国家的白兰地，还是法国的好。"

"是不是又完成了一项工作？"谭小燕问。她知道英继列在苦思之后要喝酒，准是解开了某个疑点。

"当然，当然。"英继列笑着问，"小谭，你与你那位关系发展怎么样了？总不能老抛锚吧，要起航。"

谭小燕脸红了，小声地说："他是船上的大副，常年远航，总不能这样结婚吧。"

英继列没有再说什么了，也沉默起来。这时，他看了看时间，说："小谭，你通知张飞海，半小时之内来我这儿。"谭小燕点了点头走出了办公室。

周密的行动计划正在进行。

英继列和他的助手张飞海与罗里连夜乘飞机赶到了菲律宾的马尼拉市。

迎接他们的是菲律宾海事局的马基斯，他是位海事调查员，年纪大约三十岁，个子矮小。

英继列他们载着器材，连夜赶到离马六甲海峡不远的六里山峰，这里离马六甲海峡大约一百二十公里，是那一带最高的山峰。

赶到六里山峰，天刚亮。他们抓紧准备器材，充好热气球，携带上通信、侦察器材后，又与国际海事局取得联系，进一步核准"海狼"号货船的行程。

英继列让大家吃了点东西，稍稍休息。

六里山峰一面向海，背后连着大陆，一般海盗不会到这样的山区活动。罗里沿着山峰转了一圈，对英继列说："这地方不错，做侦察点很好，你是怎么看上这地方的？"

"这一带我很熟悉，小岛、山峰都与大陆接壤，海盗决不会到这些地区活动，他们只会在茫茫海面找些岛礁做落脚点。"英继列说，"罗里，我们开始行动后，关闭一切通信器材，我想能成功。"

热气球已经充满气了，准备工作就绪。时针指向4点，英继列轻轻说了声"起飞"，于是，罗里、张飞海和英继列相互拍着手，给彼此投去自信的目光。

热气球冉冉升起，山峰下的菲律宾海事调查员马基斯频频向他们挥着手。

热气球底筐挺宽大,英继列坐在最底部,身上扣着保险带,他是第一指挥。罗里坐中部,他绑着两根保险带,担任操纵驾驶员。张飞海坐在最高处,主要任务是海空观察。英继列用手测试了一下风向,感到满意,正好是热气球飞行的顺向。

橘红色的热气球渐渐升向蓝天,宽阔的海洋在他们的脚下翻滚着层层波浪,远远望去宛如一片红色的云彩飘在天空。

"注意高度,罗里,就这样,保持住!"英继列说。

"这哪是侦察海盗,简直是环海旅行嘛!"罗里说道。

"有这种感觉就对了,我要的就是这种感觉。"英继列淡淡地说。

罗里蓦地一拍脑门:"啊呀,英继列你这是别有用意,即使被海盗发现也不会引起怀疑,乘热气球旅游是一种时尚。"

英继列笑了,他依旧像过去一样对某些事不想过多解释。

"正前方有几艘商船,是否改变航线?"张飞海报告。

英继列看了看,收起望远镜:"没事,从商船上空飞行才是正常。"

天色渐渐暗了下来,晚霞映红了深邃的大海,层层海浪翻滚着金波,从天空上看去,仿佛秋天红透了的大草原。一缕缕霞光穿过红色的热气球,放射出猩红色的光彩,远远看去,像一朵透明的红花开放在天空。

热气球融进了黑夜之中,夜色笼罩着大海和天空。英继列环视了下前方的大海警惕地说:"注意,已经进入马六甲海峡了,罗里,能不能再低点?"

"当然,你瞧着!"罗里熟练地操纵着,热气球像一阵风似的降了下来,离海面只有二十米左右。

"好,就这样,把住!"英继列说,"贴着海面飞行。"

这的确像玩魔术,不一会儿,热气球接近了海盗出没的频繁区。张飞海站起张望,海面行驶的船不少,远看像一只只蠢蠢出动的黑色甲壳虫。

英继列判断一下方位和时间,按计划行驶的"海狼"号货船应该进入马六甲海峡了。英继列凭着多年海上调查的经验，决定将热气球的位置悬在马尼礁的低空处，这样热气球融进黑空之中，海盗假如从马尼礁出去，很难看到空中悬着的热气球。

罗里老练地操纵着热气球，按英继列的手势固定在了马尼礁的空中。罗里心里暗暗算着，今晚海风不大，没有月亮，天海黑成一片。这里的气候、环境、海面情况都是英继列细心论证过的。罗里朝英继列投去钦佩的目光。已经是深夜0∶24，这是海盗作案的黄金时间。英继列下意识地朝罗里伸出两个指头，暗示他要沉住气，会成功的。

静静的海面上，突然传来一阵商船的汽笛声，惊醒了沉睡的马六甲海峡。张飞海把手里的信号绳扯了扯，罗里和英继列警觉地注视着海峡中的船只。汽笛响过之后，远远海面上一艘船减速缓行着，像是遇上了什么情况。

罗里滑下绳索梯，走到英继列身旁小声地说："会不会是海盗？"

英继列那双眼睛瞪得很大，从包里拿出一只气球吹大，然后贴在耳朵上细心地辨听着。半晌，英继列收起气球，环视一下周围的礁群，轻声对罗里说："不像是海盗，像是商船驶进礁区，怕是有点搁浅。"

果然，那艘船调整航向，加快了速度航行起来，那片海面没有出现异常的情况。

时间一分一秒过去了，他们望着脚下黑压压的大海，从三个不同的角度观察海上动静。远航船静悄悄地驶过了几批，海上依然是黑色的海浪在起伏。凌晨1∶05，英继列警惕的眼睛一亮，左侧20°不远处一艘货船驶来，大约以二十节的速度行进。朦胧中船的尾部支着一根长桅杆，挂着一个黑色的大球，英继列一看就知道这就是那艘"海狼"号货船，船上的标志是英继列特意布置的。

张飞海也发现了，扯动了信号绳。他们屏住呼吸，观察着几座岛礁的变化。英继列用高倍微型摄像机对准马尼礁，成败如何，就看这艘"海狼"号经过马六甲海峡的情况了。

"海狼"号货船比原计划通过马六甲海峡晚了40分钟。这艘船的出现一定会引起海盗的关注。

　　"海狼"号船已经平行接近了马尼礁海区，海区依然很安静，只有层层海潮撞击着礁丛，没有任何可疑的迹象。

　　罗里靠近英继列想说什么，英继列用手指在嘴边做了个"安静"的示意。

　　"海狼"号船渐渐远离了马尼礁海域，朝着马尼拉港湾方向驶去。

　　"我看还是跟踪侦察，也许海盗选择的海域不同。"罗里小声对英继列说。

　　"再等等，再观察一下。"声音很轻，似乎有一种穿透力。

　　这时，海面上响起一种声音，细心辨听，是哗哗的音响。热气球上所有的人都把视线转移过来，霎时，海面开始泛起一层层的漩涡，黑色的海面上荡起一片白浪，随着"扑扑"的声音，一道水柱冲向空中，黑夜中像一道闪电，带有一种海的神秘。接着，水柱的周围搅起浪涌，一个黑色的物体冲出海面，高高地抬起头，然后又滑进海里。

　　他们愣住了，都没看错，是海鲸在跃身亮相，像是露出水面做了下深呼吸后深入海里。

　　英继列收起微型摄像机，张望海面后，把紧张的心放了下来，忽然又想起了什么，他记起去年在马六甲海峡调查时，曾多次看见海鲸在这一带海里翻跃，引起海洋生物学家的重视，英继列与生物专家一起分析过，过去马六甲海峡不曾有这类情况，因为这里不是海鲸的活动区。专家取海水化验得出鉴定，这一带海域有一种元素，像是有气味的异体，诱使海鲸朝马六甲海峡潜入。然而，海鲸在这一带水域时间长了就会产生反常现象，继而又想办法潜出马六甲海峡。专家分析水下有核元素的成分，显然水下有人为的物体。

　　英继列看到眼前海鲸翻动的身躯，更加严密注视海域的点滴变化。"海狼"号货船已经远离马六甲海峡，马尼礁和周围的群礁丝毫没有动静，完全像没有海盗出没一样，变成了平静港湾。

时间不容英继列再等下去，热气球要在天亮之前撤离马六甲海峡。罗里有些焦急地四处寻找，他希望能得到一丝可靠的线索，为日后的侦察作战计划提供依据。

英继列的脑子像过电般一愣，他用手拍着脑门，问："今天几号？"

"13号。"罗里说，瞪大眼睛看着。

"糟了，我全把这档事忘了，怪我，怪我！"英继列仍拍着脑门责备自己，心里很是内疚。

"到底怎么啦？过了晚上12点就算13号了！"罗里不解地说。

"我就把这个点给忘了，我以为还是12号呢，算我倒霉。海盗有一个特殊的日子是禁日，也就是逢上3月13日星期三这3个数字赶到一起，他们是不出海偷盗的，而且有一则不成文的规定，哪个海盗在这天私自偷盗，被海盗头发现了，是要受到严厉处罚的。当然，这个日子不一定每年都能遇上，这么巧让我们遇上了。"英继列说着流露出懊悔的神态。

"这不能怪你，谁知道海盗黑帮有这么多名堂，再说这不是已经验过了，我们先回去改日再侦察。"罗里说。

"先等几分钟，罗里，你用绳子把我放到马尼礁，取瓶海水回去再化验一下。"英继列说着攀住绳索渐渐下到礁上。他伏下身仔细观察礁的周围，没有发现蛛丝马迹。他掏出瓶子在礁缝处灌满了海水，然后，用手在礁盘下抠出一块珊瑚片装进兜里，这才向上招了招手。一根绳将他拉起来。

英继列搞海事调查多年，从来没有像今天这样马虎而又败兴，他竟然把海盗这个特殊的禁日给忘得干干净净，他的确有些懊丧。这次远洋实施热气球超低空飞行侦察，他根据海盗规律、货船信息、岛礁特征等多方面论证，是一次经过详细准备的冒险的调查行动。

回到大本营，英继列没有休息，和有关海事局取得联系，与罗里一起决定再继续热气球的夜间侦察。

他们吸取了第一次飞行侦察的经验教训，制定了一套新的飞行路线，都是在夜间进入马六甲海峡。英继列连续侦察了两个夜晚,第三天的凌晨两点,他们正要准备离去,张飞海的信号绳拉动了英继列,他们顺着信号的方向看去,马尼礁的右侧礁丛中的背后闪出一艘气垫快艇,朝着马六甲海峡的纵深处高速驶去。礁丛周围留下一道白色的浪迹。

"靠过去,快!"英继列小声地对罗里说。罗里熟练地操纵着绳索,热气球很快到达了礁丛的正上空,然而,除了浪迹还是浪迹,没有发现任何可疑之处。

"是不是快艇提前隐藏在礁丛中,一旦有情况便飞驶而去?"罗里说。

英继列没有说话,望着远去的快艇,他知道这艘快艇上乘坐的是海盗,不知是去劫击哪艘货船了。匆忙中,英继列只拍摄了快艇的尾部,但他们毕竟目睹了刚才快艇出击的瞬间。

"时间不早了,赶紧回营!"英继列果断地说。

对这次调查,英继列心中有数了,待几个数据得到论证后,便可以对马尼礁一带的海盗制定新的反击措施了。

"英继列,你还真行,回黑湾我请你喝白兰地。"罗里幽默地说。

"白兰地是要喝,要法国的。"英继列笑了,"罗里,干得不错,是不是再下次海尝尝滋味!"

罗里摊开双臂,脸上露出无奈的表情。

张飞海笑得更欢,用手撞了撞罗里的腰,逗趣地说:"还是回黑湾海滩下海吧,有冲浪小姐陪着你,那滋味肯定比你上次在海里漂泊要美妙!"

第三章 人性与兽性

争风吃醋　兄妹在罪恶中相逢

马六甲海峡静了几天，似乎看不见海盗的影子。一艘艘来往的商船频繁穿梭。商船白天黑夜经过这道惊心动魄的必经海峡，船长们心里谁也不想使全船人员紧紧张张提着心航行，但谁心里都明白经过这道海峡的风险，有时还包括船员的生命。但时间长了，他们仿佛习惯了许多，尽管有的船曾遭袭击，海盗们像是打好招呼一般拿上该拿的，一眨眼的工夫便消失在大海之中，也不伤害谁，而被袭击的船在一阵惊悸之后，又开始了航行……

几天了，这帮海盗在老巢里没动静，虽说他们有吃有喝，有寻欢作乐的场所，但总觉得"假"放得太长，憋得慌。没办法，这是他们长年累月养成的一种成瘾的习惯。

"三爷，这酒喝了几天了，干吗老憋在这巢里，出去兜一圈提提神。"海盗见了敢死队队长阿龙就嚷嚷。

"嚷个屁，你小子忘了什么日子，3月13日，外加星期三，这三三三的特别日子可不是哪年都能遇上的，50年、100年难得相会，让你吃够了喝足了，在这里嫌屁股痒痒，滚回去待着吧！"阿龙醉气不减，闪动着一双血色的眼睛骂了一通，歪歪斜斜地走了。

"今天可是一船真正的黑货，全是我们需要的那种货，难道白丢它！"

"那算什么，丢它十船八船的，有的是！马六甲海峡就是我们的大食道，愁个屁！"阿龙满嘴酒气。

敢死队副队长茄子走到阿龙跟前小声说:"三爷,你喝你的酒什么也别管,我带几个兄弟兜一圈给你带好吃的来。"

"带好吃的?哈哈哈,还是给我带茄子!不行,这种日子不能出去,老爷子知道了,还不扒了你们的皮!"

副队长茄子站在一旁瞪着一双绿豆眼,半天愣在那里。听阿龙又提起茄子,他实在难受,倒吸了口凉气。

前年,这小子火气正盛,接连劫持了几艘货船,干得出彩。老爷子满意,夸他一番后说,好好干,是个敢死队长的料。

谁知这小子当着老爷子的面夸起海口:"老爷子,你不是一直想要中国人参吗,我保证在三日之内给你送到手。"

"好,有气魄,还知道孝敬老爷子,你要是给我拿到了,老爷子提你当敢死队队长。"

然而,更巧的事情发生了,这小子就没这福分。他深夜隐蔽在海礁丛中,一夜间竟能袭击两三艘船,目的也十分明确,要的就是中国人参。中国货船袭击了不少,没有人参的影子。海盗们想明白了,中国人参一般中国船不会装运,大多欧洲国家才会购进这种"中国之宝"。于是,这小子又劫击了一艘葡萄牙的货船,意外发现水手舱里有一小麻袋人参,黑夜之中海盗摸了一把出来,细细长长的还带根须,长得歪歪扭扭的不成形。"还看什么,快走!"这小子说着上了快艇,消失在茫茫的大海之中。

该领赏、该封官了,这小子想老爷子该激动一番了。这人参老爷子要了一年,也没有哪个海盗献上,这回轮到他出风头了。

"给老爷子敬上!"这小子站在老爷子的座下喊道。

一海盗把麻袋提了上去。接着,这小子亲自从麻袋里捧出人参献给老爷子。

老爷子脸上堆起笑容,但渐渐地变了色,他用手摸了摸,似乎觉得哪里不对,喊道:"拿放大镜来!"他用放大镜一看,气得脸发白,一巴掌甩到了这小子的身上,大骂:"仔细瞧瞧是什么,骗到老爷子身上来了!"

老二、老三围了上去，捡起一看都愣住了，骂道："你小子活腻了，这是什么人参，这是葡萄牙的干茄子。"

"这种干茄子长不大，细长，葡萄牙人把这种茄子叫病茄子，专门用来喂一种小动物的。"老二大骂，"你小子是存心想让老爷子也吃这种病茄子？"

老爷子气得直发颤，脸上的麻点都呈红色了，他有气无力地说："拖下去，给我放血！"

"老爷子，我弄错了，弄错了……"

于是，这小子从此便多了个美名"茄子"。

茄子望着阿龙走远的身影，听到又叫他茄子，气坏了，"不去就不去，总有一天我会让老爷子另眼看待，等着瞧吧！"

阿龙进了属于自己的那间屋子，醉醺醺地往床上一倒，这时，他的黑女人帮他脱鞋，阿龙一手把黑女人压在床上，用那张带酒味的大嘴在黑女人的脸上狂吻起来："你他妈的，快给我脱裤子！"

黑女人瞪着一双莫名其妙的眼睛，慢慢地脱去身上的衣服，靠近阿龙，然而，阿龙已经开始有鼾声了。

刚才，阿龙下意识地想起了那个他亲自抓获的女工程师阿敏，似乎没想多久，便呼呼大睡起来。

阿龙手下的莫黑急匆匆地走进来，他平时进队长的屋子总要敲敲门，阿龙答应让他进才能进，这次他似乎把敲门的事忘了，闯进屋内喊道："三爷，三爷！"见黑女人还露着胸，再一看阿龙歪躺在床上正在大睡，莫黑也管不了那么多了，双手推醒阿龙："三爷，三爷，你醒醒！"

阿龙翻个身睁开一只眼，不满地骂道："他娘的，谁让你进来了！"

"三爷，我有情况向你报告！"

"什么情况，快说！"阿龙坐起来两眼瞪着莫黑。

莫黑回头用眼神撩了下黑女人，阿龙指着黑女人喊道："你出去！"

黑女人提着裤子出去了。莫黑小声地说："三爷，刚才我用潜望镜发现礁的上空有一个大黑球，像是黑色的妖怪，挺吓人的！"

"净他妈的胡说，走，带三爷看看去！"阿龙分管海底这块秘宫的警戒，自然对异常现象有责任。

莫黑在前面开道，阿龙提了提裤子紧跟在后头。莫黑熟悉地穿过窄道，绕过港池右侧的研究室，直奔水下观察哨。莫黑推开另一名海盗，操起潜望镜，渐渐升出海面，观察着四周。"怎么搞的，刚才还在低空悬着呢！"莫黑埋怨另一名值班的海盗，"我让你盯着的，怎么没了？"

"我也不知道怎么就没了，看着看着眼睛就黑了！"

阿龙推开莫黑，自己操起潜望镜来回巡视了一遍，对着莫黑骂开了："你他妈的是不是眼走神了？什么大黑球，我看你像个大黑球，存心不要三爷睡觉是不是？"

"三爷，刚才我是看见……"莫黑还想解释，被阿龙打断嚷道："别尽睁眼说梦话，黑球是什么，是导弹？是飞机？是飞碟？老老实实在这儿值班吧，把三爷的好梦都搅了，真他妈的扫兴！"

阿龙骂了一通，歪歪倒倒地往回走，酒意似乎还没有醒。他沿着窄道顺方向走，无意之中竟然走到了研究所外部的一间女人看管房，他瞪着通红的眼睛看了看，"他妈的，错了，全错了。"他正准备抬脚朝回走，房内传来一阵女人的尖骂声："畜生，白披着一张人皮，给我出去，流氓！"

阿龙停住了脚步，这里看管的是女工程师阿敏，是他三爷手下的人管着，怎么，谁又想吃这块"肥肉"？阿龙两步闪到门前，先从门缝里一看：阿敏披头散发倒在床上，激烈地反抗，老四海蛇光着身子两手抓着阿敏的手正往上扑。"流氓！海盗……啊！"

"当"的一声，阿龙一脚把门撞开了，朝房内迈了一步，两脚重重地立在那里喊道："海蛇，你也配到三爷的管区吃腥，胆子不小，给我滚！"

海蛇愣住了，冷峻的面孔继而堆起勉强的笑容："三爷，没那个意思，只是想……"

"想个屁，你他妈的手伸到我的管区第几次了？滚！"阿龙最恨的就是排行老四的海蛇，他喜欢到老爷子那讨好，想着法子要当三爷，想干出海的活儿，因此，早就与阿龙暗里斗上了。

海蛇过去一直与阿龙合作，为他提供合作情报，阿龙发现海蛇有歪心后，自己单独干，甩开了他。海蛇披上衣服，低着头一副狗落水的丑态，退出了房子，回头狠狠地看了阿龙一眼。那一眼中藏着无限的恨，总得找机会与阿龙较量一番，出口恶气。

阿龙再一看坐在床边的阿敏，她低着头还在扣衣服，披散的头发散发出女性特有的性感，尤其是她那张娇嫩的脸反射着女性的光泽，具有一种吸引男人的魅力。阿龙干了多年海盗，也接触过很多女人，还从来没有见过眼前这种诱惑男人的女人。他站在那里不说也不动，毫无表情地看着阿敏。半响，他还是挪动了脚步，他知道这座女看管房的规矩，这里关押的是重点保护人员，还要用这些人干活儿。阿龙走出房子，重新关上门。蹲在地上的一名海盗见阿龙出来，连忙站起来，还没等他反应过来，阿龙一巴掌打在他的脸上："混蛋！你不知道报告三爷？"

阿龙又回到了自己的那间屋子，他躺在床上翻来覆去就是睡不着，浑身上下像有一只手在搔动。他的那双醉眼前又出现了那个披散秀发的女人，他似乎有些冲动。他强忍着又躺下了，转眼一看表，是凌晨3点了，于是，阿龙披上衣服，还带着几分醉意，扭动着身体直奔那座女看管房。

阿龙看见看管的海盗仍在门边低头睡着觉，他走上前一脚踢醒海盗："他妈的，在这儿睡个屁，给我滚回去睡！"

"不敢，不敢！"海盗睁开双眼说。

"让你滚，你就滚！"

海盗眼睛一眨似乎明白了，爬起来就跑。

阿龙走到门前从缝里一瞧，阿敏半躺在床上好像没睡。

阿龙浑身骚动起来，他完全顾不了这些了，这是他的管辖区，他就是老大，他就想尝尝来自异国他乡女人的滋味。

他掏出那把开门的钥匙撞开门，轻声地进入房间，再关上门，正准备朝前迈进,"唰"地一下阿敏坐了起来,随手抓起枕头,两眼直射向阿龙:"狗东西,不是人!"

阿龙眨着一双猩红的醉眼,说:"你说对了,我不是人,比狗还不如。"说着朝阿敏猛扑过去。

阿敏愤怒地反抗,阿龙这种事干多了,几下子扒去阿敏的衣服,并用衣服塞住了她的嘴,阿龙用身子重重地将阿敏压在下面,那满是醉意的臭嘴在阿敏身上使劲舔着,一只手乱摸着,浑身发出一种野性的号叫。阿龙疯狂地舔着舔着,突然在阿敏的脖子上停住了,一只小小的紫色贝壳就在他的嘴下,他睁大眼睛看着,紫色贝壳上刻着三角的图案。阿龙发傻了,猛地扳过阿敏的身子,用手在她后背找着,一颗圆圆的黑痣正在背的中间。于是,阿龙一切动作都停止了,浑身像触电一般,他的醉意全都没了。他睁着一双无神的红眼,盯着阿敏脖子上的小小贝壳,没有任何反应。

半响,他才回过头,发现阿敏的嘴里仍塞着衣服,手还用裤带绑着,他闭着眼睛抽出阿敏嘴里的衣服,解开裤带,头也不回地走出房门,尔后,用锁锁住。

阿敏几乎要昏过去,她朦胧中披上衣服,泪流满面,以为海盗干完那种事走了,她浑身像冰凉的铁。

她哭了,有生以来哭得最伤心的一次。她边穿着衣服边哭,她的思维全乱了。

阿龙仿佛得了一场大病,比大病还严重,他的人性受到了摧残,最美好的那颗心灵遭到了损害,他的精神支柱垮了。

他流了泪,那泪带着心灵深处浓厚的血,沿着他那黑黝黝的脸纹往下滴。他久久地望着挂在墙上的彩色布条,整个身体僵硬般地立在那里,那彩色布条是血染成的,然后再用来缠头。他笑了,脸上的泪在飞溅,那泪在他眼前旋转,发出多彩的圈圈,放射出紫色的光泽。

不,他大声呼喊,在心灵深处呼喊,那是紫色的贝壳,紫色的贝壳!

是从大海深处捞出来的,还带着大海的气息,还能吹得响,那声音在海浪中游荡,他高兴坏了,狂欢着,奔跑着……

阿龙无力地倒在床上,是睡着了,还是进入了那段童年的大海?一片大海怀抱着绿色的岛岸,槟榔林中坐落着小渔村,海滩退潮了,祖露出一片银色的细沙,像洗净的肌肤。

海潮扑向沙滩,荡起一阵涟漪的白沫。12岁的阿龙从海底钻出来,手里拿着一个贝壳大喊道:"阿敏,我摸到啦!我摸到啦!"

10岁的阿敏从沙滩扑向海里,她穿着小裤头,光着背,光着脚丫子兴高采烈地叫:"我要,我要!"

"你看,花纹漂亮吧!"阿龙用小手托着贝壳说,脸上露出自豪的神态。

"给我!给我!"阿敏喊着。

"你追上我,就给你!"阿龙调皮地跑起来,踩着松软的沙滩。

阿敏在后面追着,时而跑向岸边,时而下到海水里。阿龙在前面边跑边嚷道:"来呀,来呀!我跑不动了。"

阿敏跑上去抓住阿龙的脚,高兴地说:"我抓住了!我抓住了!"

阿龙随手把贝壳朝沙滩上一扔:"看谁先抢到!"说着,阿龙和阿敏在沙滩上比起来,咯咯的笑声回荡在海面。阿龙有意放慢脚步,阿敏扑上贝壳,两只小手牢牢地抓住了贝壳。阿龙也扑了上去,正好扑在阿敏的后背上,眼睛盯在了阿敏后背正中心的黑痣上:"阿敏,你后背上有一个黑虫子。"

"那不是黑虫子,是颗黑痣。"阿敏一点不紧张,慢慢地说,"阿妈说了,女孩子后背长黑痣有福气。阿哥,福气是什么?"

阿龙躺在沙滩上,两只小脚在空中摆动,望着蓝天飘动的白云想了一会说:"福气嘛,就是天上的云。"

"什么,我成了云啊!阿哥,你说得不对。"阿敏趴在沙滩上,手里拿着贝壳仔细地瞧,两只小眼睛眯成一条缝,自言自语道,"福气是什么呢?"

"阿龙、阿敏——"海滩一侧传来呼叫声。

"阿爸回来了!"阿龙和阿敏朝海湾奔跑,每次出海,阿爸总要给他们带点海产品。

"阿爸、阿爸……"他们喊着跑到阿爸的身边。

阿爸满脸黑胡子上散发一股海味,他笑着招呼道:"阿龙,阿敏,看我给你们带回什么啦!"

"虎斑贝!"阿龙高兴地说。

阿敏放在手上瞧着,惊叹道:"这么小的虎斑贝真好看,阿爸,在哪儿弄的?"

阿爸笑了,说:"这可是在深海打捞的,你们看,小小的虎斑贝紫色的纹路,戴在身上有福气。"阿爸用尼龙线串起两枚,给阿龙脖子上戴着一枚,给阿敏脖子上戴着一枚。

他俩高兴得你看看我,我看看你。"阿爸,在贝壳上刻个记号吧,我和阿敏戴一辈子。"阿龙出着主意。

阿爸想了想,说:"好,就刻上个海浪吧!"

"阿爸,先给我刻。"阿敏叫着把小贝壳递了过去。

"好好,先给阿敏刻。"阿爸用小刀在贝壳上刻下了"△"这样的记号。

阿龙看看小贝壳上的记号很满意,兴致勃勃地戴在脖子上跑了。阿敏也跟在后面光着脚跑向海边。阿爸看着欢快的两个孩子,脸上的笑容堆成了一道道沟。

可是事过不久,阿爸要到远海捕鱼,起码半个月才能返回,于是,一家四口又上了船。

阿妈做饭,阿龙和阿敏帮着捡鱼,阿爸操船撒网。一家人在海上配合得十分默契。

"阿龙,搬尾右帆!"阿爸喊道,"对,收住,好!"像指挥员在下达口令。

阿龙收住帆绳,坐在船尾和阿敏一起又在相互看脖子上的小贝壳。

这是艘不大不小地道的木质民用渔船，船上有一根主帆，船尾有两根副帆，航行在海上速度比较平稳。褐色的风帆迎着风带动船行驶，宛如一片枯黄的树叶在浪尖飘荡。

这艘渔船在海上边捕鱼边航行。鱼汛不错时，阿爸捕满鱼就靠近沿海的城乡把鱼卖掉，又继续赶海。他们在海上捕了一周，而且正赶上是潮中期，鱼聚团，有时一网下去能捕到满满一大网。鱼是捕了不少，船也在海上漂远了，然而，热带高气压突然在菲律宾海面上形成台风，犹如旋风一般。

遇上台风阿爸自有他的经验，常能找一个礁丛、港湾或者大商船停泊之处，但这次却在海中无法藏身。阿爸看着翻腾的大海，大喊道："他妈，把阿龙、阿敏看管好。船舱里有两块救生板，用绳子给他俩带上！"

阿爸正说着，一个巨浪盖过来，打在船头，飞旋的海浪打在阿爸的脸上，他用手一抹，两手紧紧地放绳快速收帆，主帆"哗哗"地往下滑，船趋于平稳，然而，海上这股台风正是形成初期，带着旋来回在海上转，渔船强烈地荡动。

"让阿龙、阿敏抱着木板！"阿爸意识到什么，遇上这种怪旋转的台风口，厉害得很，但风走得也快，半个小时左右船也就能平稳了。

转动的渔船似乎无法控制，突然"啪"的一声，渔船的主桅杆被风折断。渔船灌进了海水，阿妈急了，脸吓得苍白，喊道："阿龙，你带好阿妹！"阿妈使劲地往船外倒着水，一阵强风吹来，阿妈身体一歪落入海里。

"阿妈！阿妈！"

"阿爸，阿妈落水了！"阿龙、阿敏哭叫着，船上乱成一片。

阿爸使劲调动船头，纵身朝阿妈甩出绳索，大声喊道："快抓住！抓住！"

阿妈虽然会游泳，伸出手刚要抓帆绳，被浪峰重重地压在水下，几秒钟过去了仍不见人影。阿爸急了，跳进海里大声喊着，在海里摸着……

渔船没有人操舵应付风向，旋风疯狂地杀回来，急促旋转，渔船旋着旋着，正遇上浪峰，一下子将阿爸的渔船掀翻了。

阿龙和阿敏被甩出海面，他俩多亏都系有一块木板，各自抱着木板在海面上漂动。

"阿爸，阿爸！"

"阿妈，阿妈！"

旋转的台风像变色的魔鬼疯狂过一阵子之后，贴着海面向前方驶去。这片无情的海又恢复了平静，有节奏地微微起伏着，像什么也没发生过一样，依然是湛蓝蓝的海水……

阿爸被扣进船里再也没起来，还有阿妈，可怜的父母与那艘相处多年的渔船一起沉入了大海。

阿龙和阿敏漂散了。阿龙抱着木板呼喊阿敏的声音也越来越小，他看到的是茫茫的海面，最后他被出没大海的海盗麻鲨救起，被带上快艇。

"还要他干吗？"有的海盗反对道。

麻鲨咧着嘴笑了："这就不懂了吧，这孩子小，收养后将来是个干将，我们不是多了一个知己的人？"

"对，你是他的救命恩人，他肯定听你的，为你效劳一辈子。"

大海在回旋，层层海浪向前方涌去……阿龙哭啊哭，整整哭了一夜，他不知阿敏漂向何处，更不知阿爸、阿妈的生死。

他的眼睛哭红了。

身处黑窝　兽性逞英雄　人性最磨人

阿龙的眼睛被泪水泡红了。他从床上坐起，在一只小箱子里拿出珍藏了多年的那枚刻有"△"的紫贝壳，他看着童年留下的珍物，像童年的梦，仿佛刚刚发生在眼前，他周身颤抖，一种难以控制的强烈情绪搅动着他的那颗心。

阿龙实在不敢相信他亲自出击抓来的女工程师竟然是阿敏,不,这不可能!但阿龙又实实在在看见了她脖上那枚特有标志的紫贝壳,还有她后背中心的那颗黑痣,这绝对没有错,这些印象深深地刻在阿龙童年的记忆里。

阿龙的思绪乱极了,这世界竟然如此折磨人!这大海像魔鬼一样捉弄他的命运。阿龙在屋内惶惶地踱着步子,他停下脚步,猛地用拳头打着自己的胸门,该死的魔鬼,竟然扒光了自己阿妹的衣服,他打着脑门,心灵已经在扭曲。

阿龙无论如何也想不到阿敏还活着,她是怎样活下来的?阿龙更想不到阿敏被抓进这比魔鬼还魔鬼的大海地狱……

阿龙收藏起那枚心爱的紫贝壳。无论如何不能让阿敏认出抓她的人竟然是她的阿哥,不能让她再看见他那枚同样的紫贝壳。

这时,有敲门声,阿龙似乎没有听见,那颗海泡的心已经醉了,醉得比酒还深。

敲门声又响起,他不知道怎样说出"进来"两个字,而后,呆呆地面朝门口。

进来的莫黑报告:"三爷,有一艘大货船像是触礁了,行驶很慢,劫不劫?"

"滚!他妈的就知道劫!劫!"阿龙瞪着血色的眼睛大骂道。

莫黑先是一愣,继而退出走了。莫黑直纳闷,今天三爷怎么啦?平时要是提供有触礁或出故障的货船线索,三爷一挥手就干。莫黑想不通,三爷喝了酒更要大干呀,他平时都这样。

阿龙刚躺下,这极度强烈的刺激使得他痛苦不堪。他又听见敲门声,先是没理,但敲门声还挺急,他叫起来了:"他妈的,都给我滚!"

门外传来副队长茄子的声音:"三爷,是我!"说着茄子就进来了。

"三爷,老爷传话,下月14日是老太爷100岁的寿辰,宫里要大操大办热热闹闹。"茄子说,"老爷指定敢死队要捞100个活海龙虾献礼,还有

100个虎斑贝摆案图，100个猪头当寿头，100支蜡烛点灯拜吉。"

阿龙闭着眼睛半晌没睁开，他心里还在乱，试图平静下来，渐渐地睁开眼睛，淡淡地说了句："我知道了，这事由你安排来办！"

茄子一听心里暗喜，今天三爷怎么啦，竟然把这么重要的大事交给他来办，这可是为老爷的父亲老太爷操办的百岁大寿，而且是在海底过百岁，这不同寻常，上千年恐怕也难遇上一次，这不是有点像传说中的龙王爷吗，难道今世真让他赶上了。茄子越想越精神，这百岁大寿的400个礼物由他来操办，老爷满意了，这茄子的外号虽然比不上人参，但肯定会有奖赏。

"谢三爷！按你的旨意去办。"茄子说完正准备走，被阿龙喊住了。

"我问你，这些大事你办得了吗？还有1个月的时间，办不成，老爷可要放血的！"阿龙说得很淡，话中的分量却很沉重。

茄子这回一听，心里可不太好受，特别是听放血二字，脸色都变了，他忘不了上次为老爷搞人参之事，搞到的是葡萄牙的茄子干，而遭放血之苦。他下意识地摸到了手臂的那块伤痕，于是，茄子慎重地说："想听听三爷的高见！"

"听着，100个猪头，要让大陆的探子瞄准了货船在海面劫获；100个虎斑贝和100个龙虾，要到深海捕捞，货船上永远也不会有这些东西。"

"三爷，怎么个下海捕捞法，我们这些人不可能捕捞得到！谁也没干过这些呀！"茄子为难地眨着眼睛，用乞求的眼神望着阿龙，希望能得到他的帮助。

"那你刚才拔腿就走，难道没有高招？"阿龙不满地说，"别只想到领赏，把事情办成，办好了，自然有你的赏。至于如何下海去捕捞，你自己去想想。"

阿龙说完，摆了摆手，那意思是让茄子别站在那里犯傻了，他挺讨厌茄子那个熊样。

茄子走了，虽说这事还是让他操办，可心里不是滋味，毕竟他干过拿葡萄牙茄子充人参的事。茄子总想找机会好好表现一番，这不，机会来了，可这100个活龙虾、100个虎斑贝怎么个捕捞法,这事他还真犯难了。不过,茄子也不是吃干饭的,他苦苦想出了一个绝招,一定会让他们吃惊。

阿龙的精神有些不振,他在琢磨如何对阿敏实行特殊处理,虽然把她抓进了宫里,但她和章总坚决不答应为海盗安装仪器,进行卫星测试方面的工作;麻鲨曾多次让阿龙对这两位要以礼相待,不得用刑惩罚他们,时间长了,他们会慢慢改变想法,帮助海盗工作的。如今阿龙认出了被抓的漂亮女工程师是自己的亲阿妹,他陷入了一种痛苦的选择之中,他思考着如何再接近阿敏,万一阿敏认出了阿龙,那将是多么悲惨的事情,阿龙怕就怕这无法承受的现实。整整16年了,他们兄妹分别在恶魔般的大海里,生死不晓,如今和阿龙相见的阿妹竟然在海盗老巢里,还差点让他给强奸了,这一切实在令阿龙痛苦麻木。

阿龙想见,又不敢见。他徘徊在阿敏的屋外,轻轻走到一名海盗眼前说:"从今以后,有谁再进这间屋子,都要向我报告,没有我的允许,一律不准入内!"

"三爷,知道了!"

阿龙悄悄地走到门前,胆怯地从门缝看了一眼,阿敏正坐在床上脸朝内,像是有满腹委屈。阿龙的心一阵难受,他强忍着泪水,把头扭了过来,又徘徊起来。

"三爷,你进去吧,我暂时离开。"海盗像看出了阿龙的意图,讨好地说。

"混蛋!听着,老老实实在这儿站岗。"阿龙说,"每天要把饭菜做好,不能有半点差错,否则,三爷的刀是要放血的。"

"知道了,三爷,我保证按你说的办。"

在海盗巢里,老大、老二排列得清清楚楚,海盗规矩很严厉,犯了规,海盗的头目按规矩要对海盗放血,因此,头目就像爷爷一般,具有很高的威严。

作为敢死队队长的阿龙最要紧的就是深夜出海劫船,但也不是天天都干，一周、一个月或者三个月干一次也有，主要是劫持的船要有用，符合海盗黑帮首领的统一规划。

要为老太爷操办大寿，这是麻鲨黑帮近期的大事，因此，各路头目都在施展高招，为老太爷献上厚礼，尽管老太爷成天半躺在宫里，只能睁开眼睛却没有反应，完全像个植物般的活物，但老太爷可是老爷的父辈，为老太爷祝百岁大寿，实际上是让老爷高兴，让老爷赏识。

"老爷，100个猪头没问题，就是1000个猪头，我也能拿得回来。"阿龙对老爷说，"关键看海蛇的本事了，看他提供的货船信息准确不准确。"

老爷的目光转向了海蛇，带着一种无声的命令。

海蛇瞪了阿龙一眼，慢吞吞地说："这个不能全指望我，有哪艘船专门装猪头的？再说，敢死队什么东西拿不来！"

"什么，你这个观通头头是干什么吃的？你的那些兄弟派在大大小小的港口不提供情报，专门找女人睡觉！"阿龙一想到海蛇偷偷钻进阿敏的屋里就来火了。

"总不能全由我负责吧……"

"混账！老四，你提供线索，老三才能下手，这还不懂吗？都干了多年，他妈的，都越来越傻了！"老爷眯着眼说，"就是到世界各地去抢也得抢来，这是给老太爷祝寿的。"

"老爷说得对，不就是100个猪头吗，我阿龙不孝敬谁孝敬！"

海蛇一听这话，气得直翻白眼，他知道阿龙又打出了老底牌，老爷是他的救命恩人。

第四章　兵分两路

海蛇出洞　一夜销魂交易成

　　海蛇憋着一口气，他在麻鲨黑帮中虽然排名第四，但三爷阿龙的底牌硬，加上他是名副其实的敢死队头目，冲锋陷阵的大事和好事都他捞了，深得老爷的信赖。海蛇也算个四爷，海盗行动观通信息都是他海蛇手下的人干的，不显眼，他们提供的是数据，而三爷提回来的都是真货。

　　海蛇眨着一对绿豆眼，琢磨着得好好出口气，别瞧着你阿龙神气，我海蛇也不是草包。他在自己所管辖的那方观通哨里走动着，蓦地停住步子，朝副官石鱼招着手喊道："通知手下所有的人来这里，我有话要说。"

　　石鱼颠着步子走了。石鱼原来叫石龟，四爷对他这名字极反感，每次呼喊石龟这名字，像是心底没气。有一次，四爷突然悟出了道道，把石龟叫了过来说："我给你改个名，以后就叫石鱼。"

　　"我这名挺好的，是我爷爷给起的。"石龟不情愿地说，"祖上有讲究，四爷，还是别改的好。"

　　四爷急了，骂道："得改，你那个石龟比我海蛇还厉害，将来还不要吃我！改，就叫石鱼。"

　　"遵命，就叫石鱼。"石龟心想好歹还保留了一个石字，管他龟和鱼呢，反正都是海里的。

　　不大一会儿，石鱼回来了，随后，一帮头缠彩布条的海盗都来了，他们各自穿着一件橘黄色的背心，上面印着一条抬头出水的海蛇，其他人一看就知道他们是四爷手下的观通海盗。

海蛇望了一眼手下这帮兄弟，从兜里掏出一条美国香烟，一包包地分撒给各位，然后，接着说："眼下最要紧的是筹办老太爷的百岁大寿，我们的任务是提供最新的货船信息，为老太爷摆上100个猪头。石鱼，你要跟在各港口的探子联系，让他们注意这条信息。为了更快地办好这件事，我暂时出去一趟，这里石鱼副官全面负责，大家配合好。这件事办好，大家都有赏，有更刺激的奖品。"

海盗们一听就知道四爷说的是鸦片，海盗吸这有瘾，可就是不够分的，于是，这鸦片就成了头目们的特殊奖品。

石鱼小声问："四爷，你到什么港口？"

"先到雅加达，然后到科伦坡，说不定还要去新加坡。"

"什么时候出洞？"

"今晚12点。"海蛇说，"有半年没有离开这里了，出去换换新鲜空气，过点人的生活。"

"我更是有一年多没出巢了。"石鱼脸上流露出一种难以捉摸的神态。

海蛇拍拍石鱼的肩，说："只要我四爷在，以后就有你出去的时候。"

海蛇布置好了一切工作，已经是夜里10点钟了。他这才回到自己的那间小屋。陪女索娜倒在床上正等着他，见海蛇进来了，忙跑上前去帮他脱上衣。

"把我的那套黑西服拿出来。"海蛇说。

一听拿西服，索娜就明白海蛇要出洞，边拿出黑色西服，边小声问："四爷，什么时候走？"

"等一会儿就走。"海蛇脱去海盗服，穿上了一套黑色西服，然后，从衣兜里掏出金丝眼镜，一副学者的打扮。就这副模样，再高明的侦探，也不相信他是海盗。

海蛇脸上流露出一种得意的神态，吹着口哨，回头望了一眼索娜说："你就先委屈几天吧。"

索娜是陪女，专门为四爷服务的，听海蛇这一说，低头抹泪。

"他娘的，你有什么好哭的，四爷留下你是你的福分。"海蛇说着躺在床上，把脚摊开，嚷道，"过来，再给四爷按摩一下。"

索娜走过去，用手在海蛇周身轻轻地按摩起来。海蛇闭着眼睛静静地躺在那里，他想在出发之前舒服点儿。

零点，海蛇出洞。

海蛇从一条通道进入了海底另外的起降口，海盗操纵潜望镜观察了海面，茫茫水域什么也没有。海蛇看了看雷达荧光屏，绿色的扫描仪在滑过之后，一片透明，海盗雷达手说："四爷，一切正常！"

于是，海蛇朝石鱼挥了挥手，石鱼用手一按电钮，一座石梯慢慢地上升，从群礁中露出来，海蛇走上了等在那里的小汽艇，然后驶进礁岛深处隐蔽的一艘现代化的交通船旁，他很快提着箱子跨上了船。

交通船速度高达60节，朝着东南方向驶去。

从出洞到上船前后还不到15分钟，海蛇的交通船驶进了茫茫黑夜之中。

这就是现代国际海盗的速度。

天刚刚亮，海蛇便神秘地到了马尼拉。一辆黑色的小轿车在港湾迎候他，车内海盗随手把飞机票递给了他："这是今天上午8点飞往雅加达的班机。"

海蛇看了看手表，说："直接去机场。"

于是，小轿车闪电般地朝飞机场驶去。

海蛇透过车上的反光镜，仔细地瞧了瞧自己那副尊容，脸上泛起一丝兴奋的光彩。

晚上，海蛇住进了雅加达高级宾馆。

这间房子是麻鲨长期包的，也是麻鲨手下在雅加达的休息地点。一个留着小胡子的男人安排好海蛇，便退出了房间。

夜里10点，海蛇站在阳台上，巡视了一眼对面的国际港口，然后掏出微型电台，不时地用手指敲打键盘，发出微弱的"嘀嘀嘀"声。半小时后，海蛇的那只皮箱背面黑色玻璃上出现一组组数字：

A113-9.10-200（NO！）

A509-0.00-203（NO！）

海蛇迅速抄下这组数字，尔后停止了第一次联络。海蛇是专门搞观通信息的，而且以前在陆战队也是干情报的。因此，这些对他来说就像玩游戏一般轻松。

海蛇把数字一算，便马上知道了雅加达各港口的货船、货物等情况，他所需要的那些货物在这组数字里没有显示，他决定亲自去港口走走。

已经是深夜12点了，海蛇刚躺下，特殊服务的电话响起，海蛇知道这是他所需要的那种服务，拿起电话小声说了句："要高价的，谢谢！"

不到5分钟，他房间特殊指示灯绿灯亮了一下，海蛇躺在床上一按电钮，门自动开了，走进一个身披黄色纱衣的小姐，两眼望着海蛇，看上去二十多岁，十分动人漂亮。海蛇透过纱衣看到小姐那性感的身体，眼睛闪着异常激动的光芒。

海蛇起身用手拍了拍小姐的脸蛋，顺手把一叠美金递给了她。

小姐说了声谢谢，把钱放进随身的金色盒包里，然后走进浴室。

小姐把身上的黄纱一抖，滑落了下来，她袒露着洁白的肌肤，躺进了粉红色的浴池里。

她用手遮着那丰满的乳房，眼睛朝海蛇勾去，带着异性特有的挑逗。海蛇光着身子走了过来，也走进浴池里，双手抱起小姐就往床上跑。

海蛇满足了。他睡在高级宾馆里，美美地搂着女人进入了梦乡。

敢死队出海　三爷到底不凡

海蛇在大宾馆里搂着美女，做着美梦。黑漩涡里的阿龙这帮敢死队可没这份美差。他们要干的事就是出海，为老太爷尽快打捞回100个活龙虾、

100个虎斑贝。

一大早，茄子就带领七八个兄弟乔装打扮成渔民，摇着船，载着潜水工具在离马尼礁不远的海面开始下海作业。

一名海盗戴上潜水镜和氧气瓶，先行下到了海底，不一会儿他便露出水面，取下镜罩说："队副，再下来两个人，万一我被鲨鱼吃了，也没人知道。"

"妈的，胆小鬼，好，再下去两个。"又有两名海盗潜水入海了。

茄子坐在船上，手里拿着微型接收器，随时与海底的人联系。

海底却是另一番情景，三个潜水员不停地摆动着脚蹼，像三条黑色的蛟龙轻盈地在水下畅游。蓝晶晶透明的海水，把五颜六色的海底世界衬托得分外迷人。一丛丛珊瑚礁生长着各异的花朵，一座座黑褐色的礁林丛中飘溢着绿色的海生物，随着潜流漂动，宛如挥舞着长长的绿色纱巾；千姿百态的鱼更是令人眼花缭乱，长长的黑色马鲛鱼、紫色的蝴蝶鱼、红色的石斑鱼、橘黄色的大尾鱼、白色的穿林鱼实在太多，游动在海底水族世界，自由自在，充满了美丽的色彩。他们在礁丛中缓缓地游动，寻找大虎斑贝，水中一块白色的海绵体生物游来，像水中降落伞透明飘悠，懂得海性的人一看就知道那是海蜇。

他们躲过漂来的海蜇，如果不注意被蜇一下，那海蜇的毒素就能让人毙命。这一带海底没有虎斑贝。于是，他们改变方向，领头的潜水员在腰部的发射器上按动了三下。

茄子等得有点着急了，他顶着烈日暴晒待在船上，手里的微型接收器始终贴近耳朵，他希望能听到"嘟"的声音，那是获得虎斑贝的信号，可是没有。这会儿接收器响了三下，他知道潜水员改变了方向朝东游去，他的船也随之调动了方向。

海底领头的在前，左右两侧紧跟在后面，像一队空中作战的飞机。

他们改变了方向，海底世界的贝类多了起来，首先他们在礁丛中发现了各异的海螺，有唐冠螺、凤尾螺、寄生螺、七角螺、鱼鳞螺。领头的眼睛睁大了，扭头朝左右的两个人打了个手势，让他们留心，这一带肯定有虎斑贝。领头的来劲了，他希望能捡到第一个虎斑贝。突然，眼睛一亮，礁丛里一个拳头大的虎斑贝还在蠢蠢欲动，伸出柔软的肉脚爬着，他惊喜地在腰部的发音信号器上连续敲着"咚、咚、咚"的声音。

海面上的茄子顿时兴奋起来，喊道："有了！捡到了虎斑贝！"他心里有点谱了，虎斑贝是可以办到，但活龙虾是不易捕捞的。

海底领头的抓住了活的虎斑贝，他仔细一瞧，虎斑贝上一道道紫色的纹路中夹着点点黑色斑纹，黑色之中透着一丝丝枯黄色的光泽，实在太漂亮了。他得意地把首枚虎斑贝装进了随身带的小袋里。他刚要起身向前，一抬头愣住了，一条巨大的鲨鱼张着粉红色的大嘴正朝他游来，他脸色突变，不知所措，身体僵硬，下意识地转头想跑，可脚蹼无论怎么摆动，速度也远远赶不上鲨鱼。

黑鲨听到响声，发现前方一个黑色的物体在游动，它受到刺激，"嗖、嗖"地朝人冲击。他紧张地呼唤："来人呀！来人呀！"可他忘了这是在海底，他戴着氧气瓶，呼唤了两下，气瓶却冒着一串串水泡。黑鲨扑了过来，朝他张着大嘴，他停住了，黑鲨从他头顶上冲了过去，扑了个空。黑鲨从深水钻过来，一个大翻身企图用尾巴打住他，可是他已经侧过了身子，黑鲨再次扑空。黑鲨急了，调转方向再次游来，他左右看看都没有发现随同的潜水员，竟忘了按动报警器和驱鲨器，紧张的情绪使他没有能力应付突然发生的情况。黑鲨大摇大摆地正面朝他袭击，张着大嘴把他的左臂咬住了，他惊恐万分，右手乱打之中按动了驱鲨器。顿时，一股强烈的气体穿过水体直袭黑鲨，气体在那片水域散开。黑鲨像被刺了一刀调头离去，转眼就跑得无踪无影了。

鲜血从领头的左臂流出，染红了海水，那只左手被黑鲨咬走了，只剩下血染的手臂骨头，他无力地摆动着，这时海面茄子接到了他出事的信号，连续给那两名潜水员发出了信号，他们迅速赶到，扶起他朝海面升起。几分钟后，他们把领头的抬上船，他已经昏迷过去，船上的茄子把带来的药箱打开，亲自为他包扎紧左臂，以免出血过多，尔后对其他海盗说："赶紧送回去抢救。"说着从领头的布包里拿出那枚美丽的虎斑贝。

虎斑贝送到了阿龙的手里，阿龙仔细看看，有一种说不出的滋味，他的心底浮起层层痛楚的波澜，他又想起了挂在阿敏脖子上的那枚小小的紫色贝壳。他的眼角流出一滴不被人发现的泪。他看着虎斑贝半晌不知说什么好。

茄子盯着阿龙希望听到三爷的评价，耳朵竖得老高。

"笨蛋！人都差点丢了命，有什么可说的。"阿龙说，"你永远是个茄子，不可能是人参。有你这样干的吗，干到什么时候才能搞到100个贝壳，还有100个活龙虾？误了大事，老爷不会轻饶你！"

"三爷，你开开恩，给指条道！"茄子知道自己的确没法办成这件大事，心服地向阿龙求饶。

阿龙用手摸了摸头，抽着大烟，慢慢地吐出缕缕云雾，淡淡地说："首先，在我们的礁区密点建立捕捞区，要让渔民下海捕捞，你为他们提供水下设备。渔民懂水区，知道哪里有龙虾，哪里有虎斑贝。"

"三爷高见！"茄子问，"要是渔民不肯干呢？"

"笨蛋，这一带渔船多的是，先给他们讲好赏钱，不行的话，就绑架几艘渔船，这还不懂吗？"

"明白了，还是三爷高见！"茄子退回去了。

无底的海　渔船遭劫

马六甲海峡的风浪小多了，蔚蓝的大海荡漾着层层碧波，远远望去，仿佛是一块抖动的巨大蓝绸布。洁白的海鸥飞旋在浪尖上，时而追波逐浪，时而高空展翅，发出阵阵悦耳动听的鸣叫。

茄子坐在一艘快艇上，用望远镜巡视着远处的大海。

茫茫海面上，各种货船在行驶。一艘艘扬帆的渔船顺着风向随意地在海上漂动，船尾拖着一张张网。

茄子放下望远镜，朝操作的海盗挥着手，说："开过去，先截一艘渔船。"

快艇飞驰起来，在海里犁起层层白浪，搅起荡天的白雾。在接近渔船时，快艇减了速度，缓慢地靠近渔船。

尽管马六甲海峡海域已不安全，但对大多渔民来说，他们必须去那里打鱼。他们附近海区的渔产资源已被打捞殆尽，渔民不到马六甲海峡一带又能怎么办？

茄子的快艇渐渐靠上了一艘渔船，他用手招呼着船老大，随后便跳上了渔船，看见船上一家五口人坐在船舱里，都在忙着收网。老大看上去年纪大约四十岁，身体粗壮黝黑，茄子挺满意，便说："渔老大，你为我们打捞活龙虾和虎斑贝，我们给钱！"

渔老大一听，看了看他们，听口气不像很恶，看不出是海盗的样子，头上没有缠彩布，便答话道："实在对不起，你说的活龙虾用网很难捕到，龙虾大多在海底礁丛里。"

"他妈的，不干，那就别怪老子不客气了！"茄子的脸变了，立即拔出了手枪，嚷着，"不干也得干，走，到礁后海域！"

茄子用手枪一挥，快艇上几名海盗也端上了机关枪对准渔船。

渔老大什么也不说了，他知道遇上了海盗，他企图再求下去，但看见他们荷枪实弹，也只好按海盗意图朝礁区海域驶去。

沿途海上，茄子劫持了几艘渔船，渔民不得不跟着海盗走。从劫持渔船带入礁区域不过几海里，茄子没有用绑架的形式，而是用机关枪押送。然而，当茄子劫持了6艘渔船时，他的快艇虽然在后面押着，但渔老大相互间似乎很默契，中间一艘渔船的船老大满脸黑胡子，个头挺高，他站在船头朝前后渔船张望着，然后甩了甩手上的绳子，顿时6艘渔船散开，渐渐地各朝不同的方向驶去。

"他妈的，怎么散了，都朝前行进！"茄子大喊道。

渔船还是继续散开，似乎越散越大。茄子急，高喊道："各船都开过来，怎么，他妈的想逃！再逃就开枪了！"

大胡子渔老大的渔船死死地缠住快艇，阻碍快艇行动，其他渔船已经朝三个方向急速驶去。

"站住！"茄子挥着枪大喊道，"再跑，我就开枪了！"

那些渔船风帆被拉得高高的，侧风、顺风航行，渔船行驶起来跑得很快，有的船还启动了机器，"嘟嘟嘟"地冒着一串串白烟。茄子一看再不采取措施，这帮渔民就要跑掉了，于是他对操快艇的喊道："快，追上去，先追左边那艘！"

快艇飞驰起来，快速地朝左边一艘插去，转眼冲到渔船的前方。在快艇驶向左边的同时右边的渔艇快速闪动，试图躲进浅海区的礁丛中。

茄子的手枪上了膛，大骂道："给我回去！再改变方向，我就开枪！"

一艘渔船被抓获，几名海盗立即绑架了渔老大，他们用一根绳子把渔船串起来行驶，但这时，茄子发现右方的那艘渔船已经驶远，而且进入了海的浅区，他气得眼睛冒着血丝，心里想，干海盗多年，还没遇到这种败兴的事，他喊道："追上去，打掉！"快艇像脱弦的利箭一样飞去，接着便响起一阵阵机关枪的扫射声。那艘渔船的帆桅杆断了，船水线区打了一堆洞，海水往里猛灌，甲板上渔老大和一家老小倒在血泊之中。大海静止了。海和天仿佛停止了呼吸，蔚蓝的海水搅动着一滴滴鲜红的血，一群群海鸥低飞着，盘旋着，发出阵阵撕人心肺的叫声，听起来像一阵阵哀鸣的挽曲……

所有的海船停住了，好像大海有把大锁猛地锁住了铁链。黑胡子的渔老大蹲在船前甲板上，大嚎了一声，然后摇着头低吟起来，他眼睁睁地看见被打的那艘渔船就是茄子第一个抓住的渔船，可怜他一家几口人。

渔船被长长的绳索串起来，开始朝着规定海域驶去。

茄子站在快艇上，吹了吹那冒着黑烟的枪口，那双绿豆眼泛起一丝贼光,他那得意的脸上带着笑容。

渔船终于驶进了礁丛环抱的一个港湾,这里是海盗开辟的另一个活动区。

第五章　追踪在马尼拉

巨轮成"幻影"　45万美元巧入账

一切就像变魔术般悄悄进行着。海蛇在雅加达海口走了一趟，仿佛磁铁吸引了一批沉渣，就连其他国家和地区的海盗也为他尽力提供线索，他们是国际海盗黑帮的成员，身上带有一种特殊的小标志，那就是在衣领的左下角缀有一个小三角。而这种小三角是特殊制作的，就像美金钞票很难伪造，这种标志内部人能一眼认出。

海蛇终于在雅加达获取了信息，一艘货船装载500头生猪送往某港口，要在一周后经过马六甲海峡附近。于是，海蛇把这艘"马非909"号以及海船的性能、船员人数和起航的时间等数据信息传回了黑窝。

海蛇完成了要办的第一件事后，回到宾馆里准备休息，那只黑色的皮箱魔术般地又出现了一组隐形的数字，他立即掏出微型相机拍照：M-a1033-。"OK！"海蛇当即眯着那绿豆眼笑了，有一笔大生意在等着他。

海蛇闪电般地飞抵马尼拉。他干这种生意在海盗中是有名的，去年他就为麻鲨帮挣得300万美元，麻鲨老爷曾特别奖励他，奖品就是那个年轻漂亮的陪女索娜。现在他又获悉了要发财的海盗生意，心想机会又来了。

海盗发展到今天，再不是单一地出没在公海之中，盗一艘船了事，而是进行更广泛的海盗活动。他们不仅偷盗，而且沉船、转运货物，甚至会根据指示劫持船只。

一些不法商人想发财，便利用海盗为他们转手船只，当然是有价钱的。去年海蛇坐在大饭店里，一个肯出30万美元的主顾指着港口的一艘挂着黄色国旗的"WN1100"号船说"就要那艘船",并附加说"带"或"不带"。不带,就意味着船上的船员被杀死或被迫游水逃生。条件谈妥后,海盗称主顾指点的那艘船为"幻影船"。于是便开始了海盗行动,也许这艘"幻影船"永远也不会知道,就在他们的船驶出港口进入公海时,等待他们的便是海盗。船员被杀死后,在海上劫持的"幻影船"很快会被改造一新,在一艘船被偷来交付之前,海盗先为"幻影船"刻上新的船名,升挂新船旗,烟囱也会被油漆一新。这一切有时进行起来用不了一天,而美元就落入了这帮海盗手里。

海蛇抵达马尼拉后,很快找了间紧靠大港口的高级饭店客房,他希望第一件事能找个美女美美地搂着先睡一觉,再进行下一步的工作。可是他刚洗完澡,正准备订约女人时,他的秘密通信器便显示出了一组数字。

傍晚时分,马尼拉整个城市灯火辉煌,摩天大楼闪烁着冲天金黄的色彩和五光十色的旋转霓虹灯,仿佛整个城市都在多色的光环中旋转。

马尼拉港口更是充满了神秘的色彩,大大小小的各国商船停泊在海上,闪着点点灯光,像是星星组成了一条多彩的银河。汽笛声不断地从碧波之中传来,像是跳动在点点星座上的音符,正在演奏一曲美妙的港湾之夜的旋律。港口周围生长着一片片长长的油棕树和高高的槟榔树。一阵晚风吹过,那碧绿的长叶发出有节奏的"沙沙"的声音,宛如躲在树中一对恋人委婉的私语声,只有大地和蓝沉沉的天空听得懂。

海蛇站在饭店的平台上,久久地望着马尼拉的夜景,他从心灵深处涌出一种人对美好事物的本能的情绪,但这只是一闪而已。

海蛇看了看手表,他把那只珍贵的黑箱子加了两把特制金锁反锁在柜子里,然后步行下楼,回头看了看周围,走进饭店最豪华的大舞厅。

这里金碧辉煌,大厅内一盏巨大的多功能变色旋转激光灯在闪烁,大厅顶上用1万颗海里珍珠组成的花朵闪烁着点点金光,大厅四周的墙壁都是用反光的金属板组成的,接收不同颜色的灯光能产生不同的光色,相互辉映。

海蛇款款地走进大厅，站在一侧用敏锐的目光扫了下四周，然后走到大厅内侧一个三角酒桌前坐了下来。

"请问要点什么？"服务小姐穿着一身橘黄色的礼服，上半身几乎袒露着，挑逗性地展现出乳沟。

海蛇微笑道："一听天然椰汁。"

马尼拉大饭店的天然椰汁闻名世界，既有天然的椰汁清香，又有一种特殊的人工成分，喝在嘴里慢慢品味，像是鲜嫩的椰汁滴在心上，有人称它是世界上最好的饮料。海蛇边吸边朝对面的三角酒桌望了望，一个身着紫色超短裙的美貌女人已经在久久地盯着他。见海蛇的目光扫来，两对目光聚在了一点上，女人笑着带有一种性感的魅力，她朝海蛇眨了眨右眼，流露出特有的媚态。

海蛇也随着眨了眨右眼，那双绿豆眼虽然小得可怜，但聚光点异常强烈。女人自然地走了过来，迈着那种时装表演般的步子。超短裙把屁股绷得格外丰满，大腿雪白修长，上身穿的短袖珍珠串缀的背心显得那两座乳峰突出耀眼，给男人一种全方位的性感。她浑身上下虽然穿得不是十分豪华，但给人的印象是非常有钱，地地道道的生意人"金项链"。所谓金项链是大商人手下的拉条，说得好听点就是专门为不法商人引线的公关小姐。

海蛇的眼力不差，他在几秒钟内便判断出了眼前这个魅力无比的女人的身份。

女人笑得很甜，她自然地坐在海蛇身边的座位上，两只眼睛仍盯着他，像两颗晶莹透明的宝石闪着光彩。"来两杯人头马，加冰块。"女人朝服务小姐招着手，掏出一张大票子递了过去了，"不找了。"

海蛇与女人默默碰着杯，目光相对含笑，谁也没有先说话。海蛇脸上那副表情让人一看就知道他的底牌头衔。

女人喝了口酒，脸上泛起微微的红晕。用手在净亮的桌面上随意画3个三角，一副漫不经心的样子，她的眼神却在悄悄斜视着海蛇的微小反应。

海蛇像是没在意，呷了口酒，那眼神依然盯着女人的眼睛，闪动着一丝情意的光。女人侧过头来靠近海蛇，低声说："大海涨潮什么日子？"

海蛇一听便知道是对暗号，是不法商人联系海盗的一种双方特有的暗语。于是，海蛇装着不懂的样子说："我是大陆上的人，对涨潮不知晓。"

女人心想，还跟我来这一套，也不瞧瞧这是什么地方，她的脸色变得深沉了："涨潮不是3月15日吧？"

"3月3日是大潮。"海蛇小声说。

"鲨鱼能看太阳？"

"不，是月亮。"

"起风哪来的月亮？"

"潮高月清，海上平静。"

"鲨鱼来自太平洋？"

"不，印度洋。"

"何时渡海？"

"正午12点。"

女人脸上开了花，露出一种神秘的色彩，望着海蛇说："地道的海洋货，你身上还有一股海腥味。"

"我请你跳舞！"海蛇眨着绿豆眼，伸出手邀请道。

女人站了起来，朝海蛇微微点着头，海蛇潇洒地用手挽起女人的腰，轻盈地步入舞池。

"浑身野腥味！"女人发出微弱的声音。

"还不是有你这个金丝猫！"海蛇的声音在女人的耳根下发出，充满了性的挑逗。

"我有点累，想躺会儿。"女人说得很含蓄。

海蛇笑了，说："我也这么认为，该休息。"

海蛇穿过舞场奔往电梯，女人紧跟在后面。

进了房间，海蛇随手把门关上。

窗前的纱帘微微在摆动，风儿伴着海味吹向房间，仿佛一切都变得安静了。

他和女人挑逗着。女人似乎有意地靠近了他。海蛇顺势把女人搂进了怀里，一只手解开了她的裙子……

女人靠在沙发上，点燃了一支香烟，深深地吸着，那只袒露的大腿跷在另一只腿上晃动着，一副神悠悠的样子。随后，她掏出一张特别名卡，用两个指头夹着递给了海蛇。

海蛇用双手接过，仔细一看，上面印着"BBN-115"，他知道这是国际大商洋行的牌子，这个女人是大商洋行董事的特别代理人。凡是"海洋人物"一看都知道其后台的实力。

"能有幸认识你，是我的福分。"海蛇双手接过名卡说。

女人起身舔了舔嘴唇说："你该办正经事了。"女人说着用手按动电钮，一扇巨大的纱帘拉开了，她站在透明的玻璃前，指着对面港口一艘挂着红黄旗的大商船，代号是HA-509，然后说："就是那艘，看清了吗？不带！"

"不带"两字女人说得很轻，眼睛闪射出一种逼人的光。不带，就意味着劫商船时，船员一律处理掉。

海蛇那双绿豆眼眨了眨，说得也有力："好。"下面他等着女人开价，眼睛仍盯着她。

女人伸出了4个指头，然后微闭着眼睛，耳朵却张得挺大。

海蛇走过去，用手轻轻在女人的手指上扳开了一个，他想要50万美元。

女人睁开眼睛，瞪了一眼海蛇："美鲜尝到了，还还价！"

女人做这种交易经验丰富，她又伸出了小指头，海蛇满意了，笑容立即堆上脸，45万美元行呀！

女人又说了话："3天之内交货，船旗船号按大商洋行的规定办。"

"保证没问题。"海蛇绿豆眼又亮了，"到时候，是不是我还能见到你……"

"不必了吧，我可是重金难买。"女人说得很神秘，而后，朝海蛇交代一句，"事情抓紧办，信誉可是不讲情面的！"

女人走了，轻轻带上了门，留在海蛇房间的那股女人味依然在回荡。海蛇重重地躺在了沙发上，立即把这笔海盗生意信息通过微型发报器，神秘地传到了黑窝据点。

无本万利　用性命交货

马尼拉港口停泊的远洋轮常常莫名其妙地销声匿迹。国际海事局的约尼泊对调查的结果总是气愤，他说："如果是一架飞机，那么世界上的所有机场都会提高戒备，但在海上世界，我们没有这种制度。"

中国海事调查员英继列说，残酷无情和无所畏惧是这些歹徒的天性。海盗头子总是处于不停地运动中。他们乘坐一等舱航行在亚洲的各地港口间，住进最好的饭店，赌博、饮酒、玩女人。他们花天酒地，行贿和伪造证件，所必需的现金是通过一套地下银行系统转运的。这套系统可在数小时内转移多达300万美元的现款。

傍晚时分，停泊在港湾的那艘"HA-509"号巨轮起锚了。

海上风不大，海水蓝湛湛地荡漾着层层的碧波。巨轮开始调整航向朝着远海驶去。

海蛇站在海湾边大饭店透明的房间里，举起望远镜望着远去的巨轮，脸上泛起一丝得意的光彩，过不了多长时间，这艘船就会落到他们手里。

他久久地望着远海。

"HA-509"号巨轮在公海航行着，船尾拖着一条翻动白浪的长带，宛如巨鲸游过留下的痕迹。海上黑沉沉的，还缭绕着薄薄的雾纱，航行的视野受到一定影响，巨轮减慢了速度。

这天气和环境是海盗行动的最佳时机。巨轮正在行驶着，两个头缠彩色布条的大胡子海盗从船尾熟练地上了船，他们手持弯刀和手枪先占据有利位置。随后又上来了5个海盗，其中有一人背着机关枪，4人握着微型冲锋枪。

打头的两人轻盈地沿着巨轮从左侧向船长室慢慢走去。

突然，一个身穿橘黄色衣服的船员从舱室出来，沿着铁栏杆向船尾巡视，一看就知道是船上值班的，像是有点胆怯的样子，步子走得很小，没有打算去船尾的意向，他刚停下步子，两个海盗交换了下眼色，闪电般地夹击过去，这个船员还没来得及反应，带血的匕首已经从他的胸部抽了出来。

7名海盗分布得非常讲究，手持机关枪的海盗占领了中央平台；两名海盗各把持左右一侧；4名海盗直奔船长室。他们都经过无数次海盗行动的锻炼，显得非常老练成熟。他们的眼睛、耳朵、手脚在海上行动显得灵活极了。

眨眼的工夫，两名先锋海盗闯进了船长室，待船长回头时，舱门已有冲锋枪对准自己，船长低着头，只是长叹道："我的上帝，又是海盗！"

紧靠在船长室旁边的一间电台报务室，船员报务立即发出一组呼叫"SOS、SOS……"刚敲完一组键盘，只听见"嗖"的一声，飞刀扎在报务员的右手上，他惨叫着倒在桌子上。

船长痛苦地闭上眼睛，从牙齿中发出几个单音："请保留我的船员！"

领头的海盗狂笑起来，露出一嘴黄牙："上帝让你们统统下海！"

船上一共19名船员，死了一个，其余全集中起来了。他们还没走到一起，手持机关枪的海盗瞪着红眼睛就开了一梭子，随着"嘟嘟嘟"的枪声，应声倒下了8个船员。

"海盗，你们凶残无人性，上帝不会饶了你们的！"船长大喊起来，眼睛闪着泪水，望着甲板上他的船员躺在血泊中。

两名海盗冲上来，当即扒光船长的衣服。领头的海盗笑得令人发指："船长，海盗要会见你！"说着，掏出匕首在船长的身上划成一道道血口，鲜血往外浸着滴在了甲板上，两名海盗架起来把他扔进了大海。

海上泛起一片红色，船长无力游动，剧痛使他在海水里强烈地抽动，看去残忍无比。闻着血腥味，海面上果然有鲨鱼朝他游来，张着大嘴在海水里寻找……

"杀人狂，你们不得好死，上帝会惩罚你们的！"大个子船员看到船长在海里抽动，狂叫着。

两名海盗走过去，同样疯狂地撕去他身上的衣服，用匕首在他身上划出一道道血口后扔进了海里，可怜的船员！

船员们闭着眼睛，谁也不敢往海里看，一群鲨鱼尾随着巨轮，像是在等着加餐。

剩下的船员都跪在甲板上，低着头嘴里默默地祈祷着。

领头的海盗看了看手表，用手朝身边的几名海盗示意着，于是，剩下的几名船员也没绑没刺，而是活活地被抛进了大海。"上帝让你们活着，你们就活着吧。"海盗知道在这茫茫的公海上，船员游上几十个小时也找不到栖息之地，很难活命。

巨轮被劫持了。海盗按各自的职能下机舱的、开轮机的、操舵的、开雷达的都就了位。

领头的海盗便成了船长，站在那里看了看磁罗径和电罗径，找到经度——航行度数，然后下令开起了巨轮。

巨轮终于驶进了属于海盗自己的秘密的魔斯湾。

这帮劫持巨轮的海盗完成了任务，随后便把巨轮"幻影船"交给了另一帮改装的海盗。

这艘"HA-509"号巨轮就像魔术般地被改装了，烟囱换了，升了新船旗，写上了"拉帮号"的字样，由原来的黑色船体涂成了红色船体。3天之后，这艘崭新的船交付给了大商洋行。

新的"拉帮号"船又驶进了港口，两周后，有人在新加坡近海，后来在马来西亚近海看到它；随后，摇身一变为"海莱克斯"号的它又向南驶去，并装上一船拖运的胶合板，再驶向何处谁也不清楚。

事情办得不错，海蛇受到麻鲨的赞许。于是，他又频繁地活动在大城市各港口……

步步紧逼　海盗探子终露蛛丝马迹

英继列从雅加达飞抵马尼拉的当天，国际海事局发给他一份特急电报。菲律宾海事局将英继列安排在海湾的一座二层小红楼里。英继列看完电传方才知道，麻鲨黑帮的第四号头头已抵达马尼拉。对于这个第四号头目，英继列手头资料不全，既没有照片，也没有详细的文字，国际海事局比起英继列也强不了多少，就知道此头目曾是陆战队员，别的就不清楚了。

张飞海对身边的罗里说："我们连轴转，现在追到了马尼拉，还不知道这个四号头目又跑到哪儿了。你是正宗侦察员，得拿出点真东西来。"

罗里边抽着烟，边看着一份海洋运输资料，半晌才说："最近海洋运输很频繁，连续发生了几起海盗事件。麻鲨派老四到马尼拉究竟干什么？只有找到与这个老四联络的人，才能摸到老四的真正老窝。"

英继列望着对岸的大饭店沉思良久，他曾多次深入这些地方调查，海盗头目住的大都是最豪华的大饭店，而且消费惊人，但这类人很难让别人接近，大饭店绝对保证这些人的安全。

英继列十分清楚，任何一个港口，都有国际海盗在活动，而且黑色帮派在发达的海滨城市都有自己的体系，这体系连着千丝万缕的国际大商行，说不定撞在哪根神经上，不但调查落空，还将会莫名其妙地失踪。直接深入调查，不同于侦察其他案件，海盗本身就有国际总黑帮，他们的通信、交通是当今世界最现代化的。英继列转身对罗里说："我们不能涉及更多的海盗黑帮，也没有这个能力，我们的关键是要弄清楚麻鲨黑帮，包括这个黑帮的任何人。"

"我想，老四肯定住在高级大饭店里，但我们无从下手，你有什么招数?"英继列问罗里。

罗里思索着,然后说:"我想先进入港口,从小人物捕捉,海盗探子比海盗头目更外露些。另外,菲律宾海事局提供的名单,我们可以跟踪调查一下,适当时可以抓他一两个。"

英继列看了看时间,说:"就这么办。"

他们各自打扮了一番,英继列身穿黑色的短袖衣和牛仔短裤,戴着一副黑色眼镜;张飞海穿得简单,腰上挂着黑色的皮夹子,一副生意人的模样;罗里穿着大花衬衣,头上戴着一顶西式太阳帽,看上去像是老板。他们上了一辆米黄色的轿车,张飞海开着车沿海湾转悠了一阵,在进入港口装卸码头时,英继列一眼看见集装箱边的几个人,便小声说:"擦右侧,跟上那个穿花格衣服的青年。"

罗里掏出资料,递给英继列说:"根据菲律宾海事局提供的线索,这个青年叫斯力,是专门为麻鲨黑帮传递信息情报的。如果没错的话,肯定是他。"

英继列拿出微型高倍照相机,右手伸出窗外,"咔、咔"当即拍摄了两张。小轿车渐渐跟着,英继列在望远镜里看得清清楚楚,斯力双手搭在两个黑胡子的高个人肩上,边说边指着港口停泊的船,接着,斯力又掏出一张图指给两个人看,两个人同时点了点头,尔后斯力拿出一叠美金塞给他们,拍了拍他们的肩,头也不回地走了,在转弯处便截了辆出租车,朝海滨沿江大道高速驶去。

"跟上,看他去哪儿。"英继列说。

张飞海的车开得很快,一个急转弯,调头跟了上去,车后扬起一阵黄尘飞舞。

出租车穿过槟榔树下的绿荫道,绕过椰林小铺,朝马尼拉国际海洋大饭店驶去,不一会儿,出租车利索地驶进了大饭店的大厅,进门前,斯力随手甩了一张钞票,便迈着快步走进了大厅。

英继列的轿车随后停下,张飞海把车开到了别处。英继列和罗里相互使了下眼色，两人从不同的侧门步入大厅。

斯力十分老练地在大厅内转了一圈，没有发现可疑跟踪的人，便乘1号电梯走了。这种电梯在大饭店里是单独使用，没有共用之说。英继列盯住了电梯显示的数码，在"8"停住了。

这时，罗里从2号电梯凭着侦察处长特有的感觉，几乎同时也在"8"楼停下，从左侧步入电梯口时，侧身便看见了斯力，于是转身贴在楼层的圆柱上，低头系着鞋带，眼睛从低处早已斜视着斯力的一举一动。

斯力站在门前环视了一下，没有马上按门铃，有经验地转过身回走了几步，突然转回原处，神秘地进了屋。

罗里正对着的房间是802，他顺着房间数了下，人不用过去，便知道斯力进的那间房子是808号，当他侧身回头时，英继列已经出现在808房间的顶头。

他们都知道在大饭店里没有国际刑警特殊签发的通行证，是没有权力随便进入客房搜查或逮捕绑架人的。他们都凭感觉知道住在808号房间的是非同一般的人物，斯力肯定是他通信联络来的。

大约有一刻钟，斯力出了房间，脸上依然带着神秘的色彩，他从电梯下来，刚走出大厅门口，一辆出租车"唰"地开了过来，准确地停在他的身旁。

一位高级服务员随手为他打开车门，斯力朝服务员点了点头，利索地钻进了车内。

"港口四号码头。"斯力躺在座上，闭着眼睛说了一句。

出租车快速奔驶起来，沿着海滨路，穿过椰林小道，一个转弯驶向了另一条道，朝着对岸的红色小楼房驶去。

"不对吧，路线错了。"斯力睁开眼说。

"没错，马上就到。"

斯力瞪着眼看了看车外，出租车驶向一片林区，他大声喊道："停车！给我往回开！"

"不要喊了！既然来了，就别想回去！"罗里说着，一支手枪顶在了斯力的腰间。

斯力傻眼了："你们是……是什么人？"

"会让你知道的！"英继列说，"请下车吧！"

斯力环视了一下这片林中孤独的红楼，心里直打战，这僻静的地方处死一个人那是太容易了。他感到有些不妙，手不由得摸到了那张神秘之图，企图在衣兜里撕掉，被眼疾手快的侦察处长罗里捏住了他的手腕。"还没开始审问呢，怎么自己就干上了！"罗里说着，从斯力的衣兜里掏出那张图。

他把斯力带进一间黑屋里，斯力刚坐下，罗里突然问道："麻鲨还给你什么任务？"

"没有别的任务，就是让我……"斯力刚说了句，转而一想，他妈的，怎么说漏了嘴，便改嘴道，"什么麻鲨，我不明白，我是生意人。"

"这是什么，海洋航运图，是海洋深处的探子吧。"罗里说，"老实交代有你的好处。"

斯力眨着眼强辩道："我没干什么坏事，没什么好说的。"

英继列知道，凡是加盟国际海盗黑帮的成员，宁可自杀，也不出卖海盗成员和有关情报。他多年调查，没有直接从海盗口中得到过任何情报，都是间接调查获取的线索。他对于审问海盗没有经验，这个全靠侦察处长罗里来办。

罗里对罪犯不同的心理把握得比较准，常常出其不意地询问。反问、倒问、顺问，弄得罪犯无意之中把话给露出来，他不怕罪犯不承认，就怕罪犯不说话。

于是，罗里不停地问道："你干这种事多少年了？"

"没……没几年。"

"四爷还给你什么任务？"

"四爷让我盯着那艘船……"斯力一听四爷，以为对方什么都知道，心虚地望着罗里。

"哪艘船？"

"这……我不知道。"

"四爷回去，没带你走？"

"没有，四爷没走……"

"四爷回不去了，麻鲨黑窝炸掉了！"

"什么，不可能！"斯力眨着眼睛说。

"就在昨夜 12 点。"

"哈哈……谎言，昨晚老爷还给四爷发……"斯力停住了，罗里的问话都把他弄糊涂了。

罗里无论怎么问，他闭嘴就是不说，但罗里终于从以上零星的语句中肯定斯力是麻鲨黑帮的探子，而且老四还没有离开马尼拉，他们正在联系与某艘船有关的勾当。英继列看着听着，心里明白了一二。他朝张飞海瞟了一眼，张飞海光着膀子，手里拿着匕首走到斯力跟前随口说："鲨鱼翻浪一片黑。"

斯力一听傻了，这不是麻鲨黑窝里的黑话吗，他怎么会说呢？难道是黑鲨的人？他出口说了句："黑窝搅海四方白。"

"天黑得快。""鲨也出得快。"斯力心里还在琢磨眼前这个人肯定是麻鲨黑窝的。

"斯力，你刚才支支吾吾乱讲了些什么？"张飞海质问。

一听叫他斯力，算是把他吓软了，他知道海盗的海规，他惊慌地说："我不是存心说的，他问得我头脑都在打转……"

张飞海掏出匕首，抓住斯力的衣领："我让你尝尝这个还打转不？"

"老爷，别……我从来没有说过黑窝的任何一件事。"斯力求饶道。

张飞海收起匕首："照海规办，你是自己放血，还是……"

"我一直在为四爷办事，没有跟任何人漏过嘴。"

"那我问你，四爷的事到底办得怎么样？"

"你说的哪件事？"

"第一件事。"

"唉，早都办妥了，不就是100个猪头吗，这艘船装了一船猪。"

张飞海暗自一惊，继而镇静地："这可是大事，你知道干什么用吗？不能有半点差错。"

"干什么用我不知道，反正我办成就行。"

"四爷说，你第二件事办得不妙。"

"不就是那艘幻影船吗，我都联系好了，四爷还赏给我一笔美金呢！"斯力尽量表现自己。

"事情办了，但嘴不严，你先在这里蹲两天，听候麻鲨老爷的处置。"张飞海说着便把斯力关进一间黑洞洞的小屋。

英继列看了看手表，说："立即去大饭店808。飞海，通知海事局密切配合下。"

小轿车飞驰在公路上。

"斯力不过是个情报探子，麻鲨黑窝没去过，显然不认识海盗内部的人。"罗里躺在车座上说。

英继列微闭着眼睛，他对麻鲨要的那100个猪头很敏感，一直在心里琢磨，"要100个猪头干什么？既不是吃，又不是什么珍贵物品，而且是100个数。"

张飞海边开着车边说："幻影船是海盗近年与不法商人狼狈为奸干的事，这类事在马尼拉港湾不算新鲜。"

"斯力是个跑腿的，详细情况他不会知道，只有抓住这个老四，麻鲨黑窝就会弄明白的。"罗里说。

英继列干过多年调查，在国际海事局算得上王牌了，可他对100个猪头，始终迷惑不解。他用手轻轻捶着脑门，快速搜索着他所接触的信息，希望能有点小小的启发，但依旧解不开这个谜。

小轿车闪电般地朝大饭店驶去，在大厅前稳健地停住车，英继列和罗里快步走进饭店，他们从 1 号、2 号电梯几乎同时出来，俩人分头夹击 808 号房。

英继列示意了一下，罗里掏出万能钥匙，左手握着兜里的微型手枪。门打开了，俩人同时迈进房间。里间的一张大床上，一个满脸胡子的男人正搂着赤身裸体的女人在吻。女人见他俩进到屋里，叫了声，赶紧扯着毛巾被盖在肚子上。

"你们想干什么？"男人从床上坐起来，怒吼道。

"哦，对不起，走错房间了。"英继列反应很快，他朝罗里使了眼色便退了出去。

"莫名其妙，搅了我的情趣，这是什么高级饭店？"男人说着又转身搂起女人。

英继列小声说："不对，像是换了人？"

罗里沉思了一会儿，非常老练地朝总服务台走去，很礼貌地说："对不起，小姐，我来晚了，808 房间由我来结账。"

小姐说："是刚进去的这位吗？"

"不，在他之前那位。"

"他已经付过房费走了。"

"怎么，他付了，不是让我来付的吗？"罗里说，"我老板走多久了？"

"大约四十分钟。"小姐回头看了一眼罗里。

"去哪里了？"

"不知道。"小姐有点不耐烦地说。

"狡猾的海盗！"英继列骂了句，"走，继续跟踪！"

"他肯定没出马尼拉，在这座城市里。"罗里说着又和英继列钻进小轿车。

小轿车穿过繁闹的市区，朝郊外的林区驶去……

第六章　海盗阴影中的渔船

盗匪　渔船　海上大追劫

清晨,海上吹起阵阵西北风,蔚蓝色的大海滚起层层浪波,给人一种清爽的感觉。

马尼礁的西面群礁丛中,荡起一艘艘渔舟,随风漂向海虾湾,像点点蝴蝶在飞动。

茄子坐在一艘快艇上,一手握着手枪,一手操着微型对讲机,他一连干了4天,强迫渔民下海捕龙虾、取虎斑贝。龙虾抓了十多对,虎斑贝三十多个。这些渔民一个个体力不支了,一天下来都软疲疲的。茄子觉得这样下去,货完成不了,而且自己还得搭进去。于是,他不得不请三爷阿龙出面。阿龙在这方面有超然的本领,他一出来,茄子便可减轻些压力。

阿龙坐在另一艘快艇上,和茄子的艇并排在海上停着,他穿着黑色短裤,戴着黑眼镜,手上什么也没拿,双手只是紧抱在胸前,那双眼神溜溜地在海上瞟着,说了句:"让他们下海,我瞧瞧!"

说完,阿龙伸出手看着时间。

茄子朝海盗喊道:"让他们下海!"

在一旁的几艘渔船上的渔民,穿着短裤,浑身黑黝黝地站在甲板上,两名海盗提着潜水氧气瓶递给渔民让他们戴上,渔民挥着手还是不戴。

"他妈的,我这是保护你!再大的本事,能比得上氧气瓶吗?不是东西!"海盗骂道。

大个子渔民斜视了一眼海盗,那目光充满了仇视。他年龄较大,看上去近五十岁的样子，他跳进海里，一个翻身钻进海底。其余3个渔民也都在四十岁左右，他们先喝了口酒，然后，一个个跳进海里。

湛蓝的海面荡起一圈圈白色的涟漪，又恢复了原来的平静。阿龙看着海面，表情异常镇静，他的眼睛一动不动地盯着渔民下海的水面。海面破水，钻出一个渔民，两手空空地朝渔船边游去，大口喘着气。

不一会儿，又一个渔民出水了，左手举着一只大龙虾，还活动着。他游向快艇扔进了艇上，双手扶着船边喘大气。海盗叫道："哎呀，这只龙虾真大，快放进艇舱水里。"

茄子的眼神亮了下，下意识地朝阿龙望了一眼，希望能听到三爷赞叹的话，阿龙仍旧那副表情，盯着海面。

大个子渔民出水了，伸出两只手，仍然没抓到东西。茄子心里骂道："娘的，昨天一天才摸到一个虎斑贝，真他妈的笨蛋！"

大个子渔民的喘气声使阿龙有点心烦，不得不把目光移向他，仍旧没有发话。

第四个渔民出水了，手里拿着一个不大的虎斑贝……

阿龙的眼睛瞪圆了，终于冲着茄子说话了："这就是你的宏伟工程？简直是在胡闹！让老爷知道你在这里这副熊样，非让你下海去摸！"阿龙顺手拿起不大的虎斑贝，说："就这也充数算百个虎斑贝？你睁眼看看，这都是什么样的渔民，下一次海喘半天气，能行吗？到哪年哪月才能捕到百个龙虾，百个虎斑贝？我说你真是个烂茄子，放个屁都给自己闻。从今天开始，你带领几个兄弟到八角海湾一带抓些年轻有力的渔民，越多越好，要一两天把这件事办成。听见了吗，笨蛋！"

茄子被大骂一通，听到阿龙骂他茄子还不说，还是个烂的，他眨着眼睛，连声答道："是，三爷，我这就按你的话办！"

阿龙环视了四周的海面，眯着眼睛对着反射的阳光眨了眨，然后挥着手说："这海区地点是谁选的？"

茄子说："是我选的。"

"你他妈的还算是海上人，究竟什么海区海龙虾多、虎斑贝多你都不知道，还乱指挥！"阿龙指着左前边一片海区说，"去那里，群礁东边，水深在二十米左右，礁群有珊瑚丛，是贝类和龙虾生长的区域。笨蛋，这还不懂！"

"是，三爷，你指教有方！"茄子刚说完，一名海盗跑过来喊道，"三爷，大个子渔民跳海逃跑了！"

"在哪儿？笨蛋，连个渔民都看不住，还不追！"

一艘快艇朝大个渔民潜水的方向驶去，没见人影，远方掀起一阵海浪扑打声，一名海盗还没弄清是什么，就开了一梭子，枪声在海面上回荡……

"三爷，有两艘巨轮朝这边驶来！"海盗报告。

阿龙举起望远镜看起来。两艘巨轮一前一后中速行驶。

"三爷，前面那艘商船像是中国的，后面那艘还看不清。"茄子说。

"是中国的商船，远洋899号。"阿龙放下望远镜，说得更细。

"怎么办，三爷？"茄子问道。

"中国船的航向不经过这里。把渔船带回去，你尽快驶向八角海湾海域，多找些青年渔民，要抓紧。"

茄子率领海盗，朝八角海湾驶去。

还是这片海区，响过一阵枪过后，海盗很快又驶向前方。大海依旧前浪带后浪滚动着，像是永远也滚不完那茫茫蓝色绸缎般的波涌。

茄子站在快艇的指挥台上，双手握着栏杆，对着操舵的海盗喊道："左舵，好！全速前进！"

快艇全速飞驰起来，艇首翘在浪尖上，艇尾像一杆巨笔在海色的纸张上书写一道白色航迹。

一群海鸥发出嘶鸣声，追逐着浪迹，仿佛向海盗的快艇发出警告。快艇驶过礁区不久，茄子举起望远镜巡视着八角海湾的海面，发现一片褐色的风帆在缓缓漂动，似点点褐色的树叶随浪逐动。

"分两路夹击渔船。听着,抓住年轻的渔民,不到万不得已不要开枪。"茄子对其他海盗说。

快艇减了速,海盗们把枪都隐蔽起来,茄子挥着手指示艇的航向。

渔船大大小小有几十艘,船尾都拖着长长的渔网,几乎没怎么驶动,在海上漂着,他们谁也没料到海盗的快艇已经驶进了属于渔民的这片海区。

快艇靠近了一艘渔船。船上有两个年轻人、两个老人,还有孩子,一看就知道是一家人。显然,两个年轻渔民是老人的儿子,正是壮年,浑身的肌肉丰满,闪着铮亮的光泽,有一股浑身使不完的劲儿。

艇靠近了,青年渔民才发现两名海盗已飞身跃上了他们的渔船。

"你把你这些渔民都集中起来,为我们打捞龙虾,还有活的虎斑贝。"一名海盗说。

青年渔民看见艇上的海盗有十多个,站在两艘快艇上,尔后又朝捕鱼的船队瞟了一眼,说:"恐怕难以集中,他们都各打各的鱼,而且……"

"他娘的,到底去不去?"茄子忍不住了,掏出手枪威胁道。

青年渔民看到茄子拔出了枪,沉思道:"我可以帮你们去联络下,给我一点时间,我想也许能行。"

茄子眼睛一转,只要他愿意帮助干什么都行,于是用手挥了挥:"希望能行动成功。"

青年渔民的船穿梭在其他渔船之中,他在一艘高大的船尾桅杆上挂起了带红杠的白旗。霎时,那片海区作业捕鱼的渔船,尾随着领头的渔船朝一座礁滩快速驶去。

褐色的风帆鼓着来自大海的风,一艘艘渔船像牵着绳一般,潮涌似的围成了特殊的队形,青年渔民跳上了那艘领头的渔船,在和一帮青年渔民准备着什么。

茄子看到一艘艘渔船非常迅速地集中在一起,而且在有组织地指挥调动,脸上露出一丝微笑,他得意地对身边人说:"这下能解决大问题了,还是青年渔民有能力!"

茄子得意的话音还未落，几名海盗对着茄子喊起来了："队副，你瞧，这帮渔崽子怎么都朝礁滩上靠？"

　　这名海盗不说不要紧，茄子再一看，真正愣住了：渔船队形蓦地一变，像散了架一般，从各个角度登上一片长长的珊瑚滩，就像指挥员发起冲锋一样，他们一个个动作迅速，无声中含着惊天的啸声，他们都在心里大喊：海盗来了！海盗来了！

　　茄子又一次被渔民玩弄了，他心里憋着一团火，两只眼睛瞪得像燃烧的灯泡，放出逼人的光来，他挥着手枪对着海盗大喊道："他娘的，还愣着干什么？赶快给我截回来！不要开枪，要用这帮崽子！"

　　海盗的快艇分两路朝珊瑚滩驶去。海盗握着冲锋枪高喊道："你们都过来，不要跑，为我们捕捉龙虾！"

　　"站住，再跑，我们就开枪了！"

　　尽管海盗一次次呼喊，快艇到了浅蓝色的珊瑚礁滩无法再行驶了，否则，只有搁浅。因为快艇在那里开不出去，不像渔船，几个人就可以推着走。

　　"他娘的，这不是想要我的命吗，都给我下海！"茄子看到快艇在浅滩海域停了下来，对着艇上的海盗大喊道。

　　海盗穿着短裤端着枪一个个下到浅海，往珊瑚礁盘上冲："站住，渔崽子们，再跑就开枪了！"

　　"你们几个从右插过去，不要让他们从海上跑掉！"

　　珊瑚礁盘上生长着一片抗风桐，虽说不是很高的树，但也长得挺茂盛，那一束束绿色的根深深扎在珊瑚礁盘上，有一种顽强生存的本领。

　　渔民似乎经过了演习，跳上珊瑚礁后，三五人分成一股朝不同的位置散开，迅速隐蔽在绿丛礁盘间。礁盘上早已有准备好的各种竹箭、竹枪、石弹等。

　　"陆里，快让前面的渔船从后方走！"渔民莽特喊道，他站在礁丛前沿，光着膀子，一身晒得发红的肌肉，他反复叫着，"被海盗抓去没有好果子吃，他们用完我们就杀了，赶快跑！"

海盗从这头登上浅礁盘，渔民一帮子从另一头跳上渔船，已驶向一片浅海区。

"海盗登滩了！莽特！"渔民在喊。

海盗这次是为了抓渔民的劳力，要是劫持抢盗，可就不是这副模样了，他们会端着枪对渔民乱打一气，干出残忍的事情来。可现在，他们有些束手束脚了，海盗头说了，抓劳力，不要开枪，因此海盗们端着枪只是嘴上一个劲地喊着。

"渔船开走了吗？"莽特问。

"都开走了。还有几艘船刚朝东南开走，恐怕被海盗截住……"陆里说。

莽特回头张望一下渐渐远走的渔船说："先阻击海盗，然后，我们从侧面礁石下海。"

十多个渔民躲在珊瑚丛中，拉开竹箭和竹枪，对准了登陆的海盗。

快艇的指挥台上，茄子对着海盗在大喊："快上去，别让他们跑了！"茄子没料到珊瑚礁盘的背后，还有一帮年轻玩儿命的渔崽在抗击着他们。

"打！"莽特喊道。

一根根竹箭射向登陆的海盗。一名海盗的屁股上扎进竹箭，他大叫着，倒在礁盘上，对着海空开起了冲锋枪。

另一名海盗躲过竹箭，吓得大叫："他们向我们射击竹箭，我们开枪吧！"海盗没有海盗头的命令，不敢轻举妄动。

海盗们都趴在礁盘的掩体周围，没有再往前冲。

"他娘的，渔崽子都反了，给我打！"茄子发疯地大喊道，眼睛冒出一团火。于是，海盗精神了，一个个端起枪，像杀神一般瞪大了眼睛。茄子的喊声刚落，海盗的枪便开了火。

"船走远了吗？"莽特焦急地问。

"前面的船走远了，东南方向的船恐怕会被海盗的快艇追上。"

"你们几个绕到礁的两侧，从两面阻击后就下海。陆里，我们再坚持几分钟！"荠特说着，朝海盗发射了一组竹箭。

海盗的枪声在珊瑚礁上震动，他们对着抗风桐和礁石开着枪。竹箭冷不防地射着一个海盗的腿，他倒在礁盘上，忍着疼往外使劲拔，骂道："渔崽子，我要打掉你们的脑袋！"

海盗发狂了，那副恶狠狠的面目出现了。

海盗在礁滩排成了半圆的队形，形成了一个不可抵挡的扇形防区和攻击区，他们边开枪，边朝珊瑚丛林开进。

"啪、啪、啪"，一梭子打来，陆里的胸部中弹了，他用手捂住鲜血浸染的胸部，微弱地说了句："荠特，快走！"他还想用竹箭再发射一次，但是倒在了珊瑚礁上，闭上了眼睛。

"陆里，陆里！"荠特大喊道，痛苦地流着泪。他看到渔船一艘艘从不同角度远去，然后在陆里的脸上吻了吻："我的好兄弟，你死得好惨！我会为你报仇的！"荠特说完朝其他渔民挥了挥手，他们很快沿着抗风桐，进入了大片礁石洞，随后像鱼似的钻进了水里……

海盗开枪打死了几名渔民后，便收起了枪，他们在珊瑚礁上冲跑着，走到渔民抗击的掩体处，把一杆杆竹箭、竹枪都踩断了，他们气急败坏地发现渔船逃向东南方，于是，立即又登上快艇朝渔船方向驶去。

快艇奔驶的速度在海上像利箭，划出一道闪亮的航迹。不多久，快艇就截住了部分渔船。海盗先是对着一根根桅杆扫了一梭子，桅杆断了，褐色的风帆"唰唰"地往下落，渔船失去了动力，被海盗用绳索一艘艘串了起来，像抓小鸡似的。

那名被竹箭射中屁股的海盗半蹲在艇上，嘴里不停地大骂，还不解气地朝一艘渔船上的水罐子扫了一梭子弹，水"哗"地一下泼在船上，碎片飞溅在渔船上。

渔民一个个睁着眼睛，谁也不敢吱声，身上绑着一根长长的绳子，蹲在舱里。

"哈哈哈，老子的屁股非让你们舔舔！"那名屁股中箭的海盗发泄过后，发狂般地大笑，眼光中逼射出杀气。

一艘海盗快艇拖着一长串渔船，朝海盗选择的那片浅海区驶去……

"远洋"号信息　100个猪头的困惑

英继列在马尼拉跟踪调查，获得了一些零星不全的信息，虽说抓获了海盗探子斯力，但毕竟他是远离麻鲨黑帮的大陆探子，就是把刀架在脖子上，他也不会把海盗最机密的信息告诉你。这完全不同于军人对军人或者特工对特工，军人、特工中叛徒有的是，而在海盗中很难找到这类人，他们都在身体上刻下过血字，发过誓，是一帮地地道道的黑色组织成员，这一点英继列十分清楚，他不指望再从斯力那里得到什么信息。

英继列这两天待在那座红色二层小楼里，与国际海事局和菲律宾海事局取得联系，请他们帮助查出麻鲨黑帮的组成和历史详细情况，并告之其对那100个猪头的用意不解。国际海事局提供了一些麻鲨黑帮的资料：组建历史有七十多年，发展海盗人数在二百七十人左右，是一个具有现代装备的新兴国际海盗组织。

英继列对这些资料并不陌生，他在一张详细的马尼礁及马六甲海峡的海图上，不知画了多少疑惑的点和圈，他在马尼礁上画上了3个重点符号，从热气球调查和采样结果可以得出结论，马尼礁显然被现代化学元素和现代机械改造过，但毕竟没有第一手资料。马尼礁的起落升降、入口建造、内部组成等都是需要弄清楚的，但这必须亲自去冒险接近，而且这是一个极艰巨的工作。

英继列大口抽着烟，徘徊在那间小屋内，他需要的是第一手调查资料，这种资料一般海事局是不管的，也无法从哪位调查员那里获取，因为这是太机密、太不可思议的资料。

英继列时而趴在图桌上，时而望着窗外，满脑子的"那100个猪头之用途"。他在纸上画了无数个假设，他想到做寿之类的情况，但麻鲨总头目也不到百岁呀，他的猜测很快被自己推翻了。

这时，罗里和张飞海风尘仆仆地回来了。他们在马尼拉高级宾馆追踪海盗老四，整整一夜没休息，天一亮，他们便赶回红楼。英继列从他们的表情上猜出一二，收获不佳。"两位先生吃点什么，我肚子也饿了，咱们一夜都在消耗体力，是需要补充点东西了。"英继列说，"飞海，还有两个罐头，几包方便面都打开。"

张飞海从抽屉里拿出食品，边开罐头，边说："马尼拉十大高级宾馆我可是开了眼界，戒备森严，但又充满了自由。"

罗里大口吸着香烟，有些疲倦地揉了揉脸，叹道："要是侦察敌情，我可不是这模样，简直放不开手脚。看来这个老四，有国际黑帮在背后保驾。我最怀疑那个郊外国家大宾馆，虽是外国总统住的地方，在马尼拉只要谁有钱一样照住，而且还负责安全警卫。"

"估计这个老四完成'幻影船'生意后，很快会返回黑窝，因此那100个猪头是他第一任务。弄清那100个猪头没有？"张飞海问。

英继列只是摇摇头，那神态仍在沉思之中。他们各自大口吃着罐头方便面，看样子都饿得不轻。

英继列突然停下筷子，走到海图前思考着，他用筷子在马尼礁附近敲着，半晌没说话。

张飞海用手碰了下罗里，他们的嘴不动了，食物还在嘴里，朝英继列望去。他们知道英继列那闲不住的脑子又冒出了新点子。

"你们过来，帮我参谋参谋。"英继列趴在海图上喊道。

他俩端着饭碗来到海图前，盯着英继列用筷子头点的马尼礁，等待着英继列的问话，可半晌，英继列趴在那里不吭声了，像是把刚才喊他俩的事给忘了。

"我说，你怎么啦？哪根神经又来灵感了？"罗里在一旁说开了。

英继列忽然从沉思中醒来,他指着马尼礁海区,说:"我有一个突然的想法,马尼礁这一带我很熟,而且对海盗的黑话、黑规矩、黑活动我都熟悉,对海盗的生活习性也了解,我想装成海盗,利用一次截船的机会打入海盗之中……"

"这不行,根本不可能!"罗里打断英继列的话说,"虽然你够格扮个海盗,但不是一个黑帮的,海盗一眼就能认出,你说是哪个帮的吧,他们立刻会通报核查,而且海盗想杀个人,那还不像杀小鸡?"

英继列沉思了,没说什么,只是自言自语地望着海图道:"也许可以试试!"

蓦地,电话铃响起,张飞海上前抓起电话:"喂,我是。哦,是谭小燕!有紧急信息要报告英继列?"

英继列接过电话,就叫开了:"小燕,怎么一大早就有信息?"

话筒里传出谭小燕的声音:"'远洋'号传来信息,他们经过马六甲海峡时,听到海盗快艇的枪声,像是在绑架渔民。"

"什么时间?海区的详细位置?"

"昨天下午三点左右,大概在马尼礁偏东45°、12海里处。"

"提供具体细节没有?"

"他们减速,用望远镜隐隐约约看见海盗快艇在海上追捕渔船,其他情况就不清楚了。对了,'远洋'号还说上周丹麦船也在那片海区发现海盗绑架渔民。"

"小燕,是你那位未婚夫提供的吧?请代我谢谢他的帮助。"英继列放下电话,在海图马尼礁偏东45°、12海里处量过之后,画上一个重点符号。

"最近绑架渔民到底干什么?"罗里反问道,"难道要修建什么?"

张飞海说:"马六甲海峡有一年多没有绑架过渔民,这一带海盗不同于红海也门地区的海盗,那里经常出现绑架渔民、杀害渔民的事。"

英继列从罗里的衣兜里掏出一支香烟,点着猛吸几口,一缕缕青烟圈缭绕在空中,宛如一团团难解的迷雾,笼罩着英继列的思路。

他转悠了一圈，嘴里不停地唠叨："绑架渔民？又是麻鲨干的？难道这也跟那100个猪头有关？"

"这100个猪头到底干什么用？"英继列大声问道。

英继列把桌子上的杯子、瓶子、盖子、烟灰缸等摆了一大排，并再三强调说："这些都是猪头，100个，摆在这里，到底像什么？一眼判断出感觉，不要有思考的因素。"

"像祝寿。"张飞海随口说。

"像庆典。"罗里不假思索地说。

英继列一手拍在桌子上，高兴地说："对，没错！就是祝寿！"

张飞海和罗里奇怪地看着英继列，希望听到下面的解释。

英继列从兜里掏出小本本，说："100个猪头，意味着100个年头，从麻鲨黑帮的组建历史来看，不过70年，这是国际海事局提供的可靠资料，显然不会庆祝建帮而用；那么，是什么够得上100个年头呢？这是个谜，也不是100个人，麻鲨黑帮人员二百七十多人；究竟是什么呢？根据海盗人员的生活习惯和风俗，为老人做寿时，常用猪头，当然是高寿的长辈，那么麻鲨至今也不够100岁呀？我想，很可能除了麻鲨之外，还有一个真正的海盗老人，这个老人就是组建麻鲨黑帮的创建人，按年龄和麻鲨黑帮的组建时间推算，这个老人差不多100岁。"

"我怀疑能活到100岁，这样的人不太多，可能吗？"张飞海发问。

罗里接着说："有一定道理，那么为什么不用这个老人自己的名字命名黑帮名称呢？而用的是麻鲨的名称牌号？"

"你说得很对。现在只是凭我的推测，很可能这个老人是麻鲨的长辈，生下了麻鲨正赶上那个日子，就以儿子的名为牌号了，按年龄来看，麻鲨也正是这个年纪，而且以麻鲨为首，能如此兴师动众地用100个猪头之类的形式为其祝寿，缘由就不难解释了。"

"那么，马尼礁海域出现海盗绑架渔民的事件，也跟这件事有关？"张飞海提出疑问。

"至少是个新动向，而且需要进一步核实后再做判断。"英继列刚说完，微型电子报话台便发出"嘟、嘟、嘟"的呼叫信号。

英继列随手拿起话机，呼喊道："我是英继列，请讲！"

话机传来菲律宾海事局的声音："据我海上调查人员报告，昨天傍晚五点左右，八角海湾的渔船被海盗劫持后，在珊瑚礁滩开枪打死多名渔民，其余渔民被海盗绑架带走。"

"带到什么地方？"

"目前还不清楚，有新情况，我们会及时通知你们。"

"非常感谢，再见！"

罗里在海图上画着圆圈，这点圈与谭小燕报告的海域基本相同。罗里说："这是一帮海盗干的，而且是在昨天下午绑架了两批渔民。"

"八角海湾？这是片渔民常去打鱼的海域，那片海域鱼很多，海盗到底需要绑架多少渔民？"英继列思考道。

张飞海提起一把椅，往地上一敲说："我看，最好还是到那片海域走一趟，肯定有跑走的渔民，问清缘由便于我们行动。"

英继列眼睛一亮："飞海说得有道理，是个好点子，弄清以后，我想借海盗绑架渔民之际，当一回渔民。"

"这是个极好的机会，对渔民来说，海盗是他们的大敌。走，我们一刻也不能耽误。"罗里表示同意。

他们像快速行动部队，带着随身携带的物品上了小轿车。

这回是英继列开车，他善于开山路、弯路。他戴着墨镜，双手戴着白手套，看上去有几分威严。"你们坐好，我加速了！"他说完，脚下的油门不断增加，小轿车飞驰起来，像脱弦的利箭，穿过层层村间小道，在崎岖的盘山路上打转穿梭。

"坐你的车，真有点儿害怕，要是有心脏病非玩儿完了不可。"罗里喊道。

"快车是他的拿手戏，真正开慢车，他比不上我。"张飞海说道。

小轿车沿着马尼拉市郊的山区小路，直奔大海环抱的马六甲海峡附近的割子口，那一带是连着大海的小岛小礁区域。之后，他们便可用高速快艇驶向离八角海湾30海里的太平礁，那里有临时渔民村。

小轿车在公路上行驶5个小时，很快进入了沿海黄沙飞扬的小道。轿车布满了黄土，像一头奔跑的黄狮子。

"我们不下车了，各自吃点面包对付一下再说，争取天黑之前赶到割子口，今晚十点左右要到太平礁，否则，要耽误一天。"英继列边开着车边说。

"行，我们没问题，你就辛苦啦，要连续开七八个小时。"罗里说。

他们拿着面包各自咬着，罗里幽默地说开了："这叫废寝忘食，连夜赶海！老英来一支。"说着，罗里点燃一支香烟塞在了英继列的嘴里。

英继列边吸着烟，边思索着，他对太平礁一带的渔民多少有些了解，他们在附近海区打不了什么鱼，都到远海去捕鱼，而且经过的地方常常遭到海盗的袭击和绑架，因此他们对海盗有一种刻骨的仇恨。

张飞海掏出微型海图册，一页页翻看着，他对这一带地区和海域还是首次深入，虽说跟着英继列干了多年，但在这样曲折复杂的地区而且接近马六甲海峡的大陆通道，还没有单独调查过。他看着海图，心里也在琢磨渔民被绑架的缘由。

"罗里，这些天你瘦多了，比在家辛苦吧，是不是有点想老婆啦？"张飞海打趣道。

罗里摸了把脸，叹道："老婆不算太想，都这个岁数了，兴趣不是很浓，就是担心哈特将军电话跟踪。看来，与海盗打交道，的确不像军人打仗，这回我可是领教了！"

"我还有一个担心，罗里，我们赶到太平礁后，那里的渔民会怎么样？能理我们吗？能为我们提供线索吗？"张飞海也在动脑筋。

罗里摊了摊手，做出无可奈何的样子："这个嘛，你要问驾车的英继列。"

英继列专注地开车掠过一道道险路,像是没听见他们的谈话,半晌没回答。

张飞海的耳朵都竖起来了。罗里拍着张飞海大笑起来……

果断行动　飞越万米海沟

夜雾缭绕,在黑茫茫的海空中拉上了一层本来就黑的纱帘,使人们的视线受到层层阻碍。

在割子口向当地的海警部门借用了一艘不大的快艇,英继列他们立即驾驶快艇连夜朝太平礁飞驰而去。

快艇在海上速度很快,劈开黑夜的迷雾,宛如利箭刺开大海起伏的胸膛。

"英继列,速度太快,你把握得住吗?别撞礁!"罗里的心又提起来了。他大声喊道,心想凡是能开的东西,英继列都是这般刺激的动作。

"罗里,你就抓紧坐好,掉进海里可就别怪我!"英继列双手操着快艇的舵轮,两眼紧盯着前方海面。

张飞海眯着眼睛想看也看不清,飞溅而来的风雾和浪花打在他的脸上,他只有老老实实地坐在那里,两只手还是不敢松,但他心里清楚,割子口海域礁丛和珊瑚盘很多,在车上他一直在看着微型海图。

罗里这时从心里倍加钦佩身边的英继列,难怪国际海事局都对这位中国王牌海事调查员这么看重,他不仅长期从事海事调查,获取了大量珍贵的资料,而且还有一套驾驭大海的能力。在国际海盗存在的每一块海域里,英继列都十分熟悉那里的海情,甚至哪里有几块暗礁、几片珊瑚盘,他都心中有数,眼下他能在割子口一带海区复杂而多暗礁的海域快速行驶,让罗里眼见为实,不得不发自内心的叹服。

快艇行驶起来颠簸很大,层层浪花打在驾驶玻璃挡板上散开,英继列用手抹着脸,对身后喊道:"前面是道万米海沟,你们抓紧栏杆,我快速飞过去!"

万米海沟是大海深处不太多见的险恶海区,一般小船、渔船都不敢从这里通过,只有万吨巨轮才有能力通过。万米海沟就像喜马拉雅大山脉,大山峰与大山峰之间的那道沟达万米之深,甚至根本就测试不到底,这道沟之间的距离在两千米左右,汹涌的海水从深处往外翻腾,巨浪从海的峡谷山峰间往外冲,被人们视为死亡之海,仿佛一块巨大的潜水磁场,弄不好会把船翻个个儿……

英继列以往都是乘坐着万吨巨轮通过这里的。今天,他驾驶这艘不大的快艇,要不是情况紧急,任务这么重,他也不敢这么冒险。他知道弄不好是艇翻人毁的严重后果。此刻,他脑海里一片激流在飞泻,只有勇敢地飞越过海沟,才能安全通过险恶海区。他紧紧地贴着艇舱,双手牢牢地把握方向盘,侧着浪峰加大油门,快艇在海面上腾起几十米远,似乎有节奏地连续飞跃着,一连几十个飞腾穿越。突然,艇腾不起来了,而是贴着海面平稳地飞驰。待英继列再一看,惊喜地叫起来:"飞过了!海沟飞过了!"

这时趴在舱下的罗里和张飞海直起腰来,瞪大眼睛朝前望着,也都高兴地叫起来:"英继列,你太伟大了!"

"我正式向吉尼斯大会申请,写上一项最新的世界纪录。中国的英继列驾艇黑夜飞过著名的马六甲海峡万米海沟。"罗里伏在英继列的耳后大声说。

"这不能算,因为我们的艇坐着一位张飞海,他们会说,哦,原来你们借用了张飞海的名字,才飞过海!"英继列大声幽默地说,脸上荡起欢快的笑容。

张飞海乐了,双手把身上的衣服扭了扭,也风趣地说:"这浑身的海水值钱了,都是来自著名的万米海沟,要是出高价拍卖,我这身衣服不就值钱了?"

罗里也在拍着湿淋淋的衣服乐道:"我这身比你那身还值钱,因为我这套是名牌衣服,本身就高过你的!"

"那你就带回家送给你老婆吧!"张飞海对着黑茫茫的大海高喊道。

"注意,有情况!"英继列说着,把艇的速度减慢了。

张飞海立即停住了说话,和罗里睁大眼睛朝左前方望去。

黑色的海面上闪烁着点点渔火,不时地在浪波中上下摇曳,密如流动的颗颗星斗,充满着神秘的色彩。

英继列很有经验,他回视了下海区,这里离太平礁不过几海里,难道渔民趁夜出海远行又开始捕鱼?他知道一般渔民出海大多在清晨四五点钟,还没有这么早就出海的呀,他仔细看了看夜光表,时针指向0:05。

"渔民要离开这一海域,在躲避海盗。"罗里判断道。

"我看有点像。"张飞海表示同意。

英继列静静地观察,没有吱声,他把艇轻轻地开到一座礁石的背后,又仔细地辨听着,点点渔火之中时而传来起伏的声音,微弱得很,实在听不清。英继列又把艇向前慢慢地开了点,听到一阵阵"哎哟哟……咳哟……"的伴唱吟声。

"不像出海打鱼,很像……"英继列没说完,远处的海面渔火越烧越大,通红的火苗在海面摇动,像一片燃烧的大海。

"是海葬!肯定是为死去的渔民进行海葬!"英继列熟悉渔民的风俗习惯,果断地说,"走,过去看看!"

英继列在没有弄清身份之前,不便驾艇接近,只好将快艇开到接近那片渔火的礁石背面。

他们都上到了礁上,英继列带着他们轻步在礁滩上往前赶去,然后在一片海滩前沿停下脚步,蹲下身来。

前面一艘渔船上扎着白色的布条在海风中飘舞,船头挂着一盏渔灯,甲板上放着一具用白布缠裹的死者尸体,周围堆放着大大小小的死鱼,一根根燃烧的香火,在黑夜中映着点点红亮,前面一排渔民跪在那里,不时地发出为死者送行的阴间海语:"咳哟哟,走海入门到阴间,鱼身鱼尾荡海天,今夜点鱼上海宴,留有香火燎青烟……咳哟!咳哟!……咳哟哟……"

这艘渔船两侧紧跟着一艘护灵渔船,两艘船都是清一色的渔崽,光头,叉着腰,站在船的内舷甲板上,嘴里吟唱着那一曲曲海祭之歌,像是大海深处发出的呻吟,让人听了心寒肺碎……

3艘渔船排成三角形,在黑海之中航行着。渔船到达一片深海域后,渐渐放慢了速度,然后停了下来。首船先是用火点燃那一条条白布,朝海里抛着,随后大小各异的鱼也被扔进了那片海,接着,渔民发出一阵阵悲哀的海语声,给夜色中活生生的大海增添了一层难以喘息的空气。就在这种难以喘息的夜海中,渔民把死者连同那白色的裹布一起慢慢放入海浪里,霎时,所有渔船上的渔民跪在了甲板上,低头久久地面对大海,那片黑色的海,黑色的潮汐。

英继列也随着低下了头,他的心被渔民此刻虔诚的人道精神所感化。无论是谁看到渔民祭海的场面,心都会被牵动,大海就是渔民的家,渔民的命,也是渔民最后的归宿。张飞海和罗里他们第一次看到这种渔民祭海,对大海和渔民的认识有了一种更深的了解,它赋予大海的内涵远远超过了渔民本身的灵与肉,似乎来自那遥远的精神世界……

英继列很久很久才从这种海的情感中回过神来,他毕竟是与大海打交道的人,虽说职业不一样,但与渔民那善良的心境是一样的,希望大海永远给人以新的、更美的含义。

渔船在海上缓缓航行,大海仿佛也平静多了,在聆听属于自己的渔民哀歌。

"走,赶紧到对岸的小渔村,也许能遇上当事人。"英继列小声说着,拔腿就走。

英继列给快艇发动机部分安装上了消声器,快艇开慢些,声音基本上听不见,他们就这样将艇悄悄地驶向了不远处的小渔村。

这里是一片珊瑚礁盘,再往前走不远就是一座太平礁,几间竹棚搭成的临时渔民停泊小屋,并排在礁上。渔船前面一片松软的沙滩,是停船的好地方。

　　一艘渔船被推上了沙滩,显然海潮已退去,留下一片平坦的沙滩,周围几个渔民正在架起的篝火旁烧着什么,看上去像是几位年迈的渔民。

　　"都下半夜了,他们怎么还不睡觉?"张飞海疑惑不解。

　　"今夜是祭海的日子,海民一般通宵要在海边守着。"英继列说。"他们在烧什么?"罗里小声问。英继列双手搭在他俩的肩上,蹲在礁石后面观察后,说:"像是烧吃的,也许为出海归来的渔民准备的。"英继列环视了下周围,听了听动静,把身上的衣服整了整,又说:"我们可以过去了,你俩不要说话,由我来与他们对话。"

　　英继列就有这个本事,从事海事调查多年,能流利地讲几个国家的语言,当然英语算是最地道的。他挺起腰迈着小步子朝海滩走去。

　　"有人。"渔民中不知谁说了句。

　　"像是生人!"年迈的渔民说着,旁边的几个渔民的眼睛睁大了,"哈双,快传话你阿妈,有生人来,快躲躲!"老人呼唤着身边一个男孩。

　　不一会儿,几个渔民都离开了篝火堆,就剩下那个年迈的渔民,摸着白胡子,像什么也没看见,仍在烧他的食物。

　　周围竹棚小屋的渔民也都像躲灾似的快速隐藏起来了,礁滩上一切都处在异常的平静之中。这一带最近有人来干扰过,很显然是这样。英继列心里揣摩着,便加快步伐走近白胡子渔民,先发了话:"老渔公,不要害怕,我们是海事局的,专门对付海盗的!"

　　老渔民先是一愣,接着装没听见,仍在低头烧着木柴。

　　"我们是专门对付海盗的,是你们的朋友啊!"英继列的话说得很柔和。

　　老渔民听到后一句,才抬起头看了看英继列他们,但没有什么表示,脸上的表情依然是那般深沉。

篝火越烧越旺，映红了老渔民那张饱经大海雕刻的脸，他下意识地用手摸了摸胡子，两眼盯着那堆燃烧的火苗。

"老渔公，我们是从马尼拉专程来调查的，听说渔民被海盗绑架了？"英继列靠近老渔民，边说边往火堆上加着柴。

英继列这细小的动作，换来了老渔民的信任，但他望了一眼欲言又止。

在一旁的罗里似乎有点沉不住气，想张嘴说一通，被张飞海扯住了衣角，只好将嘴边的话又吞进肚里。

英继列盘腿坐在老渔民身边，然后，掏出一支香烟递给老渔民。

老渔民望了望英继列真诚的面孔，凭他多年的直觉，认定英继列他们不是坏人，更不像海盗，于是，便伸出手接过香烟。

张飞海也挺灵活，随手从篝火中捡起一根燃烧着火苗的竹棍，为老渔民点上香烟。老渔民深深吸了口，吐出一缕烟雾，脸上的肌肉也随着轻松开来。

英继列趁机问道："老渔公，听说昨天海盗绑架了你们的人，还打死了你们的人？"

老渔民深深叹着气，半晌才说："那帮海盗魔鬼，他们在海上乱杀乱绑，丧尽人性！"

"海盗是全世界的公敌，我们来调查海盗，就是要打击消灭海盗。"英继列转而问道，"海盗绑架渔民究竟要干什么？"

"说是为他们下海捕捞龙虾和虎斑贝，这不是明摆着找借口杀人绑人吗？海盗什么东西不偷不抢，还要渔民下海摸这些干什么？"老渔民生气地说。

"要捕捞多少？"

"说是各100个就行了，简直是胡说八道，而且还要活的，你说这不是找渔民的事，要绑架要杀人！"老渔民说完喘着气，连嘴上的香烟也掉了，最后说，"你们调查有什么用，海盗在海上神着呢，随时像是从水下钻出的一样，说来就来了。"

"那你见过海盗从水下出来过？"罗里忍不住问开了。

老渔民看看罗里，摇了摇头，又捡起落在沙滩上的烟头，继续抽起来。

"海盗说要100个活龙虾，你听见的？"英继列觉得这才是真正的线索关键。

老渔民强调说："没错，我孙子哈双亲耳听见的，他是昨天逃回来的。"

这么一说，英继列心中有数了，海盗要这100个活龙虾和100个活虎斑贝都跟那100个猪头有关，这是麻鲨黑帮所要进行的一个整体祝寿的工程，英继列又追问道："海盗抓走了多少渔民？100个活龙虾捕捞够了吗？"

老渔民思索了一会儿，说："这个我可不清楚，要问哈双。"

"我能找他谈谈吗？"

老渔民朝竹棚方向喊了几声："哈双！哈双！"

没有回声，老渔民说："我那孙子怕生人，他不会说的。"

这时，远处海面祭海的渔船渐渐返回，点点渔火在夜色中异常耀眼。

"他们回来了，去为死去的兄弟祭海送行的。你们快走吧，他们不管什么人，会误伤你们的。"老渔民想趁此机会结束谈话，"快走吧，今天这个日子不喜庆，他们会干出别的事来！"

罗里朝英继列瞧了一眼，意思还是走，但英继列很想再找哈双谈谈，眼前出海的渔民正往这边赶，他也只好说了声："谢谢老渔公，我们走了！"

老渔民朝英继列招招手，尔后，添柴烧起火来。

"走，从竹棚后面过去。"英继列说，"我总想再看看。"

他们越过沙滩和一座黑色礁石，快速地直奔竹棚，突然，"啪"地一竹杠向英继列敲来。眼疾手快的罗里上前用手挡住了砸下来的竹杠，他们睁眼一看，是刚才跑回家的男孩哈双。他紧紧握住竹杠，眼睛闪着仇恨的光，骂道："海盗！杀人的海盗！"

张飞海上前抱住哈双，说："小弟弟，我们不是海盗，刚才还和你爷爷谈过话。"

"你们是骗子，是骗子！"

"哈双，你在骂谁？"老渔民听到响声，站起来朝这边走来。

英继列走过去扶着老渔民，解释道："哈双把我们当海盗了。这孩子很刚强！"

"唉，他呀，从小就在海上出生，见过好几次海盗了，他仇恨海盗。"老渔民转身对哈双说，"你弄错了，他们是好人，专门对付海盗的马尼拉人。"

哈双紧握竹杠的手放下了，眨着小眼睛，又看了看英继列。

"哈双，海盗抓走多少渔民？"英继列问。

哈双仍看看罗里和张飞海，才说："11个渔民。"

"你知道打捞了多少活龙虾？"

"七八个。没人愿意给海盗干，干完了海盗也会杀人的。"

"你见过海盗都在什么地方出没？"

哈双摇摇头，才说："海盗说来就来了，从来不知道他们藏在哪里。"

这时，沙滩那边渔船祭海返回了，隐隐约约能听见从海上传来的声音，老渔民回头看了一眼，对英继列说："今天这日子不太好，你们还是走吧，上帝保佑你们走运！"

张飞海拉了拉英继列的衣服，于是，英继列才收住问话，拍了拍罗里的肩，说："走，总算有点收获。"

他们向哈双和老渔民告辞后，直奔后礁海边。

夜色由黑色渐渐变成淡黑色，天边的群星在闪烁，辉映在海上显得是那样的近，似乎分不清哪是海，哪是天。

他们离开渔民小村后，在不远处的礁石滩上坐了下来。

"飞海，把罐头拿出来，肚子早就有点儿饿了。"罗里说着，便利索地开着罐头，在礁石滩上摆开了海边夜餐。

"这时候就餐，而且是在大海深处，是不是有点特殊的情趣？"张飞海边吃边说。

罗里接上去说:"这宴席恐怕连国宴都比不上,谁有资格在这儿吃饭,并且是在真正的深夜。"

英继列用手拿着面包,嘴里咬了一口,一直没吱声。他脑海里在琢磨下海捕捞活龙虾,这倒是个极好的线索,下一步该怎样采取行动?怎样接近那片被海盗占领的海域呢?他的嘴半张着,面包从嘴里快掉出来了,罗里走过去用手接着,风趣地说:"英先生,你这是练的哪家功?吃饭都不会闭嘴!"

"哦,快吃,待会儿我有点想法合计下。"英继列说着,便大口吃起来……

第七章　吃人的难民船

生离死别　踏上险恶征途

虽说是3月底的天气，在热带不算冷，而在海上，特别是在下半夜，他们三个人置身在野外荒滩上，却感到有些寒意。

一阵阵凉爽的海风从海面上拂来，带着海的咸味吹在脸上湿乎乎的，久而久之，脸上一摸便有一层细细的白沫，用舌头去舔，真是有点咸味。

英继列带着他们踏上了一座不太大的山包，这里已经是大陆架连接大海的礁盘了，他们觉得这里比较安全，可以做暂时的侦察栖息地。

英继列看了看夜光手表，离天亮还有两个小时，他招呼道："你们俩先眯一会儿，整整一夜了。"

罗里揉了揉眼睛，没有丝毫的倦意，说："干你们这行的，都是夜猫子。不过，得吃饱夜食……"

"现在肚子也不饿了，睡意也没了，我想还是谈谈下一步行动。"张飞海劲头十足的样子，他知道英继列的脾气，干什么事都喜欢连续作战。

"既然都没睡意，那你们就听我说几句。"英继列站起来，指着山后面说，"山那边是一片渔业海，从那里再往东南大约五十海里就接近海盗捕捞龙虾的海域。现在情况已经清楚，麻鲨黑帮要为老太爷做寿，这几个100特殊寿品是他们急需的，显然海盗在组织渔民为其下海捕捞，而这些活的龙虾和活的虎斑贝，渔民的渔网一般又难以打捞，必须有人下海在水下亲自抓才行。你们想想，这是个极好的机会，最后关键的捕捞也许就在最近几天完成，我想化装成渔民，到那里去一趟，可以下海为他们打捞几只龙虾嘛……"

罗里挥着手,打断英继列的话,说:"你说的线索都重要,的确这是个机会,而且海盗捕捞龙虾、虎斑贝心切,但你忘了自己的条件,可能会造成失败。你化装成渔民演戏还可以,可你不具备渔民特有的特征。渔民的腿是朝外扒的,最主要的是脚掌呈扇形,脚趾是扩张开的,这是他们长年在船上形成的特征,你有吗?总不能穿鞋吧?再怎么打扮,海盗一眼就能认出你是冒充的渔民……"

"对呀,这个我竟忘了!"英继列拍着脑门说,"实在不行总得冒冒险,唉,潜水员总没有这些特点吧?"

张飞海抢着说:"老英,要去还是我去,我毕竟年轻,而且水性是一流的。"

"超一流也不行,你不懂海盗黑话,就我教你那几句还不行。"英继列说。

罗里没有说话,望着夜色的海沉思起来。他作为侦察处长,对一些险恶的环境和特殊的情况,常常以侦察员的眼光和智慧处理。罗里用手搬三块石头摆在脚下,自言自语道:"山那边是海,要是有一艘什么样的船……经过那里,或者是探海……"罗里的思路在扩展,仿佛在船上打转。

"你们多想想,有什么高招说出来,我们尽快制订个有效可行的方案,这是唯一而且必须抓住的机会,我们是搞海事调查的,有这份义务,况且罗里还要想方设法救出工程师,因此,冒险也得采取行动。你们有良策妙计都可以贡献出来。"英继列像是有些激动,他决定的事,说干就得干。

蓝蓝的海平面上微微荡漾着闪光的波涛,沉睡的大海仿佛刚清醒,睁开了亮晶晶的眼睛。天与海都在寻找什么,脸上渐渐洋溢出笑的漩涡,带点水红色,海在跳动,似乎用浪在抚摸激动的心。他们的眼神亮了,终于看到一轮红红圆圆的太阳升起水面,像初生的婴儿,水面上还带着一丝丝血痕……

罗里和张飞海还是头一次身处大海的怀抱里,欣赏着海上日出美妙壮观的景象。他俩的脸庞被海妈妈的心情感染，也泛动着一缕缕红光。

"你们快看，那里有艘船，像是难民船。"英继列站在另一个方向喊道。

他俩转过身来，顺着太阳的光芒望去。

一艘船顺着风，朝山那边的海驶着，褐色的风帆被风鼓满，船尾桅杆挂着一面十分突出的白旗，这是国际规定的难民船的标志，难民船可以驶向任何一片海区，只要挂有白旗，一般海上、陆上的人都会救济的。

罗里用望远镜看后，说："是难民船，上面还有老少病残人员，像是从越南过来的。"

"可能想去菲律宾。"张飞海也说。

英继列放下望远镜看了看船上的人，又朝海的几个方向看了看，像是独船行驶。他顺着山的方向望去，从山包礁石往上走，蓦地停了下来，说："这艘船肯定经过马尼礁附近海区，而且到达的时候，大约在下午三四点，我想这是个好机会，罗里你参谋下，我渔民不能当，总可以当难民吧，只要难民船到了那片海后，相信我会有办法的。"

罗里一听，也觉得这比渔民要好些，况且难民船驶过不会引起海盗的怀疑，但这毕竟是冒险的调查，于是罗里说："我陪你一起去！"

"还是我去吧，我年轻。"张飞海还是那句话。

"我最合适，你们都别争了。罗里，你和飞海尽快把这里的情况向国际海事局报告下，然后到菲律宾海事局，密切提供线索，争取早点把麻鲨黑帮的据点查出来。"英继列说，"要监视马尼拉抓海盗探子的行动。你们别为我担心，不入虎穴焉得虎子，我会有办法的，搞了这么多年了，也许我与海盗有打交道的缘分。"

罗里被中国这位海事调查员的冒险行动所感动。他握着英继列的手说："你是我遇上的最勇敢的人，这事应该由我来干，我是侦察员。"

"这是与海打交道，还是我熟悉。罗里，给我准备好两瓶法国的白兰地，到时候等我回来喝就行了。"

罗里听英继列这么一说，真有点眼泪汪汪的感觉，他从心里佩服中国这位最出色的海事调查员。于是，他掏出自己的多功能微型手枪送给英继列，说："带上这个，也许能有点用场。"

英继列笑了："更不能带这个，这不是自己暴露自己吗？我赤手空拳更方便。"

张飞海从腰上抽出一把别致的匕首送给英继列，说："还是带上这个，起码在海上用得着。"

"飞海，你还不知道我？不要这个了。"

张飞海当然知道英继列的武功，他会正宗的少林功夫，一般即使会些武功的人也难对付他。因此，英继列长期出入国际各海域或各大饭店，正是靠自己高超的武艺才行动如此方便。

"飞海，快把衬衣脱下来，向难民船发出信号！"英继列果断地说。

张飞海脱下白衬衣，用树枝挂起来，高高举起边挥舞边高喊："喂，请开过来！喂！这里有食品！"张飞海的越语还是英继列刚教的呢。那是越南渔民在北部湾出事后，张飞海去调查，才得以接触锻炼。

难民船上的人看到了山边上有白旗在挥舞，便知道有人给食品，经过多少个日日夜夜的难民，像遇上了救星，都叫起来了："那边有白旗！有白旗！"

"阮文，快把舵扳过来！"船头范文河喊道。

难民船缓缓地朝小山包驶过来。船上渴望的眼神紧紧地盯着山包，他们希望能看到点什么，但他们知道这不是停泊港口，不会有太多的东西，但只要有淡水和少量的食物就满足了。

英继列看到难民船驶了过来，便很快换上了一身脏破的衣服，这套衣服原准备化装成渔民换用的，这下当上难民了。

"罗里，把所有的食品都拿出来给他们，只给我留一点就行了。"英继列说。

罗里和张飞海把行李袋里的食品都倒出来，各种罐头有二十多公斤，面包有五六公斤，还有一塑料桶的淡水。

难民船靠上了浅滩处，船上跳下两个青年男子。罗里和张飞海抬着那些食品递给他们。

"这些食品给你们，要分给船上的人吃。"张飞海看了看船上的人，说，"你们的头儿怎么没来？"

"我代表了。"一个青年男子说。

"你们打算到哪里去？"张飞海问。

"去菲律宾。"

"那好，食品都给你们了，请你们把这个逃民也捎带着，行吗？"张飞海话说得挺软，但语调中藏着坚硬的东西，用眼睛望着他们，补充一句，"不用吃你们的任何食品。"

"行行！跟我们走吧，反正我们也是逃民，走到哪儿算哪儿。"

"多谢了！"英继列说着帮他提起食品往船上搬。

"船头，他们给了不少罐头，还有一个竟然想坐我们的船，哈哈……"那名男青年喊道。

船头就是难民船的头目范文河，他接过食品朝身边的一个小青年说："这些都给我藏起来。"接着，范文河对英继列嚷道："是你呀，傻瓜，坐我们这种难民船不怕我们把你吃掉？哈哈哈！"

英继列仔细打量了这个船头，个子不高，四十多岁的样子，满脸胡子都没长齐，左耳朵边还有块伤痕，一副杀气腾腾的样子。船上，男女老少有三十多人，穿的破衣烂衫，一个个瘦得皮包骨，黑不溜秋的面孔，他们看见了食品，都围上前嚷道："救救我吧，我两天没吃东西了。"

"救救我的孩子，他都饿晕了……"

"走，都靠后！"阮文挥着棍子赶着，不停地骂道。

他们还是拼命地往前涌，伸出手来乱抓着，嘴里呼喊着。英继列上了船，把自己的一袋面包分成几块，一下子被他们抢走了。随后，范文河也抢着，一名男青年大喊道："行了，行了，船头还没有吃的呢！"

在一片乱糟糟的吵闹声中，难民船离开了小山包海域，朝着山那边的海驶去。

山包上，罗里和张飞海依旧站在那里。他们的心情很沉重，英继列为了调查海盗的第一手资料，忍受着像难民一样的海上漂流生活。

英继列坐在难民船舱里，默默地注视着远离的山包。他知道这一路还需要付出艰巨的代价，但他已做好了准备……

罗里挥着手，还在久久地望着远去的难民船。

"罗里，走，我们按老英的布置开始行动！"张飞海收拾东西。

"对，一定不能委屈了英继列，他是个了不起的人！我立即和国防部、国际海事局通报这里的情况。"罗里说着大步跟上张飞海，朝着太阳初升的方向迈进……

难民和船老大

难民船从山的这边驶出，进入了一片墨绿的大海，也许正赶上月中的退潮季节，海仿佛变了个样，既不涌涛翻腾，也不风浪喧天，显得格外平静。海面微微起伏，碧波有层次地向前移动，像一张巨大的牵动网，永远也拉不完的样子。

英继列上船后，不想暴露自己，找了个船角靠近老少的地方坐了下来。他用眼睛敏锐地把船上的人数了个遍，加上范文河才4个男人。其他的都是老少女人，其中有两个年轻的女人，一直蹲在前舱里，跟在头目的身边，但看上去，一脸的忧愁，始终没有露出点笑容。同时，英继列靠着船帮望了望海的前方，发现船头一侧有个男人在盯着他。当然，这一切微小的变化都瞒不过英继列的眼睛，也瞒不过英继列的判断，这艘难民船的男人心里在琢磨搭船的这个逃民，像是怕影响他们以后的活动。

"不管他，该干什么，还干什么，他要介入干涉，就吃了他。"范文河小声对他们几个说。

英继列早就在揣摩这帮人的心理，他靠在船帮一副老实的样子，不跟任何人搭话，也不东看西瞧，两眼闭了起来，其实他早就想睡一会儿，昨夜一晚，加上白天强烈的行动，他这会儿的确感到有些疲劳，不知不觉地睡意绕着他的眼皮。

难民船在平稳地航行。

自从英继列闭上眼睛，就有一名小青年坐在了他的对面，一直在盯着他。

船上一时间处于平静，一些老少难民或搂着孩子在睡，或东歪西斜地躺在那里闲着，长时间在海上漂泊，他们已经感到十分疲倦，加上饥饿和疾病，使他们都无力坐着。

难民船驶过一片海域后，直奔马六甲海峡。这条海上通道，难民船行驶起来，比大商船方便得多，虽说有些暗礁，但木质船头没有什么可担心的。

船微微在颤动，不时从船艄的舱里传出女人微弱的叫声，声音很小，但隐隐约约能听见，船上的老少难民似乎对这种声音早已听过多少遍，根本没有什么反应。

女人的微弱声音又响起，很快被颤动的船板声盖住。

巨大的帆被风鼓起圆圆的肚子，船舷两侧劈开层层海浪，顺着船体流向船尾，留下一条白色的长链。女人的喘息声在飘荡，越是听不清，越让人心里难忍。英继列下意识地用手使劲拍了下船帮，"咣"的一下，船震动着，老少难民惊醒地睁开了眼睛，很快又闭上，没有动弹。船艄几名男子却异常不安地朝英继列这边望着，英继列像什么也没发生过一样，闭着眼睛，半躺在舱里。

英继列这一拍，不大不小地，令范文河有些恼怒，他那耳边的疤痕又红起来，两只眼睛成贼光逼射着这个新上船的陌生男人，他朝阮文招了招手，小声说："看着他点儿，妈的，坐船竟然还不老实。你们别把他当回事，该干什么还干什么。"

难民船很快进入了正航道。正午的阳光照得帆影成了一点点黑影，船上的木板都晒得发烫，难民也没有什么东西可遮挡，只有顶着烈日坐在船上。

又有些难民开始晃动，其中一个老太婆趴在船舱里脸色苍白，手在舱里乱抓，像是饿得发狂。这一切，船上的头目和那几个男人视而不见，仍在那头舱里独自喝自己的，玩自己的。

英继列以前虽然知晓一些难民船缺衣少食，难民们常常在海上饿死，甚至遇上寒潮还有冻死的，但这艘难民船上的船主有些霸道残忍了点。英继列从身上掏出一个面包，悄悄地塞给了老太婆。老太婆抓过面包就往嘴里塞，似乎想一下子填进肚子里，搞得满脸都是面包渣。

"慢点吃，不用着急！"英继列小声说。

老太婆终于把一个面包吃完了，她躺在那里喘着气，精神感觉稍好一些，她这会才转过头来望了望身边的英继列，目光中带着一丝浊泪，算是一种感激。老太婆依然躺着，又闭上了眼，没有想说话的意思。

英继列坐了整整一上午的难民船，日光的暴晒和风吹，让他有些疲倦之感。他用手揉了揉脸，一层细细的白盐沫从脸上落下。在这七睡八躺的船舱里，英继列也没有更多活动的地方，他也感到肚子有些饿了，因为到傍晚才能接近目的地海域，他看了看船上的人大多闭目躺着，便趁机从袋里掏出面包，背过身来，两三口便塞进嘴里了，接着又掏出一瓶矿泉水喝了几大口，迅速地把矿泉水藏好。他需要保持体力，还有更艰巨的任务在等待他呢。

英继列刚把肚子问题快速而隐蔽地解决了。这时，阮文手里拿着一根木棍，朝英继列喊道："喂，起来，把后面的帆移个位置，向左……"话语中带着一种强硬的指使口气。

英继列一听就知道，这是他们在找他的茬，试图找借口与英继列接触，想让英继列知道他们的厉害。

英继列心里有数，站起来朝船尾走去，然后，快速地把帆上的绳索解开，用力朝左拉回五度左右，接着，利索地把绳索系在左舷旁的一个木柱上，船尾帆一下子改变了方向。

短短的几分钟，英继列干得十分出色，而且不用请教，也不看一眼他们，便回头又坐在原位。

蹲在船艏舱的几个男人有点傻眼了，一个个愣在那里。"这家伙操帆竟然这么老练，一定是跑海的！"他们当中不知谁说了一句。

所谓跑海，就是长年在海上的漂流人员，专门从事海上的货贩子，当然对海上的事是再熟悉不过的。船头目范文河却很不高兴，说："先别理他，到时候放了他！我的船上绝不容忍有这样的人！"

"等天黑以后再放！"

"那肉还吃不吃？"

"吃，怎么不吃！就是别给他。"

难民船向左改了方向后，继续航行。

英继列算了算，还有五个多小时才能到达既定海区，他便闭着眼计划着下一步的行动。

难民船平稳地在航行。

船尾，阮文把一大盆肉汤端了出来，走到中部，然后，轻轻用勺子敲了敲盆边，听到这声音，难民都醒了，不管是病的还是昏迷的，全在那一声敲盆中醒来，因为这也许是他们生存的希望。

难民们很快从各自的身后拿出碗、竹筒、空扇贝等盛器，等在那里。他们的眼睛紧紧盯着盆里，生怕食物没有了。

阮文端着勺子，每人一小勺一小勺地分着，像是有计划地分着什么佳品，显得十分珍贵的样子。

难民端着分到的一小勺肉汤，头也不抬地往嘴里倒，喝完了，还不停地舔着碗，眼睛仍盯着那个大盆子。

英继列当然没有份，他全当没看见，半眯着眼躺在那里。他细心地用鼻子闻了闻，难民喝的是一种肉汤，味道不是很香，但很特别，使他有些警觉起来。

不到10分钟，这一切都进行得很快，难民又各自把碗、竹筒、扇贝等盛器连洗都不洗放到了身后。他们喝完了，脸上并没有兴奋的神色，一个个似乎喝下去的是毒药，脸部表情呆木，显得十分痛苦的样子。

老太婆喝完，躺在那里，嘴还不停地动着，仿佛还在回味刚才的肉汤。

英继列向船艄斜视着，那几个男人坐在那里，喝着白酒，筷子不停地在小盆里捞着，一副吃人的模样，但他们的脸上发射出来的不是红光，而是一种少见的黄光，像蜡一般，那光泛动着，令人看上去害怕。

英继列挪了挪身子，朝老太婆旁边移动了几尺，便掏出那瓶矿泉水悄悄递给老太婆。船上有一种吃人的气氛，航行了一上午没有几个人说话的。老太婆看见水，便夺过去，对准嘴就大口地喝。

"不用都喝完，都给你了。"英继列小声说。

老太婆望了一眼英继列，迅速收起瓶子，藏到了自己的身下。

"你们刚才喝的东西能行吗？"英继列巧妙地小声问。

老太婆眨着浊泪的眼，摇摇头。

"喝了不恶心？"英继列还是巧妙地问，似乎对喝的东西早就知道。

老太婆点点头，继而又摇摇头。

"我那还有，你还喝吗？"

"怎么？你也杀人？"老太婆终于说话了，眼睛瞪着英继列，她把英继列看成是一个好人，听英继列这么一说，脸色全变了。

这关键的一问，英继列全明白了，心里泛起一股长浪，他知道过去有些难民船在海上漂流数十天后，断粮断水，饿得连船板都砸碎了吃，把衣服撕了吃，最后饿得快死时，首先把最虚弱的人给杀了，烧成汤大家一起喝，这种惨无人道的事件，今天终于让英继列也赶上了。

他强烈地忍耐着，一拳重重地打在船帮上，"咚"的一声重响，又把睡着的人震醒了，同样，他们又很快闭着眼睡去。

这回真的把船艄舱的几个男人给惊了下，范文河气得把酒瓶扔进了海里，两眼冒出了火星，盯着英继列，而英继列又是闭目静躺。

"头儿，别理他，这家伙有精神病！"

"天黑了，先放倒他，让我们大家喝顿新鲜的人参汤。"

范文河收起身上的匕首，恶狠狠地说："不用等夜里，太阳西沉就下手，妈的，免得这家伙活得不自在。"

英继列心里也在盘算，这艘船早晚也要把这帮老少难民吃掉，他们这帮家伙肯定要在天黑对他下手。他辨识了一下海的方位，隐隐约约地可以看见马尼礁的群礁了，到了那带海域，英继列会首先试图接近海盗，把自己的行动计划列入头等大事来办。

船上又平静了一阵，几个男人喝完酒，斜躺在那里也睡起来了。

天空云层渐渐变厚，呈现出黑蓝色的云块层，把正午那强烈的日光遮住了。太阳在云层里面偷偷地往海里钻，顽强地从云层的间缝里射出一缕阳光，但这一缕阳光格外明亮耀眼，把整个海面射出一道猩红带有血丝般的光芒，海水被染成一半是红色，一半是墨绿色。

海风轻轻拂来，英继列抖了抖精神，把一天沉坐在窄小船舱的疲倦气都抖跑了，他估计还有半个小时便可到达礁区，他不时地张望，海面远处有一艘远洋巨轮在航行，其他的什么也看不清。

英继列调换了一下坐的方位，把身体对准了船艏，但仍闭着眼睛，从眯缝中密切注视着船艏那帮男人的一举一动。

果然，他们沿船舷朝船尾由两个人包抄过去，在船尾的一侧隐藏了起来。另两个人由船的左舷朝英继列的位置移动，腰里都挟着匕首和其他凶器。

英继列闭目半躺在那里，还能听得见他重重的呼噜声。

范文河挥着手，两名男人从左舷侧面闪电般地拿着匕首朝英继列的胸部刺去。

"啪、啪"左右两下，英继列坐在那儿，用手打了个交叉，那两个家伙便相互撞到了一起，各自的匕首差点刺在自己的身上，倒在了一旁，还在怀疑是不是海浪把船给掀动了。英继列仍闭着眼睛，没离开原地，像什么事情也没有发生一样。

范文河的眼睛也瞪大了，心里不免骂了句："他妈的，怎么回事？"他依旧朝船尾的家伙挥着手，船尾的家伙也扑了上去，紧紧地抱住了英继列的后腰，接着另两名男人爬起来，挥着匕首朝英继列扑来。英继列头一低，顺手用腕子挟住了后面家伙的喉部，使劲往前一背，那家伙顺着英继列的腰向前滑了下来，其中一名家伙的匕首正插在他的后背上，劲儿用得很猛，"噜"的一下，冒出一缕血迹，只听见"啊"的一声，倒在了船上。听见刺耳的尖叫声，船上的难民都睁大了眼睛，惊恐地注视着正在拼打的英继列，他们都惊慌地往船的一侧躲着，像一只只受惊的小羊。

看有人倒在了血泊中，另两个男人手就有些软了，看见英继列还没动地方，一副不可侵犯的样子，半闭着眼注视前方。

范文河脑门充了血，耳边那块疤痕发紫地跳动着，他挥起铁笆子，对着另两个男人喊道："杀死这条蛇！快杀死他！"他说着挥动铁笆子甩了过去。英继列"唰"地跳起，身体一斜，对准飞打过来的一个手持匕首的家伙就是一腿，不偏不歪刚好踢到那家伙的裤裆。"哎哟"一声，那家伙蹲下身去，用手捂着裤裆。

范文河不停地用铁笆子朝英继列挥打，两只眼睛像冒出火一般通红。英继列跳着、躲着。另一个家伙操起了菜刀，恶狠狠地朝英继列乱砍。看上去这家伙的刀法不错，不时地在英继列的视线前晃着，冷不防地砍去。英继列面对正面和后背的砍刀、铁笆子，腾空跳起，双手抓住了头上桅杆的竹杠，这时砍刀正闪过来，英继列的腿在空中就势迎过去，脚腕像长了眼似的，正打在持砍刀家伙的手腕上。砍刀在空中闪了一道光，落进了海里。

这家伙的拳术不错，刀没了，索性跳起来摆开了决斗的架势，一个飞拳冷不防地打在了英继列的腰上，英继列迅速躲到一侧。范文河的铁笆子又砸了过来。英继列闪过后，大叫一声，浑身运了运气，一连串的动作打

— 118 —

过去，先是一个空中转体，斜着身子重重地打在范文河的腰部，接着顺势一脚把铁笆子踢到几米远的海面。范文河随即又抓起船上的劈缆斧头，横扫着接近英继列。另一侧那家伙也挥着长铁棍朝英继列劈来，两面夹击，而英继列挥拳突击范文河。他用手臂"啪啪"地挡着，很快接近了范文河。英继列闪躲着斧头。范文河重重朝英继列劈去，斧头砍在船舷上，正在拔斧的当儿，英继列一个飞腿踢在他的下巴上，接着又是重重的一脚踢在他的腹部，然后，英继列右膝盖压住了他的胸部，右手使劲捏住了范文河的喉头。这时，另一个家伙的铁棍朝英继列挥来。英继列头一闪，左手抓住铁棍就势一拉，那家伙趴在船帮上，铁棍掉进海里。英继列放下被压在船板上的范文河，一个旋风腿扫过去，接着就是重重两掌打在那家伙的心脏部位，那家伙吐了口血，掉进了海里……

范文河心想，这回算是遇上了高手，他这几个得力的助手都让英继列给废了。他闯海从来都是王，干什么都是他说了算，开始放他上船也是为了能在海上吃了他，没料到竟然吃了他的人。想到这里，范文河有点发慌，但事到如今只有拼了，于是，他抓起板条，冲着英继列继续打，他对着那名卵子被踢的男人喊："他妈的，快上！用绳子勒死他！"

他家伙抓起绳索套上圈，朝英继列头上甩去，正好套在他头上，他用力勒着，看样子这家伙对用绳有一套。英继列两手插在绳内使劲往外脱。范文河一板条打在了英继列身上。英继列对着冲上来的范文河一个扫腿，正打在范文河的脸上。英继列趁机把绳套翻了个个儿，上前就是一个前飞腿，"啪"地踢了一下那家伙的腹部。那家伙腹部两次被创，这下更是感到全身无力，双手扶在船舷上喘着气。

范文河眼睛通红，挥着板条狂叫了一声，朝英继列的后脑勺砸去。英继列头一偏，打在了肩上。英继列忍着疼，双手抓住范文河的衣领，往前一拉，右拳重重地打在他的腹部和胸部，连续攻击。范文河翻起了白眼。接着，英继列用右膝盖重伤他的腹部，双手倒劈在他的背上。这时范文河趴在船板上，微微喘着气。英继列一只脚踩在范文河身上，问："你们究竟在海上吃了多少人？"

"这……"范文河已经无力说话，大口喘着粗气。

"说，到底吃了多少？"

"4……"范文河刚说出"4"字，还在那里大出气，英继列早已忍无可忍，又是一脚踢在他的胸部，然后双手举起范文河，说了句："吃人的魔鬼，喂鲨鱼去吧！"说完，把他抛进了海里。

这时，远处海面有一艘渔船抛锚在那里，还有一艘快艇在缓缓游弋。英继列一看就知道已经到了海盗捕鱼区。再巡视周围，这里离群礁不太远。于是，英继列看了看一船难民，他们都缩成一团，睁着惊恐的眼睛，还有那个没死的家伙也露出求饶的目光。英继列想，这艘船要是被海盗抓去，这些难民肯定死路一条。英继列走到那个唯一的男人面前。"放你一条活命，你赶快把船驾起来，赶快走，这一带有海盗会杀了你们的。"英继列说。

"谢老爷放我一条生路，我一定照办。"那家伙说完就把帆的方向搬动了，船渐渐向左驶去，继续航行了……

英继列看了看船上的难民，把身上的食品全放在了船上，然后纵身跳进了大海。

第八章 初识黑巢真面目

BK 的绝活　茄子的如意算盘

海的尽头还有最后一抹霞光。英继列挥臂有意将声音发出来，朝礁区游去。

另一边的海域，海盗站在快艇上，端着冲锋枪，监视着海上情况。渔崽们正在海里潜游着，偶尔有一两个渔崽钻出水面，手里抓着活蹦乱跳的大龙虾。

英继列对水性有独特的处理方法。他水性极强，而且潜游是他的长处，为了当一名出色的海事调查员，他在海浪中练就了十多年，有一套水中受伤后自救、自游、自斗的海上经验。就是把一只手给绑住，他也能在海上游半天，这一点就连国际海事局的约尼泊也佩服得五体投地。英继列常年在海上调查，自认为最过硬的本领是在海上，如果遇险，只能从海上自己脱险，这一点非常重要。

英继列挥动大臂朝礁区游动，臂膀发出一串串划水声。

果然，巡视海面的海盗站在快艇的高处发现了海中的英继列，他们以为是海底的渔崽潜游跑了呢。"副队长，不好了，那边有一个渔崽跑了！"

"他娘的，还愣着个屁，快追！"茄子一看果真有一个人。

渔船上的海盗仍持枪监视着身边海里的渔崽。

快艇快速朝礁区驶去。"别让他跑了，要抓活的！"茄子还在高喊。

英继列发现快艇真的追来了，便采取慢游的办法，他不想急于登礁，快艇上不去，海盗急了开一枪就糟了。

快艇接近英继列减速。茄子挥着手枪喊道:"他娘的,再跑,我就叫你喂鲨鱼!"

快艇上一名海盗"唰"地一下抛出带套的缆绳,正套在英继列的身上。英继列只好抓住缆绳,海盗们使劲往艇舷拉着,他们人不用下水,就把英继列拖上了快艇的甲板。

英继列熟练地把身上的缆绳解开抛在一边,然后不慌不忙地抬起头看着海盗,流露出一种陌生的样子说:"谢谢你们救了我!"接着,就给他们鞠躬。

海盗睁大眼,相互看了一眼,心想这个人还真是落海的,是他们救了他。

"不是逃跑的渔崽,像是落水的人。"一海盗靠近茄子身边小声地说。

茄子看不是渔崽,便问:"你是干什么的?从哪儿来?"

英继列感激般地说:"谢谢你们救了我。我是 Z 国的难民,船在前面的赤罗海区遇了险,我是游过来的。"

"可以让这家伙也下海……"海盗们贴近茄子小声说。

茄子很狡猾,笑了笑:"当然这是你的不幸,可我们总算救了你,这是你的万幸。你跟我们走,会让你吃饱饭的。"

"多谢了!"

快艇开过来,又驶回了那片捕捞的海区。

茄子站在艇桥上,有些得意地对身边的海盗说:"我们是他的救命恩人,他还不跟我们好好干!"

"一天叫他干 10 个小时。"

"不,给他定量,能捞 10 个龙虾就上岸。"茄子说着,脸上露出了笑容,说,"快给他点吃的,开始要好点。"

英继列站在艇上,把身上的湿衣服脱下来拧干晾在舷边。这时,一个海盗端着一盘吃的过来:"算你运气好,这是我们头儿送你的吃的。"

"谢谢了,要我干什么尽管说。"

"到时候有你干的。"海盗扔下盘子走了。

英继列大口大口地吃着。他从早到晚在海上漂了整整一天才吃了个面包，这会儿，肚子真感到空荡荡的，加上在难民船上那场决斗，也消耗了不少精力。英继列边吃着边巡视着海区周围，这片海域的东南侧是大群岛，西侧是礁群，只有北侧那座礁，英继列最熟悉了，那是可疑的马尼礁，离这片海域稍远点，但隐隐约约可以看见。英继列心里已经十分明白，海盗让他吃饭后，肯定会让他下海干活。英继列看了看正在对面的渔船，几个渔民正在下海捕捞活龙虾和活虎斑贝。他知道，这帮渔民虽说年纪轻轻，但绝不可能卖力为他们多干，而是磨磨蹭蹭在拖时间。他看到这帮渔民都没穿潜水衣、没背戴氧气瓶，是赤身在海里捕捉的。

茄子走过来了，英继列一看就知道他是负责打捞的海盗头目。茄子笑嘻嘻地说："你吃饱了，也下海，抓活龙虾、活虎斑贝。"

"要这些东西有急用吗？"英继列问。

"有用。你就为我们下海捕抓。"

"要抓多少？"

"这个你就别问了，多一个也不要，少一个也不行。"

"我以前下过海，都用潜水衣，我能穿上这……"还没等英继列说完，茄子就打断他的话，"可以，但一定要完成我给你的数量，一天要抓10个活龙虾，10个活虎斑贝。"

"等我下海后才能知道。"

茄子让海盗从艇舱里把潜水衣和氧气瓶拿到了甲板上："他妈的，还挺讲究，看你能不能抓到！"

英继列整了整潜水衣，便开始穿戴起来，不一会儿，全副武装了，氧气瓶也背起了。

"我给你编个名号，就叫BK，要替我卖命，懂吗？"茄子交代道。

"那是，你是我的救命恩人。"英继列很认真地说，"我可以下了吗？"

茄子招了招手，还是头一次这么顺心，他的脸上露出了得意的笑容。

英继列背着氧气瓶攀着艇舷下到了海里，他头一低，身体往上一翘，便利索地钻入水下，海面上冒着一串通过氧气传出的水泡。

"他会不会跑？"一名海盗对茄子说。

"他能跑到什么地方去？等会儿看他的表现就知道了。"茄子自信地说道。

英继列背着氧气瓶，戴着潜水镜，两只脚蹼不停地摆动。黛绿色的海水透明度很好，仿佛一座巨大的玻璃缸，里面游动着千姿百态各色的鱼类。英继列轻盈地划动着，宛如一条黑色的大鱼，加入了它们的行列。他左右看着，玫瑰色的蝴蝶鱼、粉红色的燕尾鱼、紫色的丁鱖鱼，它们似乎排成长队夹道欢迎他。

英继列无暇去欣赏这美妙的海底世界，他快速地找好方位，沿着海底礁盘巡视了一遍，这片海域下的礁盘离水面较深，而且礁盘的结构也不是很复杂，他觉得这一带不是海盗出入的地域。

英继列心想，这是第一次为他们下海，也许他们眼巴巴地等待他的成果，这对他下一步扩大海域很重要，也让他们吃个安心丸。于是，英继列转移到抓活龙虾的项目上来。他对海底的分布及海底生物的活动规律十分熟悉，他知道真正的大龙虾一般都在礁盘下不大的洞里，活动的虎斑贝大多在珊瑚盘周围。英继列沿着水下礁盘移动着，他发现礁盘上大螃蟹很多，瞪着溜圆的小眼睛，闪动着点点亮光，在寻觅着所需的食物。礁盘侧面出现一个不大的洞，英继列便靠近，一只手从另一个洞口搅着水，不一会儿，果真一个翠绿色的大龙虾从另一个洞口钻了出来，先是张望了下周围，银亮黑圆的眼睛在转动，长长的胡须在水里微微搅动，背壳绿油油的发亮，这家伙足有一米长，看上去是个龙虾王，属爷爷辈的，身边没有任何警卫，单独一个在行动。

英继列有经验，那只手还在搅动，而他的身体早已转到龙虾出口处隐蔽起来了。龙虾停了有5秒钟的时间，发现周围没有异常情况，便缓缓移动着身体向前游去，刚一出洞，好像尾巴还留在洞里。英继列心想，龙虾再返回去就完了，他闪电般地一只手抓住了龙虾的头顶盖，另一只手抓住了龙虾的腰部。龙虾突然被抓住，便使出它的绝招，盖壳下数只锐利的长脚往上翻起袭击。虽然英继列的右手被长脚刺到了，但丝毫没动，而且用力抓起后，牢牢地夹住龙虾的腰部。英继列头往上蹿着，脚蹼快速摆动，像冲天炮直冲水面。

英继列露出了头，两只手伸出水面，这时一旁的海盗们高兴地叫起来："出来了，嘿！好大的龙虾！"

"这是我们目前抓住的最大的一个！"

"怎么样，这家伙能干吧！"茄子脸上露出了光，对身边有疑虑的海盗说。

英继列游到快艇边，海盗都伸出手，英继列没有给他们，朝快艇扔去，霎时他们都围了上去，发出一阵赞叹声。

"BK，你干得不错！"茄子笑着说。

英继列第一步达到了目的，得到了他们的信任，便可逐渐扩大海域，进行更大范围的调查。

"这一带礁盘不多，龙虾都是躲在礁盘里，可以往前走走吗？"英继列探问道。

"可以，可以，只要有龙虾！"

英继列在水面上游动，朝着接近马尼礁的方向游去。

那艘渔船仍在原处，几个海盗在船上端着枪守着。几名渔民显然在那里不情愿为他们干事，但又无奈，只好在海上耗着。

"好，好，就在这里可以了。"茄子朝英继列喊道。

英继列停下来，对着茄子喊："再往前走走，这里礁盘不大，龙虾不多。"

"我说就在这里，不要往前了！"

"那好，抓不到，你不要怪我。"英继列说着又钻进了海底。

英继列在海底边潜水边想，他们为什么那么敏感，快要靠近马尼礁了，却突然喊住了他。英继列心里更有数了，便快速下潜，朝海底游去。

英继列抓住这次极好的机会，快速朝马尼礁靠近，争取在海底来个侦察，时间对他来说很重要，一是接近傍晚，虽然在这一带海域天黑较晚，但天一黑就什么都看不见了；二是从海底潜去，不能引起海盗的注意，出水面时要返回海盗艇的位置。

英继列两只脚蹼在水下快速游动，两只手猛力划水，速度很快，像飞速的海豚在水里穿梭着。

英继列渐渐靠近礁群，他慢慢地停下来，沿着礁盘朝水下那座巨大的立式礁石游了过去，睁大眼睛在仔细地寻觅着可疑的痕迹。

英继列虽说对海上调查有独到之处，但对海底礁盘的调查还没有相关的实践，他只有靠经验来判断。

英继列游到一个立式礁石边，两只手在礁的缝隙间扒着看看，待到他转身时，意外地发现礁石的下侧有块光滑的立柱，像人为安装上去的。英继列的眼睛亮了，正要潜下去，用手去摸摸，这时，他身上被海盗安装的呼叫器响了，发出"嘟、嘟、嘟"的呼叫，他知道海盗有些担心，便只好放弃下潜行动，快速朝快艇方向游去。刚开始下潜捕捞，最好别引起海盗的怀疑，否则下次行动将无法正常进行。

英继列快速游出马尼礁的区域，在离礁不远的快艇下面的礁盘洞里终于又抓住了一个龙虾，他想这下也好解释了。

英继列露出水面，手里抓着一个活蹦乱跳的龙虾，虽说茄子刚才有些着急，怕他接近马尼礁，但这会儿英继列举着大龙虾出现在离艇不远的海面，也就不那么性急了。

"又是一个大龙虾，嗨，你还真行！"一个海盗情不自禁地对着英继列说。

龙虾被扔上了艇。

这时，海的天边也渐渐收起了晚霞后那段明亮的天幕，海变得有些暗淡了，微微荡漾着层层波涛。

"天色太暗了，水下已经看不见了。"英继列对茄子小声说，"刚才我差点被鲨鱼吃了，你呼我的时候，正在周旋，这只龙虾还是乱碰上的，水下光线已经很暗。"

茄子看了看天色说："上艇吧，明天再干！"

英继列爬上了快艇，脱下那套沉重的潜水衣和氧气瓶，看着艇舱里几对龙虾在水里游动，便对身边一名海盗说："老弟，这几天你们辛苦啦，还需要多少个才能满数？"

这名海盗一听称他老弟，看上去倒挺客气，不像一般的渔崽，便破天荒地小声答道："需要100个呢，按你这个技术两天就能完成。"

"我给你们多抓些，多卖些钱。"英继列有意往边上扯。

"多了不行，谁卖钱呀！"

"那就多吃点嘛！"

"这个你不懂……好了，别再说了。"那名海盗突然刹住，便朝艇桥走去。

英继列从短短的零星的对话中，已经判断出他以前的推理是正确的，对于这100个的下文无关紧要，更重要的是尽快站稳脚跟，想法接近一两个海盗，以弄清他们在这一带的神秘机关。

海天渐渐拉下了那道夜幕，海面变得黑沉沉，滚动起来仿佛在深深喘着气，与白天那股充满朝气、奔腾冲天的劲头大不一样，显得有些劳累。

快艇朝马尼礁相反的方向驶去，拖着一条疲倦的长带，宛如把黑沉沉的海围困起来。茄子有些劳累了，从早到晚在海上整整一天，就是为了抓活的龙虾，要是收购死龙虾倒有的是，沿海鱼贩子那里有，但鲜活的龙虾，还必须从海里抓才行。

茄子转过头来看到倒在甲板上的英继列，他先不管英继列到底是什么人，从哪里来，又想去哪里，完成两个100数额再说。

"BK，你过来下。"茄子喊着。

英继列一听这是在叫他，给自己取了个这么怪代号，心里不觉得有点好笑，他站起来，朝艇桥走过来："你喊我，有什么事？"

"看来你对抓龙虾有一套，今晚先到驻地休息，明天再好好干。"

"不行呀，我还想回家，家里还有老少等我呢……"英继列尽量说得可怜迫切。

茄子挥着手，连声打断他："不不不，你在这里很好，我保证让你吃饱。就为我们干几天，完成规定的数字就行了。"

英继列思考了一会儿，装着难为情的样子说："你是我的救命恩人，不然无论如何我也想回家，好吧，我就答应你。"

茄子乐了，哈哈大笑着，随后小声对身边的海盗说："怎么样，不用枪，我也能办成大事。对BK，先不能用枪，而是用心。"

"副队长高招，绝对可以再提上两级！"海盗为了讨好茄子，露出一副谄媚的神态。

快艇在夜幕中驶进了一道山礁丛中的内在港口……

滴血的夜晚　　渔民捅了盗匪窝

英继列站在快艇的高处，手扶着栏杆，密切注视着快艇驶过的海域。

前方是一个特别的避风内港，山头不太高，左边是一片暗礁形成的滩礁区，像一道防线，既挡住了海上的视线，又阻挡了风浪和船只的进入。入口处的正对面是一片火山形成的岩礁，像火燃过一般还流淌着一根根的长礁条，岩礁比左边的礁要高很多，礁的底部有几个天然的洞，最大的可以停泊快艇，小的洞有四五个，显然是海盗隐蔽栖息的地方。右边是山头包，上面还生长着绿草和几棵马尾松，一看就知道是天然生长的。山包上还有几座不大的房子，看上去很像是哨所。靠着海边不远的那片山地有几座房子，周围还有巡逻的海盗，看上去像是驻地。

快艇减速缓缓进了港湾，哨所上升起一面红白信号旗，于是，茄子的快艇在右侧那片山地的一座小码头旁停了下来。

"让 BK 和那帮渔崽在一起吗？"一名海盗问茄子。

"不，BK 先住在我们对面那间屋子。"

英继列站在艇艏，仔细朝四周张望着，这个秘密的封闭式港口，过去他曾听说过，可从来没亲眼看过，这是海盗明处的据点，远离大陆和其他岛屿，是公海深处海盗活动的一块宝地。但英继列想，这只是麻鲨黑帮一个不太重要的明处据点，其真正的暗堡并不在这里，既然海盗把渔崽和他放进这个据点，看来事情完后，他们不会让渔崽和他轻易出去的，或死或长期当劳工。不管怎么样，眼前的一切对英继列十分重要，他决定抓住有利时机把麻鲨黑帮的老巢弄清楚，以便为国际海事局提供最可靠的线索。

英继列虽然没被绑押着，但身后紧跟着两名海盗。英继列抬头看了看那艘渔船，情况就不同了，渔崽们由一根长绳串着，周围有持枪的海盗，他们艰难地朝山坡下一座简易的屋子走去。

夜已经黑了下来。海空几乎看不见什么，港内变得安静极了，几艘快艇不一会儿不知钻进哪个洞里了，只有那艘破渔船还停在那里。英继列朝靠左边的火山岩洞望去，朦朦胧胧中，洞口像是关闭着，那里一片黑暗，除了流动的海水，什么也听不见。

这是一间不大的屋子，里面放着一堆破旧的车轮，还有一个破旧的小油箱，门后面的木板上面堆放着一件破铺盖。英继列一进这屋，就意识到这是一间小仓库，显然这里有车子行驶，外面看不出来，里面肯定有不小的洞。

"BK，你就在这里睡，这可是我们头儿对你的照顾。"一名海盗把一听罐头和一块面包扔给他，说，"这是明天上午的食品。对了，就待在屋里不许乱跑，要是乱跑，就会被乱枪打死的。听到了吗？昨晚还打死一个！"

海盗把门关上，上了一把锁。

英继列的确有些累了，整整一夜没睡，又加上整整一天在海上漂荡，接着又是潜海，多亏他身体有本钱，否则搞海事调查那么艰辛，一般的海事调查员最多跟巨轮漂洋过海，到几个海国走走，还没有哪个能像他这样深入大海深处，入了真正的虎穴。

英继列干脆躺在那块木板上，拥着那床破旧的铺盖不一会儿便睡着了。

海上的夜变化无常。刚刚满天星星，月明当空，不一会儿就会满天风云，或下起暴雨来，这就是马六甲海峡独特无常的海上气象。

英继列不知睡了多大一会儿，仍感到有些凉意，他把所有能盖的东西都往身上搂，迷迷糊糊之中又闭上了眼睛。

离他这屋不远处的右下方，从黑夜寂静之中，偶尔传来一阵阵的惊叫声，像是有人在叫，声音有点吓人。英继列从梦中警觉起来，立即站起来，贴着一扇唯一的小窗口听，远处渐渐传来惊叫声，像是皮鞭的抽打声混着惊叫声。

英继列知道这个方向是渔民住的地方，被打的人肯定是那帮渔崽，但究竟为什么，深夜要这样对待他们。一种强烈的职业责任感，促使英继列必须弄清这里发生的一切。于是，英继列猛烈地摇动门，一把大锁牢牢地锁着。他站在那里，面向这间小屋从下往上巡视了一遍，都是用水泥灌成的，屋顶更是用水泥板牢牢地盖在上面，窗子不大，但挺结实，人根本钻不出去。英继列急了，他不自觉地蹲下身子，琢磨着如何出去，沿着屋子每一条砖缝巡视，希望能有一个突破口。

突然，英继列的眼睛一亮，屋内的左角有几块砖头松动着，像是被暴雨侵蚀过，整个水泥块的表层都掉落了。英继列连忙跑过去，蹲下身来，用手扒着，果然有块砖被抽出来了，接着便使劲用手移动，另一块砖也渐渐晃了下来。由此，英继列按着砖的结构，一块块地晃动，一块块地抽出，不多时，便掏出一个能钻出去的洞口，英继列探出头来，侧耳听了下旁边，又看了看周围没有什么人，便利索地闪出洞口，朝右侧林中隐蔽着。

这时，右下方那片渔民据点传来的惊叫声越来越大。

"我让你跑！打断你的腿！"

"哎哟——哎哟！你们这帮魔鬼，早晚要受到上帝的惩罚的。"

英继列穿过马尾松，扒开密林的树叶，躲在一棵树下。屋檐下，几名海盗把一名渔崽脱去衣服吊在树上，用皮带抽打着。身上都是带血的伤痕，很显然，这个渔崽想逃跑被抓住了。

英继列看到眼前这一切，心里憋着一股怒火，这帮海盗真够残忍的，对渔崽往死里打。他想如何用招法解救这个渔崽，正在这时，海边的小山包那边传来海盗的呼喊声："又一个渔崽跑了，朝山那边跑了！"

山上的海盗停止了对吊着的渔崽的抽打，对身边的一名海盗嚷道："他妈的，这帮家伙反了，赶快从这边追！"说完，他挥着皮带，从腰间拔出手枪也冲了下去。

英继列看了看周围没有海盗在看守，便冲上去，立即把绳子解下来，然后给那个渔崽松绑，朝那个渔崽用手示意了下，便消失在夜幕的丛林中。

那个渔崽光着身子痛苦地站在原地，看着这个为他松绑的陌生人，不相信是在救他，愣了半天，才钻进树林里。

那边，海盗用枪追赶逃跑的渔崽，他们边喊边在小山包丛林里追着。茄子挥着手枪，站在一块石头上对着海盗骂着："都他娘的睡着了，连几个渔崽都看不住？要是让他们跑了，我拿下你们的脑袋！"

三五个海盗一组朝右边海岸追着，另一组在密林中边扒开草丛边追赶，他们搜索得很仔细，就连每一棵树每一块礁石都要检查。

树丛"沙沙"地响，一棵棵草木被踩在脚下，海盗们快速地追着，仿佛把整个寂静的夜都搅醒了。

英继列观察了下地形，便独自沿着岩林小道窜到了岩洞的左侧，他趁海盗追赶渔崽之际，想下到岩洞边看个究竟。他刚准备往岩礁下滑，便抬头看见山头对面的哨所有海盗持枪站岗，而且岩洞里侧有一道火力防线，隐隐约约可以看到有两挺机枪架在岩洞的出口，有几个海盗在流动哨位上晃动。英继列知道此处守卫森严，独自想进岩洞不太容易。他下到岩石的角落里，尽量朝里张望，可以看到一艘快艇停泊在洞口的一侧，里面黑压压的一片,什么也看不见,但肯定很深,是一个很有深度的岩洞。

英继列顺着大洞口望去,周围连着的是一条条岩洞通道,均可从不同的角度驶出大海,既可出击,又可退守,是一个具有作战能力的海盗防御体系。山包的背面有一个活动的铁架,在树林里隐蔽着。英继列一看就明白,这是一座对海警戒雷达。看来,这座据点虽然不是麻鲨的重要居所,但起码是一个海盗在海上行动的天然港口。

英继列凭着他特有的记忆力把几处重点火力、港口出入通道和岩洞都印在了脑子里。他准备爬上山头看看那里的秘密,突然一块石头从山坡上滑了下来,英继列机灵地躲开,就势趴在地上,睁大眼睛向上注视着。一个人在山包的岩石洞口前躲着,手里像拿着什么东西。英继列上前爬了几步,便看清了是那个被海盗吊起来抽打的渔崽,英继列没有惊动他,而是躲在一旁密切地关注着他。渔崽停了下来,看见没有什么动静,又慢慢地朝山包上那座哨所爬去,旁边是那座对海警戒雷达库。渔崽爬到一块石头背后,看了看哨兵正端着枪站在门口,时而走动,时而停下。渔崽看准时机,等海盗哨兵刚迈出黑影子时,他疯狂地蹿上去,一只手勒住了海盗的脖子,就往石头后面拖,这时海盗突然翻过身来,正准备用枪对准渔崽,英继列躲在暗处,操起一块石头朝海盗的后脑勺打去,那家伙"哎哟"一声倒在地上,渔崽还以为是他朝海盗的肚子踢了一脚,击中要害,便冲上前去,使劲掐住海盗的脖子,那家伙终于伸长了腿。

渔崽抓起那支枪,躲在黑暗处,准备再次冲进哨所。山的右侧传来海盗搜山的喊声,他迅速躲在一边,沿着小道朝山后的悬崖跑去。

另一名逃跑的渔崽从屋里跑出直奔山上,转而又从密林中返回海岸的礁石后面,趁海盗分几路朝山上追赶之际,便悄悄地下海,潜水到了那艘渔船的底部,只要船不开动,海盗是不会想到到那里去的。

海盗沿着山包分两路搜索了一遍也没发现逃跑的渔崽,他们恼怒万分,就是在海上劫击巨轮也没有这样复杂,他们会干得利索老练,眼前他们面对黑暗的山包丛林,似乎感到有些无法施展。

"赶快追，别让他们下海！"茄子在喊。

海盗一个个从林中穿过朝海岸跑去，这时有两名海盗正好从渔崽的身前闪过，渔崽端着枪毫不犹豫地对着海盗的背后开了枪，"嘭、嘭"，随着枪响，一名海盗应声倒地。这下可坏了，海盗自己的人被打死了，他们立即转过身来，发现那名持枪的渔崽在跑。

"在那儿，抓住他，娘的，我要扒了他的皮！"茄子发狂地叫。

英继列知道渔崽跑不了了，而且拿着枪把事情闹大了，眼前他无法帮助渔崽，因为他的调查任务刚开始，明天还要再详细调查，如果参与进去，必然会影响整个对海盗的行动计划，况且渔崽还打死了两名海盗，肯定会引起海盗强烈的杀人欲望。想到这里，英继列溜下山包，以闪电般的速度又返回到了那间属于他自己的屋子。

当英继列从那墙角洞口钻进时，发现已有一名海盗背着枪站在门前晃动，肯定是看见那把锁还在，以为人还在屋内，所以像什么也没发生一样，站在门前。

英继列把那个搬动的墙角，又一块砖一块砖地重新装整好，然后，他站在窗口前，耳朵贴在边上听着外面的动静。

渔崽跑起来，在林中乱窜着，不时回过头，对着追赶的海盗放了一枪，也不管打中没打中。渔崽拿枪跟海盗对抗显然没有这方面的经验，只不过是出口气罢了。

追赶的海盗马上分散开来，形成了弧形包围圈，慢慢朝渔崽收拢，渔崽一个劲儿地朝前跑，再回头想开枪，似乎扣不响了，没子弹了。

上面的海盗飞快地涌了上去，七手八脚地用绳子绑住了渔崽。

"他娘的，我让你跑！"茄子走上去打了渔崽一个耳光，嚷道，"带回去，看我怎样扒了你的皮！"

"呸！魔鬼！哈哈……你们也不会活得太久！"

夜黑沉沉。海风呼呼地从大海吹来，带着苦涩的味道，树叶在夜风中发出"沙沙"的声音，像是在为渔崽呻吟……

英继列的耳朵冰凉，灌进去的是带血的声音，他呆呆地立在那里，心中翻起阵阵激浪，他无法承受这种残忍的声音……

窗外，黑茫茫的天托着黑压压的海，仿佛颠倒了个个儿，使人喘不过气来。

"吊高点，都给我扒光！"茄子狂叫着。

"先用鞭子抽，不，用链条抽！"

"啪啪，啪啪……"只有链条的抽打声，丝毫没有渔崽的呻吟。

英继列的耳朵像在出血，他真不忍心再听下去，他的眼睛闪动着泪水。

"你不是打死我两个人吗？今天，我只要你一条命。上，用刀先割下两块肉，为死去的兄弟祭魂，然后再扒下他的皮！"茄子的狂杀声带着魔鬼的狰狞。

仍然听不见渔崽的叫声，像无声地在控诉。

"上，用刀给我扒皮！扒得光光的！"

英继列双手捂住耳朵，他难以控制自己，这魔鬼的声音在杀人、在放血！英继列似乎晕倒在窗前，他的嘴唇咬破了，他的手抓住的铁栏杆都拉弯了……

英继列抱着头，在屋内打转，用手敲打着头，一种难以忍受的痛苦搅得他心碎。海盗，这全世界的公敌，真正是杀人不眨眼的魔鬼。英继列倒在了那块木板上。

这夜黑得让他喘不过气，黑得出血，黑得让人发狂……

天老爷震怒　巧计近目标

经过痛苦带血的夜，大海在喘息中又苏醒了，荡漾着层层墨蓝色的波涛。

天空的云笼罩着大海，仿佛把海压得很低，喘不过气的样子。

茄子昨晚意外的失误，造成他手下两名海盗被杀，还跑了一名渔崽，找遍了山山水水，到天亮还是没见那名渔崽的影子。茄子杀人成性，虽然把另一名渔崽抓到后吊起来残酷地扒了皮，但心里仍有不快，麻鲨差点把刀给了他，弄不好他自己也得放血。不到一个月时间，麻鲨黑帮接连死了几名海盗，这令麻鲨有些不安。

茄子一大早便命令剩下的几名渔崽赶赴大海，开始最后的下海捕捞。茄子对海盗有话在先，如果这帮渔崽不好好干，当即就被处死，让其他渔崽瞧瞧颜色。他茄子不是铁，他是一把杀人的刀。

英继列今天脸色特别难看，像涂上了一层黄蜡，丝毫没有血色。他昨夜仿佛在受一种刑，一种来自心灵、精神上的刑，使他感到痛苦难忍。他目睹着海盗杀人的场面，要不是为了更彻底更大范围地打击这帮海盗，完成自己的调查使命，他真想冲上去拼一番。

英继列毕竟是一个见过各种大场面、经受过心理锻炼的人，他很快镇定了情绪，以一副局外人的心态和行动出现，当海盗向茄子报告，唯独BK在屋里睡了一夜，他的确很老实，茄子很满意，对英继列多了一份信任。

一大早茄子的快艇准备要驶出港口。英继列站在艇上，以一种特有的眼光在附近港口湾处巡视，尔后对茄子说："我看港口左侧的珊瑚礁周围肯定有大的活虎斑贝，可以先到这片海区试一试。"

茄子一听，觉得英继列说得有道理，一般活的虎斑贝大多在珊瑚礁盘底层，以前他没想到就在港口附近，英继列这么一说，倒提醒了他，活的虎斑贝抓得还不多，先破个纪录，抓它一批，于是，茄子看了看港口外那片珊瑚礁海区，说："行呀，今天BK要大显身手！"

快艇开动起来，从港口渐渐驶出，接着在外海边兜了一圈，又缓缓在靠近左侧的珊瑚礁海区停了下来。

英继列看了看地理位置，还可以。

他穿上潜水衣，茄子走过来说："BK，这一带水域较浅，还用得着穿这个？"

"不行，没这个我根本无法下海，况且还要到处寻找呢。"

茄子本想把他限制在一定的范围之内，戴上氧气瓶潜海就可以长时间在海下行动，给监视带来一定的困难。听英继列这一说，茄子也不再坚持了。他需要的是海货，这比什么都重要。

英继列下了海。他利索地翻动身子，两脚往上一蹬，双手像利箭般插入海底。

今天海水透明度比昨天傍晚强多了。湛蓝色的海水在阳光的直射下显得翠绿，融进了太阳金黄色的光源，由蓝变绿正是三原色综合交叉的缘故。翠绿的海水衬托出巨大的珊瑚礁盘，有一朵朵大的珊瑚花张开着，呈现出银白色的花瓣，血红色的珊瑚树枝，各色的海鱼穿梭在珊瑚丛中，宛如盛开在海底的朵朵花儿。

英继列选定港口方向后，迅速由进口的左内侧潜入进去，再转向朝港口的内港潜去。他用手摸着的是一整块水泥建的码头底柱，于是顺着方向慢慢地朝里潜去，里面是宽阔的海水区，周围什么也没有，再朝里变成一道窄区，英继列明白这是一座山洞区域，里面是分成不同类别的仓库，海盗劫持抢来的货物肯定大多都存放在这里。英继列觉得时间太长会引起茄子的怀疑，他下海后，他们等待的一定就是海货。

英继列熟练地从原地返回，外面的珊瑚礁盘里正好有两个虎斑贝在一起，像是一公一母在交配，前面一个在蠢蠢欲动，后面一个大的虎斑贝在追着，接着就贴在了一起，从紫色的斑纹硬壳里伸出一条软的长带，缠住了前面一个母虎斑贝的周围，泄出一堆白液，随后变成了紫红色的液体，像是染料。

英继列觉得挺新鲜，他过去在海里抓过不少活虎斑贝，还从来没有见过两个虎斑贝交配的场面。这种镜头，听说世界海洋动物学会曾派几名水下摄影师专门拍摄，也没捕捉到。英继列用手搅动着紫色的液体，轻轻地用手捧起两只虎斑贝。抓虎斑贝较容易，但发现很难，只要看见了，就能捉到，虎斑贝光滑的圆体壳，没有丝毫能侵害人的地方。

英继列露出水面，两只手各抓一个虎斑贝，正朝快艇游来。

"快看！两个大虎斑贝！"海盗在快艇上喊起来。

茄子的眼睛睁大了，高兴地挥着手喊道："快点游过来！"

这回，英继列亲自把虎斑贝递给了茄子，而后双手攀着艇舷说："抓这两个不容易，要潜得很深，都在礁盘夹缝中间。"

茄子接过两个虎斑贝自顾欣赏，以前虽然抓过一些虎斑贝，但眼前这两个虎斑贝的壳纹异常鲜亮，不是紫斑纹，而是在一道道绿青色中夹着橘黄色的斑纹，非常好看。阳光下，那一道道斑纹闪动着流动的光彩，耀眼夺目。

茄子很是兴奋，拿着虎斑贝对着太阳不时地晃动，点点闪烁的光环映在他的脸上，仿佛在照镜子。

"这下老爷该高兴了，这寿礼鲜活得发亮！"一名海盗激动之际脱口说道。

英继列听得清清楚楚，有意靠近那名海盗套近乎道："唉，你想要，我单独为你摸一个。"

"我可不敢要……"

"完成100个，我再给你多摸一个。"

"那你不许告诉别人……"声音很小。

"老爷子要100个干什么？"声音更小。

"老爷子他父亲100……"话不敢说完。

"什么时间祝寿？"

"别问了，这不关你的事……"海盗起身走了。

英继列游到茄子的身边，说："我再下一次，争取摸几个更大的给你，时间要长点。"

"哎呀，没关系，只要摸到大的就行，我也好交差。"茄子看到英继列干得不错，说出的话自然也随便多了。

英继列抓住茄子的心理，趁机下潜，大举反攻，在水下快速朝港口的其他几个洞口侦察。海盗谁也没料到，他们为英继列提供的氧气瓶潜水衣帮了他的大忙。英继列熟练地穿梭在这座山洞内堡水下，测量出大约的构成和面积，然后在入口的各水下用珊瑚石做了标志。对于这座露天的内港和秘密洞口，英继列已基本掌握清楚，把这位置一一地刻在了他的脑海里了。

英继列再次出海，手里抓起的又有大龙虾，又有鲜活的大虎斑贝，为的是让海盗不引起怀疑，而且能逐步扩大对海区侦察的自主权。眼前，英继列已达到了这一点。

"好，BK还真行！"

"我们换个海区吧，我又碰上了鲨鱼，差点把大腿给吃了。"英继列诉苦道，"再下几次海，肯定没命了！"

"BK，不要怕，你说到哪儿，我们就开到哪儿，只要能摸到东西就行。"茄子上前说，装着一副同情的样子。

英继列抬头望了望海面，似乎显得没有信心的样子："这片海区鲨鱼成群……还是到那边去吧。"英继列随意指着马尼礁方向，显得无所谓的样子。

"行，上艇吧，就到那边。"

快艇绕过礁滩区域，朝着马尼礁方向驶去。这时，天空变得透明碧蓝，没有一丝云，大海往往随着天空的变化而变化，在蓝天的衬托下，海面平静如镜，微微泛着点点阳光，还带有一丝丝紫色的光束。

茄子站在艇桥上心情显得格外酣畅，望着海面的景色，随意问道："BK，在哪里停下？"

"再往前200米。"英继列说着，快艇便驶近马尼礁周围海域，"好，就在这里吧。"

"这天气不错，BK，你要多摸些。"茄子说。

"今天可能收获不小。"英继列一语双关地回答道。

英继列抓住机会，一分钟都不想耽误。他跳下海去，不一会儿便看不见了。

这片海域不像那边，没有珊瑚礁盘，只有直上直下的几座大礁石，而且礁石在海底的底座都不是很大，像被刀削过一边直劈下去。周围的海水倒还清亮，借着亮闪闪的天空，海底的东西基本还能看得清楚。英继列沿着直线接近马尼礁，礁的边上有一片连接小礁区，从海底看，不像是人为的礁。那座大礁的右侧面像是有人为的痕迹，英继列用手在礁的周围仔细辨认着，不时抓下一小块礁片装进潜水兜里。他正要转过身来，朝马尼礁最关键的正面潜去，一个个潜涌的漩涡卷来，像牵动的黑漩涡带有一种强大的吸引力，两边的海水也被黑漩涡牵动，朝中间卷去。英继列立即侧过身来，赶紧用手抓住礁石，强烈的旋流将他的双手旋动托起，仿佛要把他旋转抛向海空。

大约有三四分钟的样子，黑漩涡带动起浑浊的染色物，海底一下子变得像黑夜，几乎看不见什么东西。英继列对这种特有的海底奇怪现象迷惑不解。他极力睁大眼睛，可眼前仍是黑茫茫的一片。

他快速地朝小礁区的海底潜去，然后纵身利索地浮出海面。

英继列露出头的海面离快艇不远，他发现快艇上所有的海盗向着马尼礁的方向，惊讶地边看边嚷道："快看，这究竟是什么？太可怕了！"

"像一条海龙……"

"快快，准备开艇，太危险了！"茄子面部表情惊讶，大声说，"我在海上多年，还从来没见过，是怪物！"

在马尼礁正对面的海域，猛然间，海天仿佛塌了，大海从深处崩起，海天低处一块乌黑的云雾，神奇般地探出了"龙头"，从高空疾速扎入海中，平静的海面骤然像炸了锅一样，水溅四处，隆隆作响，带起一根直径七八米的水柱，升腾向上旋转着，看上去宛如飞银走玉，渐渐地变成像原子弹爆炸的蘑菇云。

"快看，龙取水了！"海盗一边喊着一边做好开艇逃避的准备。

英继列也愣住了，令人诧异的是，水柱不时地闪烁着红、黄、蓝、紫相同的彩弧，在阳光的折射下显得异常耀眼夺目。英继列正准备用手遮着光看个究竟，不一会儿，这种光消失了。

英继列在海上多年也没遇上这景观，他对此感到有些疑惑，难道是马尼礁下有什么现代化的生物工程？或者有什么新型水下化学体？正当英继列思索之际，不料奇观再次出现，"天龙"摇头摆尾，兴风作浪，"海龙"跃出水面，扶摇直上。

"天龙"和"海龙"短兵相接，你顶我压，咫尺不让，好像打得天昏地暗，雨雾交加。这时，快艇已启动，几名海盗下意识地跪在甲板上，磕头求佑，以为是海妖作怪。茄子的脸都变了，赶紧挥手呼叫。此时，海水继续旋转上升，水雾缠绕一体。乍看，仍闪着彩色光弧的柱体渐渐变成了大沙漠上的一缕孤烟；细听，似远处滚来闷而不炸的雷，却又像疾风扫落叶地呼呼有声。只见"龙取水"处，海水混浊，旋流翻卷，一片翻肚的鱿鱼随波浮沉，未息的白泡沫在海面上扯起一个硕大的圆圈，散发着一股咸腥的海味。

英继列定睛一看，便知晓其中的奥秘了，于是，心中有了数。这是在靠近海面的大气层里，往往上部冷而重的气流下降，下部热而轻的气流上升，当这种温差较大，且处于垂直方向的气流进行逆向交流时，由于受到某种阻力，便形成一种旋绕、扭缠、沿切线方向快速延伸的气旋流。气旋流内的空气在旋转过程中，被离心作用甩出去形成低压的"空心柱"。所以，当它触及海面时，海水被吸成"空心柱"，海水在旋转、升腾的过程中，慢慢被"粉化"成雾气，在阳光里便透出彩弧。这种现象在云海之间出现时，又多似龙舞状，人们看上去像"天龙""海龙"。

英继列又潜入了海底，向马尼礁正面方向游去。他判断马尼礁正面也许是重要的区域，调查一番后才能做出判断。英继列知道目前茄子他们还在为刚才海天出现的"怪龙头"心神不安，他们的注意力似乎还在那升腾摆动的"黑龙"上，不管怎么说，他们迷信海神，他们生活在大海上，海神就象征上帝。茄子心里直打鼓，难道抓龙虾抓错了？触动了海龙王的神经？刚才英继列说他抓到了几个龙虾都跑了，难道龙虾真的有海龙王保佑？

英继列巧妙地利用这段时间，潜入到马尼礁的正面。海水经大气压的搅动，变得浑浊起来，视线受到一定影响。英继列双手摸着一块笔直的礁石，慢慢地由上往下摸着，完全凭感觉在寻找大海深处的礁石。英继列睁眼一看，这座礁石连接处像是被铁器雕刻一般，有点人工修饰的痕迹。英继列心里盘算着，正当他往下潜入，手摸到一块金属时，英继列触电般地把手抽了回来，接着，海水像过电一样，英继列的周身感到麻木，他迅速向上浮起……

待英继列浮出海面，游到艇舷时，茄子对着英继列大骂："你是在抓龙虾，还是在干别的？混蛋，刚才你在海底都干了些什么？"

英继列听他这么一说，心里更有数了，很显然那是座海底暗堡，建有现代化的设施。

就在英继列摸触到海底礁石时，麻鲨黑巢里警戒侦察系统的荧幕上立刻出现了英继列在水下游动的身影，就连英继列用手在摸、寻找的动作，海盗侦察警戒都清楚地录下了。于是，一个快速信号从黑巢传到了茄子的身边，要求立即解除他水下的行动。

"我一直在抓龙虾，一群大龙虾钻进了礁石缝里，我用手摸了半天也没抓着。"英继列尽量使自己的情绪镇定些，一副真诚的样子，说，"你看，我的手指都被龙虾刺破了。"

英继列把潜望镜取下后扔在艇上，发牢骚说："还抓不抓？不抓，我要走了。"

茄子看出来英继列这是真诚地为他抓龙虾，并没有其他意图，便说："换个地方，我以为你在海里玩儿呢，哈哈……换个地方。"

"到底还差多少？我都没劲了。"英继列还是装着发牢骚道。

"快到了，再抓三十多个就行了。"茄子这会儿生怕英继列跑掉，忙说，

"完成了这个数,我会奖赏你的。BK,你是我们信赖的人,好好干吧。"

"既然信赖,你们就让我自己在海底里放手干,抓活龙虾、活虎斑贝哪有那么容易?"

"好好,快上艇,换一个海域,随你到哪儿下海都行。"

"为什么不能在这里抓些大龙虾呢?"

"这……这里有海神,你刚才没看到吗?太吓人了,还是换个海域吧。"

英继列上了艇。他两次接近马尼礁,虽然没有拿到准确的第一手资料,但也有了一些感触,特别在正面礁缝衔接处,英继列是自己用手触摸到的。还有那触人麻木的电一般的磁场、那黑色的漩涡,都是英继列亲眼所见。

英继列心里已经有了来自各方面的信息,从与茄子的对话中,以及每次要调离这一带海域的情形来看,英继列更加证明了马尼礁的神秘。英继列把左前方那座天然露天内港潜洞与马尼礁神秘的海域联系起来,可以判断出麻鲨黑帮出入的基本路线。

英继列站在甲板上,轻轻地松了口气,下面到哪里抓龙虾都无关紧要,最重要的是进一步设法与这帮海盗交上"朋友",弄清楚其详情,尽快与海事局取得联系。

英继列望着被快艇犁开的海面,心里充满着一种对大海的神圣感。他暗暗地盘算着下一步的计划,但也做好了艰苦的准备。

第九章　黑吃黑

阿敏受辱　愤怒的阿龙

在海底深处的黑巢里，阿龙常常憋得慌，倒不是在这里面不舒适，而是时间一长没有出海干他的老本行，手痒痒得很。这几天，他把捕捞活龙虾、活虎斑贝的事交给了他的副手茄子去办，他反而闲得有点不自在了。一天两三次出没于海蛇的陪女索娜的房间，做爱成了他解闷的一种方式。索娜倒是喜欢阿龙，只要他走进她的那间屋子，索娜先是给他倒上一杯营养丰富的西洋参酒。阿龙总是靠在椅子上边喝边看着索娜，眼中露出一种既兴奋又淡漠的神态。

索娜似乎猜透了阿龙的复杂心情，常常以性感躯体来获取阿龙的欢心。她站在阿龙的对面，慢慢地一件一件把身上的衣服脱光，直到露出两个雪峰和性感的特区时，阿龙看着看着把杯中的酒喝得精光，然后朝索娜招着手，索娜朝他走来，阿龙像捕获猎物一般紧紧地把索娜抱在怀里。就这样长时间地抚摸着，最终阿龙还是把她扔上床彻底放松一次……

每当这时，索娜总是十分满意，一个劲地亲昵着阿龙。而阿龙总也不欢心，像丢了魂似的常常两眼瞪着屋顶发愣。

"给一号女人换房间了吗？"阿龙不止一次这样问道，他说的一号女人是阿敏。

"前天就换了，那里条件不错。"

"不错，不错，我问你，她到底怎么样？"

"你送给她的东西都吃了。"索娜小声地说，"这些天，她好像得了病似的，有些发呆……"

"什么？她到底怎么啦？"阿龙一把抓住索娜高声问道，眼睛里流露出迷茫的神色。

"这……我也不知道。饭菜她都吃，吃完了就发呆，神经可能有些刺激。"

"有谁去过她那儿？"阿龙眼睛瞪得溜圆，逼问道。

"没有……好像没有什么人去过。"

"他妈的，谁要是走进一号女房一步，你立刻告诉我，听见了吗？"阿龙又抓住索娜说，"看我怎样收拾他！"

"知道了。"索娜心里一直在琢磨，阿龙对一号怎么如此关注？而且只要一提起一号有什么不顺心的事，阿龙总发脾气、砸东西，索娜虽说在黑巢里比起一号自由得多，但阿龙从来没有像对待一号那样对待过她，这不免使索娜心里充满了谜团。

阿龙在索娜身边背着手不时地转动，脸上带着一丝阴郁的忧愁，突然，阿龙停下脚步，从自己的衣兜里掏出一把西洋参丸递给索娜，说："把这些东西交给一号，一定要让她吃掉！"

"我知道。"索娜说完看起手里的洋参丸来。

"还看个屁，这就送去！"阿龙补充一句，"你要看着一号吃下去，如果有半点差错，我杀了你！"

"我这就去！我这就去！"索娜忙退了下去。

索娜走了。阿龙的心仍然是空荡荡的，虽然他加入海盗团伙后变得无比凶残，杀过无数的人，抢过无数艘船，凶残起来比魔鬼还魔鬼。认出阿敏后，他的那颗心复发了人性本来的善良情感，阿敏毕竟是他的亲胞妹。这魔鬼的深海地狱，是吃人的地狱，阿敏被劫持到这种地方，是他阿龙亲自干的。现在，阿龙最不安的是阿敏的出路，她将面临的是残酷的现实。当着阿龙的面，她会发生一系列怎样的悲剧，阿龙实在不敢往下想，这里毕竟是吃人的血淋淋的魔窟。

阿龙的眼睛闪着泪光，他曾每夜在梦中突然惊醒。美丽活泼的少女阿敏，从高高的天空掉下来，掉呀掉，一下子掉进了黑色的大海，浑身被染成黑的颜色，阿龙再定眼一看，捂住眼大哭，阿敏变成了黑色的魔鬼，头上长出两个黑角，嘴里还露出两个吃人的长牙，满脸的黑毛。阿龙笑着冲上去抱着阿敏，用手一个劲地替阿敏扒着："阿妹，你怎么变成这个样子？"

阿敏对着阿龙傻笑着："都是你把我变成这个样子的，哈哈……"

阿龙常在梦中惊醒，浑身湿透了，起来坐在那里一个劲儿地敲打着头，"这是报应！这是罪恶！"真是让他内心充满了痛苦。

阿龙手下一帮敢死队员已有好几天没有训练了，过去几乎除了出海抢船任务外，每天都在黑巢特定的几个场所进行训练，有拳击、射击、游泳、潜水格斗、紧急出动、武装作战等一系列的战斗战术训练。因此，麻鲨黑帮的敢死队在国际海盗中是赫赫有名的。据说黑海的一个国际海盗组织还想请阿龙执教，并封官能坐上第二号交椅，可麻鲨说什么也不答应，国际海盗可以相互合作，共同实施任何行动，但谁也吃不了谁，谁也限制不了谁，在国际海洋上那就看谁家的本事大了。

阿龙走出了那间发腻的屋子，漫无目标地沿着黑巢内港的左侧晃悠。这侧是黑巢的重点防御、科研基地，里面的海底暗防设施相当现代化，秘密建造这座水下宫殿花去了5年的时间，而且都是在极端保密的情况下，夜间施工干的。能进出这座水下宫殿的自动化水门的总钮，只有麻鲨、大胖和他阿龙三人共同的钥匙才能启动。而且海盗有一条严密的纪律，至死也不能说出水下宫殿的丝毫情况，谁要是泄漏一丝，将会被当众绞死。因此，除了麻鲨黑帮自己的人知道外，就连国际海盗的一些成员也不知道麻鲨黑帮的老巢在何处，单知道在那片海域。著名的海盗黑帮都有自己的神秘据点。

阿龙从海盗的一个营区走过，里面传来了阵阵嘶叫的赌博声，像是在为输家叫好，这种场面，他阿龙不知玩过多少遍，赢的时候兴高采烈，输了,什么都赌。阿龙从窗口边扫了一眼,只见一名海盗正用匕首对着自己的手腕放血。看得出来,这家伙把钱输光了,最后输自己的血,如果血放了三次还输,最后干脆捅进自己的心脏。这种赌法,在海盗中最刺激了。他阿龙曾是赢家,把输家送上了西天。

"二放血!二次血!"围观者在一旁高喊道。

"再来!大不了,刀子进心脏躺着出去!"

"好,有气魄!定会赢回来!"一旁的海盗在起哄,等待着最精彩最刺激的一幕。

要是在平时,遇上这种场面,他阿龙肯定会出现在最前面,而且会热烈地参与进去,把场面推向最刺激的顶峰,能赌到这种地步的人,少说也得几十个小时以后才能见分晓。这种赌到见血两次了,也确实让这帮人觉得刺激。

阿龙在门口站了一会儿,觉得还是没心思进门,叹了口气,便独自朝前晃去。

阿龙的心有些乱,但也没有办法,勉强控制自己。他自己并不后悔来到这里。当初翻船,阿爸阿妈都扣进了海里没起来,他一个小孩抱着木板在海上漂,要不是麻鲨救了自己,他早被鲨鱼吃了。阿龙始终这么认为,是麻鲨救了他,从此他就是麻鲨的干儿子,要他干什么,阿龙决不含糊,就是献出生命也在所不辞。阿龙还清楚记得,他被麻鲨带进海盗家中时,当着众多海盗的面,按规矩,拜麻鲨为干父是要喝血酒的,小小年纪的阿龙不知哪儿来的那股勇气,立即用匕首刺破了细嫩的手腕,一滴滴的鲜血融入了碗中的酒。麻鲨那会儿也感动了,喊道:"将来这家伙准是块好料!"

阿龙不知不觉走近了阿敏新搬进的那间屋子,他抬起头望了望屋子的顶端,心里显得很沉重,他几乎没有勇气再见阿敏,总是千方百计躲着。

阿龙在屋周围转悠了好一阵子,没有听见有异常的声音,但阿龙就是不敢跨进门,生怕阿敏一眼把他认出来。

阿龙又一次绕过门在屋后转悠着，他的心仿佛提到了嗓子眼，少年在家乡沙滩上与阿敏追打的一幕幕，还有那一串小贝壳的项链，又浮现在阿龙眼前……

阿龙用双手抱着头还在不停地走动，他试图把一切美好的记忆从脑海里清除掉，可是，越想这样，过去的景象越历历在目。他用手捶着脑门，正准备转身离开这个地方，一抬头看见索娜手里拿着洋参丸站在门的侧面，低着头不语。

"你怎么没给她送去，站在这里干什么？"阿龙走过前说。

索娜没吭声，仍低着头。

"你他妈的说话呀，到底出什么事啦？"阿龙火了，嚷道。

"里面……有人。"索娜的声音很小。

"谁？这么大胆？"

"麻鲨老爷子……"

阿龙气冲冲地扒开门，门反锁上了，阿龙对着门缝望去，只见麻鲨光溜溜地趴在阿敏的身上大口大口喘着气，阿敏像死人一般一动不动……

阿龙的脑子一下子炸开了。他浑身的血液往上冲，两只眼充满了血，通红通红得像燃烧的灯泡，他用拳猛击着墙壁，号叫道："魔鬼！魔鬼！"

阿龙的拳在墙上都击出了血，他抱着头用脚猛踢着墙，恨不得把墙给踢倒。他的脑子里一片空白，这个该死的老家伙竟然盯上了阿敏，每一个新入宫的漂亮女人他都不放过。过去，阿龙把新抓来的女人首先给老爷子效劳，今天这种场面竟然也让阿龙碰上了，可这女人是他的亲阿妹。

"这是报应呀！上帝，这还叫人吗？"阿龙在心灵深处呼喊道，他没有勇气冲破这道门，更没有勇气冲到麻鲨的面前。

阿龙像喝醉了似的在那里东倒西歪地走着，他的胸中仿佛燃烧着一团火，烧得他喘不过气来，他下意识地掏出了口哨，对着黑巢猛吹着，用这强烈的哨声控制自己难忍的情绪。

听到这突然而来的一长声哨笛，敢死队海盗便知道这是紧急集合的笛声，于是，一个个像闪电一般朝集中地点奔跑……

阿龙边吹边奔跑，他希望满脑子的抢杀，把缠绕在他心里的那股忧愁抛向杀场。

不到30秒钟，一队整齐的敢死队员站在了阿龙的面前，一个个头缠彩色布条，腰间插着铁爪篱，腿上别着匕首，领头的几个左腰间还挂着短枪。

"一班操枪，二班操拳，三班劫击，四班潜海，五班格斗。"阿龙一口气说完，操起海盗的一支短枪，朝着一面射击靶，"砰砰啪啪"地打开了，一下子二十多发子弹射出了枪膛。

"三爷打了18个十环，5个八环，真不简单！"报靶的海盗说。

阿龙把衣服一脱，挥起了拳，猛烈地练起来，他觉得不过瘾，忙用手招着几名海盗上来，他左拳一个，右拳一个，朝着海盗的脸部猛击。一个个海盗的脸被打青了。阿龙还不解恨，仍用手招呼着，然后甩开了双腿左右踢着海盗的腹部、腰部，海盗们一个个哎哟直叫地嚷开了："今天三爷怎么啦，动起真格的了！"

"他妈的，谁敢倒下，我杀了谁！上，都给我上！"阿龙嚷道，两眼冒着火光一般。

一群海盗冲上来，不同角度朝阿龙打来，两拳正打在他的头上。他高喊道："好，好，真痛快！就这样打！"

阿龙疯了，挥着拳，踢着腿左右打，他的拳被打出了血，腿踢出了火花。随后，阿龙又一头扎进训练的港池，潜入水中，两手抓起一名海盗给扔出老远，接着又对一名潜过来的海盗一阵水中拳打。那名海盗反抗着潜入海中逃了。

"他妈的，都跑哪儿去了？跑哪儿去了？"阿龙在水中狂喊道，吓得一个个海盗连忙露出头。

阿龙愣住了，两眼盯着海水，一层层的海水变成了紫色，像药水似乎把浑身都染成了紫色。

海水晃动着，由底层墨黑蓝色的海水往上涌动，逐渐推动上层的紫色海水，形成一股难以辨别的潜流，在港池里不断朝着边缘扩展。

"他妈的，海水怎么变成了紫色？"阿龙盯着海水，不知不觉地叹道。

"三爷，那是因为海水太黑了，黑过头了，就黑得发紫。"一名海盗声音不大，但阿龙听得清清楚楚。

"哈哈……对，说得对，黑过头了，就黑得发紫！"阿龙自言自语地说。

阿龙伏下身来贴着水面，眼睛瞄着波动的水纹，在细心地观察着，黑色的海水上泛着一层层的紫色波纹，宛如黑色肉体上滚动的一层紫色的皮。阿龙扑向海水深处，用双手奋力地搅动着，不停地号道："黑得发紫！黑得发紫，哈哈……都是魔鬼！吃人的魔鬼！"

海水被搅得愈发发紫，阿龙躺在水面上，两眼盯着洞顶，他用手揉了揉眼睛，洞顶也是紫色，再一看周围，周围也变成了紫色，还有跟着他一起的敢死队员也变成了紫色。阿龙笑了："他妈的，都黑得发紫，还有我！"

两恶相斗　四爷得了海象奖

海水通过深层的宫殿流进港池，带着黑得发紫的光，看上去宛如一座人工的调色池，在这里他们可以任意地调出红色，甚至带着血腥味；调出黑色，黑得让人恶心；调出白色，白得令人恐怖。

阿龙对这片港池的海水太熟悉了，他看着这充满颜色的海水，似乎一下子变得深沉了，他看着一团团从海底翻起的暗流，仿佛心里也悄悄地涌起一股暗流，带着血色……

"老不死的东西！吃人的魔鬼！"阿龙从心里骂着麻鲨，两个拳头握得紧紧的，又松开了。

虽说阿龙拜麻鲨为干父，而且对海盗这行干得十分出色，但是阿龙对麻鲨渐渐有些反感，他觉得麻鲨没有一点人性。魔鬼的变种也许就是麻鲨这种人，阿龙对自己早就失去了任何寄托，同样杀人吃人眼都不眨，可他的心灵深处那一丝丝渔家童年的影子一直在灵魂中游动，现在眼看到阿敏被麻鲨这个魔鬼摧残，无论如何也摆脱不了这种血缘感情，于是，对麻鲨产生一种痛绝的憎恨。

阿龙又下意识地看到了手臂上的刀痕，这是他小时候入海盗老巢、被麻鲨收留，拜见干父时留下的永久痕迹。阿龙用手摸了摸，眼睛流露出一种难以表述的复杂心情。

阿龙从港池上岸后，带着一身紫色的海水无目标地在右侧岸道上晃着，没有人上去扶他，也没有人问他话，一切都显得陌生而又寂静。

阿龙刚走过一道弯，蓦地被索娜扶住走进了她那间屋。

索娜把阿龙的一切都看在眼里，心里充满了狐疑，只要一提到一号，她就观察到了阿龙独特的表现。现在麻鲨占有了这个一号，在他们看来本属于正常事，可阿龙这般丢魂似的表情，使索娜感到了点什么，但又丝毫不知道什么。

索娜把阿龙湿淋淋的衣服脱了个精光。阿龙半躺在椅子上，眼睛无神地盯着索娜。

索娜什么也没问，也不吭声，默默地用毛巾给阿龙擦去身上的海水，那副动作表情好像妻子在对待丈夫一样，或者像护士对待病人一样，细致周到。

索娜刚擦完阿龙的下身，静静地蹲在阿龙的面前看着，像仔细地观察什么。

阿龙麻木般地用手捧起索娜的脸，像是在她的脸上寻找什么，俩人静静地这么看着，突然，阿龙抱起索娜扔在床上。

"听说四爷昨晚回来了？"索娜小声说。

"谁说的，我怎么不知道？"阿龙脸都没转过来问道。

"听黑女说的，她说好像在老爷那里出现了一下，看见有点像。"

"他从来都是鬼鬼祟祟的，活像条怕光的蛇！"阿龙的话音刚说完，"啪"地一下门被打开了，一身西服革履的海蛇出现在他俩的面前。

"对，我就是一条蛇，三爷，你也太不见外了吧，看样子，这些日子你也没穿过衣服，竟然跑到我的地盘吃腥来了！"海蛇那双绿豆眼闪着一丝丝逼人的绿光，步步迈向阿龙。

阿龙一看果真是海蛇，本想坐起一笑了之，但听海蛇这么一番逼人的挖苦骂声，连动都没动仍躺在那里，右手有意地挽着索娜的脖子，索娜吓得躲成一团，阿龙朝索娜的脸上吻了一口，慢悠悠地说："老弟，我这是爱她，对她，特别对你是最大的爱护！懂吗？"

阿龙这话说出来实在比刀子捅海蛇还疼，海蛇的绿豆眼闪出了两点火光，一脚把地上的椅子踢翻了，指着阿龙喊道："我不需要你这种爱护，我请你离开这里，懂吗？"

"我不懂，我想在这里躺着，还可以和女人在这里做爱。"

"索娜，你这个贱女人给我出来，看我怎样打破你这骚货的东西！"海蛇怒不可遏地冲着索娜喊，这样也许更刺激阿龙。

索娜惊慌地想起身，看看海蛇又看看阿龙，不知如何是好。阿龙一把拉着索娜，冲着海蛇软中带硬地说："老弟不要这样，她使我开心，使我兴奋，你要是敢碰她一个指头，别怪我粗暴。再说，你老弟这一趟出去还不是填饱了肚子，吃够了腥！"

海蛇一听这话，火冒三丈，冲上前去两手使劲把索娜拖下地，就是一脚。

阿龙"噌"地一下从床上蹿起，脸涨得通红，一把捏住海蛇的手，往后一推，"啪"地一脚踢在他的屁股上，说："这叫作一还一，你要再敢碰她，就要翻倍，懂吗？"

海蛇恼怒到了极点，脱下西服，甩到墙角，操起匕首朝阿龙刺去。阿龙就地一躲，一低头，海蛇冲过了头，扑了个空。

索娜惊恐万分地蹲在墙角，双手抱着头，眼睛里流露出一丝不安的神色。

海蛇调整位置，从身上抽出防身的特种带小钉子的皮带，在空中甩着再次冲向阿龙，甩这种皮带是海蛇在陆战队的绝活，无论武艺多么高强的人，一时半会也难以对付这特有的皮带。

海蛇的皮带在空中变着花样，令阿龙眼花缭乱。过去阿龙见过海蛇用这招对付过不少海盗和外人，都被打得皮开肉绽。

"啪、啪"，皮带像闪电般地朝阿龙甩来，阿龙看准皮带打来的方向一躲，正好打在他的右臂上，顿时起了一条血印，这皮带在空中的方向像是相反的，阿龙忍着疼想看个究竟。

海蛇的脸上立刻露出了笑容，边甩着皮带边说着："老兄，你也太欺负人了，这叫作尝尝颜色，懂吗？"

"你也算是开了戒了，好吧，那就来吧！我还正想尝尝滋味！"阿龙说着挽起袖头，摆出一副架势。

"嘀，你老兄玩得够本事，没衣服穿了，竟然穿上我不要的衣服！"海蛇挖苦道，手里的皮带仍在空中转动着。

"你他妈的这还不懂，这是用来给我擦身的，我用它去擦掉一身臭汗。"阿龙边说边把身上的衣服脱个精光，一下子甩到了墙角，对着海蛇狂笑道，"这总该可以了吧，对付你那带钉子的玩意够刺激，来吧，朝我身上打，怎么不动手！"

海蛇面对光溜溜的阿龙，心理上还真有点胆怯，再说海蛇深知这个敢死队队长的功夫和坚毅的性格，于是，他手中挥舞的皮带明显变缓了。

阿龙不管那一套，臂上的血印还涨得隐隐作痛，他一个侧步，转身就是一个大旋风腿，重重地打在海蛇的身上。海蛇爬起来，又恢复了疯狂，挥动皮带在阿龙眼前晃动，像一道道变化的闪电，阿龙边躲着边辨别皮带的旋转方向，海蛇来了个旋转连环，操起皮带跳起来，先是在空中乱舞一阵，接着只听见"啪啪"的声音，皮带落在了阿龙的后背上，一道血印打在光溜溜的肉上，带出一小块肉皮。

阿龙跳起来躲闪着皮带，接着一个后滚翻，一个快速的后翻立起，便闪电般地一个大鱼跃，一下子接近了海蛇的身体，海蛇想闪到后面，却被阿龙扭住了腿，用力一个麻花般的大回转，海蛇手握着皮带"啪"地一下来了个嘴啃泥。阿龙上前就是两脚踢在他的腹部，海蛇狂叫了一声，算是没白当过陆战队员，两只脚猛地朝后蹿去，鞋跟正好踹在了阿龙的胸部，把阿龙踹了个后滚。此时，海蛇迅速弹起，手里的皮带又晃起来。

阿龙还没等海蛇玩起花样，便侧身一个大飞跃，直扑他的身边，突然接近他身边，使海蛇的皮带一时难以发挥作用。阿龙来劲了，朝着海蛇的腰部就是两掌，海蛇感到腰被撑断似的，一下子软了，还没等他站直，阿龙上前就是一个飞腿打在他的下巴上，海蛇倒在地上，阿龙没想去夺他手里的皮带，而是站在那里叫道："来呀，朝我身上打！打出血来，那是刺激！我需要这种刺激！"

海蛇虽说败了一步，可很快闪到了后面，又摆开了阵势。

阿龙哗哗出拳，浑身的肌肉成了一团团硬块，脖子上的青筋暴起呈树根状，淡淡地冲着海蛇说："我让你尝尝拳的滋味，也让你知道我是谁！"

一阵拳影在挥动，海蛇操起皮带退却着。阿龙看准皮带的方向，突然扬起脚尖猛地一转，海蛇朝前扑来，正好被阿龙的下勾飞拳打在脸上，顿时青紫一块。

海蛇也不是可以随便欺负的，他忍着疼痛熟练地一个转身，皮带一个360°的大回旋，打在阿龙的身上，带动他不能控制地在原地转了半圈。

阿龙再次飞身而过，带着一股旋风，正准备给海蛇有力的回击，夺过那条该死的皮带。蓦地，屋内绿色的指示灯在不停地闪烁。他俩都不约而同地停住了，这是老爷集合召见各海盗的信号，不管有任何情况，只要看见这绿色的信号灯，必须在1分钟之内赶到老爷麻鲨的大厅。

阿龙迅速穿上自己那套湿衣服，浑身一道道血印被湿衣服一套，一阵隐痛，他本想最后对海蛇来点真功夫，但还未下手，阿龙从心理上不算是赢家，但也不算输家，心里仍憋着一股气。

"好老弟，看我以后怎么收拾你！"阿龙说着朝集合点跑去。

海蛇套上皮带，揉了揉那块被打青的脸，穿上海盗的服装，也跟着跑了出去。

左右侧的通道上，海盗在奔跑着，涌向麻鲨大厅。

阿龙边跑边琢磨，他妈的，这老家伙又要干什么，难道又是为祝寿要安排什么？麻鲨召集海盗过厅，有时是二爷和三爷来召集，有时他想起什么时候过厅，就坐在那里按他的电钮，这玩意倒省事，可海盗要在1分钟内到达厅内，多少也算得上紧急集合，今天大概老爷子又有什么新招了。

大厅两侧整齐地站着海盗，他们以笔挺的立正姿势注视着麻鲨。这些海盗只是黑巢里的部分人员，除了值班、巡视、工作的人员外，茄子还带着一伙人在天然内港那边。

麻鲨坐在那张神椅上，两侧的木台上点着两根粗壮的红蜡烛，海盗一看就知道，这是庆功仪式，都在心里琢磨，近日又没有出海劫船，哪来的庆功之事？难道谁又办了什么大事不成？

两侧的铜盆里插着香火，一缕缕细细的青烟缭绕在大厅，充满了玫瑰的芬芳气息，海盗们的鼻子仿佛都在轻轻地吸着，他们在静静地等着麻鲨发话。

右侧，二爷、三爷、四爷按大小顺序站在那里。只是这回四爷稍稍离三爷有点距离，这种距离只有他们俩人心里明白。此时，他俩站在那里目不斜视地望着前方，把刚才那紧张决斗的场面早已抛向了脑后，但四爷感激麻鲨老爷这紧急集合的信号来得正是时候，否则，这决斗的结果，他不敢往下想。

"老四，站在我前面来！"麻鲨小声说道，眼神显得明亮。

这一喊不要紧，老四站在了老二的前面，底下海盗轻轻地发出一声长叹。

阿龙也纳闷，今天老四走什么鸿运，竟然站在了老二的前列，难怪这家伙对他敢动武,想必是高升两级跑到了自己的头顶上了?阿龙心里更是憋着一股闷气,眼睛仍不斜视,像什么也没听见似的站在那里。

麻鲨仍是老习惯,半睁着眼,用手在空中画了一道海盗特有的吉祥图案,然后不紧不慢地说:"老四此次远行我感到欣慰的是,他办成了两件大事:这第一,他弄清了一艘装有活猪的商船,时间嘛,在明天夜里零点左右经过马六甲海峡。劫取100个猪头的任务,由老三去干;这第二,老四干了一艘幻影船,又为我们挣了一笔可观的钱。我提议,为老四授麻鲨海象奖!"

麻鲨黑帮对于手下这帮海盗是有严格的奖励的,设有一等奖海鲸奖,二等奖海象奖,三等奖海猪奖,四等奖海马奖。

老四被授予二等奖,这在海盗中算是走运的,如果连续两次授予海象奖就要晋升一级,可以与老三平齐了。要是被授予海鲸奖那肯定是一次晋升。

老四站在麻鲨面前,麻鲨站起来正式给他佩戴海象奖章。

"谢老爷子,我将尽心为你效劳!"海蛇说着,那双绿豆眼闪着兴奋的光。

阿龙心想,他妈的神气什么,这才只是一次海象奖,要想升级超过我还早呢。他妈的,别高兴得太早,老子要你吃个海象饼。这饼与奖正好相反,是麻鲨黑帮对那些过失办错事的人的一种处分,其顺序与奖一样,从海鲸、海象、海猪到海马,如果得了两次海象饼,同样割掉一级,而且要放血。

此时,海蛇的胸前佩戴着海象奖,转过身来朝两侧的海盗示意。海蛇这一笑不要紧,脸上那块紫青色的伤愈加醒目,像贴上的一块紫色伤膏。

"老四,你这脸上怎么有一块紫色?"二爷不解地问道。

海蛇连忙用手捂了捂,支吾了两句,谁也没听着。

"四爷,你那脸上像是打的,是遇上了对手?"底下的海盗发问。

"哦……没有,这是我回来的路上不慎摔的……"海蛇哪敢说是打的呢，那该多丢人，虽说他脖子上戴着海象奖，但老二这一提，一下子把他心中那点喜悦给搅跑了。

阿龙站在那里，心里反倒充满了一种满足的喜悦，一种从来没有过的满足。他用眼神第一次斜视着海蛇，露出胜利者的目光。

海蛇也斜视着阿龙，俩人的目光正好碰在了一起，霎时像正极和负极触电一般，似乎带出了一丝火星。

"别瞧我这脸上紫色的伤，可我站在了领奖台上了！"海蛇从心底仿佛在对阿龙说，"难道你的身上那带血印的伤不疼吗？别看你捂得那么严，难受还在后面呢！"

正当他们各自都在心里琢磨时，麻鲨又用手在空中画了道那不知画了多少遍的图案手势，接着说："老三，猪头明晚给我取来，要鲜活的、带血的！"

"一定办到，肯定带血！"阿龙有意把带血两字说得很硬，尔后瞟了一眼海蛇。

"那活龙虾、活虎斑贝抓得怎么样了？"麻鲨小声问道。

"老爷子，你放心，都准备得差不多了。茄子抓的那活虎斑贝还都会爬，漂亮极了。"

"那就好，我就要抓虎斑贝，那东西可是海中珍贝。"麻鲨说道，"老二，要把祝寿庆典办得隆重些，100岁不容易啊！"

"老爷子，我们会办得隆重热烈的！"大胖说。

麻鲨满意地点点头，半闭着眼睛朝大家轻轻地招着手。

大胖立刻高声喊道："拿酒来！"

两名海盗女头缠着彩色布条，穿着一身黑色的筒裙，光着脚抬着一桶酒走了上来。

另一名海盗手端着高高一叠碗走上来，蹲在麻鲨的下面，将碗像分发飞碟一般，一个个抛向海盗，站在两侧的海盗利索地一个个接着飞来的碗。接着，海盗女朝每个人的碗里倒着酒，这一切还不到5分钟，每个人的碗里都装满了酒。

大胖端起酒碗，高声地说道："这是海象酒，让我们为老四干了！"

"干了！"海盗齐声高喊，整齐地仰头把碗里的酒喝得精光。

"啪"的一声，海蛇把喝完的空碗重重地摔在了地上。海盗规定，只有被授予敬酒权的人才能摔碗，而且要摔得响，碗摔得越碎越吉祥，海蛇挥手一摔，露出满脸笑容。

"好！"海盗们又是大声喝道，厅内的气氛达到高潮。

海蛇转身从麻鲨椅子旁，拿起一麻袋金币当着众多海盗的面，朝麻鲨前面的平地一倒，"哗"的一声，闪亮的金币堆放了一地，宛如一颗颗闪亮的星星在黑暗的大厅内闪着光。

"这些都赏给大家！"麻鲨终于大声说了句。

"谢老爷子！谢四爷！"海盗们整齐地跪下了，大声说道。

阿龙心里很不舒服，看到海蛇那副得意的表情，恨不得早点离开大厅，他只好装着麻木的样子站在那里。

这时，大胖挺起那圆圆的肚子，大声喊道："退厅！"

一场不紧不慢、不重不轻的授奖仪式散了。海盗们离去时，嘴里仍咂巴着那酒味。空荡荡的大厅内只有那燃烧的香还在不断袅袅扩散，像不散的点点阴魂。

夜取猪头 99

阿龙回到自己的屋子，脱下那身湿衣服，上面带着一道道血印，他恼怒地朝墙角一扔，躺在床上，后背隐隐约约作痛。阿龙双手把床单抓起一团，他妈的，海蛇，看老子怎么收拾你，阿龙在心里骂道。

这时，门开了。黑女探进头来，睁着一双惊恐的眼睛轻轻走进屋里。

阿龙一看是黑女，憋在肚子的那股气，朝着黑女直冒而来。

"过来，再走近点。"阿龙瞪着眼朝黑女招着手。

黑女胆怯地走走停停，刚靠近阿龙的床边，阿龙双脚夹住了黑女的脖子。黑女用手使劲扒着，发出一阵惊叫声。

"你他妈的是活够了，竟敢告起三爷来了，我看你的胆子不小。叫呀，使劲叫呀！"阿龙说着，两脚夹得更紧了，勒得黑女喘不过气来，脸憋得通红。

阿龙知道再夹下去就得断气，便一脚踢过去。黑女倒在地上，双手摸着脖子，大口大口地喘着气，眼泪刷刷地往下掉。

"怎么，现在哑巴了？这次饶了你，再要是多舌，我扒了你的皮！"阿龙嚷道，"从今天开始，你给我滚出这屋子，老子不需要你！听见了吗？给我滚！"

黑女爬起来，抹着泪，悄悄退出了屋子。

阿龙一手猛地把被单拉在身上，把自己埋在里面睡起来。

阿龙憋了股气仍没有出来，这股气搅得他有些心烦意乱，他琢磨着找出个绝招整整这条海蛇，让海蛇把那得意的头缩回去。

阿龙在屋里转悠着，蓦地停下来，眼睛眯成一条缝，他想起来，海蛇喜欢吃罐头，特别喜欢吃圆桶菠萝蜜。记得有几次海蛇把圆桶罐头盒到处扔，在港池里还发现过一次，遭到麻鲨的痛骂。他妈的，谁都知道海蛇喜欢吃圆桶菠萝蜜，吃不了，让海蛇兜着走。

阿龙想出了妙计，便有些兴奋，双手揉着，套上了一件干净的花衬衣，然后整了整胡须，习惯性地点上了一根粗粗的雪茄，深深地抽起来。浓浓的烟雾化成一个个圈圈在屋内旋转。阿龙坐在那里漫不经心地欣赏着。

烟吸到三口过后，阿龙随手按动了椅子上的电钮。不一会儿，阿龙手下的值勤兵莫黑来到了门口。

"队长，可以进吗？"莫黑请示道。

"进来！"

莫黑头上依然缠着彩色布条，穿着一身海盗服，正规地站在阿龙的面前，就像一名训练有素的兵。

"给你一个任务，但要绝对保密。"阿龙躺在椅子上，晃动着腿，说，"今天晚上，你想法从海蛇那里弄一个圆桶菠萝蜜的罐头来，最好是没开过的。"

"四爷的罐头上面都刻着自己的代号。"莫黑提醒道。

"对，我就要刻着海蛇代号的圆桶罐头。"阿龙说着眼睛放出了光，最后交代，"你必须在明天上午送到我手上。"

"唉，这算什么，上次你让我上岸到马尼拉弄一份绝密资料，我都办成了。"莫黑露出自信的神采，自我表白道。

"好吧，弄到后，我放你一天假去赌场，赌得放血，我可不救你。"很显然，阿龙手下这个莫黑是个赌徒，曾放过血，还是阿龙最后帮了他一把，否则三次放血就归西天了。

"不会，我最近赌运不错，能赢。"

莫黑走了，给阿龙带来一线希望——整整海蛇的希望，让他得意！刚挂上海象奖再吃个海象饼。

有了刻有海蛇代号的这个圆桶罐头，阿龙就可以随便编一套传奇的故事，到那时，我看你海蛇还得意，缩回身子看好吧。

莫黑对阿龙绝对忠诚，他当海盗不久就跟阿龙出海劫船。在一次迷雾中劫持一艘巨轮，阿龙把船员都绑架了，这时莫黑下舱砸开保险柜正准备抢钱，躲在床下的一名船员朝莫黑投来匕首，眼看就要刺中莫黑的后背，阿龙眼疾手快，用铁爪篱在莫黑身上一挡，匕首正打在铁爪篱上，莫黑得救后，从此把阿龙视为给他生命的上帝。阿龙也把莫黑安排在自己的身边，有什么特殊任务总交代给他来办，阿龙准放心。

莫黑开始行动了。

莫黑换上了一身海盗巡视服，胸前佩戴黑巢特别巡视证，朝着海蛇的管辖区走去。

这种特别巡视证每个队只有3个，属于巡视黑巢特别地方的特别证。

有了这个证就可以在所有的区域巡视活动，就连海蛇管辖的观通部也可以进行巡视，这时莫黑代表的不是敢死队，而是麻鲨总署的巡视权。

莫黑先穿过左侧道口，直奔海蛇住处所在的地段。莫黑贴着屋边把步子走得很轻，刚一接近门口，就听见隐隐约约的骂声，莫黑上前从夹缝往里一看，索娜光着身子跪在地上，后背正对着莫黑，看上去索娜的后背像是被抽了一皮带，还有一条血印。

"骚东西，跟我四爷还嫌不过瘾，我可是发大财被授过海象奖的大人物，马上就可以再升一级了。那个阿龙算什么东西，不就凭着老爷是他干父？老爷一死，他还顶个屁用！"莫黑只听见海蛇一串说话的声音，不见他的人影，一听阿龙的名字，莫黑像触电般地竖起耳朵，原来这家伙对他三爷有这般仇视，怪不得三爷让他弄海蛇的圆桶罐头呢，他不知弄这圆桶罐头有何用，但肯定是三爷用得着。

于是，莫黑更来劲了，回头看看没人，便小步朝海蛇的指挥室方向走去。

莫黑心想指挥室里肯定有海蛇没吃过的圆桶菠萝蜜罐头，这会儿海蛇还在那里为陪女发火呢，趁这工夫可以进指挥室。

莫黑摸进第一道门，再往里进就锁上了，莫黑从门缝一瞧，果真有两个圆桶罐头堆在椅子下。莫黑用特别的钥匙很快把门打开，闪电般地闪进里屋，尔后，迅速从裤兜里掏出早已准备好的黑色布包，把一听圆桶罐头装进去，然后走出里屋。刚带上锁，正准备出第一道门，迎面碰上海蛇已迈进室内。莫黑还算机灵，连忙低下腰在外屋追赶着什么。

"你他娘的赶什么东西？"海蛇忙问。

"好像……一条黑东西从外面窜了进来。"莫黑一抬头，有意将胸前的特别巡视证让海蛇看。

海蛇第一眼便看到了那个特别巡视证，倒没什么，一看是阿龙手下的人，就有些反感，骂道："尽睁眼说梦话，能有什么黑东西，我看是你自己吧！难道四爷这里还有什么可巡视的？"

"我是看到一个黑东西闪了下,像大老鼠!"莫黑强词道。

"他娘的,还嘴硬!给我滚!"海蛇走上前抓住莫黑的耳朵往前提拉着。

这时,突然一只黑色肥大的老鼠从海蛇的门左边闪到右边。海蛇放下了莫黑,睁着那双绿豆眼不时地眨动。他娘的,是有一只大老鼠,而且还挺肥的,海蛇心里念叨。

"怎么样,四爷看清了吧,要不是这只大老鼠为我解围,我有嘴也说不清……"还没等莫黑说完,海蛇转过身来,骂道,"滚,给我滚!他娘的,老鼠有什么可追的,这海底礁洞里老鼠多得很,滚!"

"滚就滚!"莫黑趁机提着圆桶罐头大摇大摆地走出了指挥室。

还不到半天时间,莫黑就搞到了刻有海蛇代号的圆桶菠萝蜜罐头。莫黑心里直乐,三爷要他明天上午交货,他完全用不着等到那时,足以证明他莫黑的本事了。莫黑想,也许三爷想尝这种罐头,压根没去想三爷真正的用途。莫黑想把圆桶罐头藏起来到明天才交给三爷,但转念一想,不行,万一弄丢了岂不是自己给自己出难题?

莫黑走进了阿龙的那间屋,用手按了下指示灯,揣着兴奋的心情希望能得到三爷的好评。

"进来!"

莫黑把那个圆桶罐头塞在屁股后面了,想跟三爷开个玩笑,于是莫黑装着不高兴的样子慢慢进了屋。

"三爷,那圆桶罐头都被四爷锁起来了,没……"

"笨蛋!弄不到别来见我!"还没等莫黑说完,阿龙便骂开了,连看都不看莫黑一眼。

"三爷,你看,在这里!"莫黑双手捧着那个圆桶罐头,说话的声音格外响。

阿龙连忙从莫黑手里拿过圆桶罐头,眼睛在寻找海蛇的代号。

"三爷,在这儿,你看,刻得清清楚楚。"

"好，干得不错！"阿龙把圆桶罐头往空中一抛，说，"有了它，我就可以有文章做了！"

"什么文章？"莫黑不解地问。

阿龙根本没听见莫黑在说什么，独自抱着圆桶罐头沉入了遐想之中。

"三爷，你要想吃，尽管说，我给你偷去，保证你吃多少偷多少……"莫黑正得意地说着，被阿龙打断了。

"废话，我吃罐头还用得着偷？我吃够了罐头，有一年吃了二百多听，平均两天吃一听，我现在只要闻到罐头味就犯胃病！"

"哦，三爷不是吃呀……"

"好了，这事办得不错，你可以走了。"阿龙突然想起了什么，又连忙叫住莫黑，"回来，这罐头的事不许乱说，不能让海蛇知道。"

"那当然，难道三爷还不放心我莫黑？我可是你的人，是你救了我的命……"莫黑还想继续说下去，阿龙已经摆起了手。

"走吧，走吧，知道了就好！"

莫黑走后，阿龙把门关紧，从床底下找了个黑色兜子，把那听刻有海蛇代号的圆桶罐头装了起来，然后又小心地放进自己的暗柜里，上了锁，这才放心地半躺在椅子上。

阿龙倒了一杯烈性白酒，对着墙上的镜子照了照自己的那张脸，用手摸了摸尖下巴和那黑油油的胡须，情不自禁地对着镜子笑起来。

"海蛇老弟，你等着瞧吧，别看你今天戴上了海象奖，明天我就让你吃海象饼，妙就妙在你的圆桶罐头上。"

阿龙自言自语道，一口把杯中的烈性白酒吞下肚，脸上渐渐绯红起来，他觉得这才叫过瘾……

转眼到了第二天傍晚，麻鲨黑帮进入了二级战备。

各部门都按各自的部署开始了工作。麻鲨坐在自己的总指挥室里，看了看来自各部门的程序信息，便躺在了一张新式的自动沙发上，半眯着眼又抽起了鸦片。嘴里时而猛吸一口，时而闭上眼呷着嘴，像是在尽情地品味其中的滋味，一种悠然自得的感觉，脸上的表情这时稍稍显得有点松弛。

一名打扮得十分古老的海盗女，除了头上缠绕彩色布条外，身上穿的衣服都是带麻鲨黑帮图案的，头上扎的是一根带有海式波纹的长辫。海盗女将麻鲨双脚放在一个低平台上，上面铺着黑色的绒布，海盗女慢慢地用双手握成的拳头捶着，嘴里还要轻轻地哼着小曲，这些小曲都是海盗古老而又传奇的曲子，是海盗自身发展的一种文化，充满着海盗世界古老而又神秘的色彩。

海上起海浪，正是好吉祥，
踏着彩色云去，披上海衣裳，
腾浪驾天空，揽起九头王，
嗦啪啪，嗦啪啪，揽起九头王
……

海盗女边捶着麻鲨的脚，边轻轻地唱着海盗曲，麻鲨在特别畅怀时最爱听这属于他的海盗小曲。

另一名海盗女则半趴在麻鲨的身边，不时地为麻鲨的鸦片点着火，一缕缕青烟从麻鲨的嘴边缭绕在海盗女的周围，仿佛把她笼罩在一个缥缈旋转的神秘世界里；海盗女的脸都带着一种久久不见阳光的黄蜡色，变得愈加像个蜡塑的人，眼睛偶尔转动时，方才能看出是活物。

麻鲨抽完大鸦片后，总也少不了侧过身来，趁着周身刺激兴奋的当头，把海盗女搂在身上，尔后又像抽鸦片一样，对女色上瘾，麻鲨将海盗女扒光，像玩物似的在海盗女身上不停地乱摸。

这时，捶脚的那名海盗女没事干了，但绝对不能走，站在麻鲨的身边看着他作乐的场面，嘴里仍要唱着海盗小曲，但这回唱的是海盗的情歌。

海水流呀，流出的是男儿水，
贝壳吸呀，吸进的是男儿水，
彩云扑上来哟，海浪抱上去，
荡起了天，荡起了海

……

海盗女不知唱过多少遍这海盗们狂醉的情歌小曲。站在麻鲨面前唱这种小曲，海盗女已经变得麻木了，就像机器人一样。

在另一个敢死队指挥室里，阿龙已经整齐地穿戴好了海盗装饰，这也是麻鲨黑帮的一条盗规，凡进战位，一律要着海盗服，就像军人着军装一样，显得有点海盗神秘的威严感。

阿龙先是检查了出击的两艘高速气垫快艇，然后又检查了备用的各类武器，以简要的语言对手下出击的12名敢死队第一批人员讲了话。

阿龙操起无线电控制仪，用手在几个阿拉伯数字上熟练地按了按，一组绿色的指示仪指针闪动在各个所需要的数字上，不一会儿传出一阵微弱的电流声，接着一张白纸从无线电控制仪上出来了。阿龙撕了下来，这一切短暂的操作，就像一个熟练的科技人员。

白纸上出现一组数字，密密麻麻的，阿龙看上去还有些费劲，把白纸递给了身边的海盗操作员，说："看看茄子他妈的都放的什么屁！"

那名海盗很快扫了一眼，用铅笔在某个数字上打着符号，随后念道：

"三爷：我们遵命提前收兵进港。寿品已完成90%，保证按时间完成寿品。今晚行动我们可否加入，请三爷回电。BA。3月21日17时。"

"他妈的，这个干茄子，就想劫船，他想过我们这种瘾，还是等着下次吧！"阿龙狂叫道，纵声笑起来。

接着他手下一帮海盗也都狂笑起来。

"他想去，那我们干什么？"

"他还是老老实实下海当一阵子渔民吧！"

"还是摸他的虎斑贝吧，那首歌怎么唱来的，贝壳吸呀，吸进的是男儿水……"一个海盗边说边唱起海盗情歌，顿时引起众多海盗的狂叫。

"他可是吸不到哟！只有到海里去吸！"又是一阵子狂笑声。

"好了，大家分头准备吧，两分钟后看我的信号灯。等把猪头取回来，你们想怎么抱着海贝都行，怎么吸都可以。"阿龙用手招呼着，露出一种战前的喜悦。

海盗们回到了自己的战位,开始了准备出海劫船的工作。他们每次出击都要做战前准备。

几名海盗先锋,从枪盒里取出机关枪,架起支撑腿,用布擦了擦,然后,拉了拉空栓,击发后,利索地上了一串子弹夹,剩下的长长子弹链在身上缠了两圈后挂在了腰上,这时,才把枪的保险关上。

里屋的海盗从柜里拿出铁爪篙挂在了身上,把匕首插进腿部的匕首套里,然后将崭新的手枪转动着,将弹夹退出检查一番后迅速上膛,关上保险,插进腰间的枪套里。

器械备好后,海盗像军人一般立得笔直,各自整理海盗服,他们先把彩色布条在头上绕好,将腿上的长布条缠紧,然后从头到脚依次再检查一遍。一切出击的准备工作都已备齐,仅仅两分钟,海盗利索熟练地做好了各项准备。

接着,阿龙扭动了电钮,各战位出击的信号灯有节奏地快速闪动着,仿佛吹起的冲锋号,海盗们快速集合完毕。

阿龙像指挥员一样瞥了一眼,没有什么话可说,而是伸出右手在空中画了道海盗图形,然后闭上眼睛嘴里无声地说着吉利的盗语,手贴在胸前,一副虔诚的样子。其他的海盗也跟着表示,希望取得海神的保佑。

阿龙突然睁开眼睛,眼珠子变得异常红润起来,好像进入了一种被魔鬼操纵的境界,他朝海盗挥挥手,霎时,海盗全副武装快速地登上了港池内的两艘高速气垫快艇。

阿龙站在港池上,手里握着微型呼话器,轻声地呼道:"COA,请报目标最新数据!"

尽管阿龙与海蛇平时为一个女人可以争得杀人,但一旦海盗要进行正式行动时,便投入最佳状态,不会计较以前的恩恩怨怨。

海蛇坐在指挥室里,双手敲打着电脑键盘。不一会儿,计算机屏幕上显示一组数据。海蛇一看还差一个数据没有出现,便按动电钮说:"战位

4，给数据！"

屏幕上立即显示出："距离32。"

于是，海蛇以他的代号向阿龙传递过去。

"BOI，BOI，我是COA，方位，东南方向35°；距离，32海里；目标速度21节。"

"BOI明白！"阿龙关上微型呼机，装进衣兜里，看了看那块"狗牌"的夜光手表，跳上气垫快艇的指挥艇桥，右手有力地朝前一挥，气垫快艇响起一阵轰鸣，接着消了声。快艇无声地朝前驶出，进入了一艇盒式内装池后，紧接着就是现代化的纽带启动，不断朝上升起。不一会儿，快艇进入一个黑色渠道，随后，快艇自动地由黑色渠道朝前驶着，大约二十分钟后，快艇神秘地从另一个出入口升起。黑色渠道的顶口，有一个自动起动系统，快艇刚到顶口，仿佛推上了枪膛，"腾"地一下，在振动过后，稳稳地停在了天然的大海上。

一阵海风拂来，带着咸涩的风韵，海盗们抿着嘴，感觉到一种来自大海的亲切滋味。几天没有出入大海了，海盗们似乎感到有些新鲜。

快艇出没的地方正是连接茄子那端的天然内港池。这里实际上是座连接黑巢的纽带，一个出海行动的天然环节。这座麻鲨黑帮的总巢，是由国际著名的水下渠道专家设计的，在绑架了这位专家后的第三年，他才答应设计。这位水下渠道专家，一直拒绝为海盗服务，在海盗多方面的折磨下，这位专家妥协了。他见到海水在身边流动，对水本身就有一种吸引力，职业和事业的习惯，使这位专家不知不觉地在黑暗中画出了图纸。

气垫快艇驶出天然港口，在东南方向的两座礁石背后停了下来，关闭了所有灯火，像两座黑色的礁石并排在礁石的背后，夜间就是航行距离再近也很难发现。

海上的风不算太大，但天色格外黑，远远的海面滚动着黑色的波浪，宛如蠢蠢欲动的黑色生灵，带着一阵阵发自深处的呼啸声，给夜色的海空增添了几分神秘的色彩。

阿龙站在快艇的艇桥上，两眼注视着前方海面，没有发现船只，只是在阿龙的右侧有几艘商船在行驶。

这时，阿龙掏出微型无线电通话仪，用手按动着几个数字，接着对艇上的报务员说："与 COA 联系上，随时报告目标数据！"

"明白了！"报务员戴着耳机，双手操作电脑键盘，发出微弱的声音，电波在大海上传播着，不一会儿，电脑的输出程序跳动起来，一组数据出现在纸上：

方位，东南 20°；距离，5.6 海里；速度 25 节。

阿龙举起望远镜，对着通报的方位仔细地观察着，这个距离还稍微远了点，望远镜里根本看不到，但已经在快艇小雷达的范围之内了，于是，阿龙朝雷达员挥了挥手，说："开机！"雷达的直角天线在空中开始旋转起来。微型的雷达荧光屏上绿色屏幕划过之后，突然出现一个米粒大的亮点，指示针划过时，雷达员敲打着键盘，距离 5 海里、4.5 海里、4 海里……

阿龙收起望远镜，按动了战斗警报的信号，高速气垫快艇并驾出击，在目标的正方向绕了个大弧形，然后停船实行灯火管制。

一艘巨轮全速地通过马六甲海峡，在经过离马尼礁海区 10 海里时，这艘巨轮的雷达已经受到了来自麻鲨黑帮的电子干扰，就连电台通信也都失去了信号。

巨轮行驶着，仿佛加快了速度，意识到了什么。当巨轮与两艘气垫高速快艇呈半弧三点时，左右两侧的快艇闪电般地出击，艇尾带起一条长长的白浪，两艘快艇很快近了巨轮的船尾部。

快艇桥上，海盗机枪早已对准了巨轮的甲板。几名海盗先锋，熟练地朝巨轮船尾抛出长长的绳索，前面的铁钩已经钩住了船的栏杆，随着巨轮与快艇并驾行驶，海盗腾空飞渡，像一道道闪电，两名海盗登上船尾后，迅速闪到两侧端着微型冲锋枪，占领了船的后部通道。紧接着，阿龙带着敢死队的中坚力量攀上了巨轮。

巨轮像什么也没发生一样，仍全速地在大海上行驶。

海盗分成两路，由后朝船舯慢慢压上去，在经过船的中央部位时，一名船员身上背着长枪走出舱门，沿着右舷通道朝后甲板走去，一看就知道在值班巡视，看样子这艘船经过马六甲海峡有了思想准备，而且船上都配有枪支弹药。这艘船是开往W国去的货船，当然运输活猪也是看上了W国的市场。

船员边走边朝周围观察着，虽然是在巡视，看得出来这些船员是出于无奈，巡视吧，他们自己心里也不免有些害怕，不巡视又不行，也只好匆匆走个过场。

船员正要抄近道走向尾部，突然发现了什么，立即把肩上的枪操在了手里，这时，在他右侧的海盗用细弹簧钢丝索勒住了船员的脖子，他只好一手赶紧抓住钢丝，慌忙之中终于扣动了扳机，"呼"的一声，子弹打在船上。

枪声一响，惊动了船上的人，他们像受过训练一样，端起枪埋伏在各自的岗位上。

阿龙知道情况比较紧急，给劫持巨轮带来一定困难，但他毕竟是老海盗敢死队了，他气愤地对手持钢丝索的那名海盗喊道："勒死他！抛进海里！"

船员的枪掉在了甲板上，双手死死地反拽着钢丝，力图来个反背式。眼看那名海盗无力控制，另一名海盗冲过去，匕首捅进了船员的胸部，接着后面的那名海盗便猛地一脚将船员踢进了海里。

船长和大副都在舱舵里，手里握着手枪，蹲在罗经仪后面。

"大副，这样拼下去，会葬送这条船，还有所有的船员。"船长看到多名海盗登上船，就是暂时拼赢了，也难驶出马六甲海峡。

大副左右看了下，发现几名海盗的机枪对着驾驶舱，说："倒霉透了！我的上帝，只好打白旗了！"

阿龙看了看船上的形势，认为虽然船员有枪，但这些人没有受过这方面的训练,心理上他们远远比不上海盗,便对身边一个手持冲锋枪的海盗说:"朝舵舱顶端打一梭子!"

"嘟嘟嘟……"一梭子子弹把舵舱上的顶端打了一排洞口。

这是阿龙对船员心理上的强烈攻势。果然,一面小白旗从舵舱的窗口伸了出来。

"上!他们要反抗,就扫了他们!"阿龙挥着手枪,喊道。

两侧的海盗快速冲上了舵舱,船长和大副举起了手,站在一旁的舵手和航海人员也都举起了手。

海盗上去用绳子麻利地绑了船长和他的船员。

阿龙快速登上了轮船的电台室,报务员已被有经验的海盗绑上了。阿龙扫了一眼船面的船员,和正常船员编制差不多。

这时,一名海盗从机舱爬了出来,朝阿龙点了点头,表示机舱下的轮机手都已绑好。

阿龙这才朝身边的海盗说:"可以发信号,速度要快!"

海盗朝气垫高速快艇上的一名海盗打着手势。快艇上的海盗迅速敲打着键盘,一组信号发了出去。

十多分钟后,海面上出现一艘海盗平舱小型货艇,朝巨轮方向驶来。

就在同时,阿龙朝几名手持长刀的海盗下达命令:"开始取货,要快!"说着,阿龙看了看夜光手表,指挥显得那样果断利索。

几名手持长刀的海盗打开船中部舱门,接着走进底舱,这里藏的都是活猪,用网子罩着,两面的顶头都有食槽。

海盗们一看这些猪都知道,这不是普通猪,是地地道道的非洲猪种,猪嘴极长,皮很厚,这类猪大多运往 W 国做烤肉,非常美味。

海盗们下到舱里,从包里拿出一包特制药粉,点燃后扑地一声冒起一股大烟,不到两分钟,这舱猪都迷糊般地倒在了船底,只睁着两只眼睛。

海盗挥起长刀,朝猪头砍去。一个个地往上运着,装进了平舱微型小货船。

舱内滴着的鲜红的猪血令人感到有些寒心。

肥大的猪头都被搬了家，剩下猪的身体都堆放在舱里。

"只有99个，还差1个。"一名海盗边装着船边点着数，对阿龙说。

"他妈的，这么大的船还砍不了100个？竟胡说，把后舱打开，再砍一个就是了！"阿龙催道，"快，两分钟后就撤！"

"后舱都是小猪，没有大猪。"海盗说道。

"两舱活猪，还不够数？真他妈的活见鬼了！"阿龙说着朝后舱走去，一名海盗打开了后舱门，满满一舱小猪崽活蹦乱跳地在网里哼哼叫着。

"这些小猪都是做上等的烤乳猪，是正宗的非洲乳猪。"一名海盗对阿龙说。

阿龙让手下的人翻遍船舱，也没有再找到大猪。看样子这几十头大猪是购买小乳猪时配搭的。

"他妈的，海蛇这鬼东西怎么提供的情报，竟敢在老爷子面前表功领赏，现在如何交代，真他妈的扫兴！"阿龙骂道，"砍上一个小猪头充数吧！"

一名海盗跳进后舱，正好一个小猪冲着他直叫唤。"叫个屁，我就要你的头！"说着，操起长刀，朝着小猪的头猛砍下去，那个小猪还没来得及反抗挣扎，猪头就落地了。

海盗用手拎起猪耳朵抛向了甲板，一名海盗刚要弯腰拿猪头，突然，从空中飞来一只脚将海盗踢到了船舷边，差点掉进海里。几名海盗睁眼一看，一名身穿橘黄色服装的船员挥着拳头出现在他们面前，一名海盗正要操枪，被船员一个立掌打倒。

"他妈的，竟有不怕死的人，看样子缺个猪头，用人头顶了！上，不要用枪。"阿龙看见从中舱的底层窜出一名船员，顿时杀气腾腾地狂叫道。

一名海盗把自己的冲锋枪朝身边的海盗一扔，挥着流动式的海盗拳，摇摇晃晃地冲向船员的身边，虚势一闪，一个闪拳打在船员的腰上。船员接着一个飞旋腿"啪"地一下打在海盗的右脸上。海盗揉了揉脸，晃动了一个假招，就一个正拳打在船员的胸部。两个人打了几个回合，不分上下。这时，船员神奇般地跳起来，用脚猛地倒钩，一个飞拳落在海盗的头部，打得他两眼冒金星，还没等他反应过来，又是一拳打在海盗的腹部，只听见哎哟惨叫着，一只腿软了。

"上！把他的头取下来！"阿龙眼睛冒出了火星，朝身边两名手持长刀的海盗喊道。

两名海盗的长刀在黑夜中闪着火星，从两个不同的角度朝船员袭击而来，仿佛两道闪电交叉朝船员劈来。船员就势一蹲，左右两掌，"啪啪"正打在两名海盗的下胸，然后一个转身，跳上了船的舱盖。两名海盗飞身而上，刚一落脚，船员的脚掌已先出去，踢在一名海盗的裤裆里，那名海盗便落下了甲板。

另一名海盗的刀功不错，在船员的头上来回划着，像一道道闪亮的流星，带有几分寒气。

船员的武功更出色，不时跳动，不时出击，变着招法朝海盗袭击，尽管那名海盗手持长刀占了空间优势，但船员的脚功非凡，正当长刀劈过时，船员突然一倒，出其不意地一个后蹬，把海盗的长刀给踢进了大海里。海盗傻了眼，尽管挥着拳拼打，但眼神不时地望着阿龙，像是在求援。

"他妈的，还来真的了！"阿龙说着纵身跳了出来，还没等船员站稳脚跟，就是一阵强攻，流星般的拳点朝船员落去，船员迅速调整好位置，以强对强，两人"啪啪"地在船头上较量起拳头功夫来。

海盗们握着枪跟在阿龙身后，随时在保护他们的头儿。

船员猛地一个下勾拳打在阿龙的下腹，接着又是重重地一脚踢在阿龙的下身，正当阿龙受挫之时，突然，在右侧的一名海盗从腿部抽出匕首飞向船员，匕首刺进船员的左胸部，鲜血顺着他的手指浸出。船员咬着牙，忍着剧痛迅速抽出匕首，随手朝那名海盗甩了过去，匕首插在了海盗的右大腿上，哎哟一声，海盗弯下腰去。

这时，阿龙获救了。他转身猛地一个力掌打在船员的伤口部位，顿时，船员大口吐出血，颤抖地支撑着，两只眼睛死死地盯着阿龙，仿佛一道寒光直射过来。

阿龙有些紧张地退了一步，对着手下的海盗大喊道："下了他的头，下了他的头！拿回去充数！"

海盗挥着长刀冲上去，朝船员的头砍去。船员仍在躲闪着，但显得没大力气了，强忍着朝海盗伸出腿。海盗被绊了一下，朝船舷摔去，后面跟上一名海盗，对着船员的腰部就是几刀。船员还没来得及转身，那名手持长刀的海盗，又冲了上来，挥着长刀朝船员的头砍了下去，头落地了，带着血糊糊的热气。

阿龙看了眼，正好那个船员的眼睛没闭，充满血色地盯着阿龙。

阿龙狂喊道："提走！提走！他妈的，老子平时杀了那么多人，也没有像今天这样费劲，简直是一个魔鬼！"

一名海盗拎起船员的人头甩进了小货船的猪头堆里。

"三爷，都已经完备。"海盗小声对阿龙说。

阿龙站在大货船的舱顶上看了一眼船桥，然后对身边的海盗说："留着这帮船员，总算没白送货上门。"

"给他们松绑？"海盗问。

"不，还是让他们自己去想办法，按老规矩办。"阿龙挥了挥手说，"走，回巢！"

海盗小货船早已朝海盗据点驶去，速度很快，这是一种既能载货、又能出击战斗的小型货船式快艇。

阿龙率领的两艘气垫高速快艇像利箭一般在黑茫茫的大海上飞驰，划破夜空，飞闪出一道道晶亮的浪花。

快艇朝马尼礁驶来，在接近马尼礁的时候，阿龙把早已准备好的圆桶罐头沿着艇舷旁，悄悄地抛向了海里。

"三爷，一听罐头漂在海面。"一名海盗边上前捞罐头，边报告。

阿龙没有什么特别的表示，默默无语的样子。

"三爷，罐头上刻有四爷的代号，COA。"这名海盗看得仔细，转动手里的罐头边看边说。

"什么？有海蛇的代号？这可不是一般的问题，拿来给我看看！"阿龙终于说话了。

"没错，是他的代号，这种圆桶菠萝蜜罐头他最喜欢吃，说不定是他出海时掉进海里的。"海盗说。

"这让海事警方捞到了，那可不得了，我们都会受牵连……"

"不要说了，快回巢！"阿龙打断海盗们的议论，说。

快艇又开起来，在黑色的大海中行驶。

阿龙手里拿着那个刻着海蛇代号的圆桶罐头，心里不觉得欢喜。"海蛇，你这回等着瞧吧，有这么多海盗从海里捞出的，你还怎么说得清。"

"拿着，回巢后，你和我一起到老爷子那里。"阿龙对身边的海盗小声说。

"你看，今晚取猪头也不够数，都是一船小乳猪，四爷的情报可不太准呀！"身边的海盗理解地说，"三爷，我看这事要捅到老爷子那里，够四爷吃海象饼的。"

"那是轻的，还要放他的血！"阿龙得意地说。

"那可就有一场好戏在后头啦！"

海蛇中圈套　咽下鸟粪饼

凌晨时分，阿龙的快艇沿着天然港口，进入黑色通道，然后回到了马尼礁黑巢。这一切从出海到劫货归巢总共还不到两个小时，进行这种突然性的海上劫船抢盗，有时海盗们一晚上可以干几个来回，最多的一次阿龙率领19名海盗连夜劫了3艘船，抢了大批食品和电器。

此次阿龙完成了劫船取猪头的任务，脑子里装的是不够数的猪头和那听刻有海蛇代号的圆桶罐头。阿龙没想到海蛇提供的情报不准确，但这也正是阿龙求之不得的，加上圈套中的圆桶罐头，这回该由海蛇跳一阵子了，要看看海蛇的好戏。阿龙想着……

阿龙看了看时辰，这会麻鲨也许正睡觉呢，每次劫船抢盗后，没有出现意外，阿龙回巢时给麻鲨回个平安信号就行了，用不着专门到麻鲨那里报告。

而这一次，阿龙手都快按到信号电钮上了，可转念一想，不能就这样把今晚的事淡漠掉，还是要亲自报告的。于是，阿龙带上身边的那名得力海盗，拎着圆桶罐头和那个血淋淋的船员人头，大步朝麻鲨巢走去。

"发现这圆桶罐头的经过，你详细向老爷子报告。"阿龙边走边交代身边的海盗。

"这个三爷放心，铁证在这里。"

他们绕过港池，穿过左侧长长的黑道，直奔麻鲨。

"老爷子在吗？我有要事报告。"阿龙对麻鲨的门卫说。

"一直在等着你的回音。老爷子对这次货特别重视，他希望能看到100个鲜活的猪头。"门卫对阿龙强调道。

阿龙听这么一说，当然心里有数了，你麻鲨越想要100个猪头，越不够，这更是刺激麻鲨心态的时机。

"那我们就给老爷子报个信。"阿龙说着朝身边的海盗挥了挥手，便大步朝麻鲨大厅走去。

阿龙进了大厅，里面还有一道门岗，然后再进入一个小黑道，一按电钮，便上升旋转，让你不知道其方向在哪里，似乎闭着眼睛在过电，不一会儿打开了一扇门，阿龙迎着一丝红色的荧光灯，走进了一间红色的小厅。

阿龙刚迈进神秘的厅内，便从红光中传来一声微弱的话。

"老三，结果怎么样？不会让我失望吧！"

"老爷子，我们有要情报告。"阿龙笔直地立在那里说，"海蛇这家伙情报有漏洞，大猪头取了99个，其余的都是小猪崽，大猪头不够数，我只好提了个人头充数。"阿龙说完朝身边的海盗招着手。

海盗把一个布袋往麻鲨跟前一放，从袋里掏了人头摆在了那里。

麻鲨一眼瞧去，那人头的眼睛还没闭，把麻鲨气坏了，拍着椅子叫道："这个该死的东西，就这么一点情报都摸不准。"

"这99头大猪，是有讲究的，是专门为W国一位宗教头目代运的，是个大吉大利的数字，但对老太爷的祝寿就不是吉利数字了。"阿龙在一旁轻声说道。

"你也没取下个小猪头？"麻鲨阴森地问道。如果没有取小猪头，那阿龙就有些过失了，起码没有尽全力完成这百数。

"老爷子，小猪头已经取下了一个，是用人头还是用小猪头充数，全听老爷子的定音。"阿龙上前说道，表现出一副虔诚无比的样子。

"这100个数是响当当的，什么头也不能充这个数。"麻鲨的眼睛从来没有瞪过这么大，几乎充满了血色，骂道，"这条海蛇，竟然连老爷子都敢要弄，这件事他干得太马虎了，我老爷子要处罚这家伙。"

这时，阿龙看风向已转过来，便安慰道："老爷子放心，缺的那只猪头，我会想尽一切办法，按那99个猪头的大小补上。"

"嗯！这件事只有让你来办，办得好，老爷子给你授奖！"

提到奖，阿龙立即想起饼，见时机已到，便朝身边的一个海盗递过一个眼神。

海盗挺机智，反应迅速，立即上前跪在麻鲨面前，说："老爷子，有件事要向你报告。"

"说！"麻鲨机械般地从嘴里吐出一个字。

海盗从布兜里掏出那听圆桶菠萝蜜罐头，朝麻鲨座位前的案子上一放，说："我们劫船回来时，经过马尼礁海面，从海里发现了一听漂流的罐头，上面刻有四爷的代号'COA'，是我亲自打捞上来的。"

"老爷子，我手下的弟兄们都看到了，这样下去，我们精心建造的老巢就会被国际海事局的海警发现。到那时，他们端了老巢，我们还不知道。"阿龙借题发挥道，"'COA'的代号，在海上任意漂流，不是我们捞起，还不知漂向何处呢，再说，谁知海里还有没有第二个漂流罐头。"

麻鲨气得直翻白眼，一只手握得关节直发响，每到气极了，要下决断之前，麻鲨总习惯握着拳，做出让他不情愿的决定。

正在这时，一名麻鲨手下的情报员进门急匆匆地走到他跟前，递上一份情报并小声说道："老爷子，在刚才凌晨2∶20时，距离我礁海区偏东30°、2海里处发现两艘巡逻艇，像是在寻找某个目标……"

"命令所有战位严密监视目标，只要靠近我危险区域，就打掉他！"麻鲨阴着脸有力地说，像司令官下达战斗命令，带着几分威严。

"明白了！"情报员迅速撤下。

"老爷子，我看这巡逻艇跟漂流的罐头有关，要不怎么突然冲着我们这一带海域转来转去？"阿龙说，"老爷子，我看海蛇这家伙出去一趟就带来这么多麻烦，我担心是不是这家伙引来的海警，你不能总奖这家伙……"

"不要再说了，真他妈的扫兴！"麻鲨睁大眼睛嚷道，"老子辛苦几十年的产业，别让这鬼崽给毁了！开大厅，集合！"

一名海盗从麻鲨身边说了句："明白！"便按动了紧急集合的电钮指示灯信号。

正是熟睡的时候，特别是阿龙这帮敢死队的海盗刚完成任务躺下，想美美睡上一觉，没料到，这突然而来的紧急集合信号灯不停地闪起来。

"有情况，集合啦！"值勤的海盗边嚷边按响了小铃声。

"他妈的，今天怎么了？不让人安稳一会儿！"

"老爷子是不是失眠了，要集合也得等我们睡一觉再说。"

"他妈的，又是为谁授奖？"

"不会，哪有这么多奖授，准是罚谁吃饼！"

海盗们边跑边议论着，很显然有些不情愿，但没有马虎的，除了值更值班的外，一律都在跑动着，他们的纪律信念和盗规仿佛刻在心里，这比什么都重要，盗规就是血和肉，就是生命。

暗堡各通道里一盏盏悬挂着小绿灯，在黑夜中微微闪烁，宛如一只只绿莹莹的眼睛，睁着带有生灵般的瞳孔，闪出一丝丝阴森可怕的寒光。

大厅的正中央挂上了一盏红色的大灯，所有海盗心里都知道，这是受罚放血的标志，是一场由麻鲨亲自开厅决策的海盗仪式，肯定是谁犯了盗规。

两侧的海盗手持着长刀笔直地立在那里，两眼直射着前方，像铁人一般岿然不动。厅的前侧，站着4个光膀赤背的粗大海盗，他们的身上刺有一条黑色的麻鲨图案，手臂上刺着张大嘴的海龙，脸上画着几道黝黑的指印，双手抱在胸部交义着，随时听候麻鲨的命令。

麻鲨的海神座两旁点着神香，一缕缕青烟打着转儿袅袅升空，紧靠在香盆边摆着一个黑色的圆饼，这就是所谓的海象饼，是用黑色的海鸟粪做成的。

"哒、哒、哒"，麻鲨身边的人轻轻敲着木器点，冲着大厅喊道："时辰已到！"

顿时，大厅内鸦雀无声，变得格外肃静，仿佛进入了一种海神赋予的神圣境界。

"老四，你站出来！"麻鲨半躺在海神椅上，半闭着眼说道。

海蛇眨着绿豆眼摸不到头脑，机械地向前迈了几步，站在前面东望望西瞧瞧，他心里在琢磨，怎么啦，难道要吃黑饼，我刚授了奖，还没来得及喘口气，又是哪儿弄错了。他心里不时地打着点儿，转而又想，反正没有干什么犯盗规的事，又怎么会让我吃黑饼。他显得有些不安，耳朵竖得直直的，眼睛似乎也瞪大了许多。

"我问你，那一船运了多少猪？你提供的情报不太准确吧。"麻鲨问道。

"满满两舱猪，这绝对不会错。"海蛇一听是问船上的事，便肯定地说。

"不对吧，难道大猪和猪崽你都分不清？"麻鲨瞪着眼，愤愤地说，"只有99头大猪，还差一个猪头。是不是用你的头来代替？"

"后舱还有呢,这怎么会错呢?"海蛇说着,眼睛盯住了阿龙。

阿龙朝身边的海盗招着手,海盗把一个小猪头朝海蛇跟前一放,退了回去。

"连小猪崽和大猪都分不清吗?后舱全是小猪崽。"麻鲨拍着椅柄骂道,"混账,100个猪头是干什么用的?你知罪吗?"

海蛇吓瘫了,连忙低头说:"我知罪,太粗心了,对不起老爷子,那个猪头我尽快取到。"

"不用了,老三已经安排了。"麻鲨阴沉沉地说着,然后从椅子下拿出那听刻有海蛇代号的圆桶菠萝蜜罐头,朝海蛇跟前一扔,说道:"这是你的吧?"

海蛇拿起圆桶看看,上面刻着"COA"的字样,便大胆地说:"没错,这是我的。"

"还没错,这罐头在什么地方,你知道吗?在我们顶上的海面漂着,你是不是存心把海警引到这里来?还刻上你的代号,简直是叛逆!叛逆!"麻鲨嚷道。

海蛇眨着绿豆眼,镇静地说:"这罐头是我的,可没有扔进海里,都放在我屋里。"

"还在狡辩!这罐头是敢死队的弟兄从海里捞起的!"麻鲨说着朝阿龙挥了挥手,示意阿龙说话。这是海规,只有麻鲨点到谁说,谁才有说话的权利。在大厅内挂起红灯时,必须按这条盗规办,授奖时,其他人可以说话。

阿龙瞧了一眼海蛇,说:"凌晨2:03时,快艇经过马尼礁海面的海域,发现了这听漂流的圆桶罐头,我的弟兄亲自用网捞起的,在我艇上的人都可以作证。"阿龙说完左手指向左侧的海盗。

"这个罐头是我们捞起的,当时我们就看到了'COA'代号。"海盗说。

"这不可能,我的罐头一直放在室内,怎么会漂到海里去了?"海蛇感到莫名其妙。

麻鲨怒了,拍着椅子,骂道:"混账,还敢狡辩!你这不是要所有人的命吗？你知道吗？刚才，有两艘巡逻艇在我们头上游弋，要是出一点错，我要了你的命。"

海蛇不再申辩了，低着头，脸涨得通红，两只手不时地揉着，心想自己该倒霉了。

"来呀，拿海象饼！"麻鲨半闭着眼，喊道。

一名海盗把黑色的圆饼端到了海蛇跟前，然后，在饼的边上铺了一张黑色的圆布，退到了麻鲨身边。

"老四，根据法规，立功者受奖，违规者受罚，这历来是一道规矩，这块海象饼是对你的处罚，执行吧！"麻鲨淡淡地说。

大胖走上前，监督道："海有海法，盗有盗规，这是对你的挽救！"

海蛇那双绿豆眼瞪得溜圆，虽说他不服，但没有申辩的余地，他侧过头瞧了阿龙一眼，阿龙高兴地仰着头，一副得意的样子，更使海蛇肚子气得鼓鼓的，自认倒霉。海蛇缓缓走到黑布前，拿起那块黑色的海鸟粪做成的饼，闭着眼就咬起来，顿时海蛇的脸上痛苦地紧缩着，一股鸟粪味在他嘴里搅动着，他恶心地弯下腰，最后强忍着往嘴里塞，干脆不用咬就硬吞……

小木槌在不停地敲打着。麻鲨闭着眼，嘴里无声地念着海盗经。

海蛇终于把那块饼塞进了嘴里，难受地跪在了地上，眼睛里充满了委屈的泪水。

阿龙的情绪飘飘然，脸上泛起一阵红晕，他像看猴一般盯着海蛇的狼狈相。

麻鲨用木槌又重重地敲了两下，然后闭着眼叹了口气："用血洗刷罪过！"

"放血！"大胖挺着肚子喊道。

霎时，大厅内一下子变得安静起来，只有缭绕的缕缕青烟。

"老爷子，肯定有人搞鬼，我对老爷子忠心不移，罐头肯定是被人偷走的……"

"混账，岂敢反逆，对老爷忠心，那就见红！"麻鲨嚷道。

"好，见就见红，我当着大家的面，就是挖出我的心，也是一颗忠心。"海蛇赌气般地从海盗手里拿过匕首，朝自己的手臂刺去，鲜血一滴滴地流在大白碗里。海蛇的眼睛也冒出了血，他当众端起大白碗把自己的血喝了。

"啪，啪，啪"，两侧海盗不时地用长刀拍打着，齐声喝道，"嘿！嘿！嘿！"

海蛇把嘴一抹，血红的嘴上染着鲜血，海蛇面朝麻鲨双腿跪下，低头认罪。

麻鲨睁开双眼，用手朝海蛇招了招手，轻轻地说："记住这红色的日子，要用血捍卫神圣！"

阿龙满足了。他所设下的圈套都按他的意向发展，这一下够海蛇难受的了，他妈的，竟敢跟老子作对，这就是给你海蛇的颜色。

海蛇被搞得狼狈不堪，放了血不算，也尝到了海象饼的鸟粪滋味。但他变得更加狂暴了，他怀疑此事是阿龙一手制造的。海蛇隐隐约约觉得他的罐头是被谁动过了，他直怪自己太大意。回到屋里，他把剩下的圆桶罐头都用力劈了，心里骂道："阿龙，阿龙，等着瞧吧！我海蛇不是任你作弄的，你也有被我抓住把柄的时候。"

海蛇躺在床上，喝了一瓶血色的白酒，醉乎乎地狂唱着海盗曲。

　　海翻身来哟，是条龙，

　　浪走船来哟，是黑鲨，

　　……

第十章　海岸遭遇战

赌镇　赌匪　血战红树林

这些日子最伤神的要数侦察处长罗里了。他肩负的任务很重，自从英继列渡海独身赴马尼礁，罗里便一直在接收英继列的信号，始终没有收到清晰的信号，这不免让罗里上火着急。

英继列那天清晨去马尼礁之前，反复说，他用微型电传器发出一种信号，就说明他还在海盗虎口里，一切都正常进行。罗里派了两名监听台的人员，日夜把电传器接收频率调到最大限度，但只有强烈的干扰波，没有收到英继列发出的那种信号。

罗里和张飞海焦急地踱着步子。罗里已不时地责备道："这是一种牺牲的代价，当初我就不同意英继列独闯，他万一要是……"

"不会的，相信英继列，他也许一时遇到了困难，他会发出信号的。"张飞海尽量安慰罗里，可他自己也充满了焦虑。

罗里成立了一个临时侦察部，他调来了号称"国防部多面手"的参谋莫卡，还有几名硬派侦察员，张飞海也调来了海事专家，还有谭小燕。

罗里便成了侦察部的总头。他很快适应了海上的侦察，他看了详细的马六甲海峡海图后，毅然决定把侦察部安在离马六甲海峡80海里处的一个小镇上。

"罗里，这样会容易暴露目标，海盗在这个镇子里很多，他们常常到这个镇子里赌博、喝酒，有的临时住在镇子里。我们太接近了，容易引起海盗的警觉。"张飞海表示疑虑。

"正因为是海盗经常出入的跳板,我们的侦察部情报才来得快,来得准确。再说,时间不允许我们在后方巡回了,直插近区,才会有所得。"罗里以老侦察员的气质又补充道,"化好装,按当地人的着装习惯化装。相信我,干这种事总会有办法的。"

张飞海思索着。他虽然是罗里的高级助手,但对海事情报比罗里熟悉。他对罗里的决定基本表示同意,说道:"我们在这一带可以再接收英继列的信号,如果有了信号,也便于配合行动。"

"我已经考虑了,适当可以让海警派出巡逻艇在海上侦察,还可以让国防部派出侦察潜艇配合。"

罗里率领侦察部趁着夜色便赶到了沿海小镇。

小镇不算太小,背面连着大陆,三面临海,周围生长着茂密的椰林和芭蕉林,镇上的房屋很特别,都是民族气息很浓的大楼和三角红砖楼,充满了岛国海洋的风韵气息。

当地人给小镇取了个传统的名字,叫马礁镇。

罗里就在马礁镇岸边的一座红角小楼里安营扎寨。

罗里换上了一身当地服装,上身穿着黑色的马夹衫,下身穿着当地流行的海蓝色牛仔裤,头戴着芭蕉叶编的渔式太阳帽。罗里带着两名助手,不到一个小时就把马礁镇逛了个遍儿,很快掌握了这个镇的重点区域和海盗常聚集的几个点。

回到小楼里,罗里给每个人都详细地布置了任务,然后展开海事图,指着马礁镇延伸海区的一个小岛礁,说:"这个地方,便于接收来自海上的信号。莫卡,你一个人深入进去,要尽快与英继列联系上。同时,密切监听麻鲨黑帮的电台信号,与我保持联系,我这里的波长、代号不变。"

莫卡很快到了前沿的岛礁。

这里是一望无际的白色沙滩。几棵高大的椰子树随风摇曳,四周围绕着清澈见底的珊瑚礁浅滩,最外围是汪洋恣肆的大海。这里海水竟湛蓝透明,清澈见底,几乎海底的细沙、游鱼都能看得见。

莫卡觉得这个地方很适合收集来自大海深处的信息。于是便在礁上支起了临时军用棚，开始了监听收集工作。

罗里的三角小红楼颇有特色，小阳台呈弧形直接通到海里。谭小燕也换上了当地姑娘穿的衣裙，脖子上挂起了贝壳项链，站在阳台上巡视着海岸周围。

小镇的中部是一个现代化的赌场。据说是一个远洋渡海的大商人办的，专门招引一些海盗到这里消费，寻欢作乐。这家赌场的老板也集结了十多个保卫打手，在这个马礁小镇称得上霸主。

罗里和张飞海吃罢午饭，刚坐下来，摆开海图布置侦察行动，谭小燕便急匆匆地从海岸赶回来。

"罗里，我看见从东南角登陆一艘船，下来有十几个黑粗的人，头上缠着布条，不一会儿，他们把头上的布条都解了，直奔镇上。"谭小燕边说边朝岸的方向指着。

"他们带枪了吗？"罗里急着问。

"没看清，但船上好像有什么东西。"

"他们身上有什么标志？"张飞海问。

"穿得都很单薄，对了，他们都穿黑色的裤子。"

"肯定是海盗。"张飞海说，"不是麻鲨黑帮，就是长旗黑帮。"

罗里思索着在楼内转动着，蓦地停下脚步，对他过去的一位得力侦察员维尼说："你到镇上走一趟，摸清这帮人的来路与企图，要快！"

"知道了，我会弄明白的。"维尼说着也套上了一条黑色的裤子，穿着背心，戴上墨镜，空着手就迈出了门。

维尼走后，罗里与张飞海迅速做出了计划，不管这帮海盗是哪个帮的，首先弄清来路，然后进行更深的交往，获得海盗信息。

维尼上了街道。小镇上只有两条十字形的街道，虽说不复杂，但转弯较多，而且地势不平。两旁的长长椰叶下垂着，宛如一把绿色的长伞，给阳光下的行人遮阴挡雨。

维尼穿过十字街道，往左一拐，就看见三五成群的壮男人走进那间赌场。他们的确都穿着黑色的裤子，这种黑裤子像用油蜡打过的一般，看上去滑溜溜的，还带着一丝丝油光，也许这种裤子不怕水吧。

街上行人不算太多，但当地的老人都在树荫下乘凉，手里挥着长芭蕉叶，有的抱着一根长竹筒做的烟筒不停地抽着烟，有的泡上一盏茶水，不时地用小贝器喝着，一幅海岸小镇、平民百姓的生活画面，他们似乎对这里进出的人不太感兴趣，也许见得太多了。

维尼回头看了看各条街道，没有什么携带武器的人，便大步朝赌场大门走去。

门口挂着一张大牌子，上面写着一行红色的字：海运时运人运大财运。

维尼侧身走进了大赌场的门，外厅是一张圆桌，两侧坐着两名光头硬汉子，盘着手像是石人一般没有什么表情，一看就知道是赌场的看家打手。

维尼走进里屋，是一桌赌局。十几个汉子围在桌子上，正在紧张地摇着五颜六色的骰子，桌子的另一旁像是发财的渔民大汉，身边堆放着一大叠钱。

维尼瞟了一眼，继而转身朝里走，赌场左侧小屋里一个女人带着不到五岁的孩子坐在那里，像是等什么人，一副不安的样子。维尼转了一圈，心里有数了，便拔腿要走。一个身穿黑色绸褂的黑胡子男人挡住维尼，说："跨进了财运大厅，怎么又走！"

"要来就来大的，回去取些钱再干也不迟嘛！"维尼老练地说。一看就知道问话人是这里的经理，接着问，"今天可没有什么大户？"

"唉，错了，错了，今天可是涨潮的日子，海运时运都有，可是从大海来的。"黑胡子大咧咧地说。

"既然有海运，那就更应该拿大钱再来，我要发大财。"维尼说着往外走。

"拿大钱可要快点。不然海运过去了，就赶不上大潮了！"黑胡子还在嚷。

维尼抄近道直奔三角红色小楼。

罗里和张飞海已经做好了各种准备,他俩化好装,把该带的短枪、弹簧匕首都带在身上藏好,正在等维尼的准确情报。

维尼回到了小楼,把侦察到的情况向罗里报告。罗里果断地对维尼说:"这是一次机会,海盗送上门来了,我和张飞海在赌场正面接触,你带两个人封锁他们上船的通道,有特殊情况听我统一指挥。开始行动吧!"

维尼立即从枪盒里取出微型冲锋枪,提出一箱弹夹,带着两名侦察员沿着岸边,朝椰林小道走去。

这时,罗里已经和张飞海跨进了大财运的大门。黑胡子一看就知道又是一个大户,便上前面带笑脸迎接道:"请,里屋请!"

罗里十分老练,看都不看黑胡子一眼,这家伙顶多是赌主的内助,一个大副官不过了。

里屋乌烟瘴气,一派赌杀见红的场面。赌桌上,一个光头的海盗脱下上衣,胸前露出一堆黑毛,从对面那个渔民汉子那里把钱朝自己跟前一捞,脸色立即浮出红晕。

那个发财的渔民汉子已经输光了,把身上的衣服脱下来放在赌桌上,表示再赌。光头海盗掏出匕首把衣服给挑在地上,还没等光头说话,这汉子赌瘾成性地叫道:"输了见红!"

光头轻轻地摇头说:"在赌场,讲的就是赌,你的那个女人,我用不着抢,输了就赌我用一用,怎么样?你不会退吧!"光头的话说得软中带硬。

"赌!妈妈的,我就不相信!"那汉子绝对是一个大赌徒,赌到这份上,他什么也不顾了。

于是,黑色的赌场又开始寂静下来,双方的眼睛直愣愣地盯着魔鬼般的骰子,只见光头把五颜六色的骰子先递给了汉子,然后,静坐在那里,看着汉子手上的功夫。

汉子屏住呼吸,仿佛把所有希望都寄托在手上的骰子上,他在摇晃着,像进入了一种魔鬼般境界,两眼微闭,嘴里无声地念着词,然后,浑身发着功,脸涨得通红,蓦地,他把骰子朝赌桌上一亮,终于亮出一个满意的点,14点。汉子两眼睁大了,抱着双手静坐在那里,用一种胜利的眼光看着对方。

光头似乎没有被吓住,仍抓起骰子在嘴上吻了吻,眯着眼斜视了下,接着像呼唤神运似的在骰子上吹了吹,突然把骰子朝赌桌一扔,滚动过后,停住了,还没等光头看清,众多的围观者嚷起来:"16点!"

"啊,这回我们头儿又吃上鲜味了!"

"瞧瞧吧,看看头儿怎么用那个女人!"赌场一片叫声。

那个汉子垂头愣在那里。赌场上的事他是知道的,再厉害的男人输了,也得讲信用,是赖不了账的。

"我用身上的肉抵赌,随便割吧!"汉子终于喊道,眼里却含着一丝泪光。

"不行,你那个没这个刺激!"光头嚷着准备往一侧的小屋走。

"慢,我这有一摞,你如果赌赢了,随你带走!"站在汉子一旁的罗里一直在观察,这时,实在忍不住了,大声喊道。

他这一喊,把在场的人给镇住了,目光"唰"地一下全落在了罗里的脸上。

光头停住脚步,转过身瞧了一眼罗里,觉得是一个大户,但他还是坚持说道:"赌,肯定赌,但这会儿我得先干一盘!"

"没本事,先别干,赌完了再干!"罗里刺激道。

"嘀,看来这位口气还不小,待会我再来收拾你。一对一,这是那位的赌注,我要尝鲜!"光头说着就往里屋走。

汉子用一种求饶般的目光看了看罗里。张飞海待不住了,手揣在兜里,摸着枪,刚准备要冲,被罗里用手扯住了他的衣裤。他们的计划不是先去拼,而是侦察摸底,如果张飞海不冷静,冲上去就泡汤了。

光头走进小屋,把黑色的油裤脱下,就朝那个女人扑去,女人惊叫着躲着,小孩惊哭起来,一名海盗把小孩抱出了屋,小孩的哭声刺激了整个大厅，渔民汉子坐在那里，嘴唇都咬破了，握住的拳头直响。

光头抱住女人，用力把女人的衣服给扯了，袒露出两只大奶，说："你男人把你赌给我用一用，这是你的福气！"

"这是赌来的，用一用嘛！啊！这才叫过瘾！"光头不住地叫道。

就在这时，重重地一棍子打在光头的头上，那家伙当场从女人身上倒下。

渔民汉子把木棍子一扔，把自己的衣服刚扔给女人，门外的海盗发现了从小窗跳进屋里的汉子，便嚷道："不好了，头儿被打死了！"

霎时，几个海盗蜂拥而上，从各个角度朝汉子围过来，从身上抽出匕首，要活活刺死渔民汉子。

汉子举起木棍，边往后退着，边逼视着一群围上来的海盗。

罗里一看，情况发生了突然性变化，于是便与张飞海插进了海盗的边后侧。

匕首朝汉子飞去，汉子用木棍抵挡着，几把匕首飞闪着刺进木棍里。

"上！扒了他的皮！"一名打头的海盗嚷道。

几名海盗扑上去。两名海盗上前勒住汉子的脖子，汉子在海上闯荡多年，敢在这个地方赌，也是有一身硬功夫。他一只手前后猛击背后的海盗，正撞在海盗的卵子上，"哎哟"一声，后背的海盗弯下了腰。接着，汉子一个大飞腿正踢在左侧海盗的脸上。

海盗人多，一看这小子功夫不错，便组成了两人飞铁拳，并排着朝汉子打去，左右开弓，"啪、啪"，打在汉子的腰上。

汉子跳起来，边打边躲着，突然一个扫腿，把一名海盗扫倒，重重一脚踩在了他的胸部。这时，一名海盗冲上来，匕首眼看就要刺进汉子的后背，只见罗里跳上去，一个飞掌把海盗击出几米远。海盗有经验，一个后翻就把匕首朝罗里飞来。罗里头一低，飞刀正刺中从罗里背后扑上来的海盗。

海盗一看罗里他们都上了，便采取了劫人的方式，快速把汉子的小孩抢出赌场，直奔岸边的船上。

这时，海盗抓住女人，正准备用绳子绑架，张飞海从外屋赶到，匕首从袖间一道闪电般地飞去，刺进那名海盗的胸部。另一名海盗背起女人就跑出了赌场，朝岸边飞跑而去。

张飞海在后面紧追着，他知道侦察员维尼他们在堵截那艘船，便猛追不舍。

室内还有几名海盗，正对付汉子，他们憋着一口气，想把汉子除掉。

汉子受伤后，武功难以发挥，只有靠一只手对付。两名海盗像一堵墙，同时朝汉子扑上来，猛击着他的身子，汉子刚摆脱双人袭击，跳出窗口，突然被门外的一名海盗的飞刀刺中了心口，鲜血像喷泉似的射出，终于倒在了他多次在这里赌赢发财的地方。

罗里刚赶到汉子的身边，汉子就死了。海盗分头便朝岸边跑去，这些海盗知道陆地不是他们施展的地域，只有在海上他们才是无敌的。

小镇上有一些人围观，但他们只是看看而已，对于这种刺杀、抢盗，似乎已经习惯了。

罗里看了看地势，岸边的船早已被维尼防守，海盗是上不了船的。岸边的左侧是一片从海底延伸到岸边的红树林，生长得十分茂密，粗壮的枝头生出无数个红树枝，无论夏季还是冬季都是猩红的。这种红树林是生长在海底的，长长的红树枝连成一片，形成茂密的树林，远看就像海上托起的一片片红霞，在海浪中飘荡，很是美丽。

罗里一来到小镇就对这片红树林发生了兴趣。如果海盗上不了船，势必要钻进这片红树林，那样的话，海盗逃起来就很容易，在红树林中追赶起来也十分不便。

罗里毕竟是军人出身，对地势的分析占了有利地位，于是，他便独自朝红树林方向跑去，准备在这里截住海盗的后路。

岸边，已是枪声一片。

海盗有的立即在岸边的沙滩里扒出藏的枪，开始射击。

张飞海紧追着那名背女人的海盗不放，又不敢开枪，怕误打了女人。他抄近道直奔岸边的珊瑚岛，那名海盗刚经过身边，张飞海腾空而起，"啪啪"两拳打在那名海盗的头顶上，海盗扔下女人朝张飞海猛击过来。张飞海被打倒，还没来得及起身，匕首又刺了过来。

"啊！刀！"在地上的女人惊叫起来。

张飞海就势一滚，飞刀插进岸边的沙地里，海盗扑了过来，死死地捏住了张飞海的脖子，张飞海猛地用脚往上一甩，海盗倒后，又扑上来捏住张飞海的脖子，张飞海有点使不上劲，眼看有危险，船边那头响着枪，准是维尼在反击。

张飞海强烈地反击，但脖子被捏住了，根本喘不过气来，心想，这下完了，总不能躺在这里，他再次挣扎，也没翻动这名粗壮的海盗。正在这时，只听见"咚"的一声，海盗倒在张飞海的身边。待张飞海迅速爬起，女人手里还举着一块珊瑚石站在那里，像雕塑一般。

张飞海看了一眼女人，都互相投去感激的目光，张飞海救了女人，女人又救了张飞海。

岸边的枪声越来越密。

维尼端着冲锋枪躲在一侧，不同角度地朝冲上来的海盗扫射，海盗的尸体一个个躺在岸边。

"妈的，遇上了海警，快往红树林里跑！"领头的海盗边跑边喊道。

海盗分成几路，朝红树林方向跑去。维尼一看，便对身边的侦察员喊道："安纳，朝红树林包抄过去，别放走这帮家伙！"

安纳与维尼由岸边朝红树林围了过去，正当他们从侧面赶到时，红树林里便响起了枪声，维尼一看，便知道罗里已赶到，正在阻击这帮海盗。

这时，那名背着小孩的海盗被维尼迎面截住了，维尼不敢开枪，便大声喊道："放下他！再不放下，我就开枪了！"

海盗把小孩放到地上，嚷道："你再上来，我就弄死他！"

维尼提着枪慢慢朝着海盗移动步子，试图寻找时机。

"你再往前走一步，我就打死他！"海盗威胁道。

维尼停住了脚步，准备突发性地举枪射击。正在这时，张飞海从海盗后侧面的沙窝中猛蹿出来，一只脚从海盗的身后飞踢过来，海盗被打倒，维尼冲上来朝海盗的后腰就是一枪托，张飞海双手抓住海盗的肩膀用力朝他膝盖猛击，接着维尼朝海盗头部击过去，海盗的头开了花。

张飞海抱起小孩就往后撤，塞到女人的手里后，又迅速奔向那片红树林。

红树林枪战正激烈。

海盗很狡猾，分成小股钻进了红树林中，借着树枝的掩护，渐渐朝海里跑去。

罗里从红树林的左翼包抄到岸边，占领了海岸线最重要的地形。他准备守住通往大海的防线，以巧妙的零星打法，让海盗无处藏身。

两名海盗一前一后边观察边退却，手里还端着冲锋枪。红树林在他们眼前晃动着，突然被脚下树根绊倒了。他们爬起来左右看看，刚接近岸边的树丛时，罗里躲在林中对准前面的海盗就是一枪，那家伙摔倒在后面海盗的脚下。后面的海盗转过身，对着树林乱放一梭子，子弹打得林中树枝乱飞。

罗里的手枪一抖，一枪打在了海盗的左腿上，海盗倒在地上，罗里刚转移身子，准备再补一枪，海盗的冲锋枪对着罗里扫来，幸亏罗里移动了位置，子弹打了个空，再朝罗里射击，罗里在移动的一刹那间，两枪正打在海盗的脑门上，给开了个洞，鲜血飞溅到红色树林上。

另一组海盗已经冲出了红树林，他们很快占领了一块高地，手里的冲锋枪不停地扫射。

罗里的手枪使不上劲，只好隐蔽在红树林中寻找机会突击。维尼很有战斗力，与安纳一起形成扇面朝红树林冲过来。

维尼打这种仗很有股冲劲，而且判断力也不错。一名海盗对着维尼的方向打来，维尼一个侧身隐蔽在小土坡边，接着就是一梭子过去，海盗中弹后仍拖着伤腿在跑，两侧的海盗迎上去掩护。

"安纳，一起上！"维尼说着，他们同时端起冲锋枪，跳跃着腾空扫射，顿时只听见"嘟嘟嘟"一阵猛烈的射击。

一根根红树枝和一片片红树叶在弹雨中纷纷飘动，给神秘的红树林增添了又一层红色的风景。

海盗倒在了红色的树林中。还有一名海盗的胳膊被打断挂在一棵高高的红树林枝头上，还在滴着红色的血……

两名海盗惊得脸都白了，他们逃出红树林，直奔海岸，想跳海潜逃。这时埋伏在海边多时的罗里跳了出来，手枪对着海盗，大声喊道："放下武器！"

海盗回头一看是个手持短枪的人，一名海盗弯腰造成放枪的假象，突然提起枪朝罗里射击。罗里早有防备，猛地朝左侧一扑，接着就是一个侧翻，两枪射了出去，那名海盗倒在了海边，手里还提着枪呢。

这时，另一名海盗趁机已经跑到红树林中。罗里抬头一看，左右两侧张飞海和维尼已端枪围了上来，罗里站起来对着他们大喊："抓活的！"

就在罗里高声大喊的同时，维尼疯狂地在红树林中跑动，手里扣动冲锋枪的扳机没放，一道道闪光的子弹像雨点一般射了出去。海盗在红树林中边跑边躲，不一会儿，海盗就倒在一片红树林的残枝残叶上。

罗里奔跑过来，最后这名海盗已经躺在了地上，他走上前去，用力把海盗的上衣一抓，海盗胸前刺着黑色的图案，飞腾的龙头前挂着一面黑色的旗头。

"这帮海盗是长旗黑帮，属于二流海盗，比起麻鲨黑帮差得远着呢。"张飞海说。

罗里叹了口气："这帮海盗被送上西天终究是好事，但没按我们的计划办。走，赶快与莫卡联系，准备下一步行动！"

罗里他们离开了红树林，站在远处回头再望去，夕阳下的红树林在血红的霞光中摇曳着红色的枝头，充满了血色的韵律……

莫卡艳遇　英继列请海龟帮忙

莫卡毕竟是名多面手。他来到马礁镇最南端延伸的这块珊瑚岛礁后，边搭起军用棚，边开机接收信号。

莫卡在袖珍马六甲海峡的图表上看着，用计算尺量了量，选准角度。只要马尼礁海域有英继列传出去的频率信号，不管强弱如何，莫卡认为肯定能收到。

莫卡在礁边安上一架 50 倍的望远镜，随时观察海上的各种目标。刚安上望远镜，莫卡还没有来得及张望，就发现礁的死角处有一只小船朝礁驶来。

莫卡警惕地把多功能手枪的子弹推上了膛，一只手握着枪，很快靠近那只小船。

走近了，莫卡才看清，小船上是几个渔家妇女，有一个还背着孩子，边拉着网，边往小船的篓里放着什么。

莫卡松了口气，虽说是女人，但他似乎还有些警惕，手握着枪始终未放松。这种来路不明的女人，很难说是什么人，于是，莫卡上前欲探个究竟。小船上的妇女拉着一根白色的尼龙网丝，然后从上面取下一个铁丝笼子，把笼子打开，取出一只大海蚌。

莫卡对海上情况算得上比较熟悉，一看就知道这是在收起养殖的海蚌，像是在获取什么东西。

这时，船上的妇女也看见了这个陌生的男人，似乎没怎么理会，也许觉得莫卡不像海盗之类的人吧。

莫卡出于职业习惯友好地问道："海蚌长得怎么样？"

几个妇女抬头望了望莫卡，似乎听不懂他的话。莫卡精通这一带各国语言，于是用本地语言又问道。

"海蚌太肥了，我们在取珍珠。"一个妇女爽快地说，"你是外地来的吧，到这里干什么？"

"我是海测员，观察海潮。"

几个妇女不问了，低着头又忙自己的事。对于海测员，她们似乎见过，就是架上仪器，对着海面不停地看看写写。

莫卡觉得这几个妇女在海上养殖，对海上情况一定知道不少，肯定能获得一些信息，也许有用。

莫卡拿起两个罐头，走了过去，热情地："唉，你们辛苦了，尝尝我这罐头怎么样！"莫卡说着就将罐头抛到了船上。

"我们不熟悉的人，一般不要人家的东西，这是我们渔乡的规矩。"一个妇女说。

"这不就熟悉了吗，没什么，这是我从马尼拉带来的。"

几个妇女拿起罐头看了看，放在了船上。一名妇女说了声："那就谢谢了。"

"你们出海吗？"莫卡问。

"出海。这一片都是我们养殖的蚌。"

"你们就不怕海盗袭击？"

"海盗都在远海，马六甲海峡。"

"海盗来过这里吗？"

"很少来，这里海区很浅，再说海盗劫船都在公海。"

妇女的船渐渐远去。莫卡回到军用棚里，戴耳机把高频率的接收器打开，静静地监听起来。

海面似乎风平浪静，阳光变得格外温柔，礁滩上一切都变得安静极了。

莫卡蹲在棚里，一听就是两个小时，而且还不敢离开接收器，万一传来信号，就失去了机会。莫卡边咬着面包边监听着，他觉得在这个前沿地带，只要是从海上发来信号即使受电磁波干扰，也会收到的。

正当莫卡集中精力接收监听信号的时候，4名妇女身穿短裤短衣冲进了棚内。莫卡急忙掏出手枪,却被一名妇女顶住,莫卡一看原来是那艘小船取蚌珍珠的几名妇女,她们手里什么也没拿,看上去不像是坏人。

"我们想和你玩玩。"一名妇女面带笑容地说,"我们就喜欢你这样的男人,和我们4个玩玩,没有别的意思。"

莫卡朦胧中记得谁说过,这一带海岸女人很厉害,特别喜欢与外来男人做爱。如果单独遇上一个男人,几个女人围上去也得把这个男人的衣服扒光。

虽说莫卡对这4个女人不很紧张,但毕竟他现在执行特殊任务。于是,莫卡勉强地笑着说:"我很想陪你们玩玩,可我有任务,不能耽误,很对不起。"

"少来这些,要不了一会儿,不会吃了你。"

"等我完成任务,下午再说。"

"我们等不及了,就要这会儿。"一名妇女说着就把自己的衣服脱了。

莫卡愣住了。

"快来吧,我们几个强迫就不好了!"一名妇女威胁道。

"这不行,你们还是走吧,不然我开枪了!"莫卡只好也带着威胁的口语说,"你们都给我滚!"莫卡大声吼着,接着便向上"嘟……"地放了一梭子弹。那几个女人被这突然的举动吓蒙了,一个个灰溜溜地退出了小屋。

莫卡看了看表,时针已指向了下午1:20分,莫卡连忙戴起耳机,调好频率继续监听起来。

果然,不一会儿,莫卡的耳机里传来一阵微弱的电子信号声,莫卡睁大眼睛,一只手调试着,一只手开着录音钮。

"嘟嘟,嘟嘟嘟,嘟嘟……"耳机里发出的声律虽说在干扰波中出现,但能渐渐辨听出来。

一组电子信号的密码从接收盘上显示出来,随后,一张白纸打印出密码程序。莫卡撕下来,迅速翻译成文:

RV（罗里）：

我的位置在东1103，西94；按计划行动，按时接应。

J 5.13。

莫卡兴奋地立即接通了罗里的电台信号，一分钟都不想耽误，把这来自海洋深处的特等密电传了过去。

很快罗里传回电波，让莫卡立刻给英继列回电，当然就是最简易的信号，发出两声"嘟嘟"即可。

与此同时，英继列微型的钢笔接收器发出了两声"嘟嘟"微弱的响声，他知道罗里已接收到了他发出的信号，便关掉了小帽开关。

罗里收到来自大海的信号后，很是激动。尤其敬佩英继列的机智和胆略，这种特殊的侦察人才，在国际特警侦察员中也不多见。

张飞海在海图上找到了信号上的海区位置，他们在这座海图上被视为米粒大的礁岛上画了个重点三角符号。

"看来，这个地方是麻鲨的一个据点，英继列已经进入了这个据点。"罗里叹道，"他能把这信号发出来，可谓艰难呀！"

这话，罗里算是猜对了。

英继列在为海盗下海捕捞海龙虾和虎斑贝，开始海盗胃口很大，越往后，英继列就渐渐吊着海盗的胃口，就差那么二十多个，在数量上英继列完全控制了这帮海盗。因此，英继列的活动范围也就越来越大。尽管如此，英继列发出的信号仍被那一带强烈的电子波干扰了，始终没有回波信号。

为此，英继列伤透了脑筋，人在这一带，即使走出一定的范围也很难发出有效信号，整整几天过去了，英继列似乎把所有的办法都想了，还趁在水下捕捞的时机发了信号，仍不见效果；在远离天然港的地域也发了信号，还是受到干扰，英继列就算在深夜里也发过多次电子信号，都没有收到效果。

一天下午，英继列又下海了。他把微型发射器编好程序，在海底寻找能游动的海下生物，正当英继列感到为难之时，突然发现礁盘上一只大海龟在游动，英继列眼睛一亮，立即潜过去，双手按住了大海龟。

这种海龟至少有 200 年了，一个人根本抱不起，但这种海龟比较老实，只要按住它，海龟就立刻把头缩进去，一动不动地趴在礁上。

英继列把微型电子发射器用绳子固定在海龟壳的边缘。只有让这只海龟离开这一带强烈电子干扰磁场，英继列才可以将发出的信号通过海龟身上的电子发射器再传播出去。

英继列安好电子发射器后，掏出匕首在海龟的壳部刺了一浅刀，海龟受到侵害后，突然惊跑起来，朝着海的深处游去。

英继列望着大海龟，希望它能跑出这片海区，游得更远些。

当晚，英继列就在小岛上发出了一组信号，似乎没有收到回波。英继列想，海龟还没有跑远。

第二天下午，英继列发出的信号，通过海龟身上那个电子发射器的程序，不间断地发出。终于，莫卡收到了来自大海深处的信号，不到 2 个小时，英继列的接收器也收到了罗里简单的回音。

海龟成了他们之间的中转发射场。电子信号的传出终于畅通。

英继列几天来的侦察收获不小，而且对麻鲨黑帮分布的海盗人员都有了一定的了解，特别是对天然的海盗基地出入口，以及海盗的行动规律都有了个底。

英继列决定打通进入麻鲨内部的最后防线，以求军方、警方的全力配合，尽快实现他们制定的猎海行动。

马礁疑踪　神秘的猪头

已经是傍晚时分，马礁小镇披上了落日的霞光。一缕缕霞光从绿色的椰林中穿出，射在红色的三角楼上，勾勒出马礁小镇独特的风韵。微微起伏的海浪在红色的霞光中，轻柔地吻着那片本来就是红色的树林。

罗里获得了来自大海深处的信号，对英继列的调查，向国防部哈特将军做了汇报。哈特将军已派作战处长埃伦密切配合。根据罗里提供的情报，制订了初步行动计划，随时可以开赴海洋前线。

罗里走出三角红楼，站在凉台上，望了一眼霞光中的海面，对张飞海说："我有一种预感，今天晚上，长旗海盗肯定要上马礁，他们那帮家伙在这里毙了命，能这样完吗？我们还是离开这里，我们的精力目前还不在长旗黑帮，要配合英继列搞好下一步的侦察和反击。"

"那就到莫卡那里去吧，在那里秘密建个点，我想离英继列更近了。"张飞海建议道。

罗里看了看手表，思索了一会儿，说："可以。安纳，准备车辆，马上出发。"

张飞海边收拾东西边说："罗里，那里环境艰苦些，附近有一个小渔村，周围一片荒滩，多带些食品。"

"我们在那里建一个营点，调查海上情况就方便多了。要不要先同莫卡沟通一下？"谭小燕问罗里。

"先发个报，估计今晚半夜到达目的地。"罗里说，"动作快点，10分钟后立即出发。"

他们各自忙碌起来。谭小燕戴上耳机立即敲动电子键盘，发出微弱的电台声，在与莫卡联络。

罗里和张飞海还在海图前画画写写，研究到达前沿珊瑚盘后的侦察计划。

这时，维尼从外面跑了进来，他一直在小镇上游动侦察，刚迈进屋内，便急切小声地说："有情况！"

罗里和张飞海一听有情况，都预感到是长旗海盗上了小镇，罗里劈头就问道："来了多少人？"

"就一个。"维尼边喝着水边说。

"什么？就一个？"罗里惊讶地瞪大了眼睛。

"对,我发现一个身穿黑短裤的男人,从岸边朝小镇走来,手里提着一个布袋,海岸的东侧还停着一艘快艇,上面还有一个人。"

罗里打断道:"你没看清楚他们到镇上干什么?"

"这家伙已经走进肉店里,像是购买什么东西,不像是长旗黑帮的人,挺可疑的。"

"飞海,你带安纳快速赶到东海岸,监视那艘快艇,先不要打草惊蛇。"罗里说,"我和维尼跟踪那个可疑人。走,各自行动!"

他们兵分两路,开始隐蔽地行动起来。

维尼走在前头,罗里紧跟其后,他们穿过一条小道,绕过一片树林,从背后的一座墙跳过去,前面就是小镇肉店。

罗里和维尼分两侧潜入肉店,躲在屋的边缘处。

可疑的人在肉店摊板上,看了看几个猪头后,摇了摇头说:"怎么,就这几个?没有再大一点的?"

卖肉主是个老头子,他看到这个人真要大的,便说:"我给别人留了一个大一点的,给你价钱得高点。"

"快拿来看,不符合要求,我还不要呢!"可疑人喊道。

老头子进里屋,取出一个大猪头,朝摊板上一放,说:"这可是300斤重的猪头!"

可疑人没吱声,从兜里掏出卷尺,在猪头的长度、周长都一一量了量,满意地说:"就是它了,完全符合要求。"说完就往布袋里装着。

"这是钱,够了吧。"可疑人从衣兜里掏出一叠钱甩给老头。

罗里从侧面发现可疑人掏钱时,右臂上划有黑色的图纹,凭直觉,这个可疑人是海上的,他要猪头到底干什么,还要用尺量,看样子是他的上司规定的尺寸,而且这个有尺寸的猪头显然是有用意的,绝不是单为了吃。

罗里朝维尼打了个手势,让他跟踪可疑的人。

可疑人提着布袋,大步穿过小街,直奔东岸海边。

罗里和维尼分两路包抄,他们决定活捉这个可疑人。

东海岸。张飞海和安纳赶到预定地点，发现了停泊在沙滩边的那艘快艇。

张飞海决定隐藏在椰林中，用望远镜监视。安纳觉得，万一艇上那家伙发现他们，随时都可以驾艇逃跑，于是，安纳独自从椰林穿过，沿着海岸渐渐靠近沙包，然后趴在那里，掏出枪对着那家伙。

快艇不算太大，艇舷下刚好贴着沙滩，只要启动便可飞驶海上。那家伙戴着一顶橘黄色的防风帽，在艇舱里也许坐了多时，便起身朝岸上张望着。安纳刚把枪架起来，这家伙站在艇桥上刚巧发现，便惊慌地启动机器，快艇发出一阵刺耳的轰鸣声，这家伙已顾不上岸上的同伴了，准备驾艇逃跑了。

"啪、啪、啪"，安纳开了三枪，那家伙反应迅速，低着头没打着，快艇已启动，正在冲向大海的刹那间，张飞海林中的冲锋枪开了火，一梭子子弹打在快艇的驾驶舱上，快艇刚驶出海面就停了，那家伙已经倒在快艇上。

远远听到枪声，手提布袋的可疑人很机智地闪到了椰林一侧的芭蕉林里，他知道同伴遇到了麻烦，便快速提着布袋奔跑，朝海边一侧跑着。

罗里知道张飞海他们那边打起来了，一阵枪声过后，又恢复了平静。罗里判断，快艇上的人肯定被击毙了。于是，罗里便小声对维尼说："抓活的，千万别断了线。"

"知道了！"维尼说着掏出手枪穿林奔跑追去。

可疑人跑到芭蕉林边，一看，岸边的快艇停泊在那里，再一看同伴趴在快艇上，便知道出事了。可疑人非常有经验地把头缩了回来，没有出现在岸边，而是退在芭蕉林中寻找藏身之地。

维尼追到前面，看准可疑人弯下腰，朝他扑去，可疑人突然发现后面有人扑来，灵巧地一滚，熟练地从腿部抽出匕首朝维尼掷去。匕首在维尼的耳边"嗖"地一下擦过，险些被刺中。维尼侧着身子趴在林中不再追了，而是转过身试图从左侧扑上去。可疑人很狡猾，快速钻进茂密的芭蕉林中，趴在一处再也不动了。一般人在林中走动，很难发现隐藏在暗处的人。然而，可疑人这精明的举动，恰巧被躲在暗处的罗里盯上了。罗里手握着短枪，一步一步地朝可疑人移动，幅度大了，又怕可疑人发觉，这时前面维尼追过来，可疑人把精力投向了前方，罗里觉得时机已到，猛地蹿过去，按住了可疑人。可疑人反应果断，用装猪头的布袋猛打过来，正打在罗里的身上，匕首接着刺过来。罗里腾起，用腿把芭蕉树枝打过去，长叶正遮住可疑人的视线，罗里飞起一脚把匕首踢飞了。

可疑人扔下布袋瞪着眼睛朝罗里扑过来，前面的维尼赶了过来，抱住了可疑人的后腰，罗里猛地一拳打过来，打在可疑人的前胸，两人前后一夹击，那家伙束手被擒。

"你是哪个黑帮的？交代清楚，我们就放了你。"罗里说。

可疑人眼皮都不眨一下，闭嘴不说。

这时，张飞海走过来，把那顶橘黄色的风帽朝可疑人面前一扔，说："你的同路人死了，我们不想打死你，只要你说要这个猪头干什么用的。"

可疑人仍然不说，干脆把眼闭上了。维尼走上去，把他的上衣一扒，他的胸前刻着黑色龙头和麻鲨鲸的图案。

张飞海笑着说："你不说，我也知道你是麻鲨黑帮的。"

"我们要的就是麻鲨黑帮，没想到你送上门来了。"罗里说。

"说对了，我就是麻鲨的人，你们要杀随你们的便。"海盗说。

"好样的，你这才算得上海盗出来的人。"罗里说，"告诉你，我们也是海上的人，只是不一条道。"

海盗睁了睁眼看着罗里周围的人，便说："怕不像吧，海上没你们这种人。"

"我们专门是跟海盗打交道的海上人，懂吗？"罗里严厉地说，"给你两分钟时间考虑，说出麻鲨黑帮的情况，立即放你回去，否则……"

"没有什么考虑的，随你们的便。"

罗里看了看手表，小声对张飞海说："你们必须离开这里。"

"最好把这艘快艇也带上。我来开！"张飞海说。

"先带上这家伙，到时候我会有办法的。"罗里说。

维尼用绳子把海盗捆在了快艇上，由张飞海和安纳看守，他们朝顶端延伸的珊瑚盘驶去。

罗里率领其他人员，连夜出车从陆地赶往珊瑚盘。

他们的行动迅速，判断准确。当他们离开马礁镇之后，果然长旗黑帮海盗在零点赶到了小镇，其结果就可想而知了。

第十一章　孤胆斗凶鲨

黑色手段　英继列险中遇险

英继列独闯海盗腹地已经多日了。他每天潜海为海盗捕捞活龙虾和活虎斑贝，但重要的是他要限制数量，一旦他捕捞的数量够了，英继列就不再被他们所用，其更深的调查就不太容易了。

这天英继列在海上只捞了两只活龙虾，离目标数还差得多，英继列和往常一样回到了那个山包小屋。

时间长了，那个屋外站岗的海盗也渐渐和英继列熟了。

"老弟，尝尝我从海里摸的对虾，用火一烤，吃起来非常香。"英继列从屋内把对虾递给门口的海盗哨兵。

哨兵回头看了看没人，用手拿起烤熟的对虾吃起来，说："真香，这味道不一般！"

"老弟，你每天看着我，有什么用，我除了为你们干活，还能跑吗？"英继列有意露出不满，说，"你还在外面受累，要不你就进来坐着。"

"这是头头的意思，其实我在应付公事，不站也不行。"哨兵小声说，"你要是有事，尽管去办，只要不走远就行。"

英继列进一步说："我倒没什么事，怕辛苦了你。平时你总在这里？还回总部吗？"

这话问得太随便，也在行，哨兵没往心里去，便应道："我就是总部的，和副队长临时到这里干这种差事。这里是另外一帮人。我的老本行是在海上……"哨兵随口说着，用手做了个抢盗的手势，把下面的话也就省略了。

"干这个好，够刺激，能发财。"英继列说，"要是万一被海警或海军抓住怎么办？"

"唉，不可能，这一带海域都是我们的天地。海上四通八达，既能退，又能攻，早现代化了。再说，海军才不管这种事，我们哪国都不是，属于国际的，你懂吗？"

"这个我懂，要是威胁总部怎么办？"英继列边烤着对虾，边递给哨兵一个，随口问。

"你操这个心，那是多余的。我们在国际牌号里是数得着的，我不给你说这些了。"哨兵的话说得有些保留，英继列渐渐意识到这属于海盗绝密，便打住了话题。

"这个我都知道，我以前也是干这个的，而且一干就是8年。"英继列说，"海中虚渡桥，回死脱白浪。"英继列说了句海盗黑话。

"噢，白浪腾空升，驾雾变成仁。哎呀，原来是海上人！海上牌号是……"哨兵心里反而有些清醒了。

英继列没有脱口，而是看了看外面，神秘地说："这个牌号是003。"英继列近日在深夜总用微型接收器收到模糊的海盗信号001，时隐时现地收到过好几次这个001，这是代号，但令英继列这位老海事调查员也不理解，像一个谜在他心里。英继列把这001的代号发给了罗里，让他们尽量在国际海事局查出这个001。为此，这会儿，英继列有意道出003来，以近似数字代号套出这个神秘的001。

然而，令英继列失望，哨兵摇着头说："003，这是什么牌号？我还从来没听说过，在国际牌号中根本没有这个号，你是业余的吧？"

英继列便知道这个001或003之类，他们这些海盗兵不知，便随口说道："这是长旗号！"

"怪不得你不干了呢，长旗算什么，他们在海上打游击，根本没有钢铁碉堡，我叔叔就是这帮的。"

"你说得太对了，所以我跑出来了。"英继列试探着问，"我想加入你们的牌号，不知行不行？"英继列也学着说牌号。

"这个太难了，发展成员可不是一个人两个人说了算，我叔叔想过来都没成。"哨兵神秘地说，"我们这个牌号可不是好挂的。"

"副队长说了还不行？"

"再加两个副队长都没用，这事要老爷子，就是麻鲨说了算。"

"麻鲨我知道，我能见到他吗？"英继列觉得谈下去，可能会摸到更深的线索。

"算了，你别做这个梦了。你还不知道长旗是什么东西，上次抢了老爷子的海上生意，他本来就有火，要知道你是长旗的，那还了得，算了吧！"哨兵也对付道，"干完这里的活，我劝你还是快走的好，我为你们站岗，真他妈的累！"

英继列边听边接上去说："噢，你说的是那回呀，还不是你叔叔带头干的？"

"不管你们谁干的，总是你们长旗吧，在海上干这种事，那准砸牌号，所以长旗算不上国际流的。"

头已经开了，英继列想拐弯抹角套些新东西出来。可他没有料到，茄子他们这会儿也在港湾的秘堡里，正对英继列进行分析呢。

秘堡内，没有开电灯，只有墙壁两侧点着红色的大蜡烛，一束束摇曳的火苗把秘堡映得若明若暗，更增添了几分神秘的气氛。

秘堡内摆放着一架探纵仪，是这座内港的防御体系。有两挺机关枪架在两侧，再往里便是通往各水路的航道，是一个既能指挥、又能出入海面的秘堡。

"队副，我看这个BK挺神秘。这两天他总是捞几个，生怕完成了总数，这个人太让人捉摸不透了。"茄子的助手说。

他们提到的BK，就是英继列。这个代号是茄子为他取的，便于在水下联系。茄子眯着眼说："我想，这家伙想在我们这里多待些日子，他要打捞够了，怕赶他走。"茄子并没有往深里想。

"不对，BK在我们的海域生活的范围很广，对水下又熟悉，这个BK我看不能简单地赶走了事。"助手说，"为了防止BK耍花招，我已派自己的弟兄捞了十多个活龙虾和活虎斑贝，总数量已经够了，双双100。"

"哟，你干得不错，这回我放心了。可以让老爷子满意了。"茄子高兴地说。

助手靠上前小声说："队副，你想让BK继续留用？"

"那就不必了，明天一早把他送上远海，放走他算了。"茄子对英继列没什么恶意，况且英继列一口一个救命恩人，也为茄子捕捞海底珍品出了力，要是遇上别人肯定是死路一条。

"不妥吧，BK这个人底牌又不清楚，又不知从哪里突然出现在我们这个海域，这个人虽然为我们干了些事，但从长远考虑，按麻鲨的规矩，凡是接近过这一带海域的任何人都要采取黑色手段。"助手用一种软中带硬的口气对茄子说。

茄子没有立即表态，眯着眼睛思索片刻说："那你有什么招法？"

"先让BK大吃大喝一顿，然后装进麻袋里扔进海里。"助手的眼睛里闪出一丝恶毒的阴光。

茄子望着墙壁上燃烧的蜡烛火苗说道："处死BK，我没有意见，但他毕竟为我们下海捕捞了这么多珍品，这样吧，看BK的运气了，把他抛进无边无尽的海里，他准活不了。"

"万一活了怎么办？到那时，BK可是熟悉这带海域，他再找你麻烦，那就不好办了。这样你睡觉都不香，何必呢？"

"行！行！就按你说的办。这件事，你去处理好了，办完了，我们就回家。"茄子摇着手说，"等明天早晨再干吧，让BK今晚好好吃上一顿。"

"今晚，让他吃好吃美，也在今晚让他归海！"助手恶狠狠地说。

茄子闭着眼，挥着手，说："不就一个人吗，你想怎么办就怎么办。"说完，茄子的脸变得阴沉下来。他杀了无数的人，不知为何，要杀BK了，他的心里反而有一股人性的情感涌起。BK 是他从海上抓来的，这些天与 BK 在海上多少有了点感情，虽说他知道要对 BK 的后路实行盗规，但他总觉得这盗规太残忍了点。他又想，既然干这个行当，当初修建海底老巢时，百名劳工最后都在海里沉底了，再也没有回岸。

茄子让助手去处理 BK，也实在不想看 BK 死前那双眼睛。茄子转身走进自己的小屋，拿起竹烟筒，哒哒地抽起来，他觉得还不够刺激，干脆把鸦片掏出来放进嘴里咬着，然后放进一颗干槟榔拌在一起咬，仿佛把一切都视为虚有，世界就这么虚无缥缈。

助手带着两名海盗拿着麻袋走出密堡。

天空笼罩一层不算太厚的黑云，没有月亮，西天边闪着几颗星星，像是远离人间的无忧无虑的眼睛。

小山包上，英继列蹲在墙角下向罗里发出电波。英继列觉得自己办了一件值得科技通信界借鉴的事，他把发射器安在了一只大海龟上，他可随意发报，通过海龟在海中的游动，信号便能发出干扰区。他只希望海龟别跑得太远，否则，信号就失去控制。

英继列为自己制订一套行动方案。潜海捕捞的时间逼近，况且在水下侦察，英继列已有了基本的了解，对这个天然的内港几个出入口和内在的联系都在心里描绘了路线图，英继列决定下一步的行动，就是要进一步摸清麻鲨黑帮老巢的机关，最好能亲自进去探探，弄清阿敏和章羽工程师被关的地方，这样才能决定最后的突击作战方案。

英继列先后从侧面问过几个海盗，想探点阿敏他们的线索，这些海盗似乎一概不知。也许在那次袭击卫星测量仪船只中，这些海盗没参加。这是罗里要与海盗打交道的关键。只有弄清阿敏他们是否在这个黑帮里，才能配合国防部开展打击海盗的行动。

英继列想了个招，试图从眼前这个海盗哨兵嘴里捞点线索。这家伙肯定是敢死队的，而且他曾说过近几次"出海"效果不错，捞到不少油水。

英继列想到了酒，要是有瓶酒就好了，人在喝酒时，一刺激兴奋总是最容易说话,而且还不由自主。

英继列正准备溜出去,门开了,进来茄子的助手和一名海盗,他们端着两大盘肉菜,提着一瓶啤酒,往英继列的屋里一放。

"这些日子你辛苦了,这是我们头儿慰劳你的,痛痛快快吃饱喝足。"助手笑眯眯地说。

英继列顿时一股热血涌上大脑,他马上感到不妙,这算海盗客气的,吃饱喝足再下黑手。英继列毕竟在海上闯荡了多年,对这种场面早有了准备。他看到那瓶啤酒,便说:"我这个人天生不喝啤酒,请来瓶白酒,要高度的。"

"噢,还有这兴致,刺激一下有好处。"助手对身边的海盗嚷道,"给BK拿瓶白酒。"

"够意思,有什么要我干的尽管说。"英继列装着慷慨道。

"你慢慢喝,我先走了。"助手刚走,海盗便把一瓶白酒递给英继列,然后对站岗的哨兵说,"你可以放松放松,让BK喝好。"海盗说完也去了。

哨兵走上前,叹道:"好香呀,你比我吃得都好,还有酒。"看来这哨兵的确对酒感兴趣。

英继列心里虽说十分痛苦,但看见哨兵主动靠上来,便邀请道:"来,来,一起喝,这酒俩人喝起来才有瘾。"

"怕不行吧,要是他们看见了……"哨兵虽这么说,但看上去还是想喝几口。

"唉,都为我开瓶酒了,你看着我还有什么用?没听见刚才那个说让你放松放松,那意思你还不明白?"英继列说着,把酒瓶塞在哨兵的手里,"喝,这酒很刺激。"

哨兵拿起酒瓶,回头望了望门外,然后喝了一大口,咂了咂嘴:"不错,这酒不错!"

"给,吃这个。"英继列抓起一个大鸡腿递给哨兵。

哨兵大口咬了一口,说:"我看你这人心肠不坏!"

英继列干脆把哨兵拉下来坐着，想多给哨兵灌些酒，尽快套出线索。于是，英继列说："我对你印象不错，为我们相识，每次干三大口。"英继列先喝了三口，把酒瓶塞给哨兵。

哨兵也喝了三大口。

"你酒量不错，我再敬你三大口。"英继列催促道。

哨兵被人一劝，来劲了，对着酒瓶就是几大口，他的脸泛起一阵红晕，嘴上开始说起话来："BK，你真够朋友，这酒我一次就能喝一斤。"

"一斤都不够。你先喝，我再向他们要酒，保证我们都喝好。"英继列把酒瓶塞在他手里了。

"那我就不客气了，我喝了，你也得喝！"哨兵喝着吃着，大脑神经皮层开始活跃起来。

英继列见时机差不多了，便把话题引了出来："有一次我喝酒误了大事，在海上劫船抓到一个女工程师，个头高高的，留着披肩发，很漂亮，结果这个女工程师被一个老工程师带着逃到另一艘船跑了……"英继列有意把阿敏的形象尽量描绘出来。

蓦地哨兵打断英继列的话，说："你说什么？女工程师？"

"对，一位年轻的女工程师。"

"个头高高的，眼睛大大的，披肩发？"

"对，你见过？"

"哈哈，你没有这个福气，她跑了，可跑到我们老巢里了。上回我亲自出的海。他娘的，那艘船的特种兵还真厉害，打死我们两个兄弟。可这女人没跑掉，还是我用绳子绑起来的，那女人可真不错，太性感了，可惜没尝到……"

英继列一听，清楚了，便打断哨兵满嘴的脏话："这女人就关在下面内港里吗？怎么见不着？"

"在这里就好了，这女人是我们老爷子重点保护的人物，在总巢里，据说还得靠这个女人干活呢！她懂得航天卫星导航。"

"你可见过这女人？她怎么样？"

"还是前几天见过，唉，女人嘛，开始谁都想靠近她……"

"在总巢什么地方？我替你保驾。"

"在科技区一间重点屋子里。唉，不说这些了……还是喝酒吧！"

英继列喝了一口，说："这些全是你的了，最好一口干了，男子汉嘛。"

哨兵真的一口把瓶子里的酒干光了，眼睛闪着红色的光，显然有些醉意了。

英继列趁机做好准备，把身上的微型弹簧刀插进后腿的小套里，他估计海盗们会来下毒手。英继列边扶着哨兵，边说："你老弟太累了，需要好好休息。"

"我没事，再来一瓶都没事……"哨兵晕乎乎地说。

英继列就在他神志不清之时，把他身上的枪给取了，没想到这家伙还真行，马上发现了，顺手从英继列手里夺去枪："BK，真能闹，这枪可不能丢。"

英继列没有强硬夺枪，他觉得还没有到那种万不得已的紧急关头，万一冲动了，下面的调查就不那么容易了，而且会带来意料不到的麻烦。英继列笑着说："我怕你把枪丢了，帮你提着。"

英继列正说着，突然从背后冲上来两名身强力壮的海盗，一下子抱住了英继列。英继列趁他们还没抱紧，猛地一下，把其中一个甩出两米远。英继列意识到他们终于要对他下毒手了，后悔没有把哨兵的枪夺下来。这时，哨兵站在一旁，瞪着眼睛惊奇得不知如何是好。

这时，茄子的助手急了，朝身边的两名海盗招招手："上，把他给捆起来！"

英继列腾空飞腿踢在一名海盗的身上，转身想跳下岩，却被一名粗壮的海盗挡住了去路。海盗朝英继列扑过来，英继列正面两拳打在那家伙的身上，手给弹了回来。英继列知道这家伙有防身弹簧衣，便侧身朝那家伙的头部击去。

果然见效，打得那家伙眼发黑，连连后退。然而，英继列再往前跑已经迟了，几乎一个班的海盗，列成队朝英继列压过来，他的后面也有四五个海盗赶过来，形成了一个包围圈。于是，英继列变着招数向前冲，用扫堂腿绊倒几个，然后一个飞跃，跳出海盗人墙，可是又有几个海盗在外围等着呢。这种安排是助手的杰作，他看出了英继列的不寻常，而特殊采取的方案，果然让他应验了。

英继列望了望围上来的海盗，朝茄子的助手攻击，一个飞跃过去，朝着助手就是几拳，打中了这家伙的鼻子。助手狂叫道："抓住他！抓住他！"

海盗蜂拥而上，朝英继列围攻上去。

英继列最终没有抵挡住众多海盗的围攻，被海盗用绳子绑起来。

"好一个BK，给你吃饱喝足了，有劲较量了。"茄子的助手嚷道，"看老子怎么把你抛进大海喂鲨鱼！"

"你们这些没良心的魔鬼！我为你们捞了那么多珍品，你们还要杀我，上帝是不会饶了你们的！"英继列骂道，眼中冒着愤怒的火光。

"拿麻袋来，把他装进去！"助手哈哈大笑起来，"这不是我们的意思，这是上帝的安排，你知道的多了点，上帝让你永远沉在海底。"

"我变成海鬼，也要把你们拉下水！"

"好，那就在海里见吧。"助手对海盗喊，"快，装进去！"

两名海盗把英继列塞进大麻袋里，然后扎上口。

"对不起了，你就先走一步吧，给鲨鱼当食吧。"助手说着，朝海盗挥挥手，"扔进海里！"

茄子在一旁刚露出头，他不想出现在现场，眼睛望着这边，嘴里还在默默地念着什么。

海盗抬起英继列，连同麻袋一起从不算太高的礁边抛进了海里。

麻袋在海面上乱动着，然后渐渐沉入海里。

"总算解决了一个不清不白之徒，这样我们可以多一份安全感。这潜海抓虾捕贝的任务也算完成了,回去大家都可以领赏!"助手边搓手边兴奋地说。

海盗们下山了。

天色骤然变得格外黑暗,与黑涌涌的大海似乎混为一体,伴着一阵阵黑色的呼啸声。

海面在疯狂扑打着岸边,白浪在黑夜中也变成了黑浪……

海底死一般黑暗,让人喘不过气来,英继列在麻袋里施展不开,心想这回也许真的完了,再也回不到岸了。好在英继列练就了一身潜水的绝招,在水下潜游是他的一绝,可眼下他的手脚都被绳子捆住了,他几次挣脱都没成功。

麻袋已经沉到了海底,好在这一带是珊瑚海底,水不太深。

英继列换了口气,憋足劲,试图把身上的绳索绷断,人到了这个份上,在生与死的霎时,什么奇迹都能创造出来。

英继列猛地使劲,浑身的肌肉涨得鼓鼓的,只听见身上的绳索开始发出声音,渐渐地,"啪"地一下,绳索断了。英继列把绳索从身上解开,脸已憋得通红,呼吸极度困难。他赶紧往海面浮,但十分清醒地保持着上升速度,如果太快了,容易对肺部产生太大的压力。

经过痛苦的挣扎和搏斗,英继列浮出了水面。他露出头,朝内港望了望,此时不能再靠近那里,否则那才是真正的灾难,他庆幸大难不死,决定朝对面的一块小礁盘游去,在那里可以歇歇脚。

一个海浪打过来,英继列被苦涩的海水呛了一口,他潜入水中冲出浪峰,正要露出水面,朝前方游去,抬头一看,顿时愣住了!一条大黑鲨迎着浪对着英继列游过来。英继列这才发现自己的左腿被珊瑚礁划破流出了血,很显然,大黑鲨闻到血腥味,来捕捉目标了。

英继列看到它便知道这是海洋中最凶狠的黑猎鲨,对人的血腥味最敏感,是最厉害的鲨鱼。英继列抽出匕首,迅速地避开黑鲨攻击的方向,侧身猛地转方向游动。黑鲨扑了个空,冲出十几米远,继而又调过头,朝英继列袭击而来。英继列知道，遇到这种险情千万不能潜入水中，黑鲨在水下捕捉起来更容易。而且人在水中行动非常难，视线也受到一定的影响，英继列判断黑鲨在后面追，便突然变向，黑鲨还没有扑，很老练地减了速。英继列刚回过头来，黑鲨张着大嘴突然蹿过来，英继列的头一躲，黑鲨的大嘴从英继列的耳边滑了过去。黑鲨两次都扑空，被激怒了，搅起阵阵水柱，紧追着英继列。这样很不利，随时都会被黑鲨吞掉，于是，英继列决定对着黑鲨拼杀，也许能把黑鲨吓回去。然而黑鲨嗖地从英继列的身边穿过，英继列只觉得右腿凉了一阵，下意识地一摸，右腿被黑鲨咬了一口，皮开肉绽了。此时，英继列感觉不到疼，他手持匕首正对着黑鲨，这家伙猛地又扑过来，英继列的匕首正在自己的头部前，匕首刺进了黑鲨的嘴，黑鲨像触电一般腾起身子朝前冲去。英继列抽出带血的匕首，顽强地与黑鲨搏斗起来。

　　黑鲨又凶狠地朝英继列扑来，它还从来没有遇到这般困难，而且还被刺了一刀，岂肯罢休，围着英继列开始打转。黑色的海面上，英继列的视线不清，只是凭感觉在与黑鲨搏斗。

　　黑鲨在黑夜里不用看目标，全凭嗅觉判断，黑鲨围着英继列转圈，不敢攻击，试图把英继列转昏了，再突然袭击。果然黑鲨的方法开始奏效，它张着大嘴一下子把英继列持匕首的双手吞进嘴里，企图要咬断英继列的双手。英继列踩着水，双手持着匕首猛烈地朝黑鲨的喉部刺着。英继列清楚如果不这样坚持到底，自己的双手就会被黑鲨咬断，那就意味着断送生命。

　　关键的时刻，生与死就在这一瞬间，英继列忍着手臂的剧痛转动角度用尽全力，将匕首猛地朝黑鲨喉部刺去，黑鲨松开嘴，叽的一声，发出惊叫，一个转身朝海洋底下潜逃而去。

　　英继列周围的海面被搅动起层层波澜。英继列知道黑鲨的要害被刺痛了，逃之夭夭。但为了躲避黑鲨再次攻击，英继列不顾双手还在流血，拼命朝前方的珊瑚小滩游去。

黑色的海边滚动着黑色的浪峰，仿佛永远也见不到岸的黑云，给落水的英继列心理上增添了不少惊恐，但英继列毕竟长期在海上习惯了，凭着自己的毅力在拼斗。

珊瑚礁就在眼前，英继列总算松了口气。

鲨口探险　恐怖的海崖洞

英继列靠在不大的珊瑚礁上，长长地舒了一口气，他这时已感到浑身无力，既疲倦又惊悸，仿佛刚才是一场噩梦。他想想真有点后怕，麻袋里逃生，鲨口里挣扎拼斗，多亏他长年练就了这点硬功夫，也确感有点庆幸。

晚风从大洋深处吹来，英继列双手抱着湿透的衣服，深深地感到有些寒意。大海似乎什么也没看见，依然在那里呼与吸，推动起一层层浪涛，黑压压地涌向远方。

英继列稍稍喘了口气，看了看东方的天际，黑云之中微微泛动着白光，他意识到离天亮已经不远了。英继列决定在天亮之前要离开这座小珊瑚礁，否则想藏身都找不到地方。

英继列在衣服上撕了长布条，把受伤的地方包扎起来，然后伸了伸腰，肚子里咕咕不停，感到有些饿。

英继列抽出匕首，沿着珊瑚礁边翻动，想能抓点海鲜填肚子。英继列搬起一块礁石，突然一只大海螃蟹横着窜出，英继列眼疾手快，没用匕首，只用手朝前方一按，便抓住了海螃蟹。抓这些海物，英继列太熟悉了。

海螃蟹在英继列手里乱动着，好大的个儿，足有半斤重，英继列轻巧地卸下蟹壳，然后生吃了蟹肉，这种吃法虽说没有熟蟹香，但生吃蟹肉也有一股甜味，而且吃上两只海蟹，绝对提神且有极高的营养。

英继列一抹嘴，把匕首往腿套上一插，又下了海，朝对岸海盗山包悬崖下的洞窟游去，希望能找到一处隐藏的地方，还可以便于了解海盗的行动，熟悉麻鲨黑帮的海上路线。

穿过激流的海漩涡，英继列准备靠上悬岸边，蓦地发现两艘高速气垫快艇由远处朝这里驶来，英继列心里喊了一声，不好，这帮家伙难道发现了我？他赶紧靠上浅滩，躲在海水里，观察着快艇的动静。

快艇从两个角度渐渐靠拢在一起，在黑茫茫的海面上划出两道白线，宛如闪过的一道流星，把黑暗的大海搅起了一丝亮点。

英继列觉得不对劲，快艇减速改变了方向，朝天然内港的另一侧驶去。英继列判断这是海盗快艇刚抢了艘船回来，并不是冲着他来的。于是，英继列爬上岸绕过仙人掌丛，隐蔽在乱石草林之中，观察着快艇的一举一动。

快艇绕过原来的进口处，缓缓地驶向一个陌生的小礁丘，前面一艘快艇驶入黑暗区，这时，两艘快艇突然停了机，声音消失了。英继列睁大眼睛看着，快艇在黑暗中，看不太清楚，朦胧之中看到一扇黑色的门在开，礁石似乎在微微移动，不一会儿快艇的黑影看不见了，像是进入了一个黑洞里。

这可真是太神奇了！麻鲨黑帮竟如此隐蔽，变化多端，难怪在国际海盗黑帮中号称头帮呢。这批海盗其现代化的通信、武器以及各种防御设施可谓走到了前列。

对于这意外的发现，英继列感到尤其重要。这个黑色的礁石看来不一般，很可能是连接某一个突击艇的关键点，这是一个难得的发现。

英继列向前移动了位置，根据刚才快艇驶入的角度，加上礁石的位置，英继列用手测试着这个秘密点的海上方位，然后用多功能发射器钢笔，在自己的皮带上刻着记号。在海上调查多年，英继列这办法是独创的，刻上标号，又不怕水，而且不会被人发现。就这种简单计量的侦察手段，恐怕国际侦察处的高等侦察员也达不到他这种熟练的程度。

英继列看看手表，时候不早了。他缩回身来，沿着崖底礁往前走，找一个能藏人的洞口。

英继列爬上崖礁，刚往下落脚，便隐隐约约听到有人在说话，而且夹带着女人的声音。

英继列想,这下又闯入海盗哪个密口了?难道在这悬崖的秘密小洞里,也有海盗密室不成?英继列没有退回去,而是产生怀疑,这不显眼的小洞,究竟是海盗什么地方?于是,英继列决定侦察清楚。

英继列双手攀着崖礁往上爬,那个洞前,有一块伸出在外的可以歇脚的崖石,中间相隔有十几米远。怎么过去,英继列边看着边思索,他突然发现有几条长长的榕树根,从崖上垂下来,再抬头一看,崖上那棵榕树还真不小,看上去有百岁年龄了。不知是哪位渡海人把榕树苗栽到了这崖顶上。

英继列往前移动着身体,好不容易把垂在那里的长根拉了过来,英继列使劲拉了拉,觉得百十多斤的重量不至于断。

英继列看了看脚下,黑茫茫的海面翻动着波浪,再看看对面离那个洞不远的礁岸,他决定腾空飞身过去,虽说这有几分冒险,但要想靠近那个可疑的洞口,只有冒险飞过去。

英继列为了应付来自洞口的海盗袭击,把弹簧匕首插进腰间,到时遇到情况,出手迅速。英继列整了整长根,屏住呼吸,脚跟猛地一蹬,身体往前收腹腾空飞去,只见他在黑夜里像只雄鹰,唰地一下,飞过十多米远的悬空,尔后稳稳地立在了那块伸出的崖石上。

一切都很正常,黑得很神秘,就像什么也没发生一样。

英继列轻轻地把长树根缠在崖石上,掏出匕首轻轻地趴在洞的外面听着动静。

"来吧,我的宝贝,让我快活快活,我可是站岗时间跑出来的。"一个海盗的声音。

"嗯,就你想快活,那钱呢?"女人的说话声。

"少不了你的,先过来,我等不及了……"英继列侧着身子闪进洞的边缘,洞内放着一把燃烧的打火机,显然是他们进洞时用的,英继列判断这可能是个荒洞。这个海盗是到这里来和女人幽会的。

海盗光着身体，一把将女人搂进怀里，一个劲地在她身上狂吻着，像一头饿狼似的在寻求那份刺激。

英继列不想再看下去，很小心地往洞里走着。洞里深处黑森森的，是个完全没有开发的自然洞。

洞内的基本情况摸清后，英继列不想此时打搅了海盗的好时光，而是在海盗完事之前，把海盗放在身后的那支微型冲锋枪给摸了过来。

"啊，真他妈的来劲，要是每天来一次，该多痛快！"海盗说着从女人身上爬起来。

女人躺在那里，还没忘记她的钱："我都腻了像你这样的男人，我每天要对付几个，哎，钱呢？"

"他妈的，少不了你的，你要那么多钱干屁用。"海盗说，"以后只要我站岗，你就跟我到这里来。"

"怕是来不了啦！"英继列说着上前就是一脚，冲着海盗的胸狠狠踢了一脚，还没等那家伙反应过来，英继列又是一个重拳打在那家伙的下巴上。

"别打……都是自己人……"海盗还在那发傻，这时那女人披上衣服就想往洞外跑。英继列上前一抓扭住女人，猛地往洞内一推，吼道："老实待在这里，往外跑，我捅了你！"

那女人吓得原地不敢动，在那里直打哆嗦。

海盗翻过身来，朝英继列猛扑过来，一拳砸来，英继列一蹲，手就猛地朝海盗的下腹一拳，这一拳不轻，海盗当即倒在地上，他下意识地在原地去摸枪，可是没摸着，这下急了，嚷道："我的枪呢？你妈的，怎么处罚都行，别拿走我的枪。"海盗还以为是海盗内部的人呢，就连那个女人也认为是海盗之间在抢女人呢，这种事那女人见过，谁打赢了，女人归谁玩。

"枪在这里。你说，麻鲨藏在哪里？"英继列干脆来真格的了。

海盗一听真的傻了，眼前这个人不是自己人，是一个海警，便疯狂地对着洞口喊道:"快来人呀!"

海盗刚喊出口,英继列发怒了,操起枪托狠狠地砸在海盗的后脑勺上,顿时海盗乖乖地躺在了地上,永远爬不起来了。

女人刚跑出洞边,被英继列一手抓回了洞里。

"你要干……就干吧,只要放了我。"女人边说边脱衣服。

"穿上!我要你干的事,比这个简单。"英继列回头对女人说,"你是麻鲨内部的人吧?"

女人点点头。

"只要你回答我几个问题,我立即放你走。"

女人蹲在那里,睁着一双惊恐的眼睛。

"麻鲨在哪里?"

"我一说,他们会杀了我……"

"只要你说,我会保护你的。"

"老爷子在总巢!"

"总巢在马尼礁下,对吗?"

女人微微点着头,露出后怕的神态。

"外面的港口通总巢吗?"

女人低着头再也不吭声了,似乎感到了什么,显得格外害怕。

英继列不想再耽误时间,便直接追问道:"这个洞前面通海盗洞口吗?"

女人点点头,又摇摇头,低头不再吭声。

英继列决定沿这个洞探个究竟,虽说是未开发的洞,但从路线看来似乎连着某个洞口。英继列很快捆了一个长长的火把,用火机点燃后,抓起女人说:"跟我一起走,如果有洞口,我再放你。"

女人抬起头惊恐地望着英继列,似乎有些怀疑。

"走,只要发现一个洞口,我立即放你,我说话算数!"

英继列右手握着微型冲锋枪,左手握着火把往前走。女人紧贴着英继列的左边缓缓地走。

这是一个天然的海崖洞，海风呼啸的时候，这个洞内便会发出呜呜的轰鸣声，像吹着号角；海面风平浪静的时候，洞内便回荡着微微的轻吟，像在抒情吟唱。这个洞被发现的人视为带有灵魂的洞，是人变的，因此，虽靠近海盗，但海盗不敢在此发展。据说当年麻鲨准备动用这个洞口打入海底，开工两天竟莫名其妙地死了两个人，麻鲨便放弃了这里。

　　英继列迈着小步往前走，洞内深口处被两座大石挡住，一看就知道这是人为堵的，这更勾起了英继列的兴趣。从石头的侧面刚好可以过去一个人，英继列举着火把过去后，便朝那女人招着手，女人胆战心惊地也钻了过去。再往里走，洞内阴森可怕，挂满了蜘蛛网，黄豆大的蜘蛛在网上爬动。洞内传出一阵阵吸风的声音，像有一条长龙在大喘气。

　　女人吓得眼睛都在乱跳，颤抖地说："我……怕，我说……"

　　英继列停下步子，刚准备问她话，突然，一条大蟒从洞顶掉下来，正落在女人的前面。顿时，女人惊叫一声，就倒在了地上。

　　英继列赶紧去扶女人，摸摸鼻息，这女人被吓晕了。英继列无奈，没料到她这样没用。英继列把女人夹起来拖出洞口边，放在通风的地方。英继列想，也许慢慢地她会醒过来。

　　英继列独自举着火把，握着冲锋枪朝洞内走去。大蟒仍躺在那里，嘴里吐着红色的长舌，像是在吃蜘蛛。英继列没理它，穿过洞里的弯道，往里走着。洞里很潮湿，散发着一股霉气。英继列认定这洞内有很多年没人走过，潮湿的洞里生长着多种剧毒的爬行动物。洞口越来越窄，再往前会是个崖洞。英继列判断只要有崖石，就会与其他的崖洞有联系，一般海中崖洞是有规律可循的。

　　英继列打着微弱的火把，突然，一个黑色的东西掉在肩上，还不停地爬着，英继列下意识地用手一打，那东西掉在地上，原来是只毒蜈蚣，长长的毛脚在地上爬着，闪动着黑幽幽的光。英继列再仔细一看崖壁上爬满了蜈蚣，像密密麻麻的黑点。英继列心里有点害怕，这东西虽小，但剧毒，咬上一口，那可不是闹着玩的。英继列把枪挎在肩上，抽出匕首来随时准备对付那些蜈蚣。他迈着步子侧身向前走,这段小洞里面格外安静,仿佛蜈蚣爬动的声音都能听得见,这更使英继列浑身起鸡皮疙瘩。

英继列想只要不碰到这些蜈蚣,就可以渡过难关,只要一碰到它,就会发起攻击。英继列两眼一个劲地盯着崖壁周围的蜈蚣,脚下怎么走全凭感觉了。突然,英继列"嘭"的一声,掉进了洞内水沟里。霎时,发出一阵唧唧的尖叫声,十几只黑色的山鼠爬上了英继列的身上,不停地咬着他的肉。英继列惊慌地跳动甩打着,他赶紧爬上岸,抓住一只正在手臂上咬的山鼠,使劲往崖上摔打,山鼠肉被打开了。

英继列摸摸身上被山鼠咬破了的皮,还流着鲜血。山鼠尖叫着,像是饿极了,发现了猎物一般,跳起来向英继列袭击。英继列干脆把上衣脱了,用衣服边挥打着山鼠边往前走。

山鼠追了一阵子,觉得这个食物不是那么好吃的,便又回到了那水沟周围。

英继列后臂上已被山鼠咬破了几处,他顾不得擦拭,一个劲地往前走着。黑黑的山洞越走越难走,英继列把皮带割下一小截,燃烧后把胶融化在火把上,火苗渐渐大起来。走了一会儿前面传来大海的潮声,英继列心里一阵欢喜,这崖洞离海面不远了。

英继列加快脚步朝前走,他走出洞口看看地形,自己可以在这个洞暂时隐蔽起来,海盗是不会来这个阴森可怕、蛇鼠纵横的崖洞的。

加快脚步往前走,英继列举着火把刚接近洞口,突然,一条青色的长蛇掉在英继列的脖子上,大概是火把烤着了那条青蛇。顿时,英继列吓得脸都发白了,他站在那里不知所措,左手的火把一动不动,青蛇在英继列的脖子上挂着也没有再动了,像是睡着了一般。

英继列斜着眼往下看了看,这青蛇是崖洞里长大的,属于剧毒型。英继列看不清青蛇的头,蛇的尾巴在上,头朝下。只要英继列一动,青蛇就会反击。但站着也不是事,英继列的右手悄悄抬起来,用匕首对准青蛇的腹部,猛地刺过去,几乎同时往外一甩,青蛇头刚准备朝英继列的身上张开嘴，就被甩到了洞口外侧的崖石上。青蛇的腹部被刺了一道口，但活力依然，抬头发现了英继列，突然朝英继列喷出毒液，同时抬头攻击。英继列早有准备，朝左一晃，接着就是一脚把青蛇踢起来，这一脚没起作用，青蛇疯狂地转身朝英继列袭击。英继列跳起来躲避着，青蛇追上来，英继列急忙把匕首对准青蛇飞去，正巧插进了青蛇的头部，牢牢把蛇头钉在了地下，青蛇的尾部猛地向匕首甩打着，在进行着最后的疯狂挣扎，甩打了几下，渐渐失去了威力。接着英继列用手提起青蛇的尾巴，把匕首抽出，使劲地将尾部高高地提起来回甩动，不大一会儿，青蛇软了，失去最后那一点活力。

这时，英继列疲劳地坐在崖石旁，长长地呼了口气。穿过这个洞可真不容易，难怪海盗都不敢进这个洞。英继列用手在被山鼠咬破的身上擦着，然后用唾沫揉动着，好在这山鼠毒性不是很大，只起了些红点。走了这一路，此时英继列肚子咕咕叫起来，还真有点饿。

吃什么呢，总不能饿肚子，天亮之前还要确定洞口的位置及海盗出入的各种地形。于是，英继列一抬头又看见了那条被打死的青蛇，这是好东西，但吃起来也要胆量。英继列已顾不了这些了，把青蛇提起来，用匕首割开青蛇皮，然后，英继列十分老练地用手往下一扒，把青蛇皮顺着往下扒了下来。

英继列匕首一开，取出青蛇绿色的胆，还散发着热气呢，英继列把蛇胆扔进了嘴里。这蛇胆可是好东西，既明目，又增加胆量，平时花钱还吃不上这高档的蛇胆呢，英继列心里想着。

英继列把蛇肉割成几段，简单用火烤了烤，便等不及地往嘴里送着，不一会儿整整一条蛇被他吃光了。

他一抹嘴，似乎还没吃够，但毕竟肚子问题解决了。

英继列吃了蛇胆，真管用，被山鼠咬的伤口也不痛了。

通过洞口的草木，英继列望着那即将泛白的海空，一抹抹淡淡的云雾渐渐扩散开去，逐渐变成紫色、紫红色，宛如一张巨大的天幕徐徐拉开。

大海沉睡了一夜，也开始苏醒，像清晨起床在跑步，挥动着手和脚，整个墨蓝的海面翻腾起来，又恢复了活力。

英继列探出身子，仔细看了看四周，崖洞下是一片不大的海滩，退潮后露出了脸，涨潮时便会淹没。这里离海盗天然内港也不算太远，只是在海盗区的背后，随时可以找到通道潜过去。

英继列决定把这最新的情况记下来，掏出微型发射器，把密码程序发给罗里，然而，微型发射器发出的信号遇到一阵阵电子干扰波，发出的密码在电子波中自动消失。英继列判断大海龟可能潜游到一个死角位置，或远离了这片海域。

英继列采用了多种角度发射还是无效，他急得都冒汗了，如果失去联系，掌握的详细资料只有他自己清楚，万一遇难了，这信息也发不出去了。

英继列走出洞口，在林中巡视着周围的动静，茫茫海浪在晨曦中深深地呼吸着，没有一片帆影，附近海面上只有几只海鸥在飞翔，时而传来阵阵鸣叫声。

英继列沿着树林攀上一个峡谷小山坡，准备探索这座山背面的情况。刚露出头，英继列就发现一座双重礁石渐渐打开，出现一道洞口，从里面钻出两个海盗，他们沿着小道直奔山峰的雷达。几秒钟后，那座双重礁石又合上了，一切都是自动的，神秘地出现和消失。那座大礁石看上去，无论如何也看不出是座假的，迎着风浪屹立在海岸。

英继列顿时思路开阔起来，原来眼皮底下的一切物体都跟麻鲨海盗有关。英继列迈动脚步准备再往前侦察，抬头一看，林中隐藏着一个暗堡。有海盗在站岗，英继列赶紧缩回来，好险呀，大白天绝对不能冒险。英继列撤到那座原始的洞内，琢磨着夜间如何侦察。

海鸥悲鸣　英继列巧探匪情

英继列在洞里找到一个安全的小角落，为了防止毒蛇和其他毒物的袭击，他用东西把自己盖起来，只想眯着好好地睡一会儿。昨夜从海底麻袋中挣脱，又摆脱黑鲨的攻击，体力消耗实在太大了。虽说吃了条蛇，增加了热量，但毕竟劳累过度。

英继列也顾不了那么多了，躺在那里闭着眼，很快就睡着了。但神经还在睡梦中绷得紧紧的，丝毫没放松警惕，这是在海盗眼皮底下，万万大意不得。

英继列还从没有像这会儿轻松，他似乎感到有一种超出自然的感觉，他把自己的生死置之度外，最大的愿望就是彻底弄清这个麻鲨黑帮，还有在身边常收到的国际海盗信号001。

令英继列不安的就是被海盗绑架的阿敏和章羽两位工程师，他们已经被麻鲨绑架在这里，肯定关在哪个房间，这都是英继列急于弄清楚的。只有把这些弄清了，英继列才能向罗里发出决战或营救等行动计划的信号，以配合其国防部及海事局海警的行动。

因此，英继列的大脑在不停地思索，梦中也摆脱不了这些细节问题。干这种事，英继列一直认为，不干则已，要干就干出点名堂来，这样对国际海洋能起到一定的积极作用，而且对国际海盗也是个严重的警告。

迷糊中，英继列半睡半醒着，蓦地被洞外一阵阵海鸥的惊叫声惊醒。

英继列侧身听了下，海鸥叫完全属于正常现象，一般不会引起人们的注意。过了一会儿，那鸥声发出嘶叫声，像是发现了什么。英继列熟悉海上情况，海鸥若不遇上什么情况，是不会有这样的叫声的，一定是有什么东西引起海鸥惊叫，肯定海上有什么情况。

英继列的大脑神经一下子紧张了起来，他下意识地握起那支微型冲锋枪，起身朝洞口前挪着步子，静下来听了听动静，尔后动身向左右望了望，便顺着洞口的树林悄悄地潜到海边一侧。

这时，海鸥声越来越大，英继列仔细地看着海面，一群海鸥在平静的海面上点水飞舞，除了有一层层激起的海浪花外，没有什么情况。奇怪，海鸥乱叫什么？英继列不解地盯着飞舞的海鸥，像这种情况一般是有海鸥受伤，成群的海鸥才会发出惊叫。英继列数了个遍，似乎也没有发现任何海鸥有不正常的情况。

海鸥群渐渐往左前方移动，鸣叫声依然不断。

蓦地，朵浪花激起，海鸥又围上去一阵惊叫。英继列心想，一朵浪花有什么惊叫的。看看周围的海面非常平静如镜，墨蓝的海面闪着点点碧波的光泽。忽然英继列发现浪花的激起有些突然，英继列再仔细盯着海鸥飞舞的海面。英继列眼睛一亮，啊，海面上有一根透明的管道露在外面，在缓缓向礁处的滩水点移动。

难怪海鸥叫声不寻常，原来海底有活物。

英继列看了看水管移动的方向和海区地理环境，判断这很可能是海盗在探测某个工程，或在对某个暗堡实施水下测试。

大约十分钟后，水管快接近礁区时，突然下沉到了水里。海鸥在周围叫着，渐渐飞散开去，一切都像没有发生，又恢复原有的平静。

英继列蹲在树林中，观察着礁区周围的反应，几分钟过后，海面上没有出现什么。英继列断定，这片礁区的水下一定有潜洞，而且是一个重要的出入口。如果从这里出入，眼前的一片海区离国际航道就不太远，这很可能是麻鲨黑帮的又一个窝点。

英继列决定沿着礁边的密林，朝前侦察。他还是习惯性地上下左右观察一番后，才开始冒险行动。

绿色的林中被一束束射进来的阳光照得若明若暗，英继列走在里面像被灯光跟踪一般。他觉得这样行动太危险，万一被值勤的海盗发现，他首先考虑的是往哪里藏身，往哪里跑，一切对英继列来说，都没有准备。于是英继列改变路线，沿着海边走。这样有树林的掩护，一旦有情况则可以往海里跳。潜逃对英继列来说也许是唯一的出路。

英继列渐渐靠近那片礁区，于是放慢了脚步。这时，礁崖的海边泛起一阵水泡，继而在另一个礁边也冒起水泡。英继列明白在水下作业的海盗至少有两处，而且有多处洞口。

英继列不知不觉地将步子往前迈，来到离礁区有二十多米处静静观察，他根据水泡及礁区地形特征，分析其水下走向，然后将最初的线索图刻在自己皮带一侧。

英继列觉得到手的线索应该再详细点，很想再靠前钻进海里侦察一番，但又觉得这样太轻率了，容易暴露自己。他下面的任务还很重，况且海盗将他用麻袋扔进海里，他死里逃生，他只好在此处坚持观察，不引起海盗对他的警惕。

英继列刚转身想往后撤，突然，从头顶崖礁上跳下一个持枪的海盗，用枪托猛地朝英继列的背后打来。英继列惊恐地往后一滚，虽然后背挨了一下，但不算太重。英继列把枪举起，可不敢扣动，在这里响枪，那不是在老虎头上拍苍蝇嘛。英继列上前一个倒钩腿，把那家伙打倒在地，那家伙见势不妙，迅速抓起枪刚要朝他开枪，英继列猛地一个鱼跃，纵身飞过去压在他身上。

海盗很有力气，一猫腰猛地一拳打在英继列的腹部，接着一把亮闪闪的匕首飞向英继列的胸前，这一招来得太快了，几乎在英继列腹部被打的时候，眼看就要命中，英继列无意识地被后面的树根绊倒，在飞刀飞出的同时倒在了地上，匕首唰地一下刺在了对面的一棵马尾松上。

海盗一招不行又来一招，冲上去朝英继列的头部猛踢。英继列往前翻滚着，正当海盗举枪欲射时，英继列看准海盗的腿，猛地用力一踢，把海盗打了个大翻身，海盗倒在地上弄了个嘴啃泥。这回该轮到英继列出气了，赶上前朝其头部就是两脚，把海盗的脸踢青了。这下海盗感到不妙，边招架边喊道："来人呀！"

这一喊可激怒了英继列,他猛扑上去用双手抓住海盗的脖子使劲地卡住,海盗挣扎了几下猛踢腿,英继列用全身的劲把海盗的喉咙都捏住了。渐渐地海盗无力了,最后瞪着眼睛死在那里。

英继列迅速将海盗尸体拖进林中。一看就知道这家伙可能是这个礁点的哨兵,他竟然发现了英继列,多亏幸运,要不就死在这家伙的手中了。英继列感到有些庆幸。他准备把海盗尸体用树枝掩盖起来,忽然一想,何不换上海盗服利用这个家伙的哨点,来个浑水摸鱼呢?于是,英继列把海盗的衣服扒下来,自己穿上,特别是用彩色的布条也按海盗打扮那样把自己的头缠起来,挎上一支微型冲锋枪,手里拿着一支微型冲锋枪,腿上插着两把匕首。他觉得这副武装对付三五个海盗不成问题。

英继列开始还不敢暴露自己,只是沿着礁边往前挪着步子,想摸点情报再说。可是,这样下去,始终没有什么起色,反而感到是一种被动的侦察。英继列转而一想,趁这家伙不在,到下一个海盗换岗还需半天。时间过去了,再侦察就困难了,如果海盗们发现这家伙失踪会警惕起来。英继列干脆站出来,握着枪在明处走动。

这样,一般远处的海盗看去不会引起怀疑,相反,英继列还可以从明处观察。英继列走上礁顶端的哨所处,先是看到周围没有什么人,只是顶上雷达在转动。

英继列发现哨所里有架望远镜,真是大喜过望,他拿起哨所里的望远镜,朝雷达望去,雷达天线隐蔽在绿树丛中,旁边有两名海盗坐在那里,像是值勤的。

从礁顶往下望,靠近海边的几处显然被人工修整过,内礁处一个洞口有快艇在移动,这里面原来是座秘密的礁丛暗堡。英继列终于看清了整个眉目,这礁区连接的礁崖,实际上已经被海盗改造成人工的暗堡。而且是现代科学自动化的建造。

英继列开始走动,小心地朝洞口靠近。

这种大胆的侦察,的确要有点勇气和牺牲精神。英继列走到洞口前,手里的枪握得紧紧的,朝里边看着。原来洞口只是个外避风港,有两艘快艇停泊在里面。英继列觉得这里肯定有暗防道口,或是自动机关暗堡。于是,英继列还想进一步探明路线,再抬头一看,洞的左侧悬崖丛中有一个隐蔽的哨位,很不容易发现,完全被悬崖中的一片绿林环抱着。英继列的角度正好能看到这个哨位,便想躲避开这个角度。然而,一名海盗背着枪出来,对着英继列喊道:"潮水东出来!"

英继列先是一愣,以为海盗发现了他,可一听,才知道这是海盗的口令。

"海浪西流去。"英继列随口答道。

"他妈的,你到处转个什么?"海盗嚷道。

英继列没有回答,而是一抬手朝那家伙吹了一声口哨,转身而去。英继列心里琢磨,这一带也许是个要害部位,看来每个哨点都是有严格规定的。

英继列沿着石阶小道往里走,周围都拉有铁丝网和电网,虽说路口没设岗,英继列一看就知道这里通道深处不一般,想必是一个海盗的研制机构。

刚往里走,迎面两名海盗抬着一台电机走过来,英继列想躲已来不及了,便大大方方地握着枪迎面走去,他们头也没抬就从英继列身边过去了。

英继列紧张的心放松了,便快步朝里走去。

他往前没走几步,突然一道门自动关闭下来,是一面礁壁,正当英继列不知所措的时候,他的左侧一面礁壁渐渐开了一道门,里面是洞口,闪着点点灯光。

英继列觉得这太玄了。他想,这也许就是海盗的实验工作区。

里面是一道道现代化的升降台,洞道打得复杂而隐蔽,即使发现一个洞口,还可以封闭一面礁壁,看上去绝对严密。英继列开了眼界,并且由此对这一带礁区的海盗建筑有了大体的了解。

英继列极想再往里探看,左侧突然出现两个海盗值勤员。他们身着海盗服，头缠彩色布条，胸前标志是黑色的麻鲨图案，手里挎着微型冲锋枪，看上去一副气势凌人的样子。这是重点防御的值勤海盗。英继列明白，一般洞口只有一个值勤兵，这里是两个值勤兵，很显然，这是个重要的地方。

英继列侧过身试图快速闪过去，然而，还是被这两名海盗看见了，他们冲着英继列喊道："哪儿是你的岗位？"

英继列用手朝里面指了指，还是往里面走，海盗刚要转身走，其中一名海盗小声说："他好像没有牌子。"

英继列似乎感到有些不妙，已经做好了最坏的准备，便想撤出来。

"站住，你怎么没戴牌子？"一名海盗对着英继列喊道。

"哦……哦……"英继列用手指指外面，示意在外面呢。

"他妈的，你是哑巴？"海盗骂道。

"哦、哦……"英继列点着头，而后又指着外面。

"真他妈的奇怪，什么时候我们这里还有哑巴？这怎么能站岗，非误大事不可！"一名海盗也骂道。

"走，你的牌子到底在哪里？"海盗推着英继列往外走。

"你他妈的是哪个组的？你的代号？"一名海盗还在问，似乎感到不可思议，发着牢骚，"你看这成什么样子了，连个口令都不会传，竟有哑巴站岗！"

英继列心里直发慌，看来化装成海盗，虽说彼此看上去一样，但海盗圈里的规矩太多，根本无法应付，英继列尽量想把这两个家伙引到僻静处，以防引起海盗区域的震动。

英继列大步朝礁崖下的一处林中走着，只要海盗在没有识破他以前是不会随便下手的，拖一分钟算一分钟。

"他妈的，你往哪儿走？"海盗骂起来，"那是什么地方，会丢在那里？"

"算了吧，别理这混蛋，我们还是干我们的去吧！"另一名海盗不耐烦地嚷道。

"他妈的，今天算是见鬼了，我想知道这家伙到底把胸牌扔哪儿了。"

趁他们说话的工夫，英继列已经大步走出了海盗危险区，接近海边礁丛，这里的林中小道直接通往那个原始崖洞。

"他妈的，站住！你还跑，你根本就没有牌子！"那名海盗经验十足，似乎发现有些不对，边追边喊，"再跑，就开枪了！"

英继列两步跨进林中的洞口，一梭子便打了过来，英继列就地一滚，很快躲进洞的一侧，他不想开枪还击，这样容易扩大目标。

海盗气势汹汹地往前追，他们完全没有考虑到冒充的海盗是什么人，于是便一齐钻进洞里。

"他妈的，这么黑，这家伙肯定跑了。"

"这个洞闹过鬼，我们还是走吧。"

"他妈的，胆小鬼，怕什么，老子非抓住这家伙不可，看看他到底是哪个组的混蛋！"海盗猫着腰往里走，另一个打着火机，洞内顿时闪着微亮。他们抬头一看，洞内阴森森带着袭人的凉气，海盗的眼睛都瞪大了。胆小的海盗腿肚子直打战，伸出一只手紧扯着另一个海盗的衣服。

英继列在侧面的一块石头背后，如果一梭子扫过去，他们一个都跑不了，但英继列想抓个活的，对他进一步了解详情有用。于是，英继列采用心理战术，学着鬼的可怕声音慢慢地叫起来，声音在整个洞回荡，究竟来自何方，连他自己都分不清。

海盗的脚步放慢了，突然发现一条蛇在洞壁上吊着，吓得胆小的海盗惊叫着往另一个海盗身后躲。

"他妈的，胆小鬼！"那家伙骂道，操起冲锋枪对着那条蛇扫了一梭子，把那条蛇打得血淋淋的。

海盗这一开枪，吓得那家伙的火机也灭了，顿时，洞内一片黑暗，那个海盗喊道："鬼东西，你出来，竟敢跟我耍花招！"随后，又是对准洞里扫射着。

英继列躲在礁石后面开始捉弄他们，先是抓起一块石头，趁着子弹的余光，打在那家伙的头上，只听见"嘭"的一声，那家伙的头被打中了，他叫了一声，用手一抹，鲜血直往外流。

"他妈的，你出来！"又是对着洞内横扫一梭子。

英继列这时已蹿到洞口处，用树枝、树根把洞口给挡住了，海盗就是往外走，也会被绊倒。

接着，英继列又躲在洞口内侧，操起石头朝海盗打去，只听见海盗叫道："哎哟，我的脚！"

"赶紧往外撤！有鬼！"海盗叫道。

"快把火机打着！"

正在这时，英继列飞身上前一把将那家伙的微型冲锋枪给夺了过来，猛地就是一脚把他踢倒。凭着感觉，英继列听到另一名海盗被树枝绊倒的声音。英继列掏出匕首循声飞去，只听到"啊"的一声惨叫，倒在了那里。

脚下这名海盗企图反抗，黑暗中，手里拿着匕首在原地打转。突然，英继列瞅空抢步上前，紧紧抓住海盗的手腕，就势一脚，猛地踢了他的裆部，那家伙痛得蹲在了地上，英继列缴了他的匕首后，双手把海盗给扭了起来。

"我问你，前面站岗的那个洞是什么洞？"英继列掏出匕首威胁道，"不说，我就杀死你。"

这名胆小的海盗此刻吓得腿直打哆嗦，连声说："你别杀我，我还有老人在家……"

"想活命，就快说！"

"我要说了，回去也活不了……"

"只要说了，我保你不死。"

"那……那个洞是一号仓库……"

"都装些什么？"

"是粮食和武器……"

"有多少人看守？通总部吗？"

"这……里面机关很多，都是用电脑控制的，我都弄不清……"

"有多少人都不知道？"英继列说道，"看样子，你是不想活了？"

"人不太多，就七八个人。有些情况我真不知道，我来到这里还不到两年，很多事我不太清楚，我没有抢盗过船，真的，我只是在这里站岗……"

英继列心里一阵不快，抓了个废物，但一想如不是废物，海盗死也不会说。眼前最重要的是摸清有关情况，时间要紧，英继列想这家伙还是可以利用的，他不管怎样还熟悉洞里的情况。于是，英继列对他说："你得先委屈一下，跟着我，保你不死，如果想逃，那死路一条，你自己看着办。"

"我跟着你，只要能活着。"

"你的脚上必须套个绳索，我不会处死你的。"说着，英继列用绳索把他两只脚绑住并留有一定的距离，然后将缴来的微型冲锋枪隐藏在洞里的石头下。

英继列走到洞的另一侧，掏出微型钢笔发报器，试探性地向罗里发出一串信号，这时，发射的干扰波似乎小了些，看样子信号可以发出去。英继列感到有些兴奋。

英继列在这座原始洞里开始了战备和修整，决定以此洞为基地，来对付不测的突发事件。

英继列在洞里吃生蛇和生鼠，他脸上的胡子长得很快，像一个野人一般。英继列带着这个海盗俘虏，一点点把此处的环境摸清了些，希望早日迎接新的战斗。

英继列两眼仍望着茫茫海面……

第十二章　海底百岁宴

月黑风高　阿龙痛殴海蛇

这些日子，月亮越来越小，连半个勾弦都看不见。海风带着一股黑色的潮汐，把海和天搅得黑沉沉的，令人喘不过气来。

麻鲨的总巢更是充满黑色的暗流，整个暗堡虽说设施比较先进，但毕竟在大海深处，常年见不到一丝太阳的光线，就连麻鲨这样的总头，尽管每天山珍海味，也无法享用金钱买不来的阳光，所以麻鲨的皮肤带着一层无血的白色，白色之中夹带着点点黑斑，看上去都让人害怕。

总巢的黑暗似乎看不见，但它已渐渐地把人都染黑了，而且黑在骨头里。

麻鲨黑帮中的老四海蛇自从上次吃了海象饼、受到放血的处罚后，一直对老三阿龙耿耿于怀。虽说上次是吃了哑巴亏，没能抓住阿龙使坏的把柄，可凭他的直觉就知道这是阿龙干的。虽然他们之间相互勾心斗角，甚至可以相互残杀，但有一条他们心中都十分明白，就是对麻鲨的大局一点不能含糊，都要自觉地为维护共同建立起来的麻鲨黑帮体系而战斗。

但海蛇一想起这难堪的事，心里就憋气。他坐在指挥室内独自喝着闷酒，把所有的菠萝蜜圆桶罐头都打开了，尽情地在那里喝着吃着，然后把罐头空盒用脚踩得扁扁的。

他把酒杯里的酒喝得精光，下意识地看到了手臂上放血留下的伤疤，气得拿起酒杯猛地摔在地上。

海蛇那双绿豆眼涨得通红，他在心里反复骂道："你他妈的阿龙别得意过早，等着瞧，我会让你也尝尝这种滋味！"

这时，海蛇的助手木腾急匆匆地走进指挥室，一看地上摔碎的酒杯，当然知道四爷心中不快。他靠近海蛇，贴着耳后小声说："四爷，按你的吩咐，我已派人监视了那个女工程师。听说，三爷昨天又派人专门为那个女的送去好吃的，而且他一直站在外面……"

"盯紧他，要抓住他的证据，我看他到底想在这女人身上打什么主意。"海蛇阴着脸说道，"目前这个女人属于我四爷管辖的范围，这个女人是来为我们干活的。"

"明白了，四爷，我会按你的意思办！"

"等等，另外看看阿龙这家伙这些天都在注意什么，打听下这两天有没有出海劫船的行动，我让这家伙也瞧瞧我四爷的厉害！"海蛇对助手说。

"明白了！"助手木腾说着低头小声对海蛇求道，"四爷，这几天太累……"

海蛇一听就知道他又要大烟，便从自己身上掏出一包递过去，不满地："给你，他妈的，别尽想着抽大烟了，要干点我想知道的事！"

"谢四爷，我这就下去布置！"木腾点头哈腰过后，一转身走了。

海蛇似乎活了，在屋里踱着步子，他也在策划一招，欲抓住阿龙的过失进行攻击，实施报复。

阿龙这些日子虽说在海蛇身上出了口气，但这并没有让他脱离痛苦，被关在这黑巢并备受折磨的阿敏，使他良心不得片刻安宁。阿龙心里隐藏着一种痛苦，这种无人知晓的痛苦比什么都刺痛他的心，一种人性在他心里复苏，无论他变得多么残忍无情，这种血缘关系本身就是人性的潜在之灵，要想把这种人性毁灭，的确不容易。

阿龙明显瘦了一圈。他平日最爱赌博，现在也赌得不多了，只是疯狂地吸毒，试图用这种方式，麻木自己的心灵。

阿龙又在自己的手臂上注入刺激的毒品后，躺在床上发狂地乱动乱跳，他的双手握成拳在床上摆动。

此时，他也许感到一种暂时的心灵解脱，然而，无论如何他也摆脱不了阿敏对他的影响。他自己所走的路，他自己甘心情愿，但看到眼前阿敏受折磨，他岂能不为所动。

特别是昨天，麻鲨四区的研制小组强迫阿敏去安置一项航海观测仪，阿敏去了，可死活也不动手，像死人一般在那里站着。她决不会为海盗出卖自己的灵魂，更不会去为海盗做些什么，她被带到这里，已经做好了死的准备。然而，四区的海盗硬是把阿敏给打了，脸都打肿了。这件事后来让阿龙知道了，气得直挥臂，他虽说是敢死队长，排号老三，但在海盗老巢里，不好出面干涉。于是，阿龙的心像刀割似的格外痛苦，他苦苦地思索，总不能让阿敏在这里如此活着，也许死了比活着强，但阿龙不敢往下想。阿敏和他是从小在一起长大的，从海里死里逃生，然而却在他的手下就这么死去，那真是太残酷了。

阿龙在寻求另一种方式，他想找机会为阿敏开辟一条生路，哪怕自己受到处罚，也要为阿敏开路。

这种念头，长期在阿龙的心灵深处搅动着，并渐渐地在他微小的行动之中有所表现。

阿龙让黑女为阿敏送去不少营养较高的食品，并让黑女看着阿敏吃完后才回来。为此，阿龙心里多少好受些，只有把身体养好后，才能决定以后的行动。

阿龙从床上起来，在里屋转悠着，他真想亲自再见见阿敏，然而，阿龙绝对没有这个勇气，他不知在阿敏那间屋外徘徊过多少次。从门缝里看到阿敏那憔悴的脸，还有她脖子上挂着的那小贝壳项链，他的心就紧缩，感到深深的刺痛。

阿龙又一次下意识地沿着内港朝阿敏那里走去，他边走边琢磨着对策。明天麻鲨为老太爷举行百寿宴会，想必总巢的人们这两天都在忙百寿大事。今晚是为百寿献礼，要袭击一艘商船，以实际行动向老太爷百寿献上最新的战利品。对于晚上12点的行动，阿龙有自己的新考虑，他决定利用劫船的机会,把阿敏巧妙地放出去,在麻鲨黑帮,干这种事是要冒杀头危险的,但阿龙还是在悄悄地盘算着。

阿龙心事重重,两条腿走起路来显得十分沉重。

阿龙刚接近阿敏的住室,只见助手莫黑从对面奔跑过来。莫黑把阿龙拉到一边,急匆匆地说:"三爷,四爷把女工程师带走了,说是要强迫她干活,否则就扒光她的衣服。"

"什么?他妈的,这混账东西想抢我的功劳!"阿龙一听,脸气得通红,骂道,"狗东西,想与三爷作对,走!"

莫黑在前面带路,阿龙气汹汹地大步跟着往前走,他脖子上的青筋都鼓鼓地暴露在外面。他可以想象,海蛇干得出任何事来。

再往里走就进入了麻鲨四区,这个区域属于观通防御部门,归海蛇管辖。

阿龙两步并作一步往前走,只见海蛇的密室外站着海蛇的助手木腾,像是在外张望放哨,看见阿龙来了,便快速朝密室的门上敲了两下。

"敲他妈的屁用,滚到一边去!"阿龙冲着木腾骂道。

密室内,阿敏穿着单衣坐在凳子上,头发蓬乱着,两眼无神地呆呆望着地面,大脑神经似乎已经麻木。

海蛇光着膀子,手里拿着弹簧鞭子独自站在阿敏的身边嚷道:"我抓你是来干活的,不是养着你,这些天吃得不错吧。我再说一遍,到底干不干?不干我就扒了你的衣服,叫你尝尝我的滋味!"

阿敏仍毫无反应地坐在那里,她已经不能保护自己了,并且受到了非人的折磨,她的心已经僵硬了。

海蛇对阿敏这般,其实主要目的是对着阿龙来的,他借工作之便找阿敏出气,想必阿龙不会对他怎么样,更不会去告他海蛇的状,在海盗中就是公开强奸女人也是正常的,没有过分之说。

海蛇喊道:"你干不干活?不说,没关系,我会让你说的!"

海蛇双手突然把阿敏的上衣撕破。阿敏两个雪白的乳峰露了出来,她惊叫着用双手捂着前胸，紧缩身体。海蛇强行将阿敏抱起来，一只手在阿敏的下身扒着，阿敏猛地把海蛇一推，海蛇倒在地上。

"哈哈，还有股野劲，我还需要这股野劲，来吧！"海蛇说着冲过去，猛地抱起阿敏往椅子上按……

阿龙使劲推着门，推不动，只听见阿敏在室内惊叫着。阿龙火冒三丈，"啪"地一脚，把门给踢开了。

海蛇正抱着阿敏。阿龙走上去，扭住海蛇的脖子，猛地一拳打在他的脸上，顿时海蛇眼冒金星，两眼闪着虚光，还没等他明白过来，接着，又是一拳打在他的腹部。

"你……你凭什么打人？"海蛇倒在一旁，不解地反问道。

"三爷就是要打你这条蛇，这个女人是三爷抓来的，你休想碰她一个指头！"

"哈哈……那你就错了，这个女人归我四区管，她要为我四区干活，你管不着，这是我的自由！"还没等海蛇说完，阿龙冷不防地朝他的腰就是一脚。

"三爷就是要管管你！上次你还没吃够苦头是吧！我让你吃个够！"阿龙看着身边光着身的阿敏，火更是不打一处来，他迅速脱去上衣朝阿敏扔去，然后，光着膀子，挥着拳，朝海蛇冲去。

海蛇退后，又跳起来，双腿蹬着墙，猛地朝阿龙袭击。阿龙一躲，一拳打在海蛇的后背上，接着一个勾腿踢在海蛇的下身，只听见海蛇"哎哟"一声蹲在地上。阿龙上前扭住海蛇的脖子，一只脚踩在他的身上，说："我问你想死想活，三爷我这些天正烦着呢，杀了你三爷最多放几次血！"

"别这样，我又没有侵害你，何必要这样呢？"海蛇脸上青一块紫一块，绿豆眼闪着阴光，求饶道。

这时，阿龙对助手莫黑使了个眼色。莫黑看到阿敏已把阿龙的上衣披上，带着她离开了密室。

"放你一条活命可以，你要明白，你是老四，我是老三，懂吗？以后干什么事,眼睛睁大点,别他妈的老睁不开眼睛!"阿龙说着踢了海蛇屁股一脚,骂道,"滚!别让我再抓住你!"

阿龙刚转身,海蛇抽出匕首猛地朝阿龙的腿部刺去,恰巧阿龙的腿迈上了前,他的裤子被刺了个洞。阿龙回头一看,原来海蛇是假投降,真下毒手。于是,阿龙就地一个扫腿把匕首踢出老远,冲上前去踢了海蛇的胸部猛击,然后双手掐着他的头。

海蛇不甘示弱,既然已经暴露了杀机,他便放开胆子,抽着皮带朝阿龙挥打。看见这皮带,令阿龙想起上次吃的苦,他早就对这玩意有了防备,像蛇似的晃动步子,突然贴近海蛇,朝他的胸部就是两掌,接着就是一个绊腿,海蛇拿着皮带连连被阿龙打倒。

"他妈的!三爷今天非废了你!"阿龙抽出匕首,闪电似的一个大回转,"啪啪"两个飞腿打在海蛇身上,看来阿龙真的火了,武功发挥非常出色,令海蛇只有招架之势,没有还手之力。

海蛇一看阿龙挥着匕首来真的了,连连后退,并叫道:"来人呀!"

其实,海蛇的助手木腾早就在他身边,只是不敢帮忙,他知道那是三爷,能帮四爷打三爷吗?他还活不活?

"三爷息怒,饶了四爷好吗?"木腾只是求道。

阿龙并没有动心,准备用匕首给海蛇放点血,让他记住三爷的厉害。匕首朝海蛇的手臂刺去,海蛇双臂躲闪着,阿龙要是刺他身上早就刺住了,但阿龙仍想刺他手臂,正在这时,敢死队副队长茄子赶来了,见到阿龙就喊道:"三爷,不好了,九号地区昨天有三个兄弟失踪了,像是被人谋杀了!"

阿龙一听,手里的匕首停住了,海蛇就此溜走了。

"走,看看去!"阿龙一回头,发现海蛇不在了,骂道:"今天三爷放了你,他妈的,混蛋!"

阿龙和茄子往回走,问道:"怎么搞的?都是什么人失踪了?"

"小巴子、大胡子和海巴,他们都是在值勤时失踪的。"茄子说。

"没有发现什么可疑的人？"

"没有。抓来的渔民都处死了，就连那个外来的难民为我们捞了几天海货后，也用麻袋扔进海里了。不过……有一个渔民早些时候跑了，一直没找到他的身影，我想他一个人也不会……"茄子还没说完，阿龙就打断道："一群废物，留一个活物，将来对九号地区都是个威胁，在周围搜查了吗？"

"都搜遍了，也没找到那家伙，我想是肯定跳海再没起来，他再大的本事也游不走，周围没有他歇脚的地方。"茄子分辩道。

他们说着，来到了敢死队的三区，走进一间密室，一幅海盗巢穴的地形图摆在墙边，茄子走上去，指着九号地区的图纸，说："一个在这儿值勤，两个在仓库区值勤，都失踪了，不可思议！"

阿龙看了看地势图形，思索了一会儿，对茄子说："这件事先不要告诉老爷子，明天就是老太爷百岁宴会。你带三分队从海岸到岸峰逐步搜索一遍，就是死的也要找到，否则，就会留下不明不白的后患！"

"我一定查出来！"

"前段时间你为老爷子捞海货干得不错，不要因为失踪几个人，受到处罚哟！"阿龙的话令茄子浑身打战。

"请三爷放心，我尽力去办！"

"你走吧，办利索了，再来见我！"阿龙挥手说。

茄子走了。阿龙晃着身体回到了屋里，他虽然把海蛇给狠狠教训了一遍，但想到阿敏遭到的不幸，还是心寒。这样下去，他不能天天来保护阿敏，而且保护一个被抓来的女人，也总说不过去。海蛇可以不再靠近她，可是别的人呢？

阿龙想到深夜出海劫船的行动，下决心要把阿敏送出去。

助手莫黑走进阿龙的屋，小声地说："我把那女人转移到三区的109密室里了，其他人都不知道。"莫黑理解阿龙的心思，但不知内情。

"好，干得不错！"阿龙拍着莫黑的肩，赞叹道。随后，阿龙从自己的小箱子里拿出几块毒品大烟递给莫黑，说："拿去过瘾吧！"

"谢三爷！"莫黑拿着大烟，转身就往外走，被阿龙叫住了。

"你负责今晚的行动。让一分队做好准备，先睡觉。有什么情况，向我报告！"阿龙这次特地让莫黑安排。

莫黑走后。阿龙在屋里踱着步子，把今晚送出阿敏的计划想得十分周到，让阿敏换上海盗服装，把头包缠起来，趁着月黑风高之夜，与海盗一起乘艇上船，然后，阿龙再把阿敏塞在货船一处，让阿敏随那艘货船逃离。这是个大胆行动，为了防止出现破绽，阿龙连每个细节都想到了，甚至准备应付不测，阿龙宁愿放血受罚也要把阿敏救出这海盗的黑窝。

阿龙从自己的柜子里找出一套海盗服，还有缠头的彩色布条，都装进一个兜里，在出发之前半个小时准备让阿敏穿上，到时可以把话说明，争取赢得阿敏的配合。

其实，阿敏心里早就纳闷，这些日子，她从黑女那里知道每天照顾她、而且给她送好吃食物的都是这个阿龙。刚才海蛇行暴，又是这个阿龙与海蛇决斗，把她救出来的。阿敏对此开始不以为意，认为这是海盗之间为争女人在钩心斗角，然而时间一长，她发现这个阿龙并没有在她面前怎么出现，便渐渐产生一种莫名其妙的感觉，她对这个满脸胡子的阿龙所作所为感到不可理解。

阿龙看了看时间，然后又独自在内港两艘快艇处检查了一遍。在上艇的位置上做了些调整，相信在黑夜之中，不会引起海盗的注意，因为在一分队中，阿龙把莫黑扣下了，让他在家里办别的事，这只有莫黑与阿龙知道，所以按人数由阿敏冒充莫黑，一般海盗在各自战位，不会相互交流，只要快艇驶出麻鲨总巢，在海上就好说了。

一切都安排好后，阿龙小心翼翼地来到自己管辖的三区109密室前，透过一个小洞口，看见阿敏在室内。从这里直接上艇只有十几米远的路，相信换上海盗服后，阿敏会配合的。

阿龙回到屋里反复思索着这次行动的对策，然后不知不觉地闭上眼睛睡着了。不知睡了多大一会儿，阿龙突然醒来，莫黑已站在他的跟前。还没等莫黑说话，阿龙抢先问道："怎么样，都准备好了吧？"

"三爷，情况有变化，今夜的劫船行动，二爷要亲自挂帅，他说要专门为老太爷百岁宴出海献礼。"

"什么，二爷要去？"

"二爷已准备了，刚才他让助手来告诉我，让你配合他行动！"莫黑说。

"他妈的，我三爷出海行动从来都是独自作战，他去挂帅，还要我这个敢死队长干什么？"阿龙不满地嚷道。

"说二爷出海是一个形式，表示对百岁老太爷的敬意，好像没有别的意思。"莫黑尽量安慰道。

"他妈的，什么形式，简直是没事找事！"阿龙骂道。

没办法，阿龙只好痛苦地把精心设计的行动计划放弃掉，等待下次独自出海的机会了。

阿龙拍着脑门，轻轻叹道："上帝啊！"

黑帮里的红与黑

凌晨，阿龙才从海上回来，虽说二爷挂帅劫了艘商船，但只是抢到了几台大屏幕彩色电视机，没有别的货物可抢。不管怎么说，二爷也算为老太爷的百岁红宴送了一份海盗"职业礼品"。

阿龙整个活动计划被打乱，因而显得无精打采，回到总巢，便早早滚上床睡自己的大觉去了。

今天是麻鲨之父老太爷的百岁生日，整个麻鲨总巢的各通道口都挂上了一条红色的绸带，像一朵朵红云飘荡在海底深处。

庆典总策划是二爷大胖。他为办好这次海底百寿大宴，可是动了不少脑筋。这些日子，大胖挺着肚子来回穿梭在各部门，安排并落实这次"红色庆典"的具体事宜。今天他换上了一身血红色的海盗长袍，张罗着即将举行的老太爷的百岁庆典。

老太爷百岁，这在国际海盗的排名榜上是挂了号的，他是麻鲨黑帮的创始人之一。虽说多年隐居在幕后，把真正的掌印实权交给了麻鲨，但一提这位百岁海盗人，国际海盗组织都会敬仰。然而，麻鲨黑帮中后来的海盗，几乎都没有见过这位传奇的海盗祖宗，就连阿龙的助手莫黑在总巢多年，也不知老太爷的模样，听说他住在一间密室里，有专人伺候。

大胖满怀信心地向麻鲨汇报庆典的安排。

"老爷子，我要把老太爷的百寿庆典办成世界第一。在国际海盗组织中老太爷百岁大寿，这是世界第一；在大洋的下面举行这么个庆典也是世界第一。"大胖挺着肚子，笑道，"用100个猪头、100个活龙虾、100个活虎斑贝为老太爷百岁祝寿，这也是世界第一，预祝老爷子300岁呀！"

"老二，你办得好！"麻鲨脸上兴奋得泛起红光，连声说道，"办完庆典，我为你庆功！"

"到老爷子100岁那天，我再为你举行庆典呀！"大胖奉承道。

"今天正午12点庆典开始，我已准备好了，就等着老太爷入座。"

"各通道都要挂红，庆典按我们的国际盗规布置，办得热闹隆重，让老太爷过好百岁大寿。"麻鲨交代道。

"按老爷子的吩咐都办妥了。"

"好，我麻鲨在国际海盗组织几十年，好歹也是头几名的大帮吧，要抖抖威风，让国际海盗的成员也瞧瞧我麻老爷。"麻鲨吸着大烟，眯着眼睛说，"我们这个帮从组成到发展不容易，这里有老太爷的心血！"

"我们要好好为老太爷祝寿！"大胖接着说。

"你通知老三、老四，庆典时，只留值班的，其他的人员都参加老太爷庆典，给他们放假半天。"麻鲨挥着手说，"让他们喝一喝、赌一赌，把精神放松点。"

"老爷子想得太周到了，兄弟们肯定高兴，我这就去布置！"

"等等，老二，警戒还是要严格落实，哪个部门出了问题，哪个部门负责，要把好关，尽管我们的防御能力不错，但千万不可大意！"麻鲨提醒道。

一听说能放半天假、喝个痛快，海盗们顿时活跃起来，但阿龙对此并不感兴趣，他半睡着，脑子里仍想着阿敏的事，试图寻找机会。

阿龙闷闷不乐，睡在床上仍感到难受。他心里像塞了一团麻，有些憋得慌，本来由他率队出海劫船盗货，他是敢死队的队长，却让大胖把功抢夫了，这不要紧，关键是送阿敏出海的计划落空了。

眼看就要为老太爷祝寿庆典了，可阿龙像病了一样显得没精神，他对老太爷的百岁大寿似乎失去了兴趣。

阿龙拿起酒瓶一口气就喝了半瓶，他真想把自己喝个烂醉。他眨着通红的眼睛，呆呆地望着对面墙，他想着阿敏那串小贝壳的项链，还有那沙滩上他和阿妹追逐的脚印。阿龙的那颗心在复苏，复苏人本来善良的真情。

阿龙想起明天就是海盗的传统鬼节，每年一次的鬼节，海盗都要用特殊的方式进行庆祝。海盗蒙面成各种各样的鬼，有的戴上鬼的面具，有的在脸上画上鬼的脸谱，出海劫船抢些食品之类的东西欢度鬼节。阿龙觉得这是个极好的机会，并且可以用戴面具的形式，把阿敏伪装起来送出这海盗之窝。

想到这里，阿龙又来劲了，他披上黑色的海盗服，朝内厅走去。

海盗有的在准备寿典，有的在做各种各样的鬼脸谱。阿龙走过去，拿起一个脸谱戴上，觉得还可以。

"三爷，这两天热闹了，今天是老太爷的寿典，明天是鬼节，可多喝几碗酒啦！"一名海盗说。

"这鬼节的鬼脸可做多点，样式也可多些。对了，再把鬼衣做长点，头上可做些鬼帽子，要让人看不出来是谁才行。"阿龙拿着鬼脸谱对正在做脸谱的海盗说。

"三爷，你看怎么样？还有点鬼的样子吧？"一名海盗戴上面具，套上黑色的鬼衣，看上去的确有些让人害怕。

阿龙瞧了一眼，没有说话，只是点了点头，然后便独自朝三区的密室走去。

四区海蛇的管辖地，这天显得异常紧张，值班室的一架多功能水下探测声呐追踪器的荧光屏，正常运行着。监视海面、海空的微型超导波雷达的荧光屏也在运行。荧光屏上指示针划过后，不时出现一个个米粒大的白点，监视的人员睁大眼睛判断着，不时朝耳机话筒报告："东南方20°，距离11海里，速度26节，一艘大型商船，朝着西北方向航行。"

顿时，海盗监视、情报、传递等各部门开始运转操作。

正常运行的雷达荧光屏的电子波颤动起来，干扰层的波纹打乱了正常指示针划过的目标。雷达手紧张地调试着，仍不见好转，他不时地测动方位，干扰波依然不减。

"他妈的，肯定是雷达天线被移动了，完全没有了信号！"雷达手嚷道。

总巢里顿时充满了一种阴森森的紧张气氛，也充满着一种让人喘不过气的压抑感。

瞒天过海　英继列打入匪窟

英继列躲过海盗的搜查，终于把那座微型高频率雷达天线的连接线砍断了，然后用土把它再埋上，即使海盗发现了天线故障，要想查找维修也得有一个过程。

英继列基本弄清了麻鲨老巢暴露在外的地形，并把作战的意图传给了罗里。根据时间安排，由国防部派出的特种快速部队明天即可到达预定海域，实施突然性袭击。

根据抓获的海盗俘虏提供的线索，英继列决定隐身潜入麻鲨总巢。这是个极为危险而又重要的行动，弄不好会影响整个歼灭麻鲨的战斗。英继列反复思索，认为不冒险深入，对营救阿敏、章羽不利。

茫茫海面升起一阵阵大雾，给神秘的岛礁笼罩了一层乳白色的纱帐。

英继列刚跳入岩礁的内侧草丛中，三五个搜索的海盗荷枪实弹地从他头顶的石阶走过。英继列屏住呼吸，手里的微型冲锋枪对准了上面。

"他妈的，我们搜查了一天，这么个屁股大的地方，就是一个虫子也能看到。"

海盗在不满地议论。

"这一带海区有谁过得来？谁能到虎口里抓人？我看呀，准是那些家伙自己开小差溜走了。"

"副队长说，我们赶回去要参加老太爷的寿典，放开肚子喝几碗吧！"

"再搜一圈就走，管他妈的谁失踪，死了活该！"

"桑里，你把面具准备好了吧，明天是鬼节，得好好开回心，吃回鬼食！"

"待会儿回去，我们先戴上，吓他们一下！"

他们边说边往前搜查而去。英继列躲在丛林中，听到他们的谈话，心里不觉一喜，立即产生了一个大胆的念头。

他们几个要回总巢，而且参加老太爷的寿典，还有鬼节，这些情报对英继列实在太重要了。

英继列思索着，整理好一身海盗服，决定紧跟上他们几个，然后想办法，隐身潜入进去，摸清内部情况。

英继列移动身体，看准方向，辨听着周围的动静，朝他们的侧面爬去。

英继列不敢跟得太紧，虽说他们在前面搜索，但英继列知道还有一个小组也在搜查，万一发现了他，那就难逃了。于是，英继列找到悬崖中间的黑洞口爬上去，用周围的草枝护着，监视着那帮海盗的行动，以便采取措施。

可是不一会儿，待英继列再看他们时，却发现他们已经过了一道海沟，在对面内港上，正在操纵一艘玻璃钢制成的微型水下潜艇，看样子是准备返回总巢。

英继列一看，觉得这是个机会，不能再迟疑，但又为难了，大白天，怎样渡过这个海沟，又怎样借用他们的力量，隐身潜入到他们神秘的总巢里去呢？

他急中生智，沿着后崖溜入海水之中，他潜入海沟，看准玻璃钢潜艇背面的礁石，渐渐地扒着礁石露出头，好悬！英继列把头又潜入水中。刚才露头时，两个海盗正戴着面具对着英继列，好在面具挡住了他们的视线。

英继列从岸边抽了根细细的芦苇，然后衔在嘴里潜在水中。

"副队长他们几个已经走了，我们也走，大家准备一下。"

"我们都戴上面具吧，肯定把他们吓一跳！"

这时，几名海盗回舱内去了，另一名像是操作员的正在检查潜艇各部位，而艇的尾部一名头戴面具的海盗刚坐下，英继列看准时机，蹿出水面把那家伙的脖子给掐住了，一个非常利索的动作，把面具戴在了自己的头上，然后用匕首刺在死去的海盗的手腕上，将其定在了水下的礁石上。

英继列手提微型冲锋枪，快速换坐在那名死去的海盗的位置上，真是神不知鬼不觉。

不一会儿，那几名海盗都出来了，驾驶员启动了机器，潜艇搅起阵阵水花。

"都把面具戴上，还是桑里快，都坐在那里了！"领头的海盗对着戴面具的英继列说。

英继列透过面具的眼圈，把他前面坐的几名海盗都看清了。这时，小潜艇已关闭了舱口，渐渐沉入海水中，然后无声地在海底往前驶去。

透明的海底世界五彩夺目，各种颜色的热带鱼穿梭在珊瑚丛中和绿色的海草里。透明的小潜艇宛如一只鲸鱼在蓝色水域里行驶，坐在艇内给人一种置身海底世界的奇妙快感。

英继列坐在那里，第一步完成得还算顺利，但到了总巢后，如何摆脱他们进行独自隐身侦察，这是他最头痛的事，但一想，既然已上了艇，那就随机应变吧。

潜艇开始升起，绕过一道水下礁，直接朝着一处黑色的海底洞驶去，潜艇往上升到一定的距离，突然被什么东西挂住了，接着就往前行驶，潜艇被笼罩在黑色的空间，只觉得猛地一下，潜艇出现在水下一座宫殿的滑道上。

这是一座现代化人造的海底宫殿，潜艇是通过水的牵引，利用机械力量升上来的，一般的水下航行根本无法找到这升降的地方，关闭后的升降处像一座礁石。

英继列深感惊讶，如此深奥的现代化海底宫殿，海盗麻鲨就在这里面。当今的海盗发展到这种地步，英继列感触不浅。他想尽快摆脱海盗，以免暴露自己。

"啊哈，我们戴上鬼的面具，走啊，去见三爷！"一名海盗朝艇上的人招呼道。

前面几个下来后就往前走，英继列戴着面具很快判断洞内的方向，两只眼睛在四处寻找着可以藏身的地方。

英继列在后面把距离渐渐拉开，在转弯处，他发现有一个黑道口，看上去像是通往某个地方，于是，在接近那个黑道口时，看了看周围没人，便闪电般地躲进里面，然后把头上的面具揭去，把头用彩色布条缠起来，一副海盗的打扮。

英继列听了听动静，没有什么人，好像这一带是个通道，英继列提着微型冲锋枪，朝前渐渐探着身子。

几个海盗转过弯去后，一名海盗回头喊道："桑里，快点，他妈的，怎么不见他的人影了？"

"别管他，这混账东西肯定又跑到哪个女人那里去了！"前面的一名海盗不满地说。

"他妈的，好几次他都单独行动，早晚让队长处罚他！"那名海盗边说边走了。

一切对英继列有利，看来那个替死鬼本身就喜欢单独活动，这正好给英继列以脱身之由。

英继列开始摸不清复杂的总巢内的道路走向，通道打得有些特别，英继列蹲在那里仔细地辨认了方向后，沿着通道朝内侧靠近，突然听到海盗的说话声。

"你们两个留下，我们到大厅参加寿典去了，别误了大事，警惕点！"

"唉，你们回来带点好吃的，还有酒！"

英继列一听，便知道这里是值班系统，而且这时，麻鲨要召集海盗为他的老爷子祝寿，一定要抓住这个机会，找到阿敏和章羽被关的地方。待几个海盗走后，英继列探出头来，两名海盗坐在值班室的雷达和声呐监视器前，机械般地操作了一会儿，一名海盗便说话了。

"我在这里干了五六年，还没像今天这般清闲，海底举行百岁寿典，我看可以写进吉尼斯大全了。"

"这里什么都好，有吃有喝，也可以放开玩，可就是远离人间，在这里生活跟阴间没什么两样！"

"还不如阴间呢，说不定还没那么多烦恼，我和家里人都一两年没联系了……"

两名海盗正谈着天，英继列蹲到了值班室内侧的机器后面，想弯着身子爬出通道，往里面的室内侦察。他侧身趴在地上，手提着枪开始悄悄向前移动。蓦地，室内的红灯不停地闪烁起来。英继列不知怎么回事，不敢再往前移动。

"他妈的，怎么搞的，红灯怎么闪起来了？"

"没人动，怎么会呢？还是检查下。"

一名海盗正要起身朝英继列方向走来，英继列朝旁边一滚，掏出了匕首，然而，就在英继列滚开的时候，红灯不闪了。

"他妈的，不闪了，活见鬼！"那名海盗边骂边回到自己的战位。

"可能是见鬼了，要知道明天就是鬼节，说不定是鬼先到这里光顾一下呢！"海盗还在开心说道，他们绝对不会怀疑在这种神不知鬼不觉的海底龙宫还会有外来人。

英继列往前爬过那段道口，然后立起身子，迈着小步子朝另一个通道走去。英继列已经进入四区，在现代化的观通体系层里游动。他开始意识到了这座麻鲨总巢的威力和强大。在短时间内，要想独自找到阿敏和章羽是很难的。于是，英继列有了一个大胆的想法，抓一个俘虏，虽说海盗规矩把一些海盗培养得钢铁般坚硬，海盗几乎是不可能吐出一个字的，但英继列实在没有别的办法，进入这种复杂的海底龙宫，就是能走出去，也的确不容易。

英继列发现道口和一些室内都空着，他便放开胆子在里面寻找着。英继列走到一间小屋里，很像是一间指挥室，他发现在指挥操纵仪的外面有一个各种箭头的图案，英继列仔细看了看，像是路线图，但似乎又不是，起码是一个指挥系统所用的图表。

英继列记下了两个重要的方位，然后，对着图案所指的方向摸去。

英继列干侦察和海事调查似乎有一种天赋，他判断复杂问题几乎都很准确，而且在复杂的环境中有一种解决问题的能力。也许这是他常年在这种特殊环境中锻炼出来的特殊的本领。

迎面一名海盗过来，英继列反应很快，但他丝毫不想躲避，否则，更容易引起对方的怀疑。英继列对着那名海盗走去，突然看准一间小室便转身进去。

等英继列睁眼一看，是一间海盗巡逻休息室，一名海盗正半躺在椅子上抽着大烟，室内乌烟瘴气，一缕缕烟圈从海盗嘴里往外冒着，像一个冒烟的小烟筒。

见有人进来，那名海盗立即起身，在巡逻室里抽大烟，显然触犯了海盗规矩。那名海盗眨着眼睛看着英继列这陌生的面孔，不知所措，英继列先开口了。

"混蛋，抽大烟也不找个地方，让头知道了，不能饶你！"英继列说着，手已经伸进裤兜里了，紧握着匕首，万一出现情况就来真的。

"对对，我不抽。"那名海盗把大烟灭了，突然转过身来问道，"你是谁？我怎么没见过？"

"你要能见我，那你就该升官了！"英继列逼射道。

"你是哪个部门的？"这海盗一点不示弱，他的确不知道眼前这个陌生人是谁，老爷子到四爷他都熟悉，突然冒出这么个人来，他绝对不会比四爷大。

"我是哪个部门的你还不知道？就是专门管被抓来的女工程师的。"英继列含糊地说，不想引起海盗的怀疑。

"女工程师归我们部门管，你绝对不是我们部门的！"海盗似乎有了些勇气，逼问道，"海潮何时起？"

英继列一听就知道这是海盗的暗号，英继列显得更大气，反问道："怎么，想对我来了？浪魂走尸首！"

"不对，现在是新的了。"海盗"唰"地一下把枪口对准英继列，恶狠狠地说，"你到底是哪里的人，对不上来，我就要你的命！"

英继列丝毫没有妥协的意思，显得十分沉着老练，他严肃地反问道："我说的是旧词，可是我还问你呢，你说的词是前天的词，昨天改新词了，难道你还不知道？"

英继列这么一说，海盗眨着眼像是在思索，他似乎听说是要换新词，但他的确记不起来了，他迟疑片刻，手里的微型冲锋枪的枪口也不自然地低了一尺。就在这当头，英继列看准海盗手中的枪，猛地飞身就是一脚，把枪踢出几米远，还没等海盗反应过来，英继列已经勒住了海盗的脖子，匕首对准了他的后背。

"抓来的女工程师关在哪儿？不说，我就捅了你！"

海盗一下子变得紧张了，脸色惨白，嘴里支支吾吾："你杀了我……你也出不去……"

"快说，关在哪儿？"英继列缴了海盗腿上的匕首，边往屋角拖着，边威胁道，"我数三下子，你要是不说，就杀了你！"

"一。"英继列在海盗耳边轻轻地说。

……

英继列正在说"二"的同时，海盗背正靠在墙角，他用后背按动了旁边巡逻室的铃声。英继列知道情况不妙，便拖着俘虏的海盗往后撤。这时，一名海盗握着微型冲锋枪冲了过来，发现英继列正抱着他的同伴用匕首对准后腰，便嚷开了："你要干什么？是哪个部门的？"

"他是海……"海盗想说海警，可是被英继列用手把嘴蒙住了。

"我是老爷子的特使，听说你们把那个女工程师给放走了？"英继列突然冒出这句话，令前来助战的海盗蒙了。

"谁说放了，她还关在三区呢。"那名海盗认真地说。

英继列怀里的海盗却猛烈地振动，朝那名海盗瞪着眼睛。

"放开他！"那名手持枪的海盗嚷道，"我带你见女工程师！"

听海盗这么一说，英继列大脑迟疑了一下，被勒着的海盗趁机猛用右手将英继列撞开，脱身溜了出来，英继列刚要追，那名海盗的枪口对准了英继列。

"不许动！"

"他是海警！是来救女工程师的！"逃脱的海盗很快站在了手持枪的海盗一边。

"我简直不相信，你是怎么进来的？"海盗嚷道，"把枪放下！"

英继列感到极为不妙，他似乎觉得按他们说的做，一时海盗不至于开枪，于是，把枪放在了地上，同时朝两边瞧了一眼。

两旁是电机绞车轮，像是升降海底的机械船座。

英继列不说话，也不再解释，已经到了这个份上，一切都将在几秒钟内解决，或死或生。

两名海盗分两侧向英继列逼近。英继列不能再迟疑了，如果跑，海盗必然会开枪，他想等海盗靠近身体再动手，这样也许会更好些。

海盗渐渐靠近英继列，海盗是想抓住一个活的海警，这对他们来说将会重赏，如果打死了，就谁也说不清楚，尽管可以不负责任，但情况就不同了。

"把手举起来，放在头后！"那名海盗嚷道。

英继列把手慢慢举起，放在了头后，他觉得这样更方便还击。

那名被勒过脖子的海盗报复心切，朝英继列猛扑过来，英继列早已看准身后的绞轮，突然下蹲，海盗正好扑在绞车上，英继列就顺手把海盗掀进绞车轮，当即按动红色的电钮，还没等那家伙回过神来，绞车轮已经转动，把他迅速带上绞轮，他惊喊着，不一会儿就进了绞轮之中，被绞成肉浆。

看到这几秒钟发生的惨景，另一名海盗的眼呆了，他机械地朝英继列开了一枪，好在这里离大厅有隔音室，没有引起总巢的骚动。英继列就地一个转腿，飞身蹿在了海盗的身边，夺过海盗的枪，朝海盗的要害部位就是两拳，海盗弯下腰，英继列把他的枪给缴了，突然一把匕首朝英继列的头部飞来，英继列用枪一挡，匕首正刺在枪的钢管上，"当"的一声，匕首连枪都掉在了地上。

英继列有经验，既不想在此处用匕首，也不想用枪，这样都容易暴露目标。英继列挥着勾拳正对着冲上来的海盗的下巴猛地一下，右手准确地勒住了海盗的喉管，然后，朝海盗的左心室给出致命的一掌，海盗的嘴吐出了血。

干掉这个海盗，英继列仅仅用了两分钟。他的力气也不知为何那么大，在这种特殊环境之中，人的潜力往往令自己都感到吃惊。

英继列迅速把那个死去的海盗拖进巡逻值班室，然后，从墙上牵动一根电线放在死去的海盗手上，顿时一股强烈的电流把海盗的身体打成一团。英继列给海盗制造了个假现场，便快速离开了现场。

通过这场惊险的生死较量，英继列似乎对总巢有了一个感性的认识，他听海盗说了句，女工程师关在三区，这样寻找起来，也就有了个大概的方位。

英继列沿着弯弯的通道小心翼翼地摸着，这里面好在留下值班的人少，否则，就是进来了，也很难有藏身之处。英继列加快步伐，朝前寻找。

墙上写着"Ⅲ"的字样，英继列看了看，判断这很可能是区号，觉得这一带很重要，便放慢脚步，进一步地探明情况。

有两名海盗在一间房前晃动，始终不离开，这引起了英继列的怀疑。

到底那房里是什么那么重要

三血酒　群魔狂欢百岁宴

麻鲨黑帮总巢今天算是红色的寿典。大厅内的空间挂着两条红色的绸带，宛如飘浮的红云；大厅空间的中央悬挂着一个红色的大气球，上面写着"100"的字样。

大厅的前台宴板上插着100根红色的大蜡烛，一个个红色的火苗在微微摇动着，给大厅增加了红色的光亮。

最明显的位置，在上台正中与老木椅背后的墙壁上，挂着一幅红色的麻鲨黑帮的图案，从碧波之中，跃起一个黑色的鲨头，给人以海洋的神秘之感。

大厅分成3个组，每组都由7个圆桌组成，整个大厅三七二十一张圆桌，再加上厅前设着一张十分古老而又古怪的三角桌，明白的人一看就知道，其中一个大角归老太爷，另一个角归老爷子麻鲨，再一个角归二爷、三爷、四爷。

大厅的前排三角桌的立体平面，有100个虎斑贝摆成的麻鲨黑帮图案，五颜六色的虎斑贝在红色的烛光下闪着点点荧光，宛如100个闪光的宝贝，让人看上去格外兴奋。

左前侧的台上，摆着100个熟的大猪头，一个个张着猪嘴，像是在无声地呻吟。

右前侧的台上，是一个透明的大玻璃长缸，里面装着海水，100个活的龙虾在水里尽情地畅游。龙虾的壳非常光亮，长长的胡须在水里搅动，异常活跃。

这三个100个的重头礼物，使老太爷百岁大宴显得格外隆重。

坐在前一个圆桌的茄子盯着这三个100，脸上泛起一丝丝红光，这些重头礼物都是他一手操办的，总算在老太爷百岁大寿之前顺利完成了。此时，他看着大厅摆放的礼物，自然感到骄傲，他盼望着老爷子的重奖。

一切都准备就绪，老爷子和他手下的三员大将坐在前排的长桌子边，中间留着一个空位子。

"请老太爷入座！"大胖大声嚷道。

"请老太爷入座！"在大厅的门口一名海盗重复道。

此时，大家屏住呼吸，都睁大了眼睛，想看一看到底这个老太爷是个什么尊容，他在许多海盗的心里一直像个谜。

大厅内静得出奇，就连海盗眨眨眼皮似乎都能听得见。

不一会儿，两名海盗推着一个轮椅走进大厅，坐在轮椅上的老头儿很小，穿着一身黑色的衣服，只露光溜的头，脸几乎看不见，收缩在衣领子里了。

到了前台的桌前，两名海盗把老太爷从轮椅上扶起，所有下面的海盗才看清，这老头子缩成一团，脸上长着白白的胡子，皮肤紧巴巴的像晒干的冬瓜皮，打着一层层的皱，两只眼睛被白色的眉毛盖住了，根本看不见在那儿。

老太爷像机器人一样，被两名海盗扶坐在椅子上。

这时，下面不自觉地发出"哟"的叹息声，把大厅的寂静给打破了。

"百岁大寿，是我们老太爷的佳节。我宣布，这是国际海盗组织的创举,特别是在海洋深处为老太爷庆祝百岁大寿,是世界的奇迹,是我们所有人的骄傲!"二爷大胖挺着肚子,大声说,"按照老规矩,首先我们作晚辈的,为老太爷敬礼!"

"起立,开始!"大胖喊道。

所有海盗起立后,立即跪下向老太爷磕头致礼。

"下面,为老太爷献上百寿佳品!"大胖仍挺着肚子大声喊道。

两名海盗拎着一个大猪头走上前台,然后,摆在台子上,插上一把雪亮的匕首。

另一边,两名海盗小姐穿着一身粉红色的长裙,抓起一只活龙虾走过来,把活龙虾摆放在猪头边,一把匕首也插在活龙虾的头部,龙虾的腿在不停地乱动着。

两名海盗捧着一只肥大的虎斑贝,同样摆放在台子上。

"为老太爷百岁大寿敬酒!"大胖喊道。

这时,一名海盗走上来,抱起一罐子酒就往碗里倒,随后,用匕首把那只虎斑贝扎了一刀,把虎斑贝的血往酒碗里滴了一滴,又将活龙虾血朝酒碗里滴着,接着抓起一只洁白的海鸥,朝海鸥的脖子砍去,海鸥鲜红的血,往那酒碗里滴着,这是最高规格的三血酒。

大胖上前端起那碗三血酒,递给麻鲨老爷子。

麻鲨接过那碗神圣的血酒,先是对着老太爷弯腰鞠躬,然后,双手把三血酒递给老太爷。

老太爷刚举起手,旁边的海盗就伸出手来,把碗接过来,送到老太爷的嘴边,老太爷轻轻喝了一小口。

"给兄弟们上酒,大家尽情地喝!"大胖大声喊道。

6名海盗各抱着酒罐子,分成三组十分麻利地在各桌上倒着酒。

麻鲨这时扶着老太爷入三角桌。

大厅内气氛顿时活跃起来。海盗举起酒碗高声喊道:"祝老太爷长生不老!"

"喝！"

一些海盗把一个个熟的大猪头放在圆桌上，抽出匕首不停地在猪头上割着肉，然后举碗碰着，大口地喝。

"真痛快！"

"这才叫过瘾！"

海盗喝着酒，吃着肉，不时地嚷道。

老太爷坐不了一会儿，便让海盗把他扶上了轮椅，被推回到了属于他的那块神秘之地。

阿龙看到这种场面，没有多大兴趣，他心里仍装着阿敏，要是平时，他逢这种场合，肯定会站出来大闹一场，让大家高兴一番，也会喝个痛快，但今天他似乎表现得格外冷静，既没有给老太爷献酒，也没有给老爷子献酒，坐在那里一副没有反应的样子。

老四海蛇就不同了，坐在阿龙同一张三角桌的边缘，异常兴奋，端起酒碗，对着老爷子说："这是小四敬你的酒，务必请喝！"

老爷子自然高兴地端起碗，一仰脖子，碗见了底。

"好！老爷子海量！"

海蛇喜形于色，两只绿豆眼眯成一条线，抽出匕首把一只活龙虾扎开，然后用手把硬壳取出，用匕首把龙虾金黄色的蛋搅开，边吃边喝着酒。

"啊哈，真够鲜的！"海蛇有意说给边上的阿龙听。

阿龙根本没把海蛇的话放在心上，他觉得海蛇不过是精神上的小人而已。阿龙也掏出匕首，把猪头的两只眼睛给挖了下来，然后，往嘴里一扔，吃了。接着，端起一碗酒，一抬头见了底。

海蛇睁大了眼，阿龙的一举一动更让他吃惊，他竟把两个猪眼给挖了，看上去让人联想太多。

"大家停停，老爷子有话说！"大胖喊道。

大厅内安静下来，大家只是无声地喝着酒，把目光射向老爷子。

"老太爷百岁大寿，是各位小兄弟托的大福，老太爷是我们这个帮的先驱人，有了老太爷，才发展成今天这般壮大。"老爷子喘了口气，接着说，"今天，在这里我要特别宣布，为了办好这次百岁大寿宴，茄子，对，就是敢死队副队长，为此立了大功，我为他授海猪奖！"

麻鲨的话刚落下，掌声四起。

茄子坐在头排的圆桌前，眼睛放着光，他显得异常激动。过去，他曾表现过自己，要为麻鲨盗取人参，结果盗来的是葡萄牙的干茄子根，为此，他的茄子专利名在麻鲨帮里是叫开了，今天终于为麻鲨办了件大事，而且被授予麻鲨海猪奖。

茄子站起来，走到前台。麻鲨从海盗小姐的盘中拿出用红绸穿起的海猪奖，挂在茄子的脖子上。

茄子的脸在奖牌的反射下，显得红光闪烁，他举起双手频频朝所有的海盗挥手，仿佛获得什么世界性大奖似的。

"请大家喝一碗海猪奖酒！"大胖挥手喊道。

只见三名海盗各抓着一只鸡，把鸡头一砍，沿着各桌的酒碗滴着鸡血。

"喝！"

大家又掀起了高潮，疯狂地喝着，而且不时地叫嚷着。

"迷你舞，开始！"大胖的肚子装了两碗酒，显得更挺了。

霎时，大厅内又安静下来，所有的眼睛像贼眼似的盯着前台的一块圆台。

音乐四起，带着狂乱的节奏，两名海盗小姐穿着三点式，出现在圆台上。随着疯狂的音乐，两名小姐扭起屁股，疯狂地跳着……

"太妙了！"

"OK，够刺激！"

这时，一名海盗手拎着微型冲锋枪急匆匆走进大厅，海盗一看就知道这是个巡逻值勤的，谁也没注意。

他走到阿龙身边，在身边小声地说："三爷，不好了，值班的安吉被电击死了。"

"在什么地方？"阿龙睁大眼追问道。

"在四区的一号巡逻值班室。"

"他妈的，又是四区！"阿龙说完朝那名海盗说，"我马上就来！"

"他妈的，老四，我的巡逻兵在你的区域被电打死了！"阿龙冲着海蛇说，然后对麻鲨说，"老爷子，我的弟兄报告，安吉在四区死了！"

"还不赶快去看看，我早说过，在谁的管辖区出了问题，就找谁算账！"麻鲨气急败坏地对着海盗小姐嚷着，"别跳了！都滚下去！"

顿时，大厅肃然静下来，海盗们不知老爷子为什么发那么大火，都睁着眼瞧着老爷子。

"你俩还愣什么？还不去看看！"麻鲨嚷道，"四区去年就死过一个人，我想知道，这到底是什么原因，查清楚，立即给我报告！"

阿龙急匆匆地往外走，海蛇紧跟在他的后面也走出大厅。

一场热闹而刺激的百岁寿宴，就这样冷了。

海盗们的兴致刚刚上来，突然被降了温，他们还不甘心，仍站在原地瞧着，心里也纳闷，到底总巢发生了什么，而且三爷和四爷都纷纷出马，他们手里端着酒碗，是继续往下喝，还是就此散席？

麻鲨起身退出了大厅。

海盗们把剩下的酒端起来，悄悄地往自己嘴里灌着。

一个个似乎在旋转中不知不觉地散了场。

大厅内圆桌上摆着乱糟糟的酒和猪头，一堆堆龙虾壳……

那100个红蜡烛燃烧得流下了泪，火苗在黑暗中微微摇曳……

阿龙本来心情就不太好，现在又发生了这种事，他更是心烦意乱。他大步朝四区走去，身边紧跟着助手莫黑。

阿龙走进那间巡逻值班室，地上躺着的海盗安吉早已被电击成黑色的尸体。电线已被发现的海盗缠了起来。

阿龙弯下腰去，仔细地检查了一遍，然后，朝海蛇望了一眼，一声不吭地等着他发话呢。

— 256 —

海蛇很惊讶，也按照阿龙的样子从头到脚都检查了海盗一遍，起身对阿龙说："看样子，他是在接电线时被击倒的！"

"放屁！你再仔细看看！"阿龙火了。

"不用看，肯定是他值班时想接电线烧什么，被电死……"海蛇仍坚持道。

阿龙挥手叫开了："亏你还是头儿，不懂电路是吗？这电线怎么会无缘无故掉在地上，要接电线也用不着把电线拉下来。这肯定是被人谋害的！"

"那么会是谁来谋杀他呢？"海蛇反问道，丝毫不想把这件事情弄大。

"他死在你管辖的四区，你要负责！"阿龙直接挑明道。

"这是我管辖的四区没错，但巡逻值班室以及值班人员都是你的手下，这与我无关！"海蛇嚷道。

"那就到老爷子那里把问题讲清楚，归我负责，我甘愿受罚，如果是你的责任，你别想逃脱！"

正说着，阿龙手下的一名海盗走过来，在阿龙身边小声说道："和安吉一起值班的罗沙不见了，都找遍了，不见他的人影。"

"难道会失踪？"阿龙不解地问道。

"看来是他们之间的矛盾，这没有什么大惊小怪的。我看，还是和了算了，就说值班人员之间发生矛盾而死的。"海蛇给阿龙一个台阶，表示互相不要把事情搞大，免得都不好看。

"你们再好好找找，看罗沙是不是躲在什么地方睡觉去了。"阿龙对手下的海盗说。过去曾有这种情况，值班的人员找不到，大多躲在一个角落里睡觉。

"把安吉安置好，现场收拾好。"海蛇也对手下的海盗说，表示出与阿龙合作的愿望。

阿龙心里却不快，手下的人一下子就少两个，这两天不是在外面出事，就是在里面出事，这令阿龙很是不安。

"我不想再与你争下去，我们总要一起向老爷子报告，把这里的情况说清楚！"阿龙对海蛇说。

"完全可以。我们一起去吧！"海蛇说着便朝麻鲨方向走去。

阿龙心里一直在琢磨，怎么出现这种怪事，会被电死呢？现在罗沙没找到，这件事肯定与罗沙有关，但又不像是罗沙干的，罗沙与安吉的关系一直很好。阿龙边走边思索着，是外面人干的？在总巢内是根本不可能的；是海蛇报复他，似乎海蛇也不至于干出这种违反海盗规矩的事来。

阿龙在没弄清楚事情的真正原因前，渐渐地也同意海蛇的意见，尽量不要把事情搞大，这样对他也不利。

阿龙心里还有一桩事，那就是阿敏，只要想办法把阿敏送出总巢，他阿龙下半生的日子就好过多了。

他俩来到麻鲨密室，把情况向麻鲨淡淡地说了一遍，然而麻鲨却大发脾气，冲着他俩嚷道：

"事情就这么简单？我的人我是了解的，绝不会互相残杀！"

麻鲨说到这里，阿龙与海蛇不约而同地对望了一眼，因为他俩就互相残杀过。

"在我的总巢竟然出现这种情况，简直是太严重了！尽快查出原因！"

"老爷子，我们会弄清楚的！"海蛇说。

"你们俩人都要受处罚！谁也别推卸！"麻鲨严厉地说，"我辛辛苦苦培养的麻鲨帮，不能没有一点章法！你们要严格管好自己的弟兄，绝不能再出现类似的情况！"

阿龙和海蛇不停地点着头。

第十三章 立体大行动

揭破001 异域风俗驱魔舞

罗里率领侦察小队连夜赶到大三角最边缘的海滩后，立即搭了帐篷，与莫卡汇合后就收到了英继列传来的信号。国际海盗代号001，这个常见的代号罗里曾接触了多次，看样子是一个大的黑帮。罗里手下的几名干将都没有破译，便只好求助于国际海事局，请他们发动各国海事局对所获取的信息进行破译。

国际海事局的约尼泊对代号001十分重视，前段时间在马六甲海峡，一艘巨大商船失踪后，所有船员都被抛进海里。这时菲律宾海事局就收到过代号001的信号密码，可也没破译出来。这代号001就是国际海盗黑帮的编号，曾出现过007和003，但001的出现一直搅得海事调查人员不安，和001相关联的几次都是大船被盗，因此英继列发出弄清001的信号，是有针对性的。

这是个偏僻的三角地带，紧靠这边不远处有一个渔镇，搭着一个个棕叶三角棚，周围用蚌壳砌成的墙，弯弯曲曲绕着三角棚，宛如一幅民俗风景画，勾勒出海滨渔镇的特有景观。

"罗里，这里的渔民很迷信。据说男人出海时，女人都崇拜男性生殖器，而且见到男人，成群的女人都要围上来。"跟在罗里身边的张飞海边走边说。

罗里似乎对这些不感兴趣，他们沿着海边继续观察地势。罗里走近棕树林边停下脚步，透过朦胧的夜雾，朝那座三角棚的渔镇望去。黑色之中只有点点渔火在闪烁，看上去是一个平静的海湾。

"海盗尽管离这一带很近，但来这里极少，这里没有油水可捞，再就是周围珊瑚丛太多，不利于机械船只靠近。"罗里对张飞海说，"这两天，我们要掌握英继列的最新动向，尽可能早点报告国防部实施行动计划。"

"这种行动调查是主要的，如果有了明确的线索，不宜再拖，在海洋上作战难度较大。"张飞海表示同意，补充道，"我们把各方的信息进行分析，制定出行动的地势图来！"

"英继列在海盗腹部，拖一分钟就会有危险，我想今晚和明晚必须有所突破，要为英继列开辟新领域！"罗里说，"走，我直接和国际海事局联系！"

海洋的海雾缭绕在夜空，给三角地带侦察小组的帐篷笼罩了一层神秘的色彩。

篷内分成两组监听台和一个电报传真台。莫卡和谭小燕戴着耳机，趴在简易的监听机前，调试、接收，不时地扭动着仪器，一切都在紧张地进行着。

罗里接通了国际海事局约尼泊的超导微型直接通话器，用半明码直接通话：

"大鹰，我是飞飞，急需001，请速回电！飞飞急需海燕，请查明，时间午夜时！"

罗里再次催国际海事局，希望得到支持。

维尼身上缠着两大盘子弹带，握着微型冲锋枪在棚外巡逻警戒。

潮声伴着风声使帐篷抖抖颤颤，一切都让人感到这是在进行一场神秘的海洋战斗。

罗里也点燃了一支烟，大口大口地吸着，一缕缕的烟圈在棚内缭绕。

张飞海对马六甲海峡的每个细小的海势地貌，都仔细地做了分析，包括潮流、暗流、气象和每个暴露在外的小礁都标上了记号，还有时辰以及潮流的变化。

一张海图被画得密密麻麻，对于海势地貌，张飞海比罗里熟悉得多，他毕竟是海事调查员，职业的关系使张飞海有一种使命感。

张飞海边咬着半个面包，边在海图上标着，突然，他像发现什么似的，对着罗里喊起来："这个无名礁很可能就是英继列所提供的露天内港的外礁，那么，就完全证明无名礁的连接区域是麻鲨黑帮的水下城。这个马尼礁就是其总巢所在地。"

罗里看着张飞海画的记号和标的线路，思索着，他是老侦察处长，对地形的判断能力极强，而且有一种敏锐的观察目光。

"情况已经清楚，这一带是麻鲨的重点地域，但细节的情况就看英继列的了。他要是摸得细，就容易得多，否则，在海上打起来，我们在明处，而海盗在暗处，他们跑起来，比我们容易。因此，细节问题是关键。"罗里吸了口烟，强调道，"马尼礁的入口在哪里？如何启动操作的？总巢肯定连着分巢，而分巢肯定有更秘密的通道，这些通道，也许在海底形成一个网络，如果对某一个网络不清，就会造成作战行动的失误，因此，细节对我们搞侦察的来说尤为重要。"

"是不是可以再派出一两个侦察小组接近那一带海区，先期与英继列碰头？"张飞海建议道。

罗里曾也有这个念头，听张飞海这么一说，便陷入了沉思。罗里又点上一支香烟，深深吸了一口，慢慢吐出烟雾，他那张思索的脸在烟雾中显得更加深沉。

半响，罗里才表态说："我看还是不去好。英继列虽然一个人困难很多，但他一个人侦察有他的灵活性，容易藏身，不容易暴露目标，如果再加人，就会影响英继列的正常行动，万一被发现，会把英继列也暴露了。"

"有一定道理。那么，就等着最后的情报了，到时可以给国防部通电，布置一个立体行动计划。"张飞海说。

"国防部哈特将军已来过两次电报，他对此行动很关注，这次行动由他直接指挥。"罗里说，"他已调动了潜艇驶进莫斯海湾待命，还调动了直升飞机小分队停在离马六甲海峡的一个最近的海军基地,更重要的是他命令作战二处的埃伦处长,组织了一支特种反击部队,相信会成功的。"

"罗里,有信号,是英继列发来的。"莫卡边操作边说。

罗里和张飞海赶紧围上莫卡的超感接收电台,眼睛盯着从电台收出的一条长长的纸条,莫卡接收完后,用手撕下长长的纸条,拿起手中的笔就开始译文。

"莫卡,快点译!"罗里催道。

莫卡的笔在纸卡上画着,这时谭小燕过来说:"还是我来译吧!"

译电文是谭小燕的老本行,她拿起纸卡,握着铅笔不停地在密密麻麻的数码上译着,不一会儿,一份详细的译文报告递给了罗里。

罗里看了看,顺手递给了张飞海,说:"这是一份重要的详细的资料!"

张飞海看着一张详细的海事图,根据英继列提供的数据,在一些重点礁丛、岛屿、海滩、海面等地方画上红色三角符号,然后对罗里说:"英继列干得太出色了,过去这些目标在海事图上几乎找不到。这是份重要的资料,迅速报告给国防部。"

"谭小燕,由你来发,用第三道频率,绝密码发出!"罗里说。

谭小燕很能干,调试好频率,一只手快速敲打键盘,很快接通了,一组组清晰的密码,穿过大海发向远方……

罗里显然有了些精神,点燃一支香烟,边吸边说:"飞海,情况对我们有利,估计明天一早就会有国防部的回电!"

"我们发起进攻的时间越早越好,这样能为英继列创造有利条件,也为他节约大量时间,这个非常重要。"张飞海思索说,"英继列的处境很艰难,他在那里每一分钟每一秒钟都很危险。"

"我建议国防部最好在明天黄昏采取行动。埃伦处长已经布置了立体部队,看样子哈特将军就等这份详细的报告。英继列提供的情报,已经证明我们的工程师被麻鲨黑帮关在总巢,这是哈特将军最关心的问题。我相信,哈特将军会做出决策的。"

张飞海心里仍对那一带地形不乐观,尽管英继列已提供了详细报告,但海盗海底世界复杂的程度,张飞海是清楚的,他曾协助英继列调查多年,最难办的就是海盗在海上的路线,那真是千变万化,令人头痛。

夜色渐渐开始泛白,东方的海平面首先荡漾起晨曦的波光,给沉默的黑夜带来了一丝光明。

海水在朝阳未出水之前,色彩由黑色逐渐变成墨蓝、深蓝,带着一丝丝红色,荡漾在海天一线,泛着点点耀眼的光泽,给新的一天注入了活力。

这时,离三角海镇不远处的海面开始活跃起来。一阵阵刺耳的叫海声,穿过一片棕林传到这里,先是站岗值班的维尼警觉起来,走上前几步,探着试听,然后拨开林中的长叶一看,一群群女人与出海的渔船像是在摆阵势,手里拿着木枪和刀叉,朝罗里的帐篷侧面恍恍忽忽地开过来。

维尼愣住了,弄不清是怎么回事,人群看上去像一股清晨的潮流,势不可挡地朝这边涌了过来。

维尼赶紧跑进帐篷,喊道:"罗里,有情况!"

罗里和其他几位下意识地快速抓起冲锋枪冲出帐篷。

他们警惕地侧着身子,一个箭步冲上棚外的滩头,一支支冲锋枪对准了前面的海上目标。

罗里有着侦察员特有的经验和判断力。他巡视着周围,然后仔细瞧着对面那些渔船的阵势,觉得不像针对他们来的。

海风阵阵伴随着富有传奇色彩的民族歌声,一曲曲来自大海的歌声,带着潮的喧闹、浪的飞扬、海的磅礴,听起来倒有几分鲜亮感。

张飞海拉着罗里的手,说:"不像是有敌意,是一种民间的传统出海仪式。"

罗里仍带着怀疑的目光审视。

海岸,一群青年女人身上系着棕须,整个身子都脱得精光,裸露着颤抖的乳峰,肚皮上点着一颗红色的圆点,脸上画着一道道海浪似的蓝色波纹,看去像海上的美人鱼。

她们先是在岸上跳着，手里挥舞着一扇扇洁白的大蚌壳，然后边唱着大海小调，边跳上一艘挂满红布条的渔船。船的中央放着一个高高的台面，上面摆着一只活的海狗，周围用竹丝绑着，两侧是一排竖立的刀叉和一杆杆木枪，一边站着一个光臂的男人，胸脯前画着海龙头，它张着喷血的大嘴，仿佛要把妖怪吞掉。

　　魔鬼，魔鬼，

　　从海上过，

　　带去我的肉，带去我的魂，

　　魔鬼，魔鬼，

　　从船上过，

　　拖着我的手，拖着我的身。

　　女人开始上船了，唱的歌带着一股魔鬼味，听起来让人胆战心惊，仿佛人的灵魂被这女人的嘶哑海歌声牵走，让人心里充满神秘感。

　　女人上船后，站在船的前舷台上，依次排成半圆的形状，面对大海，把双手举起，又突然安静起来，只见她们嘴里念念有词，像无语无声地与海魔鬼沟通，把心灵的神圣输入大海深处。

　　这时，一个高个子的女人走在半圆中央，把缠在腰上的棕须撕掉，从头到脚光着身子，在一缕缕阳光下，显得格外神圣，浑身闪着洁白的光。

　　她跳动着，另一名男渔民抓起一只活鸡，用刀猛地砍去鸡头，热乎乎的鲜血朝那个全裸的女人喷去，只见她的身上带着鲜红的血。顿时，所有的出海渔民举起右手，面对大海激动地大声呼喊道："嗨嘿！嗨嘿！"

　　一个男人双手挥着铜锤奋力敲打一面金黄色的圆鼓，随着阵阵有节奏的鼓点声，喷着血的女人，跳着魔鬼舞走到船舷，然后，纵身跳进沐浴着红色朝阳的大海。

　　罗里举起望远镜跟踪那个女人，惊讶地发现女人在海里为出海的几艘船导航，在出湾的入口处，她便上了一艘小舢板上。

　　"这是一种渔民出海的仪式，看样子他们驱的不是魔鬼，而是海盗。"

张飞海说,"海盗给这一带的渔民带来了极大的不幸!"

罗里默默地点着头,仍观察着周围的变化,对于一切细小的情况,作为高级侦察员的他从来都是带着警惕的目光审视着。

这时,渔船渐渐离开了小镇的海湾。船上升起了一面面三角旗,上面画着海龙头,是用来驱赶魔鬼的一种标志。

那艘不大的渔船载着一群女人在海湾里转了一遍,然后才沉默地返回岸边。

小镇岸边,女人们跪在珊瑚沙上,面对远去的渔船,嘴里无声地念叨,女人们在心里祈祷出海的渔民平安。

"这个仪式看上去令人吃惊,这也许是渔民心灵最真诚的表现,他们对吃人的海盗深恶痛绝,但又需要出海,他们是靠海生存的啊!"罗里感慨无比,心灵也受到一种震撼。他似乎有些激动,但还是忍了忍,刚走进帐篷,谭小燕便喊起来:

"罗里,有国际海事局的来电!"

罗里睁大眼睛,回头看了一眼张飞海,像是有一种预感。

谭小燕戴着耳机,一只手细微地调试着,一只手拿着超感收报机传递的长长的密码纸条。不一会儿,她把密码纸撕下,快速地翻译起来。

罗里接过翻译的密电,一看就是几行:

MI:

经与多国海事局核查,这个国际海盗编号001就是海盗麻鲨帮,此系现代化装备的大型海盗组织,与英继列提供的情报一致,其活动范围和构成与上次情报一致。

UT

罗里看完这份由国际海事局发来的密电,终于查清了一直困惑他们的国际海盗001,他没说什么,只是把那份密电递给张飞海,便在原地思索起来。

张飞海看了一眼,虽说国际海盗001与英继列调查的麻鲨帮一致,但更加证明他们所调查的一切都在国际海事局的预计之中,也就是整个"猎海行动"将会全面展开。

"立即把这份情报发往国防部!"罗里对谭小燕说。

谭小燕拿过密电,一只手轻盈地在键盘上敲打起来。

电波在一阵阵"嘀嘀"声中,传到了国防部的机要电台室……

罗里踱着脚步,突然停下来,拍着张飞海的肩说:"你的判断是准确的,这个国际海盗001看来是个硬骨头!"

"你还记得吗,001的出现只是在近期才有,而005、009早就在我们的监视之内,因此001既是联合国际海盗,又是个相对独立的大团伙。"张飞海说,"这与英继列的判断和侦察一致,看来英继列早有预感。我们建议国防部尽快做出决策!"

"莫卡,你再给国防部作战二处发电,让埃伦处长与我直接通话!"

莫卡点点头,电波声从小小的帐篷内发射出去……

国防部50分钟　特种部队紧急出动

哈特将军这些天眼睛都熬红了。

又是整整一夜,哈特将军保持与各方面的紧密联系,研究、分析、部署。他一直担心的是他精心挑选的高级工程师章羽和阿敏的生命安全。他们被海盗劫持已经整整11天了。令哈特将军满意的是罗里干得很出色,特别是那位中国海事调查员英继列大胆而机智的深入调查,让哈特将军由衷地佩服。

天刚刚亮,哈特将军的保健助手就送上了一杯热牛奶,外加一小块高热量的巧克力面包。

平时,无论怎样忙,早晨哈特将军必定准时吃早点,但今天,他望着窗外渐渐放明的天空,心事重重,他在焦急等待两份密电的数据。有了这个数据，哈特将军会立即下达他亲自制定的"猎海行动"命令。

牛奶都凉了，哈特将军丝毫没有食欲。他踱着步子，突然停住，用手按动桌上的电钮，立即说道："机要室，有没有电报？"

"还没有。"

哈特又按动红色的电钮说："埃伦处长，情况怎么样？"

"哈特将军，计划全部落实，特种部队和潜艇、直升机部队已进入一级战备，随时听从将军的命令！"

"要做好细致的作战方案，在海上对付这帮海盗，不同于在陆上与敌军部队作战，海盗在暗处，懂吗？"

"明白！将军，我已经做好了各种准备，特别是快速进攻的准备！"

"好！等候命令！"

哈特将军又走到里屋的马六甲海峡的地势模型边，边看着边点燃粗大的雪茄抽起来，雾一般的烟在他的眼前飘绕。

高级助手拿着一份资料小心翼翼地站在后面，不敢打扰。这些天，哈特将军时常发脾气，而且一发就很大，令他的高级助手感到有些发虚，因此，在与哈特将军相接触或商量问题时，这位高级助手总是要看哈特将军的情绪行事。

哈特将军刚站起来，回过头，高级助手上前说道："将军，这是最新的马尼礁地势图，是英继列标制，由罗里发来的。"

哈特将军仔细看着马尼礁地势变化图，走到办公桌前，摆开对比图，兴奋地说："这来得太及时了。赶快通知埃伦处长到我这里来一下，越快越好！"

高级助手迅速跑到内间接通了埃伦处长。

"原来有这么复杂，看来海盗是下了功夫，要长期在海上干下去。"哈特将军用放大镜在图表上边看边自言自语道，"要像堵老鼠洞一样，把所有洞口堵住，才能把这帮家伙制服。"

"哈特将军，有急事？"埃伦处长一进门就急着问。

"来，这是英继列弄到的一张最新的详细地势图，为我们作战提供了第一手资料。"哈特将军说着，拉埃伦到桌前。

对着资料上的数据，埃伦在图上标着红色三角符号，然后用蓝铅笔在红三角处画成线路，形成了一个有层次的网络。

"将军，你看，从马尼礁周围四海里延伸的岛礁来看，这点到这点是麻鲨帮行动的主要通道；而海底下面又是一个活动层，这是个具有现代化设施的防护层，它的路线十分复杂。"埃伦处长指着图形分析道，"马尼礁下面的总巢看上去简单，其实有两个防护层，麻鲨肯定在这个最秘密的地下层，由此可见，章总和阿敏也肯定在这个防护层里。"

哈特将军环视图形后，说："这个保护层至关重要，摸清了线路才能营救他们。否则，就难下手！"

"现在要想弄清内部路线是很困难的，时间对作战太重要了。"埃伦处长说，"深入作战才能在现场得到宝贵的第一手资料，现场的侦察和进攻尤为重要。我觉得，这些资料数据和图表，给作战已经提供了足够的信息。有些没有暴露的线索，会在作战中发现的。"

"说得有道理！把这些信息和作战意图尽快转达到临战的各部队，让他们做好特级战斗准备！"哈特将军说。

"明白了！"埃伦处长正要转身走，这时，机要员急匆匆送来一份电报。

"哈特将军，国际海事局发来的急电。"机要员递过电报。

哈特将军看着，突然一拍桌子，说："国际海盗001，果然是麻鲨帮。这个黑窝，非给它端了不可！"

"001是个现代海盗黑帮，在我卫星测仪船驶过港湾时，B国的监听机构就收到国际海盗组织发给001的密码，而001的密码一直被B国所接收，但始终不知这个001究竟是什么机构。原来就是麻鲨帮，这更使我们下决心，要尽快拔掉这个钉子！"埃伦说着，把电报上的数据抄下来，接着对哈特将军说，"将军，时机已经成熟了，我看可以向各部下达出击前的命令！"

"通知各部队进入 50 分钟战斗准备！"哈特将军挥着手说。

埃伦处长走进国防部作战二处的指挥室。

这里面是一组巨大的荧光屏指挥系统。指挥台上各种各样的电钮，分成多种颜色，像一片片彩色的花瓣。

"请接通 A1 部队！"埃伦处长坐在一个转动的电动椅上，对身边的一位女军官说。

A1 部队是潜艇部队。女军官穿着一身米黄色的军服，坐在指挥台的操作台一侧，抬手按动了两个电钮后，一个巨大的荧光屏上立即出现了潜艇部队的备战景象。

在一座面朝大海的山洞内，两艘潜艇停泊在洞口的小型活动码头旁。潜艇已经关闭了升降口，进入到半水深区。墨绿色的潜艇外壳，宛如一条条蛟龙，给人以威严的感觉。

女军官接着再按动黄色电钮，荧光屏上出现了指挥潜艇艇长室的内景。

艇长室里。艇长正在对着潜望镜检查，舱室内挂着一幅马六甲海峡放大的海图，左侧是指挥系统，右侧是控制盘。

艇长检查完潜望镜后，抓起话筒，对艇上官兵下达命令："各战位最后做好准备，开始一级备航！"

埃伦处长立即接通指挥潜艇的无线报话："艇长先生，从现在开始，请接哈特将军命令，转入特级备航！"

"明白了，埃伦处长！"艇长对着话筒重新下达命令，"各战位注意，进入特级战备！"

顿时，艇上响起了特级战备的铃声，艇员紧张地奔向各自战位，开始备航。

"这是个很不错的潜艇艇长！"埃伦关上通话电钮，对身边的女军官说。

"看得出来，他很出色！"女军官朝埃伦处长眨了眨美丽的大眼睛，表示赞同。

"接通 B31 部队！"埃伦处长下达命令。

女军官立即转动电钮，右手按动启调器。不一会儿，巨大荧光屏上出现直升机突击队的场面。

"处长，要全景，还是局部的？"女军官问道。

"全部扫一遍！"

女军官调整角度，手里的旋转电钮慢慢地移动，随着调度指挥，屏幕上的画面出现在眼前：

两座高山的中心，是一个圆形的直升机场地，三架魔行式直升机停在机场上，直升机涂着蓝颜色，与蓝天似乎融为一体，宛如一个个巨大的蜻蜓，伸着长长的翅膀。

一架直升机开始往上运着反潜武器，一颗红色的潜水炸弹被装上机舱。

一架直升机的底部，两名机械师还在检查，不时地校正直升机的螺旋。

机场上一派紧张的备战的场面。

"接通编队机长！"埃伦处长说。

女军官迅速按动电钮，调出直升机内的机长舱，然后把镜头定在机长的面前，接通报话。

"B31，我是长鹰1号，哈特将军命令，进入特级战备！"

"B31明白！"

顿时，飞行机长拉响了警报。

一队队身着蓝色军服的伞兵天将，背着伞包手持微型多功能冲锋枪闪电般地登上直升机。

一架架直升机带着旋风，直插蓝天，在空中盘旋飞起。

"处长，怎么起飞了？"女军官惊讶地望着埃伦处长问。

"没事！"埃伦处长带着微笑，说，"你看看就知道了。"

女军官瞪大眼睛，注视着荧光屏，手在不停地调试追踪。

直升机时而盘旋突击，时而低空飞行，时而编队夹击，形成一道道空中防线。

几分钟后,三架直升机盘旋穿过绿林,渐渐地盘旋而下,最后停在圆形机场中央,这一切还不到两分钟。

"太绝了,真正的B31部队!"女军官由衷地赞道。

B31部队是国防部反击特别行动的一支训练有素的部队。每个飞行员和伞兵都能在空中进行多种侦察、反击、决斗、救险、轰炸等特别任务,而且速度飞快,被国防部誉为天兵神将。

"好,B31,请待命!"埃伦处长表示满意,对着话筒讲话。

"B31明白!"

"请接通闪电部队!"埃伦处长下达口令。

女军官很快按动后排绿色的电钮,屏幕上立即出现海岸森林中一支身着迷彩服的特种部队。

"闪电,闪电,进入特级战斗准备!"埃伦处长直接给闪电部队队长下达命令。

"闪电明白!"

紧接着,闪电队长对所属部队下达口令:"第一分队出击!"

"第二分队出击!"

随着口令,一队队年轻的迷彩军人飞身跳上快艇。霎时,飞艇在海上划出一道闪电。

另一队身携多种武器的陆战队员,龙腾虎跃地攀崖后,展开了激烈的肉搏战,时而飞刀闪光,时而纵身逮拿,一支支冲锋枪在身上变化样式,闪电的动作、闪电的速度、闪电的出击。

海面上一艘快艇飞驰。突然,飞出一根长长的绳索,只见一名队员手拉着绳索随艇在海上飞梭,身上的微型冲锋枪在手中变幻着,其速度令人叹止。

"这是一支善于在海面、水下和陆地作战的特种闪电部队,相信在这次'猎海行动'中会干得很出色的!"埃伦处长说,脸上流露出满意的红光。

"真不愧为闪电，让人震惊！"女军官兴奋地说。

"埃伦，请命令闪电部队20分钟内靠近罗里所在地，随时听候命令！"哈特将军传来命令。

埃伦处长当即接通了闪电部队队长，下达了哈特将军的命令。

正在演练的闪电部队接到命令后，很快调转方向，朝着目标海域开去。还没有到二十分钟，这支神奇的闪电部队便接近了三角地带，与罗里取得了联系。

罗里站在帐篷外，朝飞驰而来的闪电部队挥着手。

"进入战前5分钟准备！"罗里对身旁的人员布置任务，说道，"我和张飞海、莫卡随艇参加战斗！安纳、维尼和谭小燕你们在后备艇上。你们的任务就是沟通各方的联络，为前线的部队提供信息！"

"成功！"罗里举起手喊道，几名同行人员相互拍着手。

罗里挎着冲锋枪率先登上快艇。张飞海和莫卡也全副武装登上了快艇。先锋快艇驶进海湾，在一片礁丛的内湾待命。

维尼、安纳和谭小燕上到一艘后备通信快艇，也紧跟着驶进内港。

一切都在紧张地进行着。

哈特将军通过外交途径，正在与马六甲海峡周边一些邻国的国防部联系，希望能得到他们的合作。情况进行得还算顺利，各方面答应只管其领空领海的范围。

哈特将军其实并不想就此影响过多国家，更不想惊动联合国，只想在其有限的海域进行快速反击战。这位将军十分清楚，要指挥这场涉及多国领海领空的战斗，就他的职权范围来说，根本不可能驾驭，虽说是与国际海盗打交道，但所牵涉的范围远远超过了海盗这个层面。

哈特将军也越来越感到头痛，这比打一场硬仗或面对面的战斗要复杂得多。

他清楚地记得国际海事局约尼泊说过的一段话。

海盗越来越严重地威胁国际海洋运输业，几乎每天有数百艘船只经过马六甲海峡，他们每时每刻都受到国际海盗的监视和威胁，平均每天都有两艘船被国际海盗袭击。

尽管远航运输船采取了多种防御措施，但无论怎样高明也摆脱不了这种袭击。国际社会曾强烈呼吁，希望各国联合起来，对付这群海洋魔鬼，但无济于事。海盗活动的范围虽然在公海，但也会深入到任何一个国家的领海，而且其活动规模以小、散著称，在深夜突然出击，又突然消失，很难追击。

哈特将军对此充满了怒气，但又无从去发泄。他毕竟是军人出身，决定用军事行动来制服这帮海盗。

国防部50分钟对哈特将军来说，似乎显得太慢，他不停地在听取各方的报告，又不停地布置新的作战意图。

时针在"嘀嗒、嘀嗒"地运行。

埃伦处长仅用了几分钟就把各个特别部队组成的"猎鲨特别行动队"调动完毕，进入了最后的战备状态。

"哈特将军，据前沿侦察人员发来的最新情报，001要劫击一艘莫塞号209大型食品船。今天是国际海盗001黑帮自定的鬼节，劫击这艘船是为了鬼节而进行的一个庆典，据有关人员报告，海盗要戴魔鬼面具，狂庆鬼节。"埃伦处长报告。

"具体时间？在什么方位？"哈特将军问道。

"今天黄昏五时左右，在离马尼礁偏东8海里处。"埃伦处长提示道，"这比我们原计划要推迟两个小时。"

哈特将军没有回答，而是对着海图在沉思，自言自语地念叨："两个小时，要推迟两个小时发起进攻……鬼节，还要狂欢……"

"据说鬼节在国际海盗中非常盛行，而且逢单年单月单日，也就是说两年才能轮到一回。"埃伦处长在一旁说。

"是啊，两年才赶到一回，而且鬼节的时辰，海盗们会尽情地狂欢。

从军事角度来说，这是个极好的机会。埃伦，你的意见呢？"哈特将军转过身来突然问道。

埃伦处长不假思索地回答："推迟两个小时发起进攻，可以为我们创造更多的机会。其一，001 出巢劫船，就地可以歼灭；其二，可以引出 001 的各种行动路线，便于我方追击；其三，借鬼节海盗狂欢之际，打一个闪电战，使海盗在无备的情况下反击。"

"有道理！"哈特将军果断地下达命令，"推迟两个小时，黄昏前行动！"

埃伦很自信，哈特将军采纳了他的建议。他走到作战处指挥所控制室，按动了各种颜色的电钮，紧急传达命令，"按原计划推迟两个小时行动，一切均归特级战备，随时听候出击命令！"

"B31 明白！"

"Al 部队明白！"

"闪电部队明白！"

这时，埃伦处长和哈特将军不约而同地望着墙上金黄色的圆钟，时针指向 3 点整。继而，哈特将军会意地望着埃伦处长，他们似乎在等待更加严峻的时刻。

第十四章　黑色鬼节

匪窟黑影　英继列被捕

鬼节在一片黑夜过后，走进了麻鲨黑帮。海盗像欢庆自己的节日一样，制作各种各样的鬼面具，在属于他们的两年一度的节日里狂欢。

总巢的出口和入口都挂上了一个黑色的面罩，上面画着无头的魔鬼，在黑色的海洋里游弋。

内港也打扮成魔鬼港，海盗把一个黑色的牌子立在那里，牌子上画着一只黑色的大眼睛叠着无数个小眼睛，眼睁睁地看着这座黑色的魔鬼港。

阿龙为这次鬼节，琢磨了一套方案。

阿龙苦苦地思索，他亲自做了一套鬼节的面具，戴在头上，然后穿上一套黑色的魔鬼外衣，根本没办法看出是男是女，并且还可利用鬼节之便乘上快艇。

一大早，阿龙就在阿敏的室外转了两圈，真想进去把今天救她出去的行动提前告诉她。然而，阿龙犹豫了半天，在这种特殊场合和时间里，不能冒险行动，因为阿敏对阿龙有一种敌对的情绪，弄不好容易办事不成，反而把计划弄糟。

阿龙觉得采取这种行动，只有在行动前短暂的时间里说明，才能更方便些。

这一秘密在阿龙心里在盘算了不知多少回，就连怎样与阿敏交涉，怎样接她上艇，怎样出总巢以及怎样安置在外海的巨轮上，这一切都在阿龙的计划之中。而且这个计划经过反复论证推敲，决不能出现一点差错，否则，自己连同阿敏性命难保。

阿龙在室内不停地抽着大烟，他的思维仿佛也与缭绕的雾烟一样恍惚不定。

这时，助手莫黑走了进来，报告说："三爷，在女工程师的031室，我们的岗哨发现有可疑人的痕迹，是冲女工程师来的。"

"什么？"阿龙瞪大眼睛，反问道，"到底是什么人？什么痕迹？"

"那把铁锁被人砸了一半，还没有开，看样子是发现有人，就跑了……"

"女工程师没有事吧？走，带我去看看，谁这么胆大包天？"莫黑还没有说完，阿龙就追问道。

莫黑带着阿龙风风火火地朝三区密室方位走去。

长长的通道已被装饰成一色，都挂上了魔鬼画面的黑布条，如果不知道是为了鬼节，人走在这样的环境中，会感到心惊肉跳。

阿龙边走边琢磨，他妈的，谁这么胆大，竟敢在三爷的地盘胡作非为。阿龙气得眼睛鼓鼓的，他猜想这肯定又是海蛇手下那帮贼干的，他这回可真有点忍无可忍，他决定抓住这家伙。

助手莫黑大步走在前面，指着门外的一把铁锁，说："三爷，你看，都砸弯了，再用一点劲儿，就能拉开了。"

阿龙走上前一看，铁锁被硬东西砸了，他的脸色顿时涨得通红。他四处望了望，这时一名负责警卫的海盗从室外走进来，报告说："三爷，我刚接班，我的前班非卡发现一个可疑人，他去追了。"

"在什么地方？"阿龙紧问道。

"朝四区方向。"

"他妈的，我早就知道是他们不怀好心。这次抓住他的人，我饶不了他！莫黑，你再带两个人迅速给我查出来！"阿龙气急败坏地挥着手，嚷道。

莫黑点点头，一撒腿就跑了。

阿龙在密室门前走动着，警卫眨了眨眼睛，上前小声报告："三爷，我刚才接班时，里面的女人乱叫……"

"她怎么啦？"阿龙惊慌地问。

"她说要出来，她说要工作，要见她的同事。我说没有三爷的命令不能开门。"

阿龙正在犹豫，徘徊在门前，蓦地，室内又传来阿敏的叫喊声："你们放我出去，我要和章总一起工作！放我出去！放我出去！"

阿龙急得直在原地打转，不知所措，到这时候，再放她出去来工作，根本不可能，而且直接影响阿龙的整个计划。

"放我出去，我是工程师，我要工作！"

阿龙过去拍着警卫的肩膀，小声说："你进去，给她说，明天放她出来工作，让她不要再喊了。态度要好一点，慢慢说。"

这时，阿龙站到了密室的后面，警卫开开门，走了进去。

阿龙眼看阿敏在自己管辖的密室内关着，而且受到身心的摧残，心里很不是滋味。自从阿龙认出阿敏来，他变得像另一个人，心里充满着人性复杂的情感。他的心里矛盾极了，他既是个杀人不眨眼的魔鬼，又有一份人性本能的情感。而这种情感上的折磨，比用什么方式惩罚他都深刻、都痛苦。

"我要出去，我等不了啦，你们不让我出去，我就绝食！我就绝食！"

"我们三爷说了，明天就让你工作，让你与你的同事一起工作……"

"哈哈……我和我的同事一起工作？在哪儿工作？在哪儿工作……哈哈……"

阿敏精神受到了刺激，话语隐隐约约地传到阿龙耳朵里，他更是心烦意乱。他大步朝四区走去，企图逃避这种刺激。

弯弯的通道，令阿龙走起路来感到格外吃力，他的脚步迈得很大，但思绪很乱，因而，走起路来身体晃悠悠的，像喝醉酒一样。

阿龙希望能抓住海蛇手下的人，他真想找个人出出气，发泄下心底的沉积郁气。他直奔四区，似乎预感到他的助手莫黑肯定能把事情办得不错。

然而，莫黑在前面发生的一切，则与阿龙所想象的完全不一样。

莫黑带着两名粗壮的海盗，携带微型手枪，直奔四区。在进入四区的观通值班室时，意外地从另一个长长的底层黑洞口，发现了刚交完班的非卡，只见他握着微型冲锋枪钻进水压室内。

莫黑没有进观通室，而是直接从侧路插进水压室，他认为，这样，可以包抄被追击者的后路。

的确，莫黑的这一招很高，他带着两名海盗以隐蔽性的动作，很快进入了水压室的后路一侧，分成3个不同的角度隐蔽在水压机械后面。

混乱的脚步声传来，只见一个黑影从水压室的前侧跑进来，躲在墙边，后面非卡握着枪紧追而来，突然，他停下脚步，发现室内黑暗得很，几乎看不见人影，非卡很机灵地闪到了一个黑暗处，然后，悄悄地往前移动，最后，干脆趴在地上不动了，仔细地观察着动静，侧着耳朵听着细微的音响。

静静的，半晌没有什么动静，整个水压室内像黑色的坟墓，静得令人喘不过气来。

黑影也非常有经验，知道追击者潜入了这间黑房子，于是，躲在机械下观察着室内外的走廊，并没有马上行动。但黑影也没发现追击者隐蔽在何处，又不能盲目反击。

非卡等得不耐烦了，他想抓住这个可疑的人，三爷会重赏不说，还会被视为警戒有方。而关键还不仅仅在于这些，非卡站岗时，这个可疑人披着黑布，从三区的密室后面蹿过来，正好非卡没在门边站岗，而是躲在一个角落抽大烟，这个可疑人丝毫没有被发现，他自己脱不了干系。

这个可疑人朝四周看了看，又朝密室瞧了瞧，他对四区还不很熟悉，跑起来没有一个准的方向。

要是可以开枪，非卡在后面早就开枪了，他几次把枪举起来，又放下，因为非卡不知道前面跑的黑影究竟是什么人，况且也不能随便在总巢内开枪。

这不，眼下黑影又进入了水压室，非卡隐藏在那里实在沉不住气了，他朝前移动着身体，企图先发出响声，引起黑影警觉，好再跑动。

然而，黑影比非卡聪明得多，他试图看准机会，把这个跟踪的警卫干掉，只有干掉了这个亲眼看见和紧逼的人，他才能安全地进行下面的工作。

非卡一只手握着枪，一只手在地上爬着，判断着黑影藏身的方位，慢慢地朝前移动。

黑影两眼紧盯着非卡的影子，悄悄地朝机械边跨了一步，还没等非卡反应过来，黑影猛地蹿上去，紧紧地勒住了非卡的脖子，接着，猛击非卡的头部，非卡想叫却叫不出声来。

这时，因黑影用力过猛，又在黑暗的室内，他自己撞在机械铁链上了，身体倒在地上，虽说黑影还死死地勒着非卡的脖子，但非卡借此机会蹿了出去。他的身体被勒得没有多大力气了，但在生死的关头，非卡顶住不适的反应，抽出匕首对着地上刚站起来的黑影刺去，黑影反应敏捷，一个倒钩，用右脚把匕首踢到了身后。

非卡随即去摸枪，黑影一个大扫腿，把非卡打倒在地，这下非卡有些心慌了，这个黑影可疑人竟然有如此高强的武功，令他一下子软了下来，再打不赢，就准备溜了算了，免得不明不白地被打死。

非卡也很狡猾，他先往前一跑，接着突然转身，猛地朝黑影出击，抓起一根铁棍子，朝黑影猛打，黑影一弯腰，正打在水压机上，发出当的一声。

躲在后侧的莫黑与两个强壮的海盗，觉得再不能坐等下去，看见自己人与可疑人打起来，莫黑急忙去摸开关，一盏不太亮的灯亮了。

这时，可疑人把非卡踩在地上，猛击非卡的头部。

"住手！"莫黑带着两名海盗冲上去，大声喊道。

原来这个可疑人不是别人，正是潜入总巢的英继列。

莫黑上前仔细辨认，发现英继列十分可疑，根本没见过这种人，便审问道："你是什么人？"

英继列不回答,依旧猛地一掌把非卡打在地上半晌起不来,非卡嘴里吐出鲜红的血,眨着眼直往外吐气。莫黑看过去,知道非卡已经被严重击伤。

"上!给我狠狠地打!"莫黑大声嚷道,抽出匕首围了上去。

英继列迅速抄起微型冲锋枪,边后退边小声说道:"不要往枪口上撞,你们只要再上前,我就让你们上西天!"

莫黑和两名海盗手里握着微型手枪,停止了脚步。他们知道,眼前是枪对枪,不管莫黑一方有多少人,一旦枪响,双方都会伤亡,而且英继列手里是冲锋枪。

"好,我们不上,你可以走!"莫黑很狡猾,把手枪收起来,对英继列说。

"把枪都收起来,往后退!"英继列首先在气势上要压住他们。

几名海盗相互看了一眼,他们根本不服气,哪能受这份气。

"把枪收起来,后退!"莫黑说道。他心里早有算盘,已经认出了这个可疑人,不怕他跑了,这是在他们自己的总巢。

海盗把枪收了起来,渐渐往后退了几步,但手里还是紧握着枪,盯着英继列。

"再往后!"英继列喊道。

就在这双方对垒的紧急关头,他们的神经高度集中在各自脸上、手上的每一丝变化上,谁也没有顾及非卡被英继列击成重伤后,又缓过气来。他睁着一双迷蒙蒙的眼睛,发现他的对手英继列正握着冲锋枪对着他的同伴。他对水压机很熟悉,以前曾在这里站过岗,他意外地发现,英继列站的位置上空是一个可以操作的钢网罩,是水压机械专门排水所用的。

莫黑虽然就眼前枪对枪的阵式做了妥协,但他用目光朝左右的海盗暗示,准备突然袭击英继列。

英继列也有自己的想法,现在已暴露在明处,后果可想而知,如果海盗用武力交火，英继列就豁出去了。用冲锋枪扫射，占领总巢的四区观通要害部，拼个同归于尽。于是，英继列这时头脑越发冷静。

英继列朝室外的一处暗垒望了一眼，做好了两种准备，他小声地说："我们都是老爷的人，不要相互残杀，只不过是都在执行老爷子的命令……"

英继列这么一说，令莫黑傻了眼，他们在没有弄清英继列身份之前，不敢轻易开枪。

英继列趁着他们在愣神的当头，突然想跑，但晚了两秒钟，非卡的手已经按动了身边水压机的启动电钮，只听见"当"的一声，英继列的头顶上一个巨大的铁丝网落了下来，正好把英继列罩在里面，像一个渔网般使英继列动弹不得。

"哈哈，这是上帝的安排，不，是魔鬼的安排，想逞疯狂，那就随不了你啦！"莫黑狂笑道。

"打死他！他……他是敲……锁的家伙……"非卡半躺在地上喘着气说道。

英继列心里"咯噔"一下，没想到从头落下这么个铁丝网，但无任何能力去摆脱。他顾不上去想怎么死，而是对国防部即将发动的主体进攻有些担心，因为总巢的暗堡系统太复杂了，现代化程度较强，而且可以通过各种连接渠道逃向海上秘密点。

英继列想到这里极其难过。他没有来得及配合国防部完成任务，这将对整个国防部的进攻计划带来不利。

"带走！让三爷好好瞧瞧！"莫黑挥着微型手枪，嚷道。

两个强壮的海盗走上前，非常利索地给英继列戴上手铐，然后，再启动铁丝网，把英继列分离出来。

一名海盗在英继列身上搜了一遍，把枪和匕首等物品都给缴了。

英继列被带走了，但他显得十分平静。

非卡被打得不轻，勉强能站起来，莫黑只好用一只手扶着他，缓缓朝三区走去。

阿龙从三区走进四区，在各个密室点进行了搜索，没见莫黑追踪的人影，刚赶到水压室，手下人已经押着英继列走出来了。待阿龙急匆匆地奔回三区时，莫黑已经把英继列带进了属于三区的一个密室。

这个密室，是敢死队专门用来惩处犯规的海盗用的。里面虽不大，但各种刑具齐全。电感器，是专门用电击打犯规海盗的，犯规海盗被击打后既死不了，又非常难受，一般犯规海盗最怕这种电感器；钢丝带钉的鞭子，是被用来抽赤身的人的，犯规海盗被打后周身都冒血点；倒吊环，这跟体操的吊环可不一样，把犯规海盗倒吊起来，头倒地，而且头刚好放在水盆里，让人在痛苦的折磨中受罪。

在麻鲨黑帮中，海盗这种密室只设在阿龙掌管的敢死队里。连海盗自己都悄悄说，敢死队的密室要命，这里对犯规的海盗进行惩罚，对加入海盗的人进行考验，抓来的人也被送进这间密室。

两名强壮的海盗把英继列推进密室，莫黑刚从后面赶到，阿龙就大步追了上来。

"他妈的，我在后面追，找了一个遍，跟三爷捉迷藏啦！"阿龙进了门还没来得及看被抓的英继列，就冲着莫黑骂起来。

"三爷，这家伙抓住了！就是他砸的锁，还打伤了非卡。"莫黑上前向阿龙报告。

阿龙这才想起找的人，盯眼一看，根本不认识英继列。当然不会认识，要认识不就坏了！

尽管英继列穿着一身海盗服，但阿龙的眼光非常敏锐，一眼就能看出此人的眉目来，在麻鲨001的大批海盗中，没有一个阿龙不认识的，加入海盗前必须先经过考验这一关，而这一关，都是由阿龙亲自审问拷打，坚强的人才能被收留到麻鲨001来。

"你是什么人？从哪儿进来的？"阿龙一开口就点到题上，声音很小。

英继列双手用铁链锁着，而且还被钉在墙上，几乎动弹不得，他判断出这家伙是敢死队队长，再冒充是麻鲨的海盗，他是不会相信的，干脆就没吱声。

"你知道我们这里的规矩吗？只要说出是哪儿来的，一切都好说。"莫黑上前说。

"我是哪个帮的，你们还看不出来吗？我是受头儿的指派来的……"还没等英继列说完，阿龙就打断了。

"哪个帮派的？你也是海上的人？"阿龙笑起来，"我三爷在马六甲海峡闯荡多年，哪个帮派的人我没见过？说说呀，你到底是哪个帮派的？"

"长旗帮。"英继列反问道，"我们干的都是一个行当，过去我们长旗对你们麻鲨可是有交情的，而且我们的二老爷曾救过你们的总头儿。"

"哈哈……你说得不错，你们的老爷是救过麻鲨老爷子。"对于这一点，英继列在调查中，早已获得了信息。阿龙毕竟是敢死队长，老练狡猾，他那双贼眼，紧盯着英继列的眼睛，半晌，突然走上前去，猛地撕破英继列的上衣，露出胸前的肌肉来。

"哈哈哈，好一个长旗帮！"阿龙阴笑道，"你知道，长旗帮胸前刺的是什么标志的图案吗？"

英继列的确没有什么好说的了，他清楚知道长旗帮的胸前刺着黑色的海妖图案，但这些，英继列是无法效仿的，他也没想去效仿。

"你应该清楚我是谁。我在马六甲海峡走一趟，任何海上的人我都能认识，别说长旗帮，就是小小飞鹰帮的人，我都认识。"阿龙转身突然问道，"你究竟从哪里来？"

"既然你都看得出我是哪里人，还问什么？何必浪费时间呢？"英继列还是坚持说，"我是在为头儿办事，早晚你会知道的。我希望你能看清这一点……"

"他妈的，嘴硬！"阿龙火冒三丈，大声嚷道，"我已经在为你费口舌了，你真的不知道我是谁？"

英继列眼睛瞪着，没有一丝惊慌之感。

"上刑！让他瞧瞧三爷的颜色！"阿龙吼道。

两名海盗大步上前，把英继列的上衣撕得精光，然后，把他推到墙边大绑起来。

"过电！"

海盗插上电源，用一根黑色的电线带着拳头般大的电感器，伸向了英继列的胳膊。

"怎么样？感受不错吧！"阿龙走上前去，轻声地说，仿佛是在安慰他，带着一丝淡淡的微笑。

英继列脸涨得通红，两眼怒射着阿龙，仍旧挺着身板，在那里一动不动。

"好样的，算得上一条汉子。"阿龙转而恶狠狠地说，"再过一次电！我就不信真有那么大的毅力。"

两名海盗拿起电感器，对着英继列的后背滚动，霎时，散发出一股人体的油烟味。英继列咬牙瞪着眼，通上这种电感器，浑身都在抽搐，好像身体散了架，被抽打一般。

汗珠布满了英继列的头额，一滴滴往下滴。英继列的身体在来回抽动，连他自己都难以控制。

"说不说，随你，这才是第一个节目。"阿龙笑道。

英继列面部已经充满了血色，精力已经支撑不住，默默无语地站在那里。

"三爷，我看这家伙非上吊环不可，他还不知道我们的厉害。"莫黑上前说道。

"上！让他尝尝滋味！"阿龙说。

两名海盗立即把英继列套上绳索，吊起来。英继列的双脚悬挂在空中的铁柱上，头朝下，正好对着盆口，接着，一名海盗按动电钮，一股气体往上冒。

英继列头朝下，被刺鼻的气体围绕着，令他难受极了，他的鼻孔在扇动,泪流满脸,强烈刺激的气体令他周身在颤动。

"哈哈……再加大能量,让他领教一下!"阿龙把这些天来的烦恼和苦闷发泄出来,狂笑道。

海盗扭动电钮,盆里喷出的气体渐渐加大变味。英继列痛苦极了,大声咳嗽起来,鼻子里往外冒着血。

黑色的光环在英继列的眼前闪动,他的目光变成黑色的花点,周围的一切也变得黑幽幽,仿佛自己进入了天底黑色的峡谷,在飘落……

莫黑睁大眼睛盯着英继列,走上前去,用手摸了下他的鼻子,又看了一眼阿龙,说:"这家伙够坚强的……"

"是个很好的材料,他到底是什么人,我们一无所知……"阿龙也表示无奈。

阿龙解开衣领,正挥着汗,自言自语地骂道:"他妈的,这家伙要砸锁干什么?对了,总巢四区值班室死的人,会不会就是这家伙干的?"英继列瞪大眼睛,突然想起来了,脸色大变。

"肯定是这家伙干的!"莫黑说。

"我不明白,他如果是外来人,怎么会进来的呢?"

这时,茄子的助手穿着一身黑色的海盗服,脸上画了蓝色的海道,匆忙走进室内,说道:"三爷,副队长报告,鬼节出海的准备工作完毕,请三爷检查!"

阿龙突然反应过来,看看手表,不觉得脸色一变,离出海时间只有半个小时,他忽然想起自己安排的头等大事,便朝莫黑挥着手,说:"他妈的,什么事都赶到一块了,先把这家伙关起来,等夜里过鬼节,我再来吃他的人肉,好让鬼节变成真鬼节!"

莫黑朝两名海盗挥了挥手,两名海盗立即把绳子放下来,英继列"当"的一声落在地上。

茄子的助手好奇地上前看了一眼,这一看不要紧,吓得他连忙惊叫起来:"鬼!鬼!"

阿龙愣住了，站在那里越发感到震惊，眼睛紧盯着茄子的助手，突然问道："什么鬼？你认识他？"

"不……不认识……他是鬼！"茄子的助手脸色苍白，连连后退。

其他人绝对不知道茄子助手的内心世界，他在与茄子一道在露天珊瑚礁的内港，是他亲自安排英继列下海捕捞活龙虾、活虎斑贝的，最后也是由他把英继列击伤后，装进麻袋从崖上扔进大海的，这一切都是他亲自干的，这个人肯定死在大海里了，怎么会又活了，而且在总巢三区出现了呢？今天就是鬼节，这令茄子助手像掉了魂似的胆战心惊，差点没把他吓昏过去。

阿龙觉得茄子的助手异常，眼睛紧盯着他，不耐烦地反问道："你见过他？"

"没……没见过……他肯定是鬼！"茄子的助手哪敢承认见过，连忙说。可心里最害怕，这个鬼如果让茄子或者茄子手下的那个分队的人见了，肯定都认识，那他到时候就不好交差了，因为是他亲自把英继列扔进海里的。他们要是认出了英继列还活着，而且还在总巢活着，后果是严重的，他到时就别活了，茄子肯定会杀了他的。因为当时，是他反复要求亲自处理，结果人根本没死，其中的缘由就是再解释，也解释不清了。

茄子的助手异常的反应和惊恐的神态，令阿龙这个老练狡猾的海上老手看在眼里，记在心上，他似乎从茄子助手的表情上看出了问题。本来阿龙要马上返回自己的室内，安排出海事宜，可他的思维突然开阔起来，联想到此人肯定与茄子的助手有关，于是，阿龙立即按动了密室内的一个绿色电钮，操起话筒，说："战位三，让茄子到一号密室，要快！"

听到阿龙这么一说，茄子的助手更是吓得直啰嗦，忙说："三爷……你快……快安排……出海吧……"

"怎么，你不想见见茄子？"阿龙阴笑道，"对三爷也不说实话，这个鬼，你到底认不认识？"

"我……我不……不认识。"茄子的助手哪敢说认识。

这时，茄子全副武装穿着一身黑色海盗服，不光脸上画了海道道，而且手里还提着一个面具，他跨进密室，一看地上躺着一个人，刚受过罚，还以为是他手下的人呢，便上前不解地问："三爷，叫我有什么事？"

"这个人，你认识吧？"阿龙开门见山地问。

"他是鬼……"还没等茄子上前看，茄子的助手叫起来，像是给茄子一个信号。

茄子过去用手把英继列的脸扒了扒，也愣住了，半张着嘴，吓得说不出话来，退了两步，紧盯着他的助手，说："这……这是怎么回事？他怎么还活着？"

"不可能，他肯定是鬼！是鬼！"茄子的助手说。

英继列从吊环上被放下来，虽说昏迷，但他心里仍然清醒，开始隐隐约约听到有人叫喊着鬼，他便微微睁着一丝眼缝，朦胧地看到一个熟悉的面孔，这就是茄子的助手，在海上打捞活龙虾，就是这个助手在监视，英继列绝对忘不了。虚弱的英继列没有争辩，而是在琢磨着对付的办法，况且眼前，他已被折磨得精疲力尽。

"他到底是什么人？"阿龙的眼睛逼射着茄子。

茄子犹豫了一会儿，他当然不会瞒着阿龙，说道："他是为我下海摸活龙虾、活虎斑贝的那个人。"茄子的话中还带着一丝好感，这件下海捕捞活物的大事，是茄子一手操办的，为此还受到了老爷子的奖。

"他是什么地方的人？他的职业是干什么的？怎么会把这样的人留下，而且还跑到了总巢里了？"阿龙冲着茄子提了一串的问题，要他必须说清楚。

"他是从海上逃过来的难民，当时他在海里差点没命，是我们发现了他。据审问，他说是海洋上的难民。"茄子这时话语一转，肯定地说，"在打捞完之前，我们就把这家伙装进麻袋扔进了海里，他怎么没死，简直不可思议！"茄子说完，望着助手，他意思是说，你看你怎么搞的。

"是谁扔到海里的？你亲眼见的吗？"阿龙逼问道。

"是助手亲自办的，我当时没在现场。"茄子把责任自然推到他助手身上。

"你是怎么办的？"阿龙的眼睛盯着茄子的助手，带着一丝血色。

茄子的助手看了一眼地上好像死过去的英继列，说："是我一手办的。当时他还打伤了我们的人，是我先把这家伙击伤后，用麻袋装起来，封上口，从悬崖扔进海里的。"茄子的助手强调道，"我还一直看着麻袋沉到了海里，绝对活不了，肯定是鬼！"

"混蛋，你就能保证他一定能死！"阿龙骂道。

"他被打成半死，而且麻袋口用铁丝绑的，肯定活不了。"助手还坚持说。

"别……别听他胡说，就是他把我放进来的。"英继列半睁着眼睛，虚弱地说，"他让我做一件事……"英继列有意交代道。

"哈哈，茄子，瞧你的助手干的好事！"阿龙逼问道，"究竟让他干什么事？你他妈的，想瞒着三爷，夺位不成？难怪你他妈的吓得直哆嗦！"

"这个鬼害人，他有意冲着我来的。"

"说对了，他就是冲着你来的。"阿龙骂道，"限你5分钟，把情况交代清楚！"

"这……这家伙有意害人，他害我！"茄子的助手惊恐地说，"三爷，我向你保证，我绝对忠于三爷，没干一点坏事，你不信，问副队长。"

茄子在一旁也不知如何说好，站在那里自己也纳闷，这家伙怎么没死呢，难道真的活见鬼了，茄子心里十分惊诧。

这时，莫黑走近阿龙的身边，小声说："三爷，时间不早了，要准备出海了。我看还是等回来再……"

没等莫黑说完，阿龙就挥着手，嚷道："他妈的，你茄子手下干的好事，等我出海回来再说。你的助手别出海了，在这里交代，等我回来算账！"

"莫黑，先把这家伙关起来，让人看着，等今夜鬼节，再吃他的肉，给鬼节增添点血腥味！"阿龙指着英继列说。

英继列被关在了密室里。

茄子不高兴地推着助手，骂道："混蛋，当初，还不让老子去，瞧你干的好事，你自己看着办吧，三爷回来后绝没你的好果子吃。"

茄子的助手哭丧着脸，心里仍缓不过劲儿。倒霉不说，而且他的确害怕，明明英继列被他亲手击伤用麻袋装起来扔进大海里的，怎么会活过来呢？又怎么会跑到麻鲨001总巢来呢？

他低头思索着当时的那一幕，心里似乎更充满了恐惧之感，他有些后怕。等阿龙返回来后，无论如何也解释不清这里面的缘由。为此，茄子的助手回到自己的卧室里，反复想着另一种方案，那就是趁阿龙和茄子不在总巢的时候，结束英继列的性命。

阿龙回到室内迅速换上一身黑色的海盗服，穿上长袍把面具提上，就直奔阿敏的密室。

站岗的海盗按计划被换到别处了。这时，阿龙看了一眼周围，没有人盯着，便掏出锁匙打开门，手里提着海盗衣袍和面具，闪了进去。

阿敏睁大眼睛，还没弄清怎么回事，但一眼就认出他是这里的头目。

"你赶快穿上这些衣袍，越快越好，我要送你出去。"阿龙小声地说。

阿敏还愣在那里，没有丝毫的反应。她根本不相信，这个海盗头目能救她出虎口。

"快，快穿上！听我安排，我是真心救你，到时候你会相信我的，这里不必细说。快，快点！"阿龙的话语充满真情，面带焦虑之色，看得出这不是假的。

不管阿敏相信不相信，怀疑不怀疑，被阿龙这么急促地催逼着，阿敏有些迟疑，望着阿龙手里的魔鬼面具。

"今天是鬼节，我要出海，你戴上面具，别人就很难辨认出是你，快点穿上。"阿龙边帮阿敏往身上穿，边小声道，"一切听我安排，千万别吱声。"

听阿龙这么一说，阿敏便迅速穿起了衣袍，一色黑，从上到下被一条长长的黑袍遮着，黑袍上画着各种魔鬼图案。

阿龙再把套头的面具往阿敏头上一戴，便领她出了门，随即阿龙把密室的门锁上了。

阿龙把阿敏快速带到内港的边缘角落，小声说："待会儿，我一招手，你就上来，千万不要吭声。"

阿龙大步走到港池旁的指挥小亭里，按动了三区出海的铃声，顿时，一队穿着黑色海盗长袍服的海盗，头戴面具，从各方冲来，手持微型冲锋枪，快速登上了快艇。

阿龙站在艇旁，嚷道："快！快！"然后转身朝角落边的阿敏挥了挥手，阿敏似乎还在迟疑，望着一队队戴着面具的魔鬼海盗，她有点害怕。

阿龙见她没动，便跑进去拉着阿敏就往艇上跑。

阿龙从艇尾跑，所有海盗进了艇，面对前方而坐。阿龙把阿敏安排在快艇的最后一个空位置上，然后帮她扣上保险带。

阿龙登上快艇的指挥台，回头望了一眼艇尾，然后，按动起航信号。

"001，001，请示出航！"阿龙握着无线电话报告道。

"可以出航！"

"启动！"阿龙下达口令。

快艇沿着港池开始驶出，进入旋转升降密池后，快艇随着升降机渐渐地浮出水面。这时传来信号，四区对阿龙发出禁止信号。离海面就这么一道防线，若停下来，肯定会带来一连串的反应，况且海蛇一直在暗地里与阿龙作对，对于这次有计划的出海行动，如果让海蛇抓住了把柄，阿龙的后果就不堪设想。

阿龙在这一瞬间，大脑高度集中，问题的焦点和矛盾冲突在他脑海里高度旋转，迫使他迅速做出决策，是停止，还是强行出击？阿龙在短短的两秒钟内，选择了后者，他骂道："今天是鬼节，谁也别想拦住我们，加大马力出击！"

"明白！"操作手飞速加挡，快艇升出水面后，"腾"地一下，跃出大海。

顿时，一阵清新而又咸涩的海风扑来，快艇像离弦的箭飞驰在茫茫海洋上。

然而，尽管阿龙策划得如此精心周密，他丝毫不知道，就在他开门为阿敏化装之际，海蛇秘密安置的盯梢，却利用他们观通部门掌管的观通观测器，对阿龙的一举一动都进行了跟踪监视。当他们发现阿龙从三区密室里带出一个身穿黑色海盗服、戴着面具的人快速登艇时，他们才把这观测录制的图像传到了海蛇那里。

海蛇坐在观通指挥室，仅用几秒钟，便发现一连串可疑的破绽来。于是，海蛇便紧急地发出了禁止浮出海面的信号。

时机稍稍晚了点，海蛇没有来得及封锁出海的航道门，阿龙强行冲出了大海。

没有任何证据，阿龙完全不理睬他也是理所当然的。海蛇似乎预感到了什么，愈发对阿龙这艘快艇有所怀疑，这是个极有利的机会扳倒阿龙，海蛇迅速做出反应。他必须抓住这个机会，没容自己思索过多，便对助手嚷道："带着一小队赶快上艇，给我出海！"

海蛇说着挎上枪，挥着手快速登上一艘高速气垫快艇。

高速气垫快艇驶出港池，升起后飞出海面。

在茫茫大海上，一艘快艇已经消失在海天之间。

另一艘高速气垫快艇紧跟在后面，溅起满天的飞浪。

深蓝色的大海宛如一个变幻莫测的决斗舞台，一场看不见的决斗，在这漫天的蓝色海面拉开，仿佛是一根即将拉响的炸药导火索。

黑色较量　阿龙无怨无恨了残生

西斜的太阳把墨绿的大海反照得格外耀眼。一层层地翻起厚厚的浪峰，不停地向天外涌动，仿佛永远也找不到尽头。

快艇犁开咆哮的浪峰，毫无保留地把它甩在艇后，随风飘去一片海水散发着白雾，海面上充满一种缥缈的水汽。

阿龙已经取下了面具，举起望远镜，朝着偏东方向一艘远去的巨轮张望，不时地下达口令："左舵，全速前进！"

操作员复诵着口令，将速度加到最大，快艇飞驰而去。

快艇上，海盗仍坐在各自的位置上，穿戴一身魔鬼服。他们清楚两年一次的鬼节，必须有这样的形式，而且上船偷盗食品后，也要穿着这身魔鬼服。

远远看去，快艇在海上行驶，就像一艘从阴间驶出的魔鬼艇，如果谁要是在海上遇上这场面，非吓趴下不可，整个一群活生生的魔鬼，海上魔鬼。

阿龙登船心切，恨不能立刻登上巨轮，他站起来了，转身对海盗说道："做好准备，从船尾快速登船。"

这时，就在阿龙快艇的后面，由海蛇率领的高速气垫快艇在追着，这一切阿龙丝毫没在意。

海上浪涌翻滚。巨轮以中速驶过这条大海峡谷。

巨轮红色的大船体，船头的舷号写着摩斯号889，圆圆的烟囱冒着一缕缕黑烟，随风飘向船尾。

船长站在指挥室里，脖子上挂着望远镜，不时地看着罗经盘，下达一个个口令。

这艘巨轮从马加达驶来，船上装着大批玉米和冷冻的鱼虾，还有一小舱的马加达黑啤酒。

巨轮在驶近马六甲海峡狭窄的航道时，渐渐地放慢了速度，船平稳地转了点航向前进着。

"船长，发现海盗，已经驶近了我们。"这时，传来大副的报告声。

"什么？海盗？在什么位置？"船长惊恐地问道。

还没等大副回答，船长转身用望远镜边望去边拉响防盗警报。

霎时，巨轮进入了一级战斗准备，关闭了一些主要舱室和电台室的铁门。

电台室内，报务员不停地发出遇上海盗的紧急信号，电波正处在马六甲海峡的死角，被干扰波反回来，形成强烈的电磁场波。

一些船员拿起砍缆斧，有的船员备有枪，也都架上了，短短两分钟，巨轮上迅速进行了战斗准备。

船长望着冲上来的海盗快艇，再看看他们戴着魔鬼的面具，心里非常紧张。

这时，快艇已经靠近巨轮船尾。

船长急忙下达口令："前进三！"

巨轮在急流中加快了速度往前冲着，摆脱了快艇。

"请不要抵抗，我们只想拿点食品，今天是我们的鬼节。"阿龙拿着话筒对巨轮喊道，"你们要抵抗，我们就把你们都打死！"

船长听到海盗的呼喊声，知道反抗也无济于事，海上航行的经验使他明白，海盗手段毒辣，而且凶狠残忍，就船上的人员和武器，光靠抵抗其结果会更惨。

没有等船长来得及反应，阿龙的艇已超到巨轮尾的偏左舷。

"上！要快！"阿龙喊道，"其他的人从左舷上！"

快艇与轮船的左舷紧贴着，海盗的缆绳带着铁篦子钩在了船舷上，船上还有两名船员企图挥起斧子砍缆绳，刚举起手，就听见"啪"的一枪，船员的左臂被打中了。

"你们再抵抗，我们的冲锋枪要扫射了！"阿龙怒吼道。

坐在快艇尾的阿敏看到海盗如此疯狂，刚要跳快艇，发现被保险带绑住了。

阿龙走过去，轻轻地拍了拍阿敏的后臂。

这时，两名海盗已经攀上了巨轮的后甲板，飞快地在左右两舷用冲锋枪控制了船的通道。随后，又有两名海盗攀着缆绳，飞身而上。不一会儿，小分队手持冲锋枪占领了舵舱，巨轮明显减慢了速。

"你把快艇放慢！"阿龙挥着手枪对操艇员叫道。

阿龙回头一看，海面上一艘高速气垫艇飞驰而来，阿龙判断是海蛇追赶来了，于是，阿龙立即用缆绳把阿敏的身子系紧，先是阿龙自己摇着缆绳飞跃登上巨轮的后甲板，紧接着，阿龙用力把阿敏给拉上了船。

阿龙解开绳索，拉着阿敏飞快地从后舱直奔巨轮的一个后室，看得出阿龙对所有的船都很熟悉。

"你在这里藏身，我们走后，你就随船走！"阿龙急匆匆地小声说。

阿敏这时，才抬起眼望了望这个杀人犯般的海盗，心里极其矛盾，他为什么要救我，为什么要这样安排我呢？

阿龙早就不见人影了，飞身挥着枪直奔甲板。

船的前甲板，有两名船员手握着自动步枪在抵抗，海盗从侧面向前移动，一名海盗正要准备开枪，阿龙赶到了，喊着："看我的！"

话音刚落，一把飞刀带着一道白光刺中了手持步枪的船员，他应声倒在了海上。

"不许你们杀人！"船长愤怒地吼道，"再杀人，我就把船炸掉！"

阿龙朝海盗挥手，尔后直奔前指挥舱。

"我的天呀，我这个船长怎么向上司交代呀！你们把我的船员刺死了！"船长抱着头大声呼喊道。

"哈哈哈，今天我们给你留面子，不杀你们的人了，这也是魔鬼安排的，很对不起，今天是鬼节，必须有一个替死鬼！"阿龙说道，"这个替死鬼能给你我带来好运！"

　　船长早已趴在舱的绘图桌前，两眼呆呆地望着激流的海面，默默无声。

　　"快！快！"阿龙挥着手，指挥海盗往快艇上搬了两箱啤酒和两箱鱼虾。

　　阿龙带着两名海盗熟练地冲进船长室，走到一个铁保险柜前，阿龙掏出匕首捅了捅保险锁，没有转动开。

　　这时，一名海盗把冲锋枪对着保险锁，猛击一阵，刺耳的枪声带着一股白烟弥漫在舱室内，保险锁开了。

　　阿龙用脚猛地把门踢了踢，接着用手把保险柜打开，里面是一叠叠美钞，阿龙把美钞拿出来塞进另一名海盗的皮箱里。

　　"他妈的，这么少？"阿龙骂道。

　　"三爷，底舱还有一个保险柜。"一名海盗跑上来报告道。

　　"砸！"

　　阿龙挥着枪，随海盗直接走进底舱。一个红色保险柜固定在舱的角落，阿龙一看就知道这个保险柜是个十分重要的。

　　"打开！"阿龙喊道。

　　海盗又用枪对准保险柜打开了。

　　阿龙用手一掏，外面是一些巨轮的技术资料，再往里一掏，是两摞黄金条，外面用绸布紧包着。

　　阿龙拿出金条，用手摸了摸，然后用嘴咬了咬。

　　"好货！真正的好货！"阿龙说着便装进自己的内兜里。

　　阿龙看了看手表，时间不早了，便挥着手，"快走！"

　　待阿龙走上甲板，快艇上的人已经坐好，只等他呢。

　　令阿龙十分不满的是，海蛇的高速气垫快艇也靠上了巨轮，而且海蛇不在快艇上。

　　阿龙似乎感到有些不妙，马上意识到海蛇完全是冲着他来的，这让阿龙非常恼火。

在海上劫船抢盗，海蛇不分场合竟然与自己过意不去，想抓我阿龙的把柄，也想叫我受罚，真他妈的，一条毒蛇！想到这里，阿龙的眼睛气得鼓鼓的，他挥着手枪，直奔后舱藏阿敏的地方。

海蛇还没靠近巨轮时，就用望远镜隐隐约约发现了阿龙在往船上拉一个人，便断定这是阿龙把女工程师带上了船。于是，海蛇悄悄地带着枪上了巨轮，而且一直沿着底舱在寻找。

他与阿龙积累的私仇和怨恨，这时都浮现在海蛇眼前，特别是上次放血、吃海象饼，那股海鸟粪臭味至今令海蛇心里不舒服。海蛇早就想寻机找阿龙算账，尽管阿龙是三爷，他的上头不大的官，但海蛇才不吃那一套，他毕竟在海军陆战队里干过。

阿龙心里格外着急，生怕让海蛇撞上了阿敏，那样的话，就会暴露自己的计划，而且让麻鲨知道了，放血是小事，弄不好要杀头的。

阿龙已经做好了在不得已的情况下干掉海蛇的准备。黑色的紧张时刻，黑色的决斗瞬间就要发生。

阿龙把手里的枪握得紧紧的，步子迈得很轻，在底舱侧面走着。

刚才安排阿敏的那个底舱里，已经没有阿敏了。

阿敏跑到哪里去了？这更令阿龙不安。

阿龙的心顿时紧缩起来，他快步穿梭在底舱，都没有发现阿敏的人影。

巨轮缓缓地向前驶着。

阿龙很有经验，飞速赶到底部中层的舱板处，把耳朵贴紧仔细辨听着来自底舱的音响，巨轮开起来，传来的是阵阵轰鸣声。突然听到"嘭、嘭"的音响，阿龙侧身下到接近最底层的一处舱室。

这里黑森森的，只有最里面的一处舷窗射出一束光。

黑暗中传来脚步声。

阿龙沿着舱壁朝里慢慢地移动步子，然后静静地分辨着发声的位置。

"啪"的一声，什么东西掉在地上，接着听到一阵狂笑声。

"哈哈哈，今天是鬼节，你还真的变成鬼了！你跑不了了！"是海蛇的声音。

"你想把我怎么样?"还没等海蛇把话说完,阿敏便发出惊叫声。

海蛇把阿敏的衣服撕了,紧紧地抱住了阿敏,在她身上乱摸着。

"叫有什么用?上次我就没有吃上你的鲜味,今天是阿龙把你送上了门,那就先让我尝尝滋味……"海蛇抱着阿敏说道。

阿敏突然听到阿龙的名字,顿时心里一震,这名字同她哥哥的名字相同啊,但一时又不知如何是好。

容不得阿敏去追想阿龙是谁,这时,海蛇在阿敏的脸上乱啃着。阿敏挣扎着发出惊叫声。

"住手!"黑暗中发出一声咆哮。

海蛇震住了。

阿龙打开一盏不太亮的舱灯,黄阴阴的灯光照在海蛇的身上。他还紧抱着阿敏没松手,目光放射出绿色的光晕,绿豆大的眼睛显得格外圆,就像黑夜里狼的眼睛一般,带着腥味。

"住手没么容易。你这回干的好事,再神秘也逃不出我的监视器。"海蛇气粗粗地说道,"想放了她,跟老爷子不好交代吧!"

阿龙气炸了,双手举着枪,对着海蛇喊道:"你监视得好,今天让你死个明白,是我抓的她,也是我放的她。放开她!有能耐,跟我较量!"

海蛇抽出匕首,一只手勒着阿敏的脖子,一只手把匕首对着阿敏的胸部,小声地说道:"要拼没关系,她可不能随便放走,最好能和我死在一起。"

听到这话,阿龙身上的血在流动,他舍命救出阿敏,就是为了给阿敏放条生路,现在海蛇竟在阿敏身上打主意,阿龙十分恼火和愤怒。

阿龙看见海蛇手里只拿着匕首,手枪还在腰间,便趁海蛇后退的当头,猛地蹿上去,一个飞腿踢中了海蛇的腰部。然而,就在海蛇被踢倒的瞬间,海蛇手中的匕首划在阿敏的左臂上,一道血印浸了出来,阿敏惊叫一声倒在地上。

这时，海蛇从地上反弹起来，握着匕首朝阿龙刺过来，阿龙一闪，海蛇的匕首刺在舱壁上，发出"当"的金属响声。

阿龙转过身去，一个旋风腿打在海蛇的后背上，海蛇趴在下面。

阿龙刚想伸手抓住海蛇的脖子，突然，海蛇一个倒钩踢在阿龙的脸上，阿龙眼冒金星连连后退了两步。

海蛇毕竟在海军陆战队里干过，功力不凡，善于在艰苦环境和生死关头打硬仗。

海蛇冲过去，趁阿龙受伤之时，发起进攻，拳头像雨点般朝阿龙打去。阿龙抵挡着，渐渐往后退。

"啪，啪"，海蛇朝阿龙的胸前就是两掌，打得很重。

阿龙的头反而清醒了，挥起拳头来个硬碰硬。

拳在空中交叉打斗，发出阵阵拳击声，打得他们眼睛冒火。

这时，一个巨轮的水手发现后底舱海盗相互决斗后，飞跑到驾驶指挥舵舱，报告道："船长，后底舱有两名海盗在打斗，像是在争什么东西……"

"上帝呀，今天真是遇上魔鬼了！"船长继而对身边的大副道，"你带几个人围过去，听着，先别拼，对船没有威胁，就别管他们。唉，这里海盗出没太频繁了！"

于是，大副带着几个人操起家伙，直奔后底舱。

巨轮以原有的速度继续行驶。

后底舱内，阿龙缓过劲来，充分施展出他的绝招，对着海蛇就是一连串的飞腿，打得海蛇节节后退。

海蛇撞在了舱壁上，阿龙腾起身体一个斜式飞旋腿，击中海蛇的下腹部，只听见海蛇"哎哟"一声，弯下腰来，阿龙双手握成刀形，猛地朝海蛇的后脖根砍去，海蛇被打倒在地。阿龙蹿了上去，试图掐住海蛇的喉咙。

海蛇往侧面转动着，双手按着甲板双腿一蹬，立了起来，又抓起了匕首，刺进阿龙的手臂，鲜血流了出来。

"哈哈哈，这才是开始，流血在后头呢！"海蛇狂笑道，眼睛瞪得溜圆。

阿敏躲在舱角，望着他们决斗，准备慢慢地往后移动，在他们不注意的时候跑掉。

阿龙运了运气，两个旋风腿踢到海蛇跟前，海蛇用飞腿迎接，阿龙突然变化招数，一个下蹲，待海蛇停下来，阿龙朝海蛇腹部就是几拳，海蛇翻着白眼，刚把匕首举起来，就被阿龙一脚给踢飞了。

海蛇"唰"地一下，从裤腰上抽出带钉的皮带，朝阿龙挥去。

海蛇这一招的确绝，每次到了生死关头总要用上这一招，阿龙曾吃过这一招的亏，已摸透了这一招，而且阿龙想出了更妙的招法破海蛇的皮带。

海蛇眯着眼，脸上露出奸诈的笑意，不停地朝阿龙打去，开始阿龙重重地挨了两皮带，钉子扎在左臂上。

阿龙看准皮带的方向，边躲边出击。皮带在底舱内晃闪着，不时地发出阵阵响声。阿龙随着皮带晃动的方向，也晃动着向前，突然冲上去，抓住海蛇的皮带就是一拳，打在他的脑门上。

海蛇眼冒金星，眨着绿豆眼，皮带被阿龙卷起来夺走，当即抛向舱的角落。这下，海蛇又连挨两拳，阿龙死死地卡住了海蛇的喉咙，海蛇喘着粗气。

"我让你死个明白，我就是要把她放走！你鬼东西跟我斗了几年！今天是鬼节，见鬼去吧！"阿龙说着，操起匕首朝海蛇捅去。就在这时，海蛇一个鲤鱼打挺，抄起手枪就向阿龙射击。

对于海蛇这突然的一招，阿龙却没有防范，这是海蛇在陆战队练就的一招。

"啪啪"两枪朝阿龙射来，阿龙就地翻滚、跳跃，子弹打在钢板底舱里闪着火星。

又是两枪，阿龙一个前跃的同时，把匕首飞向了海蛇，正刺中他的右臂，手枪掉在地上，还没等海蛇来得及去捡，阿龙冲上前朝海蛇的下身就是一脚。

海蛇见势不妙，往后舱退着。

这时，阿敏正准备后撤，发现海蛇的手枪掉在地上，便弯着腰立即捡起来，手握着枪，对准海蛇。

阿龙紧追不舍，在接近后舱板时，海蛇突然蹬着舱板反弹回来，正踢准阿龙的头部，海蛇用手将底舱里的货物箱拉了下来，重重的货物压在了阿龙的后背上，使阿龙动弹不得。

海蛇上步趁阿龙被动之时，操起一根木棒朝阿龙的头部砸去，就在这时，在一旁握枪的阿敏终于对着海蛇开了枪。

"啪啪"两枪射了出去。就在枪响的瞬间，阿龙奋力腾了起来，把身上的货物掀翻了，海蛇倒在了一边，阿龙站起来的同时被阿敏打来的子弹击中了。

阿龙的前胸连中两枪，血像喷泉一样往外喷着。阿龙手捂着弹孔，两眼望着持枪的阿敏。

阿敏手里的枪掉在了舱板上，呆呆地望着中弹的阿龙，没有任何感觉，虽说阿敏本意是朝海蛇开枪，却打在了阿龙的身上。

阿龙捂着伤口，鲜血从他的手指缝里往外流着，染红了他的海盗服。

阿龙艰难地朝阿敏迈着步子，没有半点的怨恨和仇视，反而望着阿敏露出一丝笑容，这笑容是阿龙发自内心的，是童年在海边与阿敏玩耍时的笑容。

阿龙已经迈不动脚步了，扶着舱壁，在大口大口地喘着粗气。

阿龙透过虚弱的目光，仿佛又看见对面站着的童年的阿敏，头上仍扎着两个羊角辫，顽皮地在沙滩上奔跑，不停地呼喊着"哥哥——哥哥——"

阿龙真正看见了对面的阿敏，在带血腥味的舱底。阿龙试图睁大眼睛看看挂在阿敏脖子上的那一串小贝壳项链，他无论如何也睁不开了，但朦胧中仍看见那串闪亮的小贝壳项链，这项链是他们的阿爸一个个为他们穿的。

阿龙挥了挥沉重的手,朝阿敏想表示什么,但手举了一半,就举不动了;他的嘴想说什么,嘴在动着,却听不见声音了……

阿敏仍呆呆地站在那里,意识到了什么,但阿敏不敢往那儿想,那太可怕了,阿敏痛苦地闭上眼睛。

"哈哈哈,老三,老三,今天魔鬼终于把你带走了。"海蛇得意地嚷道,"是她打死你的,我还要把她带走!"

海蛇说着,挥着手把阿敏抱在怀里,冲着奄奄一息的阿龙叫道:"我要把她带回去,你还和我争吗?哈哈哈,她不但属于我,而且属于所有的弟兄……"

阿龙的眼睛冒着了血,嘴还在动,永远听不到声音了。阿龙终于闭上眼睛,倒在了货船的舱底……

第十五章　猎杀麻鲨帮

快艇　快艇　黄昏追杀海蛇

国防部大楼仿佛一座神圣的殿堂，一切都显得那么神秘。

紧张的弓弦拉得吱吱响，一场歼灭国际海盗001的战斗就在黄昏打响。

哈特将军给作战部队下达命令后，便在一座拱形马六甲海峡的沙盘模型边徘徊。他时而看看墙上挂着的圆盘大钟。秒针"嘀嗒、嘀嗒"地走着，室内空气凝固一般，显得格外肃静。

"五秒。"

"三秒。"

"一秒。"

"零秒。"

"各战斗部队，出击！"哈特将军下达了命令。

"出击！"埃伦处长重复着哈特将军的命令。

作战处内一个个巨大的作战监视荧光屏上出现战斗部队出击的场面。

直升机部队。一架架直升机盘旋起来，紧接着排成三角队形，贴着海面超低空飞行，远远看去，就像绿色的海蜻蜓。

陆战队员的脸上都涂着蓝色的道道，身着蓝绿的迷彩作战服，全副武装。身上缠着一排排子弹带，手持微型多功能冲锋枪，腰间插着一排微型手榴弹。

陆战队员坐到高速摩托艇上，全速朝着马尼礁海面出击。

高速摩托艇摆成"一"字形，像脱弦的利箭在海面上飞驰。墨绿色的大海上被划出一道道白色的艇迹，在海面上扩展，宛如一把利箭剖开了海的胸膛。

微型水下潜艇早已接近了马尼礁海区的外缘。接到作战处的命令后，潜艇迅速包围了马尼礁水下的各通道，并随时对马尼礁暗堡实施攻击。

潜艇在海底下快速包抄。透明的海水翻起滚动的晶体轮，蓝色的潜艇宛如海鲸，穿梭在海底深处……

黄昏的海与天被夕阳的晚霞映得通红，天空的西北角泛着紫红色的光霞，渐渐变得猩红。

海底滚动着红色的浪涛，而且比以往显得更加深红，闪动着的是红色的光点，翻动着的是红色的灵魂，仿佛整个大海在悄悄地流血。

海蛇抓住了阿敏显得格外兴奋，更重要的是他抓住了阿敏这个活人，这不仅可以向老爷子报告在决斗中阿龙的死因，而且还可以再次受到老爷子的重奖。想到这里，海蛇那双绿豆眼闪着贼光，颇有几分得意。阿龙在他心里就像块坚硬的石头，咬也咬不动，吞又吞不下，阿龙又是第三把交椅，可以在他头上发号施令。现在阿龙见了阎王，自然是海蛇多年的愿望。

海蛇把阿敏用绳子绑在高速气垫快艇上，快速往总巢返回。

这时，海蛇的高速气垫快艇刚驶入港口海面，就要转弯的时候，突然发现一架架直升机盘旋在珊瑚岛礁的海盗内港上空，伞兵已经在半空之中。

海盗的枪声响起。

这几处哨所早就在天兵的瞄准之中。海盗的枪声刚响，飞落而下的天兵分成几个突击队在半空中压住了海盗的火力，还没有等海盗反应过来，突击天兵把微型炸弹落在了海盗几处重点火力网，霎时，"轰、轰、轰"的爆炸声连成一片，火光冲天，硝烟弥漫。

海蛇傻眼了，不知从哪里冒出直升机来，而且有大批的天兵天将。

海蛇对着操艇的海盗嚷道："天啊，这真是魔鬼。快！快！回总巢！"

高速气垫艇加快速度，在海上奔驰起来。所有海盗在艇上惊讶地张着嘴，从来没有看到过这种场面。他们把手里的微型冲锋枪抱得紧紧的，枪口对着海面。

就在这时，国防部的特种部队陆战队驾驶高速摩托艇从海蛇对面的方向飞驰而来，随即摆开了三角队形，仿佛拉开一张巨大的捕捉网。

海蛇被眼前突然出现的三角队形的高速摩托艇惊呆了，他指挥海上作战绝对赶不上阿龙，他平时一直在负责观通。

海蛇边指挥高速气垫艇逃跑，边向总巢报告发现的情况。

高速摩托艇在大海上犁起层层白色的浪涛，渐渐扩大成半圆形，朝海蛇的高速气垫艇围去。

而一直跟在海蛇后面的高速快艇由敢死队副队长茄子指挥。阿龙与海蛇较量后再也没有回到他的艇上，虽说茄子和敢死队的海盗异常气愤，想与海蛇再较量，但茄子还是控制住了海盗内部之间的残杀。茄子自然也有他的想法，阿龙死了，这敢死队的交椅也许自然就是他的了。

于是，茄子指挥被劫盗来的货物快艇，在后面跟着海蛇的高速气垫快艇。他们发现有追击的高速摩托艇后，茄子很有经验，立即调转快艇的方向，朝着另一处海域飞驰，随时都可以穿越他国领海。这样追击的高速摩托艇就会遭遇难题，领海也是有国界的。

摩托艇立即分成两个编队，拉开了距离，一个编队堵截茄子的快艇，一个编队包围海蛇的气垫快艇。

"03，03，偏东10°全速出击！"海上指挥艇发出命令。

"03明白！"

一艘高速摩托艇飞驰起来，艇首仰起。10°的弯角，在茫茫大海上腾空飞跃，直插茄子快艇的前面。

"04，04，包抄目标，全速追击！"

"04明白！"

海蛇的高速气垫快艇企图躲到一座礁后，跳上礁石占领地形后进行堵截，然而，已经晚了一步。04号高速摩托艇在海上奔驰的速度比海盗艇快多了，这是一群特种部队专门训练的具有国际水平的驾驶能手。

海蛇的高速气垫快艇刚一回头，04号高速摩托艇就在半空中飞跃起来，时而在空中飞渡像飞机，时而贴着海面飞腾像利箭，令海盗眼花缭乱。

海蛇的唯一计划落空了，登不上礁，而且总巢也下命令，不准让海蛇靠近总巢。在被追击的情况下，海盗001有死规定，不能进入总巢，怕暴露真正的暗防大本营。

于是，海蛇站起来，双手握着快艇栏杆，疯狂地嚷道："开枪！开枪！"

"啪、啪、啪……"一阵阵枪声大作，火舌喷射在海上，像一道道流星拉成的火力圈。

04号高速摩托艇在枪声中穿梭，摆脱了海蛇的火力网后，突然调整角度，摩托艇上的陆战队员用微型多功能冲锋枪开了火。

子弹在浪峰中穿梭。海蛇快艇上一名海盗被打飞了，跌向快艇的后方。

海蛇端起微型冲锋枪拼命还击，打出一道闪光。

"04，04，停止射击！海盗艇上有一名女人质！"指挥摩托艇用高倍望远镜发现了目标，果断下达命令。

04号摩托艇停止了射击，跟踪追击。

指挥艇上，罗里接过高倍望远镜仔细辨认着海盗快艇上被绑着的女人，但在跳跃的高速摩托艇上，辨认起来十分困难。

蓦地，高速摩托艇转过来，正面面对海盗的气垫快艇，罗里的高倍望远镜才对准了那个女人，他惊叫起来："是阿敏！没错，是阿敏！"

"04、05、04、05，你们两艇夹击高速气垫快艇。阿敏在艇上，你们一定要救出来！决不能伤到她，开始行动！"指挥艇下达命令。

"04明白！"

"05明白！"

两艘高速摩托快艇加快速度，从两个不同的角度，朝海盗气垫快艇飞驰。

海蛇握着微型冲锋枪，扯着嗓子喊道："快，快，往黑石角开！"

海蛇的高速气垫快艇突然改变方向，朝一片珊瑚滩的黑石角驶去。

04 号和 05 号高速摩托艇分两路插了过去，带着一道道闪电。

"陆战队 1 号，陆战队 1 号，迅速占领黑石角，从水下接近！"指挥艇下达命令。

水陆两栖陆战队员，迅速抵达黑石角，开始在海上、水下进入。这一招海蛇根本意料不到。

海盗高速气垫快艇时而转过头来向 04 号高速摩托艇射击，时而又调动方向朝 05 号高速摩托艇射击，这使海盗打得十分不顺，在海盗调整角度的时候，04 号和 05 号高速摩托艇不时地变动角度。

海蛇的高速气垫快艇已经接近了珊瑚滩的黑石角。海蛇企图跳下来，让高速快艇往远海跑，这时 04 号高速摩托艇飞驰而来，腾空跃过海盗气垫快艇，直插前方，就在这同时，04 号的陆战队员用后缆绳把海盗快艇套住了，一名陆战队员手握着缆绳紧跟在海盗艇后面，就像冲浪一般。

海盗调转枪口射击。海盗艇驶近珊瑚礁时突然放慢了速度，海蛇带着一名海盗手持冲锋枪准备跳上珊瑚礁。突然，海盗快艇被掀翻了，两名水陆两栖陆战队员已经在水下埋伏，这一招，令海盗没有任何防备。

海盗拖着枪落进海水里，根本无法找寻目标，拿着冲锋枪对海面乱打一阵，不一会儿，一个个海盗都被陆战队员拉到水底。

阿敏落水后，专门有两名陆战队员营救。阿敏手被绑着倒翻在海里，惊叫着连喝几口水后，被水下钻上来的陆战队员托起，他们迅速用匕首割断绳索，一名陆战队员负责营救，一名队员负责用枪保护。

老练的海盗从海里缓过劲来，端着枪一个劲儿地往浅滩上跑。这时，04 号和 05 号高速摩托快艇上的陆战队员用枪扫射，打得海盗血肉横飞。

海盗在水里的应变能力很强，毕竟是海上生活的人，但遇上特种部队训练有素的陆战队员，就显得力不从心了。

一名海盗挥着匕首朝陆战队员刺去，陆战队员一个后抬腿把匕首打进海里。海盗扑上来抱住了陆战队员的后腰，陆战队员一个弯腰甩了个大背包，挥手一刀刺在海盗的右臂上，海盗立即抽出飞刀又朝陆战队员飞去，陆战队员往水下扎去，躲开飞刀，再一看，海盗飞快跑向浅滩。

陆战队员抄起微型冲锋枪朝海盗射击，海盗身上被穿透一个个血肉弹丸，终于倒在了海面上。

两名陆战队员把阿敏迅速扶上 04 号高速摩托艇。

这时，海蛇和一名海盗冲上黑石角，端着微型冲锋枪朝 04 号高速摩托艇射击。

04 号高速摩托艇高超的驾驶技术，令海盗惊讶，04 号开足马力凌空腾起，贴着海面就驶出几十米。

海蛇望尘莫及，阿敏被救走了。他只好占领地形，与陆战队员决一死战。

水陆两栖陆战队员的技能在海里和滩上得到充分发挥，打得海盗根本招架不住。海蛇趴在礁石边不停地射击。陆战队员潜入水底，突然出现在海蛇的背后，端起枪朝海蛇射击。

海蛇调转头来企图反击，一名陆战队员飞身从水下跃起，重重地压在海蛇身上，海蛇也在某陆战队受过训，猛地一个倒钩，踢在陆战队员的下阴部，海蛇把枪口刚对过来，陆战队员抽出左臂上携带的飞刀，正刺在海蛇端枪的右手上。

"哎哟。"海蛇惨叫一声，还没来得及抽飞刀，陆战队员冲上前去朝着海蛇就是两脚，海蛇忍着疼抽出飞刀飞向陆战队员。陆战队员冲锋枪的枪托"啪"的一声，将飞刀挡出身外，掉进海里。

海蛇再次扑上来，陆战队员一低头，朝海蛇头部左右猛击，重重地一个飞腿又踢在海蛇的脸部，海蛇顿时脸上青肿一片，像个大茄子。

海蛇见势不妙，朝浅滩猛跑，一梭子打了过去，随着清脆的枪声，海蛇的头部开了花，胸部被穿起一个个血弹孔，海蛇连愣都没愣一下，就朝着海水倒下了，血，在他的身旁扩散开来……

东面珊瑚礁的内港枪声不断，一场围歼内港海盗的战斗在激烈地进行着……

天兵海将　潜艇海底剿海鬼

直升机在空中盘旋，把侦察到的信息，传递给天兵突击队。

围歼珊瑚岛礁内港的战斗打得很艰苦。尽管英继列侦察情报传递到国防部作战处，而且这支特种部队的天兵受过特种训练，但海盗在暗处，而且海底各连接处都很复杂，天兵似乎发挥不出高水平。

海盗的敢死队在内港的暗堡组成了一道火力网，不时地从暗处向天兵发起攻势。

一挺机关枪在洞口处，对冲过来的天兵扫射，当场打死两名天兵。

天兵突击队长加雅气极了，手握着报话器，高声呼道："雄鹰，雄鹰，从45°快速攻击，消灭机枪火力点！"

"雄鹰明白！"

一架直升机盘旋在内港上空，突然一个45°大角，低空扑来，接着就是一阵机枪扫射，随后又扔下两颗微型炸弹，海盗暗堡机关枪火力点被炸成一团废墟，浓烟在海面上升腾……

"第一纵队，第一纵队，向左路展开！"

"第一纵队明白！"

"第二纵队，第二纵队，向港内深处出击！"

"第二纵队明白！"

随着指挥员下达命令，突击队员迅速按指定的方位展开。内港左侧一个悬崖上突然响起机关枪声，火力交叉出现在队员行进的狭窄通道上，突击队员被阻截在外面。

在悬崖的一个小口向外射击，这个设施很绝妙，直升机进行了两次攻击，都没有击掉这个悬崖火力点，直升机还差点被海盗的机关枪击中。

"第二纵队，干掉它！"突击队长加雅火了，大声嚷道。

"坚决干掉它！"

天兵突击队特种兵两人，把微型多功能冲锋枪往身后一挎，兵分两路，从悬崖火力点两侧开始攀登。

高高的悬崖几乎被削平了，没有多少立足的礁边。

两名特种兵，似乎有轻功一般，沿着悬崖的微小石缝，手扣着崖边缓缓往上攀着。

崖下两名突击队员在掩护，控制外来火力点。

悬崖中央的火力点还往外扫射，眼皮下两名特种兵在攀登，他们根本想象不到有人能从笔直的山石崖往上攀登。

特种兵接受过比这还艰苦的训练，虽说他们的手指被磨出了血，但他们还在咬着牙坚持往上攀。

离火力点还有一人多高，机关枪"嘟嘟"地对着下面在扫射，左边的特种兵贴紧崖石，一只手紧紧攀着石边，一只手从腰间摸出微型手榴弹，用嘴拉开导火索朝头顶上的火力点洞口扔去。只听见"轰"的一声，火力点哑了。

过了一会儿，又响起零星的枪声，像是悬崖内还有受伤的海盗。这时右边攀上去的特种兵也是一只手攀着岩石，一只手操起微型冲锋枪就往洞内打，突然，特种兵停止射击，双手往上一蹿，连人带枪钻进了崖中的火力点洞口。

特种兵牢牢控制了最艰难的海盗火力点。

在高速摩托艇的指挥艇上，罗里和张飞海按照英继列提供的线索进行寻找，都没有发现英继列的身影。

罗里很是着急，在内港各处都进行了搜寻，既没有英继列留下的记号和暗号，也没有英继列在内港的物品。

"难道英继列……"罗里痛苦得说不下去。

"罗里，放心，英继列肯定能干得漂亮，他也许就在总巢里，跟踪麻鲨。"张飞海在安慰罗里，其实他自己的心里也空荡荡的。

"现在的重点就是马尼礁！"罗里说道，用望远镜朝马尼礁方向望去。

"潜艇侦察能成功的！"张飞海说。

海底世界充满着神奇色彩。

两艘潜艇摆成队形对马尼礁水下部分进行侦察判断，以便攻击。

潜艇在墨绿色的海底里缓缓游动，无声地靠近马尼礁水下。

"声呐失常！"声呐兵报告。

"快速检查！"

"雷达失常！"雷达兵报告。

艇长火了，下令："赶快排除干扰，进入战斗！"

"艇长，这一带有很强的水下干扰波，很显然，是来自马尼礁水下。"观通长对艇长说。

"向国防部报告这里的情况，准备导弹攻击！"艇长对观通长说。

潜艇朝马尼礁其他方向移动，寻找最佳角度。

蓦地，从黑色的礁丛中，一艘微型的水中航行器在悄悄游动，朝深海的礁丛中航行，外壳像一条甲鱼，尾部泛着一串串白浪。

"左舷20°，发现目标！"雷达兵报告。

潜艇艇长摇动着望远镜，果然发现甲鱼似的水中航行器。

"战位一，做好攻击准备！"

潜艇紧紧跟了上去，在水下进行跟踪比赛，这时，甲鱼航行器越来越快，尾部还散发出一股气体，水中渐渐升起一道道水雾，潜艇的视线被挡住了。

"冲过去！"艇长大声嚷道。

潜艇突破层层水汽体，穿过激流的漩涡底，直追水下航行器。

"战位二，做好出击准备！"

"战位二明白！"

甲鱼形状的水下航行器，在深海底突然上升，沿着一条礁丛狭窄的水下航道前进。

这时，潜艇上升时立即减速，面对礁丛，潜艇不敢再往前行驶，一个劲地往上浮。

艇长火了，对着微型天线指挥仪，下达口令："战位二，出击！"

"战位二明白！"

霎时，从潜艇的艇尾发射管冲出两个戴潜水器的水下特种兵。他们身着黑色的紧身尼龙潜水衣，头上戴着小型潜望镜，手上握着微型水下多功能冲锋枪，两只脚蹼快速地摆动。

水下特种兵先端详了一下，然后两人迅速分散开去，从两个不同的角度，直接插入甲鱼形状的水中航行器。

水中航行器绕过礁丛，减慢了速度，朝着水下一处黑色礁石的背后接近，这时，已经潜到黑礁石背面的一名特种兵，闪电似的蹿上了甲鱼形状航行器的外壳上。突然，从圆壳外的洞口飞出几根铁针，发出"唰、唰"的声响。

好险呀，正面潜游过来的另一名特种兵，下意识地翻动着海水，身体朝内一闪，几根铁针从他身边飞过。

就在这时，爬上航行器外壳的特种兵，用微型多功能冲锋枪对准外壳发射了一颗迷雾弹，这招果然奏效，航行器顿时不动了，从航行器的底部，爬出两个穿潜水衣的海盗。

特种兵一看就明白，这两名海盗是在水下暗堡的侦察巡逻兵，在靠近暗礁的禁区，控制某一暗礁的设施。两名海盗身上背着一串现代化的发射架，头上戴着黑色的钢丝防护盔，他们的脚蹼特别长，在水下摆动起来，穿行速度非常快，远远看去，不像潜水员，倒像是黑色的海鬼。

特种兵发现海盗后，迅速按动了身上的信号器，信息很快传到了潜艇上。

潜艇接到信息后迅速调整方位，控制了海鬼游动的区域。然而，海鬼毕竟长期在海底生活，有着极其熟练的反应突变能力。海鬼快速上升到一定的距离后，迅速又潜入深海，果然摆脱了特种兵的追踪。

特种兵在海里游动，发现跟踪的目标不见了，左右环视一番后，仍不见海鬼，于是，特种兵把微型多功能冲锋枪移过来，按动多功能的测位器，扳机一侧的方位指示器闪烁起来，标出了大概的方位。

这种多功能的测位器，实际上是一种短距离的微型雷达，如果被追击的人和物体失去跟踪，打开测位器后，立即可以测出被跟踪的人。

两名特种兵沟通后，迅速朝测试的方位包抄过去。

海鬼摆脱特种兵跟踪后，显得有些自信，便大幅度地朝暗堡礁石边游过去，突然，一抬头，发现两名特种兵手持微型多功能冲锋枪在他们的对面，顿时傻了眼。

海鬼企图潜入水底，刚转身，特种兵就蹿了上来，一只手抓住了海鬼的潜水衣。但海鬼在海里异常灵活，一个泥鳅翻身，侧身而上，反而蹿到了特种兵的头上。海鬼拿起匕首突然刺向特种兵。

海鬼见特种兵摆脱了匕首，便朝特种兵的氧气管刺去。

特种兵一个下潜，两只长长的脚蹼夹住了海鬼的脖子使劲往下一扭，把海鬼搞了个后身翻，氧气瓶差点滑落下来。

特种兵看准机会，侧身扑过去，抓住海鬼的脖子，然后掏出匕首对准氧气管，海鬼在海中格斗经验丰富，为了保护氧气管，海鬼释放出携带在身上的一种气体，顿时放射出白色的气雾，刺激人的呼吸，海鬼利用这机会朝前猛游。

特种兵上了当后，很快调整了防御装置，顺着水流游过去。

特种兵游了一阵子，目标消失了，他侧耳辨听着海鬼潜游的动静。

海水透明度越来越差，在五六米以外都很难看清目标。

特种兵自然不会放弃最后的机会，分路突击，重点突破。于是，他们全速加快了水下的进程，显示出了特殊的本领。

两个海鬼十分狡猾，突然分开了，一个直线上升，再回转 90°，另一个往深处下潜，往回折。面对海鬼路线的变化，特种兵便分成两路紧追不舍，而且离海鬼越来越近。

上升的那个海鬼自以为这是高招，正得意时，没料到特种兵突然出现在面前，海鬼还没有反应过来，特种兵就猛地牢牢抓住海鬼的氧气皮管，海鬼一看傻了，转身就逃，正好把皮管给撕了下来。

这下海鬼彻底完蛋了，他两只手急着抓皮管，试图再接上氧气瓶，但无论如何也接不上了，短短的数十秒钟，令海鬼的脸涨得通红，喘不过气来，拼命地往上浮起。特种兵上前扭住海鬼的双手，巧妙地将其用多功能的链条铐上了。

另一名往深海潜逃的海鬼疯狂得多，下潜后，果断返回相反方向，然后借助一块礁石，把自己的身体掩护起来。这时，特种兵追过来，寻找海鬼的影子。突然海鬼发射了两颗水下枪弹，好在特种兵的微型多功能冲锋枪起到了作用，子弹打在了枪管上弹出了水花，发出"嘟、嘟"的声响。

多功能冲锋枪救了特种兵的命。他被激怒了，转身一个大回环，朝着海鬼就撞了上去，他从左臂抽出匕首，对着海鬼的氧气管刺去。

海鬼早就防了这一手，转体一个后翻，把一双大脚蹼对着特种兵，海鬼趁机掏出伸缩性极强的电感应磁棒一按，磁棒猛地从袖珍弹簧盒中伸出，接触到了特种兵的腿部，他立即被击得浑身无力。海鬼看准时机，转身扑过来，用匕首刺向特种兵的氧气管，就在这时，特种兵按动多功能冲锋枪的激光器，只见一道火星闪出，海鬼持刀的手被弹了回去。

这时特种兵的腿恢复了正常，越过海鬼的身体，用头把海鬼给顶了起来，使劲把海鬼的一只脚蹼扯了起来。海鬼就像失去平衡的独脚鬼，仅靠一只脚蹼在拼命地摆动，跑起来实在是困难。于是，海鬼就施展出他的高招，迅速掏出微型发射盒，朝特种兵发出一枚枚细细的铁针。

无声的利箭穿来，在海水里形成一道针箭的墙。特种兵躲闪着，最后还是被两枚铁针刺中了摆动的脚蹼，好在没伤到身体。

海鬼的招数使完后，便往上浮起，手里拿着匕首顽强抵抗特种兵的袭击。

海鬼往上浮，特种兵不想超过他，而是跟随在下面，看准时机再次扑上去，把海鬼那唯一的脚蹼给扭了下来。

海鬼"哎哟"直叫，沉重的氧气瓶压得他直往下沉，几乎没有什么力量游动了，两只脚乱蹬着。

特种兵穿过海鬼的后身，用手用一根套环绳熟练地套住了海鬼的脖子，然后往海面浮起……

这时，潜艇已经接近马尼礁背面的攻击角度，但强烈的电子干扰磁场使潜艇不能靠近那一带，否则，潜艇的发动机就会自动停机。

潜艇只好退后一定的距离，做好攻击的准备。

潜艇不时接到来自指挥艇的命令，章总工程师还在马尼礁内，英继列也可能在里面，潜艇决不能随意发射导弹。

指挥艇上，阿敏开始清醒过来，当看到罗里时，才完全相信是国防部来营救他们了。

阿敏伏在罗里身上哭起来，半天才泣不成声地说："章总……他关在……海底洞里……你们快……快救他……"

"海盗是怎样把你带进去的，在什么方位还记得吗？"罗里问道。

"他们给我蒙上黑布，坐……坐快艇，经过一道道黑洞，快艇没开……有什么东西在带动……然后下降，就到了。"阿敏说，"那里边是一座暗堡，堡室肯定在海底。"

"里面有多少海盗？暗堡有多大？"张飞海接着问。

"海盗把我看得很紧，好像有很多密室。你们……快救救章总啊……"阿敏说着又哭了起来。

"把阿敏送上后勤快艇，让谭小燕好好照顾她，尽快送回大陆。"罗里对张飞海说。

张飞海把阿敏送到后勤快艇后，罗里便把这里的情况报告给了特种部队总指挥哈特将军。

"潜艇包围马尼礁，想法营救章总，不到万一，不要攻击。"哈特将军下达命令。

于是，一场更艰难的战斗展开了。

潜艇绕过马尼礁，开动各种功能，都无法测试到马尼礁内的线索。尽管已经肯定马尼礁水下暗堡，但章总和被劫持的卫星测量仪都在这座暗堡里。

潜艇派出几支潜水小分队对马尼礁暗堡的通道进行侦察，都没有找到丝毫线索。人要想进这座暗堡，似乎不可能。

潜艇在周围巡逻，形成了对马尼礁多方位的包围。

马尼礁下仍流动着潜流，一切看上去都那么神秘……

越国界冲突　英继列枪扫弹药库

国防部哈特将军的办公室里，气氛异常紧张，似乎空气里充满着炸药味，就等着点火了。

哈特将军在电子荧屏前来回踱步，脚步走走停停，看着潜艇在海底受阻的情况，脸涨得通红。将军抽着一支雪茄，浓浓的烟雾弥漫在指挥室内。

"这比指挥一场战斗还痛苦，要攻击，又不能攻击！"哈特将军叹息道。

哈特将军在海图前画着，指挥线路又连起了马六甲海峡。哈特最关心的马六甲海峡，像谜一样令他的特种部队不知所措。

海，变得黑了起来。

茫茫的海洋滚动着层层黑浪，连接着黑蒙蒙的天际，形成了一道黑色的网。

茄子率领的高速快艇摆脱特种兵高速摩托艇的追击后，朝着邻国的海域飞驶。

国际海盗001的信号从茄子的高速快艇传出，邻国的国际海盗005便迅速接应，打开了通向国际海盗005的暗堡大门，于是茄子率领高速快艇安全地进入了秘密腹地。

紧紧追在后面的高速摩托艇驶入邻国的海域后,丝毫没有减速,在一条礁丛环绕的海沟中,突然失去了跟踪的目标,出现在他们眼前的是一片黑茫茫的海域。

"奇怪,怎么没了?"艇长戴着望远镜搜寻着,感到非常意外。

"向左前方追击!"艇长只能凭自己的判断,指挥道。

高速摩托艇飞驰起来。

艇长扶着铁栏杆,手握着望远镜全方位进行搜索。

高速摩托艇飞旋一周,仍然没见海盗那艘高速快艇,前方的海面像死一般沉静……

"嘟、嘟、嘟",高速摩托艇的通信电台收到邻国军方的警告信号。

"别理那套,继续往前追!"艇长骂道,"混账东西,这个国家的军队连是非都不分,到底在保护什么人?"

"他们绝对不明真相,这是他们的权力,因为我们已经驶进了他们的领海。"驾驶兵说。

当然艇长心里明白这些,但他们执行追击海盗的任务,却遇到这个国家海军的警告,很不是滋味。

高速摩托艇在海洋深处飞驰,丝毫没有减速或返回的意向,给这个邻国领海增添了极为紧张的气氛。

高速摩托艇刚驶入一片狭窄的航道时,右路前方突然出现两艘高速护卫艇,朝着高速摩托艇分道围了过来。

信号灯在闪烁,发出一串国际信号语。

"艇长,他们警告说再往里行驶,他们就开炮了。"驾驶兵说。

"真他妈的扫兴!停!"艇长喊道。

高速护卫艇靠近了高速摩托艇后,经过交涉,对方也没允许高速摩托艇进入内海,不管他们怎样解释说是在追击海盗,但在这个国家的领海范围,外来军方的特种部队入境追击,并没得到对方的认可。

丝毫没办法，高速摩托艇只好在两艘高速护卫艇的监视下，乖乖调转头来，驶出了这个国家的领海……

茄子指挥的高速快艇海盗，终于消失在神秘的海洋里。

此时，国防部指挥机关处于无奈的状态，训练有素的特种部队面对马尼礁无法施展他们的招法。

哈特将军犹豫着，始终下不了决心。无法攻击这座神秘的国际海盗001堡垒，因为英继列还在里面，还有未救出的章羽总工程师。

突击队两次靠近马尼礁，打算从海底下的礁石进入，都被强烈的电子波打了回来。

埃伦处长从所搜集的国际海盗001大量资料中，也选择了可突破的缺口，但要付出代价，如果单从进攻来说，排除英继列他们这个因素也好解决，随时可以下达潜艇导弹和鱼雷攻击命令，但埃伦处长仍一秒一秒地在观察着马六甲海峡马尼礁一带的变化。

然而，谁也没料到，马尼礁这个国际海盗001总巢内正在发生的一切。

英继列被绑在三区的密室里，在等阿龙这个三爷回来，亲自用刀子割下英继列的肉来过鬼节，这海盗的确是干得出来的。

尽管英继列智力和功力过人，但被死死地绑在那里，加上铁锁把门，他无论如何也摆脱不了眼前的现实，他变得冷静而且似乎麻木了，他想得再多，也没有什么作用了。

茄子的助手却一直不安。阿龙和茄子都出海劫货去了，大约一个时辰才能返回总巢，茄子的助手心里在琢磨着应付的办法，怎么想怎么不是办法。这个英继列是他亲手装进麻袋扔进海里的，如今死而复活，竟然跑到了总巢，而且当着阿龙的面倒打了一耙，这让助手有口难辩。英继列肯定要杀的，但助手至少也得半死，严重的话，有可能会趁过鬼节之际也给鬼祭头。

想到这里，这个助手突发奇想，趁阿龙还没回来，准备一套拼命的招数，不行的话就豁出去了。

茄子的助手躺在床上把毒品拿了出来，先是给自己的手臂注射了一支，快活地在原地乱跳，似乎还不过瘾，又大口大口地抽着鸦片。

助手快活得直咂嘴，真他妈的痛快，就是死了，也不留恋。

然而这时，阿龙的陪女阿黑走了进来，像是拿什么东西。阿黑身穿超短的黑裙，大腿裸露在外，上身穿着黑背心，两个乳房包得鼓鼓的，非常性感。平时，茄子的助手很喜欢阿黑，虽说背地里瞧来瞧去，但从不敢随便下手，因为这是三爷的陪女。

这会儿，助手眼睛一亮，送上嘴的肥肉，这时不吃，何时再吃。

"阿黑，过来！"助手坐起来，用手轻轻招呼道。

阿黑走了过来，停在助手跟前，深情地望了他一眼。这一望不要紧，助手像触电一般，飞身将阿黑抱起来，还没等阿黑反应过来，助手在阿黑的脸上吻着，从脖子吻了一圈，转而才进入嘴唇，狂热地吻，令阿黑激动，她闭着眼紧紧地抱着助手。

助手发狂了，两下把手插进了背心里，像揉馒头似的动作着。阿黑倒在助手的怀里，超短的黑裙，早被助手扒了下来。

阿黑在呻吟，助手像醉了一般压在了阿黑起伏的身体上……

茄子的助手在极度兴奋和醉意中度过这段属于他的时刻。

一看手表，茄子的助手突然惊坐起来，时间不多了，阿龙要回来就不好办了。助手带上一叠飞刀插在裤带的皮夹里，插上短枪，整了整海盗的缠布条，然后直奔三区的密室。

在阿龙还没回总巢之前，茄子的助手想结果英继列，但又不想亲自当面把英继列绑着杀掉，而是想借英继列逃跑之际，用飞刀制造一个假现场。

英继列没吃任何东西，被绑在那里已经感到有些虚弱，脸色变得白惨惨的。

茄子的助手走进长长的通道，左右看了看，只有两个海盗在布置鬼节的大厅，周围并没有什么人。茄子的助手提着一瓶酒和一只烧鸡，走到密室前值班站岗的海盗跟前，说："先蹲在角落，赶快把这个吃掉。"

"这可真是大好事，太美了！"站岗的从茄子的助手手里接过酒和烧鸡就要走。

"慢点，把门打开，也让这家伙吃一顿，免得三爷回来一看，是个半死的。"

"早该给这家伙喂点了，我看快差不多了。"站岗的似乎挺同情英继列，又回来掏出钥匙把门打开，就蹲在角落里只顾自己吃喝起来。

茄子的助手迈着八字步走了进去，看了一眼英继列，心里怦怦直跳，明明是他亲手把英继列从悬崖上装进麻袋扔进海里，而且看着沉底的，怎么就会活了呢，真让他胆战心惊。

英继列看到这家伙进来了，斜视着他，眼睛里带着通红的血丝，这更令助手害怕，不敢正视英继列。

"我给你松绑，你可以跑，就看你的本事了。"助手边给英继列解着绳索，边小声地说。

英继列似乎没听见，身上软绵绵的，没有什么反击能力的样子。

茄子的助手转过身去，就给英继列解绳索，先解开挂在墙上的那头，随后又解开绑在英继列手上的那道绳索。英继列看上去仍然是无精打采的样子。

等手上的绳索一被解开，英继列脑子清醒多了，刚要转身，茄子的助手突然从手里甩出一把飞刀，直奔英继列。对于这猛烈的暗器，英继列没有料到，但条件反射，借着一道道闪光，英继列下意识地飞身腾空，双手抱住了密室的一根中梁，几把飞刀从英继列的双腿间飞过去。

英继列这一招，使茄子的助手惊呆了，快要死的人，竟然还有如此高超的绝技。

"唰、唰、唰"，茄子的助手接着又使出飞刀，形成多扇面朝英继列飞去。他想即使英继列能上下跳动或左右摆动，也没有办法躲开茄子助手这最拿手的飞刀术，然而，绝对想不到的是，茄子的助手眼睁睁地看到英继列顺着飞刀中间唯一的空隙，一个鱼跃朝前扑了过来，所有的飞刀在英继列身后开了花。

英继列一立起来，茄子的助手可真慌了神，撒腿就想往外跑，被英继列猛地上前一脚踢在屁股上，摔了个狗啃泥，他随即拔出了手枪，"啪、啪"朝英继列开了枪。英继列在响枪的当儿，已经爬向了他。

枪声一响，顿时冲进两个海盗。

就在英继列扑向茄子的助手的同时，他从地上捡起飞刀，刺进了这家伙的后脖子，鲜血喷射着，溅了英继列一脸，显然这一刀刺中了动脉。

"不好了，杀人了！"一名海盗见状大声喊起来。

英继列已经把茄子助手的那支手枪握在了手上，到了这份上，只有拼。他快速闪了出去，只想接近麻鲨的住所，但就在这时，四区观通部门拉响了紧急警报，信息传出不是因英继列逃离，而是国防部立体特种部队的进攻在马尼礁海面打响了。

英继列知道这是海面国防部发起的进攻，想配合行动，已经不现实了。他的身后几名海盗手持微型冲锋枪紧追不舍。

英继列奔向三区的外缘，朝四区飞跑，他知道那一带是国际海盗001总巢的神经系统，只要破坏掉，将会对马尼礁外潜艇的进攻与侦察起到关键作用。

追在后面的海盗绝对不能开枪，四区周围都是精密的仪器，万一枪弹碰上了仪器，就像瞎子一般什么也看不见了。

英继列最想得到的就是冲锋枪，有了冲锋枪就可以扫平观通系统，英继列边奔跑边想着。突然，分道口外一名海盗飞身抱住了英继列，刚巧英继列脚下踩在油迹上，一滑溜溜出好远，海盗从英继列身上摔了下来。英继列就势，一个扫腿把那家伙掉到地上的微型冲锋枪扫到跟前，上前抓起冲锋枪，对着后面追上来的海盗就是一梭子。

枪声大震，海盗围上来。英继列此时不想与海盗拼，单拼个你死我活不能解决根本问题。英继列的枪对准围上来的海盗，视线却在周围寻找攻击的观通目标。

海盗越围越近，但没有开枪的，英继列陷入了四面包围之中，他只要再一开枪，肯定死在中间。高度紧张的大脑一闪念，在他刚才击毙身后的海盗时，前方的海盗完全可以开枪，却没有枪响，英继列左右看着，边退边寻找机会，这时左腿被什么东西绊了一下，英继列朝左后边扫了一腿，哎呀，一道门上画着死人的标记，还有爆炸的图案，英继列立即明白了左后边室内的严重性，像是弹药库，怪不得前方的海盗一直没开枪。

　　海盗渐渐从前后围了上来，瞪着一双双杀人的血眼。

　　英继列在短短的几秒钟内已经做出了最后的决策，他绝对不能与海盗交锋，否则死了也将在阴间后悔。他看准了左后边的那间密室，慢慢向后边退着，尽量靠近那个门，然而使英继列吃惊的是，这道门也与其他门一样是木质的，也许总巢本身就在神秘的高度保险之中，所以这间密室没有引起他们的重视。

　　这时，英继列身后的几名海盗突然蹿了上来。英继列早有准备，枪口没有对准海盗，而是对着那道危险的门猛扫射，手指扣着扳机不放。

　　海盗还没来得及开枪，只听见一声轰响，室内装的微型爆炸物被子弹的火光引爆。

　　这一间密室爆炸后，又连接成一片，像传递爆炸品，带动一串，最后使一处重型弹药库产生了最强烈的大爆炸。

　　马尼礁在黑色的大爆炸中，飞出满天的礁石碎片。浓烟在海底冒出海面，通天的火光在爆炸中闪烁，足足响了有20分钟。

　　马尼礁变成了一片黑色的海水、黑色的漩涡……

　　幸亏潜艇离开了电磁场，在海底的另一处待命攻击，才避免了大爆炸带来的灾难。

　　指挥艇上，罗里睁大了眼睛，被眼前的大爆炸惊呆了，他大声呼喊道："英——继——列——"

　　"英继列——英继列——"张飞海抱头痛哭起来。

　　所有的特种兵都静静地望着大爆炸，眼睛里闪动着对英继列崇敬的泪花。

海在黑色的硝烟中流动，带着一股股焦味……

哈特将军和埃伦处长久久地站在指挥所里，谁也没说话，空气凝固在一种难以表达的心情之中。罗里的心是痛苦的。是他请出了世界上最优秀的海事调查员，这位中国的英雄。他永远记住这个名字：英继列。

罗里的嘴唇咬出了血，他举起冲锋枪对着黑色的天空开了枪。

所有的特种兵也都举起冲锋枪，对着天空鸣起了枪……

大海在旋转。天空在旋转。

不是尾声

马尼礁像死一般地沉没了。浓浓的硝烟过后，散发着焦味的海浪撞击着珊瑚礁，飞溅的浪花又融进了那片流动的大海里。

一场血腥的战斗，从空中到海面，再到海底，就这样结束了。

来自印度洋、太平洋的波涛又涌进了马六甲海峡，给这里奔腾的海峡增添了新的韵律。海浪夹着层层的激流漩涡又在这里荡起惊涛，带着刺耳的咆哮声……

哈特将军没有笑意，硝烟过后愈发变得如雕塑一般，只有那一缕缕的烟雾从他的眼前掠过，留下一串串解不开的谜团和问号。

"哈特将军，这是中央情报局海事局最新情报。"埃伦处长递过资料，说，"国际海盗001的总头目麻鲨和二号头目大胖在发现特种部队后，已经转移到了另一处密堡。现在这个国际海盗001不但没有被全歼，而且越来越疯狂，唤起了国际海盗组织的报复。国际海盗003、009都在频繁出动。"哈特将军面朝东岸的海洋，脸色变得像黄蜡一般。他的手颤抖地拿着那份资料，眼睛里闪映出一幕幕海上的悲剧……

令美国总统轮船公司高级总裁吃惊的是，这个月大型集装箱船只的速度就是在时速20海里行驶时还遭到袭击。这几天受害船只还有12万吨的韩国油轮"远洋行者"号、8万吨的美国油轮"海洋城"号以及运载矿砂的万吨希腊货船"贡卡尔维诺斯"号。

昨天的海盗也许以成立方码的银块、成磅的珠宝和香料来衡量他们的战利品；而今天的海盗则以成吨的水泥、咖啡、纯碱、汽车蓄电池、钢盘条和女士的内衣裤来计算战功。

世界最大的船主联合会、波罗的海和国际海运会议组长弗莱明·拉姆斯比列出一张近月被偷盗及转卖的货物清单：从意大利运往黎巴嫩的3000吨糖、从希腊运往阿尔及利亚的2500吨番茄酱，还有一艘船穿行菲律宾马六甲海峡时，连船带人都被扣留，海盗抢走了4000吨钢，扣押了船长。

许多船长心思忧郁，担心遭到海盗大范围的报复。

尽管没有一家中央情报交换所对海盗的行为究竟对航运业造成多大损失进行追踪，但保险公司的数据表明，在某些地方、某些年份，海盗造成的损失一次可达数亿美元。

就在昨天夜里，两万吨澳大利亚集装箱船"TNV"号及其姐妹船"布鲁塞尔"号受到4名海盗袭击。这帮人掏空了保险柜，洗劫了船长室，把船长绑起来之后溜之大吉。《新加坡商报》对此类袭击做了报道："从一艘快艇登上一艘正在行驶的大船，且在袭击之后迅速逃脱，这要求海盗具备高超的航海技术，更不用说足够的贼胆了。"

袭击过后，在海上或岸边漂浮的传单，留下了一系列字号："国际AO01、国际A005、国际A009……"

哈特将军肺都气炸了。他拍着桌子，却不能下达命令，只好默默无声地坐在指挥位置上。

埃伦处长也有同感，他不能像指挥大兵团作战那样进行指挥，对待海盗他似乎没有这个能力。

埃伦处长望着哈特将军也不知说什么好。

海岸的礁石上，罗里和张飞海面对起伏的波涛在痛苦沉思。

罗里的眼睛穿过层层咆哮的海洋，放射出一丝不被人发现的亮光，他久久地望着那地球最宽阔的流动地域，微微地闭上了眼睛。

远处，又有一艘万吨巨轮驶向更远方，渐渐地消失在海天一线……活生生的海在追赶。海的颜色变得更加深沉……

后　记

　　写完这部书，我的心情并不轻松，就像我在《不是尾声》中写的那样。世界海洋运输业发展到今天，国际海盗愈来愈猖獗，这不能不引起国际航海业的担忧。

　　创作这部书，并不是我凭空想象的，而是经过三年多的生活积累，并冒着生命危险深入海洋采访，到了不写不行的地步了。我是地道的海军，曾在军舰上当过水兵、枪炮长。我所服役的军舰驶过南中国海的每条海岸线，闯过激流中的海峡，赴过西沙、南沙海域。

　　说起海上远航，我是舰上有名的晕船大王，水兵们给我起了个好听的雅号——"王八"。

　　有一次穿越著名的海峡广州湾时，我吐得与其他的同志抢铁桶，大概有十多次。食物吐完了，吐水；水吐完了，吐血。那种滋味真是一辈子难忘，想起来就有些害怕。

　　我在海上多年，听到不少海盗故事，也目睹过海盗的踪影，并追击过海盗。

　　后来，我当小说编辑，三次深入西沙、南沙收集素材，并千方百计坐上了一艘机动渔船，冒着海上极高的风险驶过著名的马六甲海峡的外围，真正地感受到了那片神秘的海域。我先后接触过许多被海盗袭击过的船员和渔民，听了他们大量的惊险故事。我书中描写的英继列的确是中国人，他是世界著名的海事调查员。在二十多年的海事调查中，这位著名的海事调查员掌握了珍贵的马六甲海峡国际海盗的资料，为国际海事局提供了宝贵的线索和信息。

当我站在船上，面对著名的国际航海纽带马六甲海峡，想到大大小小的船只必须经过这个神奇而危险的海峡时，我的心提到了嗓子眼上。而今的海盗绝对不像一百多年前那种海盗，他们使用的都是现代化的装备，高速气垫艇、高速摩托艇，甚至还有小型潜艇等等，形成了一个海上现代化交通网络。最让人不敢相信的是，这些海盗的活动范围特别大，秘密在礁岛、暗礁、珊瑚礁上开辟了暗堡，具有现代化的升降设施和出入机关，一般船只是不会知道海盗居住的地方的。

残忍，也许是海盗的本质，这是公认的。但他们毕竟是人，在残忍的背后，也隐藏着人本来的一面，而且有些海盗只是为了生计才被迫加入海盗组织，也有些是为了寻求海盗的刺激。总而言之，他们生下来不是海盗。他们也有父母、兄弟姐妹，当他们进入了海盗组织，想退也退不了，在凶残过后，他们的人性也有复苏的时候。本书中的阿龙最具有这种代表性。这个人物的塑造，也来自生活本身，因此我赋予了最残忍的阿龙善良的一面。

书中有许多细节看起来挺玄，其实大多都是真实的。为了获取第一手素材，我独自登过不少荒无人烟的小岛。海上无淡水无蔬菜，我口腔长期溃疡，痛苦不堪。这倒不是主要的，令人担心的是随时都有生命危险。有一次，我刚登上一个小岛，岛上的人听口音还有外国人，说中国话的才3个人，看上去大多都是远航的渔民。我想深入采访，突然听见一声枪响，当时紧张的心情可想而知，后来才知道那是异地渔民发生矛盾开了枪。面对茫茫大海，人的生命太脆弱了，而且是天不知地不知地消失。比如，难民船就有人吃人的事。那是我在西沙时，部队亲自为某国的难民船加水加粮时发现的。那艘难民船在海上漂流了半个多月，所有能吃的东西都吃完了，船上的人饿得发疯，就把昏迷过去的人杀了，然后熬一锅汤，每人分着吃。这种细节，听起来让人恶心，但完完全全是发生在今天海上的事。

还有一些海盗寻欢作乐、玩女人、赌博、饮酒、吸毒等生活细节，并不是为了刺激读者，既然要写出今天国际职业海盗的真实生活，就不能不涉及这些方面。今天的海盗已经形成了一个庞大的经济利益集团，背后的阴谋也越来越多，劫持军火船、劫持航空器等事件都会发生。

我在写这部书的同时，想查找国际海盗活动的资料，但遗憾的是，至今世界上还没有一部描写20世纪90年代国际海盗的书。因此，我将每一个细小资料都巧妙地穿插到我的整个构思之中，使其形成一个完整的体系。

我的初衷，就是想写一部描写当今装备良好的国际职业海盗生活的书，以唤起整个国际社会对世界海洋运输业的重视，对打击国际海盗的重视。希望有一天，联合国、国际海事局以及各国的海上武装，对国际海盗有一个国际法性质的条文和制约，慢慢地消除海盗。

坦率地说，我是在极其艰苦的条件下写完这部书的。写这部书时，我几次提笔又几次放下，乱麻一般的情绪搅得我没办法把书中的人落实在稿纸上。我的写作环境是招待所一间小小的屋子，周围都是流动的住客，写作只能利用晚上的时间。就在这种情况下，是马六甲海峡的涛声伴着我度过了艰难的写作日子。

书虽然写完了，但我的心仍然被马六甲海峡搅动着，马六甲海峡会发生什么？这是一个应该引起世界关注的地方。

沉 石

1997年12月

再版后记

《黑色马六甲》出版后成了畅销书，不断再版，也是读者所需。细心的读者可能会发现，甚至惊讶，这部小说似曾预言，马六甲有劫持飞行器，有航空反干扰器的海岛构建，有飞行器和运输船无端失踪等等。再联想到马航 MH370 的神秘失踪，难道这是作者把预言写进了作品里？

我只能告诉读者，是巧合。是我专业从事海盗研究后的潜心创作，是我对马六甲神秘的写照。为此，书名中"马六甲"前加有"黑色"两字。黑色，有黑夜作案之意，更有看不见之意。

今天，《黑色马六甲》被九州出版社再版，有着更现实的意义。感谢九州出版社，感谢著名电影导演萧锋多年为将之搬上大银幕所做的努力！

感谢读者的厚爱！

沉 石
2024 年 6 月